KUWEI
酷威文化
图书 影视

乖一点

岁见 著

台海出版社

图书在版编目（CIP）数据

乖一点 / 岁见著 . -- 北京：台海出版社，
2022.2
　　ISBN 978-7-5168-3211-0

　　Ⅰ．①乖… Ⅱ．①岁… Ⅲ．①长篇小说—中国—当代
Ⅳ．① I247.5

中国版本图书馆 CIP 数据核字 (2022) 第 015875 号

乖一点

著　　者：岁　见

出 版 人：蔡　旭　　　　　　　　　　责任编辑：俞滟荣

出版发行：台海出版社
地　　址：北京市东城区景山东街 20 号　　邮政编码：100009
电　　话：010-64041652（发行，邮购）
传　　真：010-84045799（总编室）
网　　址：www.taimeng.org.cn/thcbs/default.htm
E - mail：thcbs@126.com

经　　销：全国各地新华书店
印　　刷：天津旭丰源印刷有限公司
本书如有破损、缺页、装订错误，请与本社联系调换

开　　本：880 毫米 ×1230 毫米　　　　1/32
字　　数：323 千字　　　　　　　　　印　　张：12
版　　次：2022 年 2 月第 1 版　　　　 印　　次：2022 年 2 月第 1 次印刷
书　　号：ISBN 978-7-5168-3211-0

定　　价：42.80 元

目录

第一章

我没有在宠你

那一刻，江沅脑子里只有一个想法——
原来有时候一见钟情，
或许只要听见声音，就足矣。

盛夏的傍晚，西边一轮烈日，天空留有一点霞云，空气沉闷干燥，柏油路上的蒸蒸热气腾腾地冒着，路边的树木无精打采地垂着脑袋，街道上除了偶尔飞驰而过的汽车，鲜少有行人走动。

　　手机铃声疯狂响起的时候，江沅刚刚从出租车上下来，时间紧迫，她甚至来不及拿司机找回的零钱，边跑边接电话，空气闷热，有一滴汗珠顺着她的面颊滴到脚下的水泥地上，不消一会儿，便蒸发殆尽。

　　江沅伸手在脸上抹了一把，绵薄的汗水浸湿她的手心，手机贴在耳边，微微发着热："我到会场了啊，在哪边检票？"

　　电话那头是一道着急的女声："在 A 区，你快点，都已经开始 B/P 英雄了。"

　　"知道了。"急匆匆挂断电话，江沅往周围扫了一圈，在右手边的建筑上看见一个硕大的红色字母 A，她立马拔腿朝那个方向跑去。

　　A 区的检票口只剩下一个检票员，江沅不敢多耽误，停下来轻喘了口气，从包里拿了票，快步走了过去："您好，检票。"

　　检票员是个阿姨，扫了眼时间，好心提醒她："小姑娘再来迟点，就进不去了哟。"

　　江沅弯唇笑了下，没多解释，接过票，说了声"谢谢"后，便匆匆往里赶。

　　KPL 春季赛的现场气氛高昂，比赛还没开始，周围的粉丝都已经纷纷开始为各家支持的战队摇旗呐喊了。

　　江沅猫着腰，在会场找了一圈座位没找到，最后还是在工作人员的帮助下，才找到自己的座位。

小声地道了谢后，她把脑袋埋在许年年的肩膀上，等人走远，才抬起头。

许年年："你干吗？"

"我不忍心看小姐姐看我如同看智障的表情。"

"哦，你以为这是你看不见就能忽视的问题吗？"

江沅哑口。

许年年犹如找到了打击江沅的突破口，如同老妈子一般不停地叨叨叨，直到几分钟后，参加决赛的两支队伍 B/P 环节结束，她才停了嘴，把注意力放回比赛场上。

托许年年前男友陈冬的福，她们俩拿到的票是离比赛台很近的座位，近到只要抬着头就能清晰地看见台上选手的表现。

比赛差一分钟开始。

坐在江沅身旁的粉丝都在疯狂呼喊着自己支持的战队和自己喜欢的队员的名字。

江沅稍抬头，率先看见的便是坐得较近的 WATK 上单陈冬——Winter，也是此刻坐在江沅身旁的奇女子许年年的前男友。此时，镜头正好给到他，他笑着挥手和粉丝打了招呼后，弯腰从地上拿起矿泉水喝了一口。

现场粉丝止不住地尖叫呐喊着他的名字。

许年年冷哼了声："人模狗样。"

导播的镜头顺着一路扫过去。

坐在陈冬旁边的是打野 JQK，简称 K 神。和他说话的是中单梁钦——LQ，粉丝和队友都喊他老七，娃娃脸，皮肤很白。据传他是这个游戏所有职业选手里年龄最小的一位，具体年龄不得而知。

坐在梁钦旁边的是 ADC 詹渝，他是江沅最喜欢的队员，可惜的是，他因为个人身体原因，在参加完这次春季赛总决赛后，就要退役了。也就是说，这场比赛也算是他个人职业生涯的告别赛。

詹渝旁边是他的辅助小眠，也是 WATK 的队长，是个很可爱的男孩子，看过他脸的人根本没法将他跟赛场上能把辅助打成输出位的辅助小眠联系在一起。

气势简直和相貌截然相反。

比赛正式开始，江沅把目光转向大屏幕："啊啊啊啊啊啊！一想到以后在赛场上见不到渝哥，我就难过啊！"

许年年看比赛的间隙和她说话："听陈冬说，他们新来的 ADC 是个大帅哥。"

"听陈冬说……"江沅重复了声，笑道，"我是不是该给陈冬颁一个最佳前男友的奖杯啊？"

许年年说："那也应该是我给他颁。"

"嗯？"

"他是我的前男友，又不是你的。"

"你还知道他是你前——男友啊？"她刻意咬重"前"这个字，"也不知道是谁说的，哪怕死灰复燃你们都不可能复合的呀。"

"怎么着，我最起码有灰复燃，你呢？连灰都没有啊。"

江沅："……看比赛不带人身攻击啊。"

春季赛决赛采用的是 BO7 的赛制，三场比赛结束有十五分钟的中场休息时间。

队员忙着调整心态的同时，江沅也忙着找厕所去解决一下自己的生理需求。

比赛场地太大，江沅是个路痴，按照工作人员的指示找了一圈也没找到厕所，实在憋不住的她只好舔着脸皮顶着小姐姐看她如同看智障的表情让人家领着自己去厕所。

从女厕出来，江沅收起手机，往洗手台走。

水龙头有两个，男女厕门口各一个，她拧开靠近女厕的那个，坏的，连水滴都没有。

她有轻微的洁癖，上厕所不洗手能难受一天。

江沅站在门口犹豫了会儿，探头看了眼外面，厕所的位置偏僻，几乎没有人走动。

要不……就去男厕旁边洗一下？

反正现在也没人，她只是洗个手，应该也没事吧。

这样想着，双脚便不自觉地朝男厕那里走了过去。

"那是男厕！"

一道男声自她身后传来。

江沅倏地绷紧了身体，血液骤停，耳膜有轻微的颤动。

站着没动的那一刻，江沅脑子里只有一个想法——原来有时候一见钟情，或许只要听见声音，就足矣。

男生从她身侧走过，衣袖擦着她右边的脸过去，袖口摆动间，江沅闻到他身上清淡的柠檬香味。

下一秒，江沅做了这辈子最大胆的事情——往前走了一步，伸手扯住男生的手腕。

男生停下脚步，收回已经搭在门把上的手，回身略微低头看她，露在口罩外的眉眼皆是冷意。

江沅被他盯得头皮发麻，手立刻缩了回来，不自在地垂在腿侧，手指蜷缩着。仔细看来，甚至还有些发抖。她咽了咽口水，解释道："我不是进错厕所。我知道这是男厕所，我刚刚从女厕所出来的。"

男生的眉眼间显得愈来愈不耐烦，江沅拣重点说："女厕门口的水龙头坏了，我是来这边洗手的。"

空气似乎凝滞了一秒钟，现场的吵闹声如同断了线一般，周围一片宁静。

突然，男生往后退了一点，视线在她手上和自己手腕上扫了一圈，眉峰微不可见地皱了一下，发问："你刚才洗手了吗？"

江沅愣了一秒，等反应过来，脸忽然涨红，言语支吾。末了，如同破罐子破摔一般，弱弱一声："没……"

完了。

她想。

江沅魂不守舍地回到比赛场地，许年年拿手戳她脑袋："厕所有宝吗？去这么久？"

　　"啊啊啊啊啊！我真见到宝了！"江沅握住她的手，激动得眼睛都是亮晶晶的，灿若星河。

　　"你拉出金粑粑了？"

　　江沅睨了她一眼，脑海里回想起男生的模样，舔了下唇角："我刚刚在厕所看到一个男生。"

　　"他拉出金粑粑了？"

　　"你怎么三句话不离金粑粑！"

　　许年年笑哈哈地说道："见到一个男生，然后呢？"

　　然后呢？

　　江沅想起后续发生的事情，双手捂着脸，欲哭无泪："呜呜呜呜呜呜呜呜呜，我上厕所没洗手就拉了他的手……"

　　许年年一脸难以置信："你是不是觉得我没有脑子？"

　　江沅激动到有些语无伦次："就是他长相很让人心动，声音也是，我就很激动。"

　　"然后你一激动，没洗手就拉了人家的手？"许年年呵笑，"你找不到厕所就找不到，没必要编出这么扯的理由来骗我好吗？不是所有人都跟你一样智障的！"

　　"我真的没有骗你啊！他的长相太让人心动了！"江沅顿了下，"不对，准确来说，还是他的声音更让我心动！"

　　许年年一脸"编，你接着编，看姐信不信"的表情。

　　江沅抱着许年年的胳膊，声音放空："你知道吗，那种感觉，就是我一见到他，甚至想好了以后我的孩子姓什么了。"

　　"姓啥？"

　　"跟他姓。"

　　"那他姓什么？"

　　"我不知道。"

　　"……"

　　无论江沅怎么念叨，许年年对她上个厕所还能遇到心动的人这件事情始终抱着半信半疑的态度。

　　一直到比赛结束。

　　WATK 战队以四比二的比分战胜了 RANK 战队，WATK 的全体队员上台领奖，在所有粉丝的狂欢呐喊声中，台上的大灯突然熄灭，聚光灯打在一个人身上——詹渝，WATK 战队的 ADC。

　　现场突如其来的安静。

　　江沅和许年年皆是沉默了下来。

　　下一秒。

　　詹渝举起话筒，先是笑了下，而后又放下，这样反复几次，自己倒先忍不住红了眼睛。队友伸手揽着他的肩膀，给予鼓励。他平复了一下心情，道："很高兴加入 WATK，也很遗憾没能陪着它继续走下去。"

　　千言万语到最后只汇成了两个字——"再见"。

　　詹渝对着粉丝深深地弯下腰，右手按在胸口 WATK 的队徽上，现场先是沉默了一秒，而后便是满场的——

　　"渝哥！加油！"

　　结束散场后，江沅和许年年抱着应援牌绕开人群去 WATK 的休息室："嘤，好舍不得渝哥啊。"

　　"渝哥又不是不回来了，他结束治疗后还会回战队的，陈冬说战队已经正式聘请渝哥为副教练了。"

　　"啊啊啊啊啊，我渝哥贼棒！"

　　说话间，两人已经走到 WATK 战队的休息室。许年年熟门熟路地推门走了进去，江沅拉住她，把手里的应援牌塞她手里："我去趟厕所。"

　　"你怎么老上厕所？"

　　"嘿嘿，刚刚上厕所忘记洗手了。"

　　江沅去厕所仔仔细细洗了两遍手，等回去的时候，许年年和 WATK 的队员都站在门口，手里拎着包，看样子应该是准备走了。

她小跑着过去，打了招呼，和许年年咬耳朵："怎么还不走啊？"

"唔。"许年年低头在刷微博，"等人。"

"等谁啊，不都齐了吗？"

"新来的 ADC。"

话音刚落，身后传来动静："欸，人来了。"

脚步声靠近，人声清晰："抱歉。"

江沅一怔，回头。

她望见了一双灿若星辉的眼睛。

男生的眼睛像深海里的星星，暗潮涌动中藏着亿万星河，让人忍不住想探个究竟。

他身形颀长，此刻正侧着脸和队友说话，嘴角的弧度清晰可见，鼻梁高挺，侧脸的轮廓分明，口罩随意地半挂在耳朵上。

浅棕色的头发在灯光的辉映下微微泛着光，从江沅的角度看过去，似乎还能看到他时而滚动的喉结，模样当真是配得上"惊艳"这两个字。

江沅忍着激动和紧张，抬手按住胸腔里蠢蠢欲动的一颗心。

原来，对一个人心动时，心跳竟然是这样的。

急促、不受控制，像极了将要喷发的火山，炙热滚烫，却又无法自持。

等人开始往外走时，许年年收起手机跟上去，目光不经意间扫到江沅，被她从脸红到耳根的模样吓了一跳，抬手摸了摸她的额头："发烧了？"

"不。"江沅拉住她纤细的五指，笑意盈盈，"我是发春了。"

"……"

WATK 战队的传统，赢了比赛吃火锅，输了比赛吃火锅，队员脱单了吃火锅，发工资了吃火锅……

在他们眼里，什么都没有一顿火锅来得畅意。

因为许年年和陈冬的关系，江沅暑假里跟在他们后面大大小小也吃了不少顿火锅，导致她一个不怎么爱吃火锅的人，现在对火锅都有了一种执念。

饭桌上，火锅的热气逐渐氤氲开来，连带着气氛也热闹起来。

队长小眠敲了敲桌面，替沈漾逐一介绍了在座的人，点到江沅的时候，两人的目光不可避免地对上。

他的眼神清冷，像深夜的冷月，神圣不可触碰，看人的时候，带着些凉薄。

江沅心虚地别开眼。

小眠没看出两人之间的暗潮涌动，继续道："这是江沅，阿冬的朋友。"

沈漾右手覆在左手手腕上，指腹揉搓着，神态漫不经心的，连说话都带着他与生俱来的那股清冽的气息："你好，沈漾。"

江沅凛神，呼吸一窒。

他的声音如同山涧的清溪，冷冷作响，听在耳里，如同天作之曲。

余音绕梁，三日不绝。

妈呀！

她要为这个声音爆灯！狂爆一百盏灯！

许年年察觉到她异于常人的激动，搁在桌下的手掐了掐她的大腿，听她轻"嘶"一声后，道："你怎么了？"

江沅侧目看她，眼底亮晶晶的："年年，我知道我未来孩子姓什么了。"

许年年满脸疑惑。

"跟他姓。"江沅侧过头，搁在桌上的手的食指伸了出来，指尖对着右前方，唇瓣动了动，没出声，唇形清晰，"姓沈。"

话音刚落，桌上发出沉闷的一声，许年年端在手里的水杯半扣在桌面上，里面的水顺着桌沿滚落，砸在地面上的时候，漾起的水花溅在江沅的脚踝处。

桌上所有人的视线都看了过来，许年年拉着江沅站起来，思路清晰："手滑了，我们去下洗手间。"

许年年明显是有点不敢相信的。

"你刚刚说在厕所碰见的是沈漾？战队新来的 ADC？和我们一起吃火锅的那个沈漾？"

江沅揉着脸，点头："是他。"

"天哪。"许年年扶着前额，手指掐着眉尾，似笑非笑，"我怎么就不大相信这种事能发生在你身上呢？"

江沅低头踢脚边的花盆，语气比起之前平静了许多："我以前也不相信会存在一见钟情这种事，但我看到他的时候心跳真的超快，根本控制不住。"

"你这是颜控吧？"

江沅丝毫不觉得有什么不对："对，没错，我就是这么肤浅的人。"

许年年笑了声："得，要是真喜欢你就追吧，反正都是自家人。"

她勾着江沅肩膀往回走，赠给她一句至理名言："近水楼台先得漾，帅漾不流外人田。"

一行人吃完火锅出来，时间刚过十一点。

黑黢黢的天空，嵌着数不清的星星。

夜色渐浓，街头依然灯火通明，街道上汽笛声此起彼伏，找不到星点属于夜晚的阒寂。

他们站在路边等车，沈漾坐在路边的单车上，长腿着地，撑着自己，口罩半挂在脸上，眼睛眯着，像是在睡觉。

江沅和许年年在边上推推搡搡地闹着玩，许年年怀了坏心思，手下用了力，把江沅整个人往沈漾那边一推。

沈漾察觉到动静，抬眼看到一道人影扑过来，还没来得及做出反应，人就倒在他怀里了，他下意识抬起的胳膊被江沅紧紧攥在手心里。

江沅暗骂了一声，连忙缩回手，抬起头，却见他盯着自己刚刚摸过的手腕，表情变得若有所思。

之前在厕所的尴尬历历在目，江沅沉默了几秒，干脆鼓足勇气，厚着脸皮道："我这次洗过手了。"

"三遍。

"每一遍都用洗手液洗的。

"所以，你放心，被我摸一下不会怎么样的。"顿了顿，江沅干脆将厚脸皮的行为继续发扬光大，"你要是觉得还不舒服，喏，给你摸回来。"

反正不管怎么样，她都是只赚不亏。

沈漾敛着眼，路边的灯光打在他的睫毛上，在他眼睑下方投射出扇形的弧度。

他看了看江沅递过来的胳膊，皮肤白腻，手腕纤细，腕骨微微凸起，细长的五指动了动，像猫爪子一般，挠得漫不经心。

沈漾忽地别开眼，指腹在腕间揉搓着，沉声道："不用了。"

他们俩的动静不小，江沅摔过去的时候，WATK 的人就注意到了，几个人站边上看了半天戏，都被这突如其来的反转剧情整蒙了，一时间，没人说话，空气似乎都凝固了。

最后，梁钦先打破了沉默，忍住笑，颤着手："那什么，车到了，该走了。"

路边停了两辆颜色差不多的出租车，上车的时候，梁钦有意将沈漾和江沅分在一辆车上，但之前还宛若登徒浪子的江沅却死活都不愿意和沈漾坐一辆车。

"不行不行！我今天得缓缓。"话落，她拖着许年年在路口单独拦了一辆车，"砰"一声关上车门。等到车子发动，才忍不住伸手去捂怦怦作响的心口。

许年年还从来没见过她这个样子，忍不住打趣道："你才认识他多久啊？就能有这么喜欢？"

"有啊。"江沅轻吐了几口气，平复了一下心情，"你觉得我刚刚表现得怎么样？"

许年年实在难以启齿，闭上眼睛不再搭理她。

另一边，梁钦和沈漾坐了一辆车。

车里关了空调，车窗敞开，热风扑面而来，疾驰的车外是一晃而过的婆娑树影。

梁钦双手交叠垫在脑后，侧目看着沈漾："江沅她没什么恶意的，你别介意啊。"

"嗯。"沈漾收了手机，漫不经心地应了声。

梁钦笑得不以为意，直奔主题："那既然不介意的话，要不试着了解一下？"

沈漾睨了他一眼："你有病吧？"

"我还不是为了你的终身幸福着想啊。"梁钦叹了一声，"都说电子竞技没有爱情，你要是能打破这个魔咒该多好。"

说完，他又自己摇了摇头："算了，靠你打破，还不如相信母猪能上树了。"

沈漾无语。

江沅洗漱好出来，丢在床上的手机疯狂地振动着，屏幕忽明忽暗。

她拿毛巾随便擦了擦头发，整个人躺在床中央，解锁手机，都是群消息。

小眠他们今晚估计被江沅的骚操作给唬住了，到这会儿才反应过来，齐刷刷地都在群里面刷屏"艾特"江沅。

小眠："@江小沅给个解释，还我 ADC 清白。"

梁钦："@江小沅给个解释，还我 ADC 清白。"

……

整整齐齐刷了十多条。

江沅笑哈哈的，直接丢了个火柴人表情包出去。

——向美色低头 .jpg

群里安静了一秒。

小眠："@WATK.Young 漾漾，这里有人觊觎你的美色呀。"

这边，收到消息的江沅一哆嗦，手机没拿稳，掉下来直接砸到她下巴上。

她揉着下巴，等那阵刺骨的痛感过去后，颤巍巍地拿出手机，给许年年发了一条消息。

江沅问："为什么没人跟我说沈漾也在群里面？"

许年年回得很快："我以为你知道的。"

江沅痛心疾首，回："我要是知道我还敢这么说吗？"

许年年说："你有什么不敢的？都敢当着人面聊摸来摸去的话题了，姐们儿，你很勇猛啊！"

她懒得再理睬许年年对自己的"人身攻击"，反复刷着群聊消息，但沈漾一直都没出现。

江沅纠结了会儿，还是觉得自己刚刚在群里的行为太有损形象，于是决定加沈漾的微信解释一下。

她直接通过群，向对方发送了好友请求。

之后，江沅抱着被子激动地在床上滚了几圈，没控制住，"咚"的一声滚下床，正好被出来喝水的江父听见。他站在门口，轻叩房门，沉声道："沅沅，早点睡觉。"

江沅脸埋在被子里，一张脸不知道是激动还是闷的，红扑扑的，眼睛也是湿漉漉的。她卷着被子重新躺回床上，朝门口应了一声："知道了。"

搁在床头柜子上的手机振动了一下。

江沅拿过来扫了一眼。

消息是许年年发来的："干吗呢，打不打游戏？"

江沅说："不打，我在等消息。"

许年年问："啥消息？"

江沅回："我刚加了沈漾微信，想跟他解释一下我没有那个意思，但他还没通过我的请求。"

许年年先是发了一长串的哈哈哈，紧跟着又发了一条语音："我要是沈漾，压根儿就不会同意，谁会放任调戏过自己的人，躺在自己好友列表里，这不找虐吗？"

江沅躺在床上，不甘心地"啊啊"叫了几声，搭在床尾的腿来回砸在被子上，细长的手指几乎要把键盘戳个洞。

江沅说："我发誓，以后要是再当众调戏沈漾，就是狗。"

许年年回："呵呵，已截图。"

江沅没心思和她继续聊下去，跟她道了晚安后就退出了微信。

聊天页面还没有通过的提示，她轻叹了声气，将手机丢在一旁，闭着眼，回想起今天发生的一切，忍不住将脸埋到枕头里大叫了两声——"啊！好烦！"

第二天早上，还在睡梦中的江沅被江母从被窝里捞了出来，她拼命挣扎，闭着眼，单手扯着被子，嘴里不停嚷嚷："妈，我昨晚一点才睡觉的啊。"

江母不吃这套，手下用了力，将盖在江沅身上的被子扯了下来："是我让你一点钟睡觉的吗？你一个女孩子家家的，天天往外跑，也不着家。"

生怕母亲念叨起来刹不住，江沅不情不愿地从床上爬起来："也不知道没我的那些年，我爸是怎么过来的？"

"你这丫头。"江母作势要来打她，江沅嬉笑着从床上跳了下来，一溜烟钻进了卫生间里。

没一会儿，卫生间里传来她的叫声："妈，牙膏没了啊。"

"那你下去买呀，正好去林医生那里看看元宝恢复得怎么样了。"

简单洗漱完，她换下睡衣，去厨房拿了盒酸奶，下了楼。

盛夏的清晨，日光倾泻，空气清新，跟傍晚时的沉闷干燥截然不同。

江沅趿拉着拖鞋，在小区门口的早餐店买了两个肉包，到宠物医院门口，脚刚迈进去，瞥见旁边站了一个人。

沈漾站在门口的货架前，穿着同色的短袖短裤，脚上也趿拉着双拖鞋，头发湿漉漉的，应该是刚洗过，发梢还有未风干的水珠，顺着脖颈滚进他脊背后面，然后一路往下……

　　江沅甩了甩脑袋，不敢再想下去，轻吐了口气，去前台登记了姓名后，迈步朝他走了过去："嘿，早上好呀。"

　　听到声音，沈漾回头看了她一眼，眼波平静，唇瓣动了动，只轻"嗯"了声，算作回答。

　　江沅眼珠子转了转，低头看了眼一直蹲在他脚边的大金毛，顺势蹲下去，手跟着伸了出去："这是你养的狗吗？"

　　"嗯。"沈漾下意识动了动手里的绳子，金毛的脑袋跟着往后挪了点位置，江沅伸出去的手尴尬地停在半空中。

　　她蹲在地上，抬头看着沈漾，眼神无辜："你是嫌我手脏吗？我今天早上出门有洗手的。"

　　江沅有些气恼。

　　他那是什么眼神？

　　当她是连狗都下得去手的登徒浪子了吗？

　　她也是有尊严的好吗？

　　沈漾的眼神有一丝窘迫，拇指无意识地搓着食指的第一根骨节，挪开了视线："不是。"

　　"太迟了。"江沅站起身，有些委屈，"你刚刚的行为已经完完全全地伤害到我脆弱的心灵了。"

　　扯绳子是下意识的动作，沈漾也意识到自己可能是过分了，试探性地说了句："要不，给你摸回来？"

　　江沅眼睛倏地亮了起来，一步一步给他下套："你愿意给我摸回来？"

　　"嗯。"

　　"好呀。"她笑得像只小狐狸一般，状似认真地询问他，"你要给我摸哪儿呀？"

　　沈漾一愣，眉心跳了下，才意识到她话里的歧义。

　　——你愿意给我摸回来？

　　她说的是你。

不是指别的，是他这个人。

江沅说完，也是忍不住腿抖，小心翼翼观察了他半天，见他只是沉默着拿起两袋狗粮走了后，才长松了口气，蹲在地上给许年年发消息。

江沅："汪。"

许年年："？"

江沅："汪汪汪汪汪汪。"

许年年倏地反应过来："你又当众调戏沈漾了？"

江沅："汪……"

沈漾回了基地，队友都还没起。他蹲下身，拆开一袋狗粮倒在桌底的狗盆里，伸手摸了摸金毛的脑袋，不自觉地想起刚刚在宠物店的一幕。

女孩蹲在地上，眼神无辜地看着他，圆亮的桃花眼像是浸了水的琥珀，潋滟生色。

可一想到她说的话，沈漾摇摇头，不愿再往下想。

他站起身，目光瞥见桌脚摆放整齐的空水桶，才想起，刚刚原本是打算去一趟超市的。

都是那个女生……

他无奈地叹声气，拿上钥匙，重新出了门。

超市在小区附近，过一条马路的距离。

沈漾昨天才搬来基地这边，为了方便，他上网搜索宠物店的时候，顺便搜了下超市的位置。

他推着车，先去拿了两大桶纯净水，路过冷藏区的时候，目光落在冰柜里，没注意前面也有一个人跟他一样，推着车，只顾看商品，不看路。

"嘭"一声。

两辆手推车碰在一起，金属碰撞的声音，清脆响亮。

他收回视线，看着眼前大半个身体都倒进车里的人，眉峰微不可见地皱了一下，清冽的声音如山涧清泉："你没事吧？"

听到熟悉的声音，头埋在车里的江沅倏地抬起脑袋，又惊又喜地看着他："嘿，沈漾，好巧啊。"

"嗯。"

江沅挪开推车，自己站了过去，随口问了句："你要买什么啊？"

"酸奶。"

江沅人靠着货架，视线黏在他身上："你想喝什么？我请你呀。"

闻言，沈漾侧头看了她一眼，没作声。

江沅自顾自地说道："不过我也不是免费请你喝的。这样，我们做个交换，我请你喝酸奶，你加我微信好不好？"

"不好。"

"为什么呀？多好的交易啊，你既能得到酸奶，又能得到我的微信，两全其美啊。"

沈漾抿着嘴角，表情不太好看："不用了。"

"那好吧。"江沅故作失望地叹了声气，还没到一秒，又忽地笑了起来，端着手臂，单手托住下巴，一本正经地说道，"那要不这样，你请我喝酸奶，我加你微信好不好？"

沈漾忍无可忍，抿了下唇，有细微的咬牙切齿的声音："你到底想干吗？"

她不自觉地缩了缩脖子，不怕死地问了声："我说了，你会同意吗？"

他没说话，敛着眉等她下文。

江沅看着他，手指蜷缩在腿边，心跳如擂鼓。

她无意识地舔了下唇角，发出弱弱的一声："我说我想找你当代练，你信吗……"

沈漾愣了一秒，站在原地垂着眼睑，神情寡淡看不出情绪，只是语气不似以往的冷淡和平静，像是被逼急了，连脏话都冒了出来——"信个鬼。"

江沅跟着沈漾出了超市，一路上她对沈漾展现出巨大的兴趣和好奇："沈漾，你话这么少，以后怎么开直播啊？"

　　WATK 战队内部有规定，职业选手每个月有规定的直播时长和订阅量要求。

　　她之前看过陈冬他们直播，骚话一堆。

　　像沈漾这样沉默寡言又不爱说骚话的，订阅量确实是堪忧啊。

　　沈漾脚步没停："直播会说。"

　　江沅愣了一秒，脑袋里不由自主地想象出沈漾坐在电脑桌前，板着脸，一本正经地说着骚话的样子。

　　"哈哈哈哈哈。"

　　画面感太强，她没忍住，笑了出来。

　　走在前头的沈漾听见笑声，脚步一顿，回头看了她一眼。后者立马噤声，小跑着挪到他跟前。

　　"沈漾，你来 WATK 之前，是在哪个战队打比赛的啊？"

　　"没在战队。"

　　"Meizai 战队？"江沅皱眉，想了一圈，"有这个战队吗，我以前怎么没听说过啊。"

　　沈漾敛眸，解释了一遍："我以前没有在别的战队。"

　　"啊，这样啊。"江沅摸着鼻子，想着说些别的来掩盖一下自己的愚蠢。

　　还没开口，却见他停了下来。

　　她一个急刹，也跟着停住了脚步。

　　沈漾停在原地，弯腰将手中的袋子放在脚边，从口袋里摸出手机。江沅站得有点距离，只看见他低头在屏幕上点了几下。

　　没几秒。

　　她口袋里的手机振动了两下。

　　摸出来一看。

　　两条微信消息。

——沈漾。

——微信同意了，你别再跟着我。

江沅拿着手机愣了几秒，似乎是有些不敢相信，揉了揉眼睛，退出微信，关了手机屏幕，闭着眼深呼吸几口气后又重新解锁。

打开微信。

沈漾发来的两条消息依旧躺在聊天框里。

啊啊啊啊啊啊……

江沅感觉浑身的血液似乎都凝固了，她握着手机，忍住想要放声尖叫的冲动，站在路边激动地蹦跶了几下。

十多分钟后，江沅更新朋友圈。

"如果我有一对翅膀，不是我吹，我现在能飞出地球。"

江沅收到许年年消息的时候，正躺在沙发上看电视。

许年年："五排，来不来？"

她随手打下几个字："不来了，追剧呢。"

许年年："沈漾也在。"

江沅"噌"一声从沙发上坐了起来，收脚的时候没注意，脚背打到茶几的尖端，痛意腾然而起，她抱着脚，发了语音。

"等我！"

拿耳机，开游戏。

刚刚登录进去，她就收到了许年年发来的游戏邀请。

直接点了同意。

她是最后一个进去的，还没来得及看下沈漾的资料，游戏就开始了。

进了选英雄界面，江沅扫了眼每个人的游戏昵称。

目光落在三楼。

——WATK.Young。

啊啊啊啊啊啊，真的是沈漾啊，她躺在沙发上，忘记了脚上的痛意，激动地叫了出来。

选英雄的时候，沈漾选的是射手。

江沅怀了小心思，选了坦克，准备给沈漾打辅助。

点了确定。

心满意足。

因为是星耀局，所有英雄选择完毕后，还有一次调整机会。

于是，江沅看见沈漾的英雄头像一变再变，从射手变成了战士，从下路换到了上路。

她满脸问号。

基地那边，梁钦上完厕所回来，发现沈漾换了英雄，他擦干手上的水坐在沈漾边上，好奇地问了句："漾漾，你怎么不玩射手了？"

沈漾伸手搓着后脖颈，闭着眼，头枕着椅背："不喜欢。"

一直在队内语音潜水的江沅听到沈漾的回答后，一脸不可置信。

你一个职业打射手的人现在说你不喜欢玩射手？

这骚操作，她简直服气。

这一局游戏结束得很快。

第二局的时候，江沅直接放弃了跟沈漾走一路的想法，拿了自己的本命英雄貂蝉。

然后，沈漾选了李白打野。

开局前，江沅隐隐有预感，她这局，可能飘不起来了。

果不其然。

开局八分钟，她就成了全场经济最低的。

发育不起来的貂蝉，被对面中单全程压制，她忍不住在队内语音说话："漾漾，你能别来中路蹭我兵线吗？"

"你说什么？"

江沅横起来："我说漾漾！你能别来中路吃我兵线吗！听清楚了吗，漾漾？"

"扑哧！"梁钦他们几个忍不住笑了出来。

沈漾一直没说话。

隔了几十秒，她听见梁钦含着笑意的声音从听筒里传来："江小沅，我们 ADC 说，兵线是给会打的人吃的。"

江沅顿足，再见吧，朋友。

接着打了几局游戏后，梁钦他们几个一天只吃了一顿饭的人喊饿，撺掇着出去吃烧烤。

"江小沅，一起来啊。"下游戏前，梁钦在游戏内给她发消息，"沈漾也去。"

江沅盯着手机"咯咯"笑个不停，刚下班回来的江父把手里的荔枝递给她："笑什么呢，这么开心。"

"好玩的事情。"江沅从沙发上起来，剥了几颗荔枝塞进嘴里，"噌噌"跑回房间换了身衣服，"爸，我去找年年啊。"

"早点回来。"

她挥挥手："知道啦。"

小区外面有好几家烧烤摊，江沅问清楚在哪家店后，从车棚把单车推了出来，晃悠着往小区大门的方向骑。

兴许是时间较晚，小区里除了两三个保安在巡逻，很少有行人走动。

江沅哼着歌，刚从小区大门骑出去，细长的手指倏地捏紧了刹车。

"呲——"一声，单车停了下来。

离她不远的梧桐树下，站着一个少年。

黑发黑衣服，要不是指间夹着一点星火，他整个人几乎都要与黑夜融为一体。

站在梧桐树下的沈漾听到动静，回头看了她一眼，动作熟稔地掐灭手中的烟头，随手丢进一旁的垃圾桶里后，抬脚朝她走了过来。

人在她单车前停了下来，手插在兜里，眉眼一如既往的冷淡："走吧。"

说完，他自顾自地往前走。江沅愣了两秒，才忙踩上车跟上他的步伐："沈漾，你刚刚是在等我吗？"

"嗯。"

江沅一下子兴奋起来,没过一秒,又被他一盆冷水浇回原样:"梁钦让我等的。"

江沅有点小失望,但很快又调整回来:"没关系呀,四舍五入一下,还是等于是你在等我。"

沈漾没再说话。

沉默着走了一段路。

江沅从单车上下来,推着车和他并肩走在人行道上:"沈漾,你会骑单车吗?"

沈漾侧头看了她一眼,放缓了步速:"会。"

"那你载我好不好?"

三秒后。

"不好。"

"那我载你?"

"不用。"

江沅停了下来:"那你想怎么样啊?"

他脚步未停,甚至步伐还隐隐有加大的趋势:"走路。"

江沅推着车迅速跟了上去:"你都不知道梁钦他们去的烧烤店离小区有多远,走路都要半个小时。"

沈漾嘴角一扯:"他说只有五百米。"

江沅一愣,但又马上反应过来:"他是骗你的,真的。"

她一秒没停,瞎话张口就来:"我们上次去吃火锅,他也说离小区五百米,但是我骑车骑了半个小时才到的。"

"你想想啊,我骑单车骑了半个小时,该是有多远了。"

沈漾顿了顿,眼皮微跳,漫不经心道:"你确定不是因为你路痴才骑了那么长时间的?"

江沅笑容一僵,却死撑着不承认:"怎么可能?我这么冰雪聪明伶俐可爱的人,怎么会犯这么低级的错误。"

沈漾继续沉默。

"我走不动了。"又走了几步路之后,江沅干脆停下不走了。

沈漾跟着停了下来，眉峰蹙着，喊她："江沅。"

他的声音带着天生的清冽，此刻压低了，多了些磁性，两种截然不同的音色碰撞在一起，意外地迷人动听："这里最近不太平。"

江沅回神，继续胡说八道："所以我们才要快点离开啊，骑车比走路快很多。"

沈漾无奈地叹了口气，终于妥协，抽出手扶在车把上："让开。"

"好嘞！"

江沅忍不住在心里欢呼呐喊，坐上车的时候，笑得眼睛都弯了。

盛夏的夜晚，晚风褪去正午时刻的燥意，路边的樟树枝繁叶茂，将灯光分割成细碎的光影，映在柏油路上，与走动的人影混杂在一起。

沈漾略微倾身扶着车把，车轮滚过地面，沙沙作响。江沅坐在后面，感受风拂过脸颊的凉意，心情实在是舒畅。

"沈漾——"

"呲——"

她的说话声和刹车的声音同时响起。

沈漾单脚撑在地上，直起身："到了。"

他抬手看了眼时间，淡淡道："五分钟。"

江沅笑嘻嘻地从后座蹦下来，持续性地睁眼说瞎话："那是因为你腿长，蹬得快，要是换我，肯定得半个小时。"

不等沈漾反应，江沅弯腰锁了车，抽下钥匙塞进包里："走吧走吧。"

还没走两步。

"沈漾。"

身后有人说话。

两人皆停了下来。

沈漾回过头，后面站着三四个男生，头发差不多都是五颜六色的，嘴间嚼着口香糖，流氓气息尽显。

他往前走了一步，不知是有意还是无意，刚刚好挡在江沅面前，敛着眼盯着站在中间的男生，过了会儿，才回头对江沅沉声道："你先上去。"

"可是……"

江沅穿过他肩膀往他身后看了眼，不怎么放心。

"认识的，没事。"沈漾重复了一声，已经有些命令的意思，"上去吧。"

"好吧。"

江沅小跑着走开，再停下来回头看过去的时候，沈漾已经和那几个人往另一头走远了。

她不放心，急匆匆又跟了上去。

另一边，沈漾跟他们去了路口的小巷子里。巷子深，街口的灯光忽明忽暗，因为鲜少有人走动，只听见偶尔的狗吠声。

巷子深处。

四人中为首的男生"呸"一声，将嘴间的口香糖吐在沈漾脚边，抄着手，满是鄙夷的语气："你最近日子过得不错啊？"

"成了职业选手，摇钱树了啊！"他啧了声，伸手弹了弹沈漾肩头并不存在的灰尘，"你说你怎么就这么好命呢？"

沈漾没说话，侧身躲开对方的手，唇间抿成一道笔直的细缝，良久，才道了声："周驰。"

闻言，被称作周驰的男生不耐烦地挥挥手："老子没钱了，你拿点钱给老子用用。"

沈漾敛着眸，声音清冽："我没钱。"

被称作周驰的人嗤笑一声，一脸不可置信："你们战队那么有钱，你还能没钱？你当老子傻呢？"

"钱都给他交医疗费了。"

沈漾喉咙动了一下，闭着眼沉默了几秒后从口袋摸出钱包，从里面抽出自己的身份证后，递给周驰："最后一次。"

周驰接了过来，抖开一看，里面零零散散加起来还不到一千块，他合上钱包，手指捏着钱包的边缘，在沈漾面前晃了两下："记着，你欠我的还有很多，你得用一辈子去还，所以，没有最后一次。"

对方骂骂咧咧地走远了。

沈漾站在原地，黑暗中，那种无法挣脱的自责感从心底蹿然而生。

他没有办法，也逃不开。

江沅蹲在巷子口的小花坛后边和草丛里的蚊子做着殊死搏斗的时候，收到了许年年发来的消息。

许年年："你和沈漾是私奔去了吗？"

她单手挠着腿上被蚊子叮过的地方，脑袋时不时往巷子口那边看一眼，手指敲着键盘："我们迷路了。"

许年年："……讲真话，你们还来不来？"

江沅挠腿，目光瞥见沈漾从巷子里走出来，匆忙站起来，边走边按下语音键："来，马上来。"

她急匆匆跑出去，脚因为蹲的时间长，有些发麻，踩在地面上犹如蚂蚁噬骨，来不及追上眼前人的步伐，于是停了下来，喊了声。

"沈漾。"

夜色渐沉，巷子口的灯光昏暗。

沈漾停在原地，看着江沅踮着脚走了两步，眉头忽蹙，抿着唇朝她走了过去："你怎么在这儿？"

江沅咽了下口水，肩膀塌下来，犹豫了一下开口："我担心你。"

她说完，又小声地补了句："他们看起来并不怎么友好。"

沈漾愣了下，突如其来的，身体里某个地方像是被什么东西砸了一下，很微弱，他想抓，却怎么也抓不到。

他没说话，垂眼看着她。

灯光暗淡，她整个人被昏暗的光圈包围着。

头发不长，只堪堪遮过耳根，发梢处有几根头发微微翘着。

皮肤很白，像牛奶一样，桃花眼，眼睛里湿漉漉的，左眼角有一颗很小的棕色泪痣，看起来潋滟动人。

她手指蜷缩着，低头的瞬间，沈漾看见她的影子被月光拉得很长，一直延伸到看不见的地方。

良久，他开口，声音不自觉地柔软下来："腿怎么了？"

江沅"啊"了一声，脑袋低下去，脚尖踩着地上的小石子，弱弱一声："蹲麻了。"

他敛着眼，眼波微动："能走吗？"

江沅抓了下头发，觍着脸问了声："我说不能，你背我吗？"

他往前走了一步，脸上没什么表情："可以。"

江沅蒙了，脸轰地如火烧般热了起来，犹豫了会儿，刚想摇头说不能，倏地想起来这一个多月自己不受控制飙涨的体重。

在脑海里做了无数次斗争后，她狠下心，摇头拒绝："不用了，我能走。"

沈漾盯着她看了会儿后才道："那走吧。"

江沅："好。"

出了巷子，只见许年年他们都站在街口，她一愣，回头看沈漾的当口，他们五六个人都走了过来。

"你们俩怎么跑这边来了？"许年年抬手屈指在江沅脑门上崩了一下，"路痴不知道问路啊？"

江沅捂着脑袋往后退了一步："你们怎么过来了？"

"看你把我们ADC拐哪儿去了啊。"站在边上的K神浅浅笑了声，"你们要再不来，我们眠哥都准备去问问现在重新买个ADC得多少钱了。"

"对啊，漾漾，你们俩钻到这黑灯瞎火的巷子里干吗去了啊？"梁钦胳膊搭在沈漾肩膀上，似笑非笑地看着江沅，揶揄道，"江小沅，你该不会想趁着月黑风高夜，趁机拐走沈漾吧？"

江沅哑口无言。

"所以说，你们俩刚刚到底干吗去了？"梁钦侧着头，目光在沈漾和江沅之间看了一圈，"请如实招来。"

"我——"

沈漾刚刚开口说了一个字，话就被江沅截断了。

"我们刚刚买奶茶去了。"江沅摸了摸发梢，睁眼说瞎话，"我之前在网上看到这附近有一家很喜欢的奶茶店，今天路过就顺便过来看一看了。"

"那奶茶呢？"

"没找到啊，我们还迷路了。"江沅说完，扭头看着沈漾，右眼故意眨了眨，"是吧，沈漾。"

估计也是没想到她会这么说，沈漾愣了片刻，才点了点头，轻"嗯"了一声。

江沅心满意足地笑了，催着他们回去："走吧走吧，我快饿死了。"

几个人往回走，沈漾和梁钦走在最后面，没走几步，口袋里的手机振动了两下。

他把手机摸了出来，点开屏幕，一簇亮光映在他眼底，忽地停了下来。梁钦见状好奇地蹭过来一点："你看什么呢？"

"没什么。"

他动作极快地按灭了手机，暗下去的屏幕里是他来不及关掉的聊天框，里面有两条消息。

"你那么好看，说谎不适合你。"

"所以，这种事，就交给我吧。"

沈漾放在口袋里的手指无意识地动了两下，心跳仿佛漏了一拍，有点晃神。

没走两步，手机又振动了一下，沈漾脚步没停，摸出来看了一眼。

"毕竟，爸爸保护儿子，是天经地义的事情。"

他脚下一个趔趄，漏了一拍的心跳，瞬间跟上，一下又一下，慢慢趋于平缓。

　　第二天中午，江沅被电话铃声吵醒，手刚摸上手机，电话挂了，没等几秒，铃声又重新响了起来，看了眼来电显示。

　　陌生的号码，底下一行黄色小字。

　　外卖 /103 人标记。

　　她接通电话，声音因为睡的时间太长，还有些哑："您好？"

　　电话那头的声音很清脆："您好，请问是江沅女士吗？门口有您的外卖。"

　　江沅从床上坐了起来，扫了眼床头的闹钟，十二点了。

　　江父江母一早就去上班了，她一直在睡觉，所以说，这外卖是谁点的？

　　"你是不是弄错了，我没点外卖。"

　　外卖小哥重新看了一遍手机号码和姓名后，道："没有弄错，可以请您快点过来取一下吗，我还有下一单要送。"

　　"不好意思啊，我现在过来。"江沅问清了他在哪个位置后，挂了电话，起床去洗手间随便洗了把脸，急匆匆地下了楼。

　　外卖小哥等在小区的正门。江沅接过外卖问了句："你们现在都不送货上门了吗？"

　　"不是，是您这上面的地址就给到这里，没有具体到哪一栋。"

　　她一顿："不好意思啊，耽误你时间了。"

　　"没事。"

　　江沅拿着外卖回了家，拆开包装袋，里面是一杯波霸奶茶和一杯仙草奶冻，杯身印着一家奶茶店的 logo。

　　她盯着那个 logo，忽然想起昨晚在烧烤店，随口胡诌的奶茶店的事情，人一顿，心底顿时涌现出一个大胆的想法。

这奶茶，该不会是沈漾送的吧?

为了保证不是自己自作多情，江沅在给沈漾发消息之前还拍了两张照片给许年年。

许年年:"？？？"

许年年:"你这是赤裸裸的炫耀。"

许年年:"我鄙视你的这种行为。"

排除许年年，唯一剩下的可能就是沈漾了，她周围的朋友，也只有他不知道她家住在哪一栋。

江沅重新登录微信，点开和沈漾的对话框。

信息还停留在她昨天发的那条爸爸儿子论。

她昨天发完那两条霸道总裁式的话后，囧了，怕沈漾多想，想撤回已经来不及，只好以开玩笑的语气补了一条回去。

江沅叹了口气，拆开一杯奶茶，吸了一口，奶茶的香甜味在嘴里弥漫开，嘴间嚼着 Q 弹的珍珠粒，手指点开输入栏，给沈漾发消息。

"漾漾。"

他没回。

江沅又发了一条。

"漾漾。"

等了一分钟，还是没回。

她一连发了十条"漾漾"。

"有事?"

终于回了。

她抽着嘴角:"你刚刚为什么没回消息?"

"不想回。"

"为什么？因为我喊你漾漾吗？"江沅手指把键盘按得啪啪响，"梁钦他们都喊你漾漾啊，为什么我不能喊?"

"他们是男的。"

"哇漾漾，你性别歧视啊。"她又吸了口奶茶，"这对我不公平。"

江沅嘴里咬着吸管，斟酌了会儿，开始打字："我今天遇到件超级讨人厌的事情。"

"？"

"有个送外卖的一直给我打电话，让我下去拿外卖。"

"可我压根儿没有点外卖啊，现在的骗子套路真的太多了。"

"还好我聪明，直接把电话挂了，要不然你现在可能就不能和可爱的我一起聊天了。"

收到消息的沈漾搓着后脖颈的手掌一顿，手指按在键盘上，敲下几个字，中指搁在 Enter 键上，迟迟没有按下去，过了会儿，他按下清除键，将打下的字一个一个删除，重新敲了几个字过去。

"是吗，你警惕性挺高。"

这边，江沅看到消息，忍不住笑了出来，心想这个人啊，真的是太可爱了。

她敲下键盘："姑且认为你是在夸我。"

沈漾嗤笑一声，坐在他边上的陈冬凑过来看了眼："跟谁聊天呢？"

"人。"他眼疾手快地将对话框关掉，扫了眼手机屏幕，好心提醒他，"你家水晶要没了。"

陈冬刚拿起手机，水晶"轰"一声，炸裂了，仰头朝楼上喊了一声："梁钦，我跟你拼了！"

没一会儿，梁钦的声音从二楼传了下来："老子刚刚 460 了啊！"

沈漾搓着眉尾，扬着唇角。

电脑右下角有头像闪动，他点开，是江沅发来的消息。

江沅："漾漾，爸爸不爱你了。"

江沅："仙草奶冻你竟然不给我加珍珠。"

沈漾握着鼠标的手一顿，对奶茶这种东西他一向不怎么感兴趣，点的时候，下意识地选了店里面销量最高的两款奶茶，至于加不加珍珠这种事情，还真不知道。

他还没来得及回复，那边又发来一条消息。

江沅："不过，看在你给我买了两杯的分上，这次我不计较了，下次你得记住了。"

他随手敲了个"嗯"字过去。

江沅看到他的回复，压抑不住内心的激动，开始蹬鼻子上脸："漾漾，你不能这样，你这样会宠坏我的。"

沈漾盯着她发来的消息，一板一眼地敲下几个字。

——"我没有在宠你。"

输入完，他盯着屏幕上的字看了几秒后，点了删除，关掉了对话框，没再回复。

一直坐在他边上打游戏的陈冬瞄了眼他的手机："忙完了？"

他手搓着有些发僵的脖颈："嗯。"

陈冬视线盯着手机屏幕，状似随意地问了句："漾漾，你谈过恋爱吗？暗恋明恋都算的那种。"

沈漾收回手，垂着眼看掌心的手纹，淡淡道："没有。"

"你初中、高中没追过人？"

"没。"停了停，他看着陈冬，漫不经心地说道，"我初中、高中都是别人追我的。"

陈冬无语："没想到你竟然是这样的漾漾。"

沈漾笑了下："实话实说而已。"

过了会儿，睡了一上午的小眠从楼上下来，随便吃了两片面包垫肚子后，神色紧张地拉着沈漾开了游戏。

"漾漾，过阵子就是冠军杯了，你紧张不？"小眠选了辅助后，看着一脸平静的沈漾，很是惊悚，"你都不紧张吗？"

沈漾垂着眼，选好英雄后，伸手将搁在桌上的日历递给小眠，上面七月末的位置被人用红笔勾了出来。

"还有半个多月才是冠军杯，我现在紧张的话，不会有点早了吗？"

小眠摸了把脸，叹声气："我刚刚做梦，梦见冠军杯的时候，你被对面的打野按在地上打。"

闻言，陈冬插了一句："眠哥，我记得为哥说过，要是冠军杯我们拿不到第一，他会把你按在地上打的。"

小眠内心话：活着好累。

连打了三局游戏，小眠一直找不准状态，三局连输，战绩也是"喜人"。

陈冬凑过来看了眼，咽了咽口水："大佬，你这战绩要是在冠军杯上亮出来，可能就要转去隔壁做补位选手了。"

小眠尴尬地笑了声，问沈漾："还上车吗？这局我带躺。"

陈冬："躺着输吗？"

沈漾笑了声："不玩了，被对面打野按在地上打多了，有阴影了。"

说话间，沈漾的手机响了起来，他扫了眼来电人，拿着手机去了外面。

关门声和他的说话声同时响起："四哥。"

电话那头的声音一如既往地冷冽，这次，好似还带着些质问："你退学了？"

屋外烈日炎炎，热浪扑面而来。

沈漾抬脚朝门口的大树底下走去，热意稍稍减退一点，低声应道："嗯，退学了。"

"退学这么大的事情，你怎么不跟我商量一下？"

沈清珩有些气急败坏，声音不自觉地拔高了些："你这么小，退学能做什么？"

"四哥。"

沈漾轻叹了声，抬头看远处在光线里飘浮不定的尘土："我已经成年了，有为自己的选择承担后果的能力了。"

电话那头沉默了一会儿，再开口，似乎有些无可奈何："阿漾，你没有必要把别人的过错都揽在自己身上。"

"这不是你的错，任何人都没有错。"

沈清珩突然放低的声音，让沈漾呼吸一窒，眼眶一阵突如其来的酸涩让他说不出话来。

片刻后，他揉着眼睛，轻笑了声，没有再继续这个话题："四哥，我现在是职业选手了，你有时间来看看我打比赛吧。"

犹豫了会儿，他还是跟沈清珩提了之前的事情："对了，我昨天在基地附近碰见周驰了。"

"他怎么了？"

"没事，你有时间去看看他吧，毕竟……"沈漾停了停，道，"毕竟，他才是沈家的孩子。"

沈清珩临时来了任务，提前挂了电话，沈漾在树荫下站着没动。

基地二楼，梁钦从窗口伸了个头出来，冲他喊道："漾漾，你在外面干吗呢？光合作用啊？不热啊？"

沈漾没回答，收了手机，抬脚往里走。

屋内，小眠和陈冬还在疯狂飙车。

沈漾在客厅坐下没几分钟，基地的门铃被按响。

小眠刚准备起身去开门，回身看见沈漾又坐了回去，朝客厅喊了声："漾漾，帮忙开个门。"

"哦。"他起身去开门。

门外，江沅和许年年拎着奶茶站在门口。见是他来开门，江沅眼睛一亮，笑嘻嘻地凑了上去："漾漾，下午好呀。"

"嗯。"沈漾点了下头，手一松，敞着门，自己转身往里走。

江沅愣在原地。

许年年幸灾乐祸地说："这就是你说的来自高冷漾的宠爱？"

江沅："我不认识他。"

许年年把带来的奶茶和小蛋糕给他们一人分了一份，留了两份递给江沅："喏，跟你的高冷漾甜甜蜜蜜去吧。"

"爱你。"

"滚。"

江沅拿着东西"噔噔噔"跑到餐桌边，献宝似的递给沈漾："漾漾，给你。"

"谢谢。"沈漾伸手接过东西，搁在面前的桌子上，没有动，连包装都没动手拆。

江沅在他对面坐下，拆开奶茶吸了口，见他没动作，疑惑地问了句："你不尝尝吗？蛋糕是年年亲自烤的呢。"

"不爱吃。"

"这样啊。"江沅把嘴里的珍珠嚼碎咽下去，"那都给我吃好了。"

她伸手摸上包装袋，瞥见沈漾一言难尽的目光，又抽回了手，弱弱一声："算了，还是留给你吃好了。"

江沅不傻，能感觉出来，沈漾今天的情绪不高，最起码没有之前跟她聊天的时候高。

她低头咬着吸管，在纠结要不要说点什么，还没想好，坐在对面的沈漾突然伸手把面前的蛋糕推到她面前。

江沅抬头，一脸茫然地看着沈漾："你干吗？"

沈漾抿了下嘴角，淡淡地说："蛋糕给你吃。"

她心中一暖，得寸进尺道："可我想要奶茶。"

"奶茶我要喝。"沈漾说着动手拆开吸管，动作熟练地插下去，小吸了一口。

江沅撇撇嘴，拆开他递过来的蛋糕，略带哀怨："漾漾，你不宠我了。"

他没说话，伸手从桌上拿起手机，点了几下后，推到江沅面前。

江沅低头扫了眼。

标题惊人。

——《××市一女子因一次性饮用过量奶茶，被送医院急救》

"咳咳咳……"

她一个激动，被呛住了，连咳几声才缓过来，抖着手看着沈漾，戏精上身："那你早上还给我点了两杯奶茶？漾漾，你居心何在？"

　　沈漾盯着江沅，忽然轻笑一声。

　　"哇，漾漾，你刚刚笑了，你对我笑了！"

　　他没说话，低头吸了一口奶茶，奶香味充斥在嘴间。

　　很意外，今天的奶茶好像还挺好喝的。

第二章

你刚刚很可爱

我的心房构造就不复杂啊，
里面什么都没有，
只有你。

和沈漾一起度过美好的下午茶时间后，江沅继续得寸进尺，缠着沈漾。

　　"漾漾，你带我上分好不好？"

　　"我给你打辅助，我辅助贼棒。"

　　"或者你给我打辅助，我射手也棒得很。"

　　"实在不行，你打野，我们来个中野联动？"

　　"漾漾……"

　　沈漾被她吵得头大，无奈答应用小号带她上分："我上单，你别跟着我。"

　　"好嘞！"

　　江沅心满意足。

　　进了游戏，另外三排的队友直接发消息，把上单、中单、打野的位置都给预选了。

　　江沅握着手机，一脸兴奋："漾漾，这样只能我给你打辅助了。"

　　"你放心，我会好好保护你的。"

　　"我张飞可是市排名前五十的。"

　　沈漾扫了眼队友发的消息，声音淡淡的："不用，你随便玩。"

　　"漾漾，你是嫌弃我的辅助吗？"盘腿坐在沙发上，没等沈漾回答，她直接先手抢了沈漾的射手，"那你给我打辅助吧，我不嫌弃你。"

　　游戏开始，队友认出沈漾的昵称。

　　在队内发消息问是不是真的职业选手。

　　江沅立马解释说不是，随后又问沈漾："你小号干吗还用 WATK

的名字啊，这样万一你玩得不好，他们会鄙视你的。"

一直在边上看戏的梁钦凑过来说了句："漾漾，他张飞省排名前十。"

江沅震惊："你打 ADC 的，为什么辅助排名这么高？"

沈漾："练着玩。"

江沅："……就离谱。"

开局十分钟后，江沅玩的孙尚香被对面打野的李白捉成提款机。整个基地都回旋着她的鬼哭狼嚎。

"啊啊啊啊啊，漾漾救我！"

"对面李白是喜欢我吗？"

"漾漾你对我有意见吗？你为什么不救我！？"

"漾漾！"

"You have been slained！"（你已经被击杀！）

江沅被捉到没脾气。

对面打野在公频发消息说没意思。

"这是赤裸裸的侮辱啊！这是赤裸裸的鄙视啊！"江沅撇着嘴看着沈漾，"漾漾，你都无动于衷吗？"

沈漾道："你不是射手贼棒吗？"

沈漾见她一脸生无可恋，唇角不自觉地弯了下，伸手把她手机拿了过来，把自己手机塞给她。

"你干吗？"江沅一脸蒙。

"想见识一下市排名前五十的张飞是什么样的。"他低垂着脑袋，侧脸弧度柔和，密长的睫毛忽闪了两下，手指灵活地操作江沅之前玩的孙尚香出城，语气漫不经心。

"顺便，帮你报仇。"

江沅愣住了。

少年漫不经心的声音不停在她耳边萦绕，被他塞在手里的手机还带着他手上的温度，炙热灼人，像是要顺着她手上的经脉烫到她心里去。

心跳好似又失了秩序。

窗外的阳光穿过玻璃映在地板上，少年背光而坐，棕色的头发在光晕里隐隐发着光芒，剑眉入鬓，眼角微扬，鼻梁高挺白皙，侧脸轮廓分明。

抬眼看她的瞬间，江沅好似看见了藏在他眼底不为人知的璀璨星河，耀眼夺目。

"别挂机。"

沈漾拿完红 buff 之后，见她仍旧待在泉水中没动静，提醒了一声。

"啊，哦。"

江沅呼吸一窒，失秩的心脏怦怦乱跳，像是做了什么坏事一般，匆忙撇开眼，低头操作英雄出城。

没有人注意到，她握着手机的手指在微微颤抖。

一如她胸腔处，按捺不住的心跳，一下又一下，频率快到她甚至无法控制呼吸，脸颊涨得通红。

一局游戏匆匆结束，沈漾把手机还给江沅，手指搓着鼻梁骨，有些困倦："不玩了，补觉。"

江沅愣了下，点点头："好。"

他起身从她身侧走过去，衣袖摆动间，江沅闻到了他衣服上浅浅的烟草味和淡淡的柠檬香味。

她突然出声喊住他："漾漾。"

沈漾疑惑地看向她。

她一本正经，圆亮湿润的眼睛忽闪了两下："你用的什么牌子的沐浴露，好香啊，能推荐给我吗？"

沈漾看了她一眼，什么也没说，只不咸不淡地呵笑了声。

江沅对沈漾用什么牌子的沐浴露有了执念，从基地出来后，拖着许年年去了小区外面的大超市。

三四点的超市，人不多，江沅和许年年推着车直奔生活用品区。

她站在货架前，摆在她面前的是琳琅满目的沐浴露。

江沅有些犯难，伸手拿了一瓶沐浴露凑在鼻间闻了下，又放了回去。

一瓶又一瓶。

许年年被她折磨得头疼："你这要找到什么时候啊？"

"不知道。"江沅又放下一瓶某知名品牌新推出的香氛沐浴露，显得兴致勃勃，"反正就先找着呗。"

许年年："你要真想知道，直接问不就行了。"

江沅一愣，想到沈漾当时一言难尽的神情就觉得痛心疾首："问了，沈漾现在可能已经觉得我是个变态了。"

许年年拉住她："笨啊，谁让你问沈漾了，你问梁钦他们不行啊。"

"那你让陈冬帮我问问？"

"滚。"许年年狠心拒绝她。

江沅撇撇嘴："那我回去问问梁钦。"

许年年嗤笑一声，拉着她往外走，有些不解："不过，沈漾他除了长得好看，有什么好的啊？"

"对我来说，长得好看就够了啊。"

过了会儿，江沅忽然认真地说了句："我也不知道为什么，就是听到他的声音会心跳加速，看见他人会紧张，哪怕他不是对我笑，我也觉得只要他开心就好。"

许年年是有过恋爱经历的人，听了她的话，忽然明白了什么。

也许这就是喜欢，不需要什么理由，可能只是一个眼神，一句话，或者是一次擦肩而过。

当心动降临，这世上，便没有什么能够阻挡一个人不求任何回报地去奔向另一个人。

晚上。

睡了一下午的沈漾从楼上下来，头发湿漉漉的，水珠顺着发梢滴进搭在他脖间的毛巾里。

他垂着眼找了一圈大王，没找见，走去客厅坐下，踢了踢躺在沙发上的梁钦："大王呢？"

"嗯？"梁钦正在和江沅聊天，见到沈漾下来，吓得手机都没拿稳，"咚"一声砸在地板上，落在沈漾脚边。

沈漾伸手捡起来递给他，手机没关，亮着的屏幕上是梁钦和别人的聊天记录。

沈漾只随便扫了眼，在上面看见了自己的名字，还没来得及细看，就被手快的梁钦夺了过去。

他笑呵呵的，把手机塞在口袋里："大王被小眠他们带出去吃饭了。"

沈漾抿了下嘴角，神情寡淡，语气淡淡的："拿来。"

梁钦嘻嘻笑着，故意装傻："什么啊？"

"手机。"

"你手机我怎么知道在……"

他越说声音越低，瞥见沈漾的眉眼渐显冷意，秉着能出卖队友保全自己就出卖队友的心把手机递了过去："我就和朋友随便聊聊我们基地新来的 ADC。"

沈漾没应声，接过手机，顺着往上翻。

消息只有今天的，他只翻了两下就到头了。

狗子："在不在，在不在？"

梁钦："干吗？"

狗子："嘻嘻嘻。"

狗子："梁钦。"

狗子："全联盟最帅的梁钦。"

梁钦："有屁快放。"

狗子："帮我看下沈漾用的什么牌子的沐浴露！谢谢！"

梁钦："……你变态啊！"

看到这里，沈漾大概知道这个梁钦备注成"狗子"的人是谁了。

他眉头微不可见地蹙了下，正准备开口，梁钦把手机夺了回去，解释道："我什么都没说，真的，一个字都没说。"

有水珠贴着脖颈流进了后背，沈漾拿毛巾随便擦了擦，意有所指道："你别乱搞事。"

闻言，梁钦嬉笑了声："我没搞事啊，搞事的是你自己。"他似笑非笑地叹了口气："下午你还带人家玩游戏呢。"

沈漾捏着毛巾的手指一僵，略用力把毛巾扯了下来，唇角抿了下："那是因为她太吵了。"

梁钦耸耸肩，稀松平常地道："我知道啊，但你完全可以态度冷硬点拒绝她的。"他看着沈漾，咬字清晰："可你没有。"

沈漾垂着眼盯着梁钦看了会儿，时间久到梁钦觉得自己可能见不到明天的太阳的时候，他倏地别开视线，从抽屉里拿了充电器，重新回了二楼。

梁钦松了口气，倒在沙发上，手机嗡嗡振动了两声，他才回神，给江沅回了消息："狗子，爸爸对不起你。"

江沅："？？？"

梁钦："沈漾刚刚看到我们的聊天记录了。"

江沅："儿子，你已经失去爸爸我了。"

沈漾刚给手机充电开机，系统就提醒有两个来自陌生号码的未接电话。

他只当是推销电话，没在意，搁下手机，去换衣服。

没走两步，电话又响了，他折身回去，号码是刚才的。

他划开，接通，声音冷淡："你好。"

"漾漾……"

不等对方反应，江沅继续道："你千万别挂我电话，你听我解释，我真的不是故意问梁钦你沐浴露是什么牌子的！"

沈漾搓着眉尾，忍住想挂电话的念头，把手机开了免提丢在一旁，站在衣柜旁换衣服。

"漾漾漾漾，你在听吗？"

"喂，漾漾！沈漾！"

沈漾脱下上衣丢在床上，裸露在外的后背上布满了刺青，很大一幅,一直蔓延到肩膀的位置,甚至右手臂的上端也有一块。

他从衣柜里捞了件黑色的短袖套在身上,拿起电话,沉声道:"挂了。"

"等等等等下,最后一句话!"

他没说话,沉默着等她下文。

"你沐浴露到底是什么牌子的?"

意料之中。

电话挂了。

江沅在说完那句话之后,就已经做好了沈漾会把电话挂了的准备,她托着脑袋斟酌了会儿,开始用微信骚扰他。

江沅:"漾漾!漾漾!"

江沅:"我刚刚真的不是故意的!你别生气!"

江沅:"漾漾?!"

江沅:"漾漾?"

江沅:"沈漾?!"

江沅:"我真的知道错了!!!"

……

江沅一连发了好多条微信,但今天的沈漾好像格外狠心,一直都没有回消息。

她欲哭无泪,这个人也太小气了吧。

江沅刚想给他打个电话重新挽救一下形象,江母在客厅喊了她一声。

"沅沅,你出来一下。"

"来了。"

她郁闷地拨了下头发,趿拉着拖鞋走了出去。

客厅里,江母站在餐桌边,将打包好的饭菜往保温盒里放,拧好盖子后,递给江沅:"你爸晚上在医院加班,忙起来肯定也不知道吃饭,你把这个给他送过去。"

江沅还在想微信的事情,有些发愣,半天才伸手接了过来,嘀咕了声:"我爸最近怎么这么忙啊?"

"当医生的哪天不忙。"江母拿毛巾擦干净手,叮嘱了声,"晚上别骑车,坐公交车去,早点回来。"

"知道了。"她点点头,在鞋柜上拿了公交卡后,出了门。

江沅坐了半个小时的公交车,下车从站台走了五分钟就是第二人民医院的大门。

门口是整排的法国梧桐,她从树荫下走过,还能听见细小连续的蝉鸣声,嗡嗡作响,令人徒生燥意。

江父的办公室在四楼,江沅熟门熟路地摸过去,护士站的护士姐姐认出她,笑着道:"又来给你爸送吃的啊?"

"是啊。"江沅笑嘻嘻走过去,"我爸在办公室吗?"

"我看下。"小护士翻了下手术安排表,啧了声,"估计不在,江医生晚上有手术。"

"那好吧,还是老样子,东西给你。"江沅把手里提着的保温盒递给她,"谢谢啦。"

"客气什么。"护士姐姐把保温桶收下去,随口问了句,"今年考在哪个学校啊?"

"医大。"江沅低头给江父发消息,"跟我爸一样,学医。"

"女孩子学医可苦了,你爸舍得啊?"

江沅笑一声:"我爸才不会舍不得呢,他跟我妈恨不得我家世世代代都学医。"

小护士被她逗乐,抬眼看了眼时间:"哟,我得去查房了。"

"好,你先忙吧,我回家了。"

"路上慢点。"

"好嘞。"

从医院出来,江沅跑到隔壁的小吃街买了一碗关东煮,一路吃着去公交站台。

七月的盛夏,晚风没有一丝凉意,空气里弥漫着干燥的灰尘和难闻的汽油味，路边的梧桐树上，蝉鸣声不知疲倦，一声声叫得人头疼。

江沅端着关东煮在站台等车，正值晚高峰，站台上挤满了人。

旁边的电子提示牌，在不停地更新公交车还有几站到站。

她迅速解决完手里的关东煮，丢完垃圾，扫了眼提示牌上的 57 路公交车实时到站信息后，往旁边挪了点位置，靠着柱子玩手机。

57 路公交车来得很快，车刚停稳，等车的人一窝蜂挤在车门前。

穿着拖鞋的江沅往后退了几步，生怕别人不小心踩到她。视线无意晃着，就这么随意一瞥，她愣住了。

少年站在公交车后车门的位置，一如既往的黑衣黑裤，口罩遮住大半张脸，露出冷淡的眉眼，眉头稍蹙着，此刻正随着人群小步地挪动着。

江沅站直了身体，眼底藏着惊喜，挤出人群朝他走了过去。

"哎呀，小姑娘挤什么呀！"

"别挤了啊！"

"不好意思不好意思，麻烦让一下。"

江沅低头道歉，脚步不停。

站在后面的沈漾听到动静，抬头的瞬间，江沅已经站在他面前了，声音清脆："漾漾，你怎么在这边啊？"

沈漾没说话，垂下眼睑，盯着她看了会儿。

少女的眼睛湿润，街道旁的霓虹灯映在她眼底，像是一幅五彩斑斓的画卷，白皙高挺的鼻尖有些许汗意，唇瓣红润，唇角有明显的弧度。

明眸皓齿，盈盈动人。

沈漾倏地撇开眼，声音平淡："路过。"

江沅跟着沈漾上了车，车里挤满了人，他们走到车厢中央的位置就走不动了，周围没有空的扶手，江沅试着踮脚够了下横在车厢上方的栏杆。

有些吃力。

　　她收回手，伸出两只手指搭在别人座椅的靠背上，稍微站稳了一点，侧头和站在身侧的人说话："漾漾，你没看到我给你发的微信吗？"

　　他倒是坦然："看见了。"

　　"那你怎么不回我消息？"

　　沈漾看了她一眼："不想回。"

　　"为什么啊？"声音有些懊恼地说，"就因为我问你沐浴露的事情？那我不问了还不行吗！"

　　沈漾垂眸，不经意间看了她一眼，低声道："行。"

　　江沅愣了下，才反应过来他话里的意思，眼睛不自觉地亮了起来："那我之后给你发消息，你还是会回的吧？"

　　沈漾压住唇角的笑意，故意道："再说吧。"

　　她撇了下嘴，刚想说话，司机一个急刹，车里站着的人重心不稳，纷纷往前倒，江沅的手指本就虚搭在椅子上，这会儿被人往前一推，整个人不受控制地往前扑。

　　但意料中的疼痛没有到来。

　　公交车在乘客的抱怨声中重新启动，江沅睁开眼，发现自己被人整个揽在怀里，鼻息间是熟悉的柠檬香味。

　　她倏地意识到揽着自己的人是谁，手忙脚乱地从他怀里站直了身体，脸颊涨得通红，连带着说话声都有些结巴："对……对不……对不起。"

　　沈漾收回手，眼睛盯着窗外飞驰而过的景色，淡淡道："站稳了。"

　　"哦。"

　　江沅低垂着脑袋，脸颊的红热逐渐蔓延到耳朵，圆润的耳垂红得似要滴血，手指依旧虚搭在座椅的靠背上，整个人摇摇晃晃，重心不稳。

　　沈漾站在身侧，她摇晃的时候，衣袖不受控制地蹭在他胳膊上，棉麻的衣服蹭在皮肤上，酥酥麻麻的。

　　他瞥了眼她摇摆不定的身体，犹豫了会儿，抬起另一只胳膊勾在横栏上，低声喊她："江沅。"

"嗯？"

她抬起头，不解地看着他："怎么了？"

沈漾侧目看她，撇开眼，抬手晃了下胳膊，语气漫不经心："扶着。"

江沅呼吸一窒，蓦然抬眼看着近在咫尺的沈漾，一瞬间，只觉得周围的声音都好似远去，只有她如擂鼓般的心跳，怦怦作响。

她不自觉地咽了下口水，手指蜷缩在腿间，蠢蠢欲动。

"不扶？"

她迟迟没有动作。沈漾皱眉，那双沉静的眸子浓黑如墨，似是带着冷意，定定地看着她。

"扶。"

话音刚落的下一秒，江沅的手臂似乎是不受控制一般，抬手覆在他手臂上，滚烫的手心紧贴着他带着凉意的皮肤。

江沅觉得心里的那一汪春水，像是被煮沸了一般，汩汩地从心底深处冒出来，顺着经脉流向四肢百骸，烫得她浑身都在发麻。

与此同时，沈漾抬眼落在她覆在自己手臂上的五指，被她手心里的温度惊到。

她骨架小，腕骨明显，手指从根到尖，带着流畅的线条，指甲剪得整齐，指甲盖隐隐透着粉色，尾部有好看的月牙。

她始终低垂着头，露在外面的白皙脖颈透着些粉色。

沈漾眼皮一跳，倏地别开眼。

一瞬间，心跳如擂鼓，仿佛不受控制。

车厢内，空调的冷气源源不断地从上方的风口吹下来。

江沅缩了缩脖子，抬眼看着自己压在沈漾胳膊上的手，唇角的弧度愈来愈大，胸腔处的一颗心早已翻滚不停，抬手按在心口，生怕那急促的心跳声被他听见。

离得这么近，江沅感觉他身上淡淡的柠檬香味一直萦绕在鼻息之间，侧目看他轮廓分明的侧脸，抿了下嘴角，心满意足地收回视线。

到站后，江沅立马收回搭在他胳膊上的手，手心里一层绵密的汗意，她下意识地在牛仔裤上蹭了几下："到站了。"

"嗯。"沈漾捏了下眉心，动了动微微有些发僵的手臂，跟在她后面随着人流往外走。

站台后面就是小区的大门，江沅家和基地在一个小区，但不在同一个方向。等进了小区，江沅停下来，看着一直往前走的沈漾，问道："欸，漾漾，你不回去吗？"

走在前头的沈漾停下脚步，回头看江沅。她指了指身后的方向："基地在那边啊，你走反了。"

沈漾沉默着盯着她看了会儿，淡淡地出声："我知道。"

"那你……"

江沅话一停，脑袋倏地反应过来，小跑着到他身侧，眉眼弯着，声音清脆："漾漾，你是打算送我回去吗？"

沈漾沉默着没说话，未停的脚步算作回答了她的问题。

江沅停在原地，心里像是炸开了一朵一朵的烟花，开心得似要飘起来。

她急匆匆跟上沈漾的脚步，沉默着走了一段路后，察觉到今晚的沈漾情绪好像不太高。

这样不行啊。

她得想法子哄哄他。

江沅偷偷摸摸拿出手机，打开微博。

"看路。"沈漾注意到她的小动作，出声提醒。

"好嘞！"她收起手机，沉默着走了一段路，趁着沈漾不注意，突然跳到他面前扮起鬼脸，"哇！"

沈漾明显被吓了一跳。

江沅松开手，哈哈笑了两声："我在鬼屋跟里面的 NPC 学的，像不像，是不是很吓人？"

结果沈漾眨了眨眼，又一如既往地面无表情地看着她。

那表情，仿佛是在看傻子一般。

"咳——"她尴尬地轻咳一声，伸手抓着发梢，舔了下唇，出声问他："不像吗？"

沈漾敛着眼沉默。

江沅有些气馁地撇了下嘴角："好像确实不太像啊。"

他抿了下嘴角："还行。"

江沅倏地抬起头，耷拉着的唇角扬起来，忍不住夸了他一句："漾漾，你真可爱！"

走了一段路后，沈漾察觉到不对劲，停下脚步，问了个从进小区开始就忽视了的问题："你家住哪栋楼？"

江沅愣了下，密长的睫毛忽闪了几下，半天才答道："三栋。"

沈漾抬头扫了眼旁边一栋建筑，已经到十栋了，明显早就走过了，再走下去，都快到基地了。他盯着江沅："你怎么不说？"

"你没问啊。"江沅低头踢脚边的小石子，声音压低了些，"而且，我想送你回去。"

"江沅。"沈漾有些无可奈何，声音低沉，"我是男生。"

江沅理直气壮："男生又怎么了，男生也是需要保护的啊。"

在江沅的据理力争下，她成功地将沈漾送到了基地大门口。

"你快进去吧，我回去了。"

沈漾站在台阶上，垂着眼看她："嗯。"

"我走了啊。"

"嗯。"

江沅撇撇嘴："我真的走了啊。"

"嗯。"

没走两步，江沅又折返回来，语气委屈："漾漾，你都没什么话跟我说吗？"

"算了算了。"她抿着唇，直接说道，"漾漾，晚安。"

沈漾沉默了一瞬，盯着她湿润明亮的眼睛，动了动唇："晚安。"

江沅眼睛一亮，欢天喜地地回了家。

一进门，她就冲进浴室迅速洗了个澡，出来拿到手机准备给沈漾发消息时，看见高中同桌林牧给她发了一条 QQ 消息。

林牧："江沅，这周日同学聚会，你来吗？"

江沅盯着屏幕一愣，去微信给许年年发了条消息。

"这周同学聚会，你知道吗？"

许年年："刚知道，正准备问你呢，听他们的意思是打算去灵山露营，你去吗？"

江沅皱眉想了会儿，回了句："去几天啊？"

许年年："两天一夜。"

江沅："这么长啊，一天见不到我家漾漾，我就会难受的。"

许年年："滚，到底去不去？"

江沅握着手机笑出声来，回道："去吧，听起来好像还挺好玩的。"

"OK！"

江沅给同桌发了消息，确定露营时间后，她又打开微信给沈漾发消息："漾漾。"

几分钟后。

他回了个"嗯"字。

江沅秉着你哪怕回个空格我也能给你聊出朵花来的念头，继续给他发消息："你在干吗呢？"

"看书。"

她随口一问："什么书啊？"

"《心房纤颤的外科治疗》。"

江沅扫了眼摆在自己床头一排的言情小说，无声地咽了咽口水，敲了两个字过去："好书。"

江沅不想打扰他看书，但又忍不住想骚扰他，几番思量，想出个法子："漾漾，你读书给我听，好不好？"

"不好。"

江沅就知道他会这么说，撇撇嘴，开始不着调地乱扯，键盘按得啪啪响："你知道吗，我今晚从基地回去摔了一跤，脚扭伤了，现在还疼呢，疼得都睡不着。"

她继续下重药："漾漾，你的心太狠了。"

"你竟然让一个女孩子晚上自己回家。"

沈漾不知道回什么，放下手机，没再回消息，手指压着书角，低头看书上的文字，却一个字都没看进去。

心里忍不住冒出个念头，万一，是真的呢？

江沅等了会儿没等到他的回复，继续敲键盘，一句话还没编辑完，手机突然振动起来。

——漾漾邀请你进行语音通话。

她愣了下，笑着接通了电话。

"漾漾。"

"嗯。"

他那边很安静，江沅似乎都能听见他翻动书页的声音。

"五、心房的结构重构。"

江沅打断他，哭笑不得："你真读这个啊？"

"嗯。"

"有没有别的？像什么《电竞大魔王爱上我》《霸道总裁暗恋我》之类的？"

"江沅。"

她秒怂："好吧，你读吧。"

"心房在某些病理状态或生理情况下，心肌细胞的纤维化或心肌间质胶原蛋白的不均匀沉积，造成心房电传导的局部阻滞，而这些传导阻滞为折返回路的形成也提供了解剖结构。心房的构造复杂……"

听到这里，江沅忍不住打断他："漾漾，你这书是盗版的吧？"

"什么？"

"我的心房构造就不复杂啊，里面什么都没有，只有你。"

WATK 基地。

睡了一天的梁钦从二楼下来，看了眼在客厅看书的沈漾，倒了杯水后走了过去："你怎么天天起这么早？"

闻言，沈漾抬腕看了眼时间，淡淡道："五点了。"

梁钦无所谓地耸耸肩，随手将喝完的空杯子搁在桌上，人往沙发一躺，随口问了句："最近怎么不见江沅过来找你了？"

"不知道。"

沈漾修长的手指压着书页，屋外的阳光细细碎碎地落在他周身，他低着头，侧脸被明暗两道光线分割，头发被光线晕染出一层光晕。

梁钦见他看得认真，凑了过去："你看的什么书？"

"《降钙素基因相关肽对运动心脏重塑和保护作用机制的研究》。"

沈漾垂着眼，说话间，手指又翻过一页，纸张的摩擦声显得极其清晰。

梁钦撇撇嘴，很是无趣，打着哈欠敷衍道："好书啊。"

闻言，沈漾翻页的手指一顿，视线恍惚，若有所思地盯着书页没有动作。

脑海里不自觉地想起几句对话。

——"什么书啊？"

——"《心房纤颤的外科治疗》。"

——"好书。"

……

——"漾漾，你这书是盗版的吧？"

——"什么？"

——"我的心房构造就不复杂啊，里面什么都没有，只有你。"

……

沈漾屏息，敛下漆黑如墨的双眸，重新把心思放在书上，却迟迟没有翻页的动作。

脑袋里的那几句对话像是被人按下循环播放键，一遍又一遍，停不下来。

心底突然涌现出一阵说不出的烦躁。

他倏地合上书，随手把书丢在一旁，神色不耐烦。

"你怎么了？"在一旁打游戏的梁钦被他的动作吓到，咂咂嘴，"我吵到你了？"

"没。"他叹声气，搓了下鼻梁骨，声音有些气馁，"书看不懂。"

心烦意躁的沈漾坐在电脑桌前，和梁钦一起开了游戏。

他垂着眼，修长的手指操作着英雄的走位，击杀英雄的音效声不停地从他手机里传出来。

跟他一起游戏的梁钦默默在中路清兵线，时不时抬眸看他一眼，话到嘴边，犹豫不决。

几局游戏下来，沈漾忽然觉得有些索然无味，揉着发僵的后脖颈，闭眼沉思。

梁钦斟酌着开口："漾漾。"

"嗯？"

"你心情不好啊？"

"没有。"

话音刚落，沈漾搁在桌上的手机振动了两下，他伸手拿过来扫了眼。

是新闻推送。

他重新合上双眸。

半晌，他睁开眼，抿了下嘴角，随手将手机揣在兜里，从桌边起身，压低了声音："我带大王出去转一圈。"

"哦。"梁钦顿了顿，"顺便去超市带桶水回来啊。"

"嗯。"

梁钦盯着他的背影，若有所思。

六点多的超市，人流如潮水。

"你跟你爸妈说了明天去露营的事情了吗？"许年年从商品架上拿了几包不同口味的薯片放在购物车里，扭头看着江沅，"我们要在那边过夜。"

江沅心不在焉地看着她放在车里的薯片："他们知道。"

"你最近怎么了啊？"许年年推着车往前走，视线在货架上左右看着，"跟丢了魂一样。"

闻言，江沅长叹一声，点了点头："我恐怕是真的丢魂了。"

——都丢在沈漾身上了。

许年年低头瞄了她一眼，状似无意地问了句："怎么最近都不见你提你的漾漾了？"

"别提了。"江沅鼓着下唇，吹了口气出来，声音委屈，"我好像把沈漾惹生气了。"

"啊？"

江沅三言两语把事情经过说了一遍。

她垂下眼，湿润圆亮的眼睛有点点红意："我也不知道自己是怎么了，一见到他就有好多话想跟他说，哪怕他只跟我说一两个字，但只要他肯搭理我，我就很开心呀。"

"但我真的害怕，他以后都不会跟我说话了。"

许年年有些不知所措。她没追过别人，也不知道该怎么办，只好安慰她："不会的，沈漾不是那样的人。"

江沅吸了吸鼻子，嗓音有些哑："年年，我该怎么办呀？"

她是第一次这么喜欢一个人，根本不知道什么样的距离是两个人合适的距离，也不知道该用什么样的方式去对待喜欢的人。

她唯一知道的，是她喜欢沈漾，是真诚的，发自内心的喜欢。

许年年拍拍她脑袋："好了，你也别想那么多了，沈漾也没说不理你啊，别自己吓自己。"

江沅叹了声气，点点头："嗯。"

逛了一会儿后，东西买得差不多了，两人准备去结账，还没走到收银台，许年年一拍脑袋，懊恼地叫了声："差点忘记了，我妈让我给她买瓶醋来着，你先去前面排队，我拿一下就来。"

"好。"

超市这个点人正多，江沅推着车准备从旁边绕过去，谁知刚拐过一个弯，人就愣住了。

沈漾站在她身后的货架旁，此刻正垂着眼看货架上的东西，头顶的灯光落在他身上，衬得他整个人都柔和了不少。

江沅下意识想拔腿就跑，还没有什么动作，站在眼前的人忽然扭头看了过来，瞥见是她目光也是一愣，当即神色就沉了下去，眉眼间都是冷意，她更是不敢有什么动作了。

她站在原地，紧张得不停咽口水，双腿不自觉地有些打战，张了几次嘴，才颤声道："那什么，好巧啊。"

沈漾收回视线，神色自若地吐出两个字："真巧。"

然后……

就没有然后了。

江沅推着车往里走了点，但不知是他有意还是无意，他正好站在两排货架中间。她想退出去从另一边绕走，身后又挤进来一对推着车的夫妻。

到最后，她是进也不成，退也不成，尴尬地卡在沈漾和那对夫妻之间。

她舔了下嘴唇，看着他修长挺拔的身影，轻声道："沈漾。"

"嗯？"

"你让一下，我要出去。"

她的声音有一丝不易察觉的紧张。

沈漾这才抬头看了她一眼，目光在她脸上凝了片刻，才抬脚往边上挪了一步，让出一大块空间。

江沅扶着推车把手的手指无意识地蜷缩了下后，又倏地展开，咬着下唇，不敢看他："谢谢。"

还没走两步，推车里突然被人丢进两盒香皂。

江沅停在原地，目光落在他丢在车里的香皂上，被包装上的柠檬图案吸引，她弯腰从车里拿了一盒出来。

四方的包装盒上，清清楚楚地印着——柠檬清香型。

她眼睛一亮，凑到鼻间轻嗅了一口。

啊啊啊啊啊——

一模一样！

跟她之前在沈漾身上闻见的柠檬香味一模一样！

"漾漾！"她激动得凑到沈漾边上，忘了之前的尴尬，声音里都是难以掩饰的开心，"原来你一直用的都是这个香皂啊！"

沈漾垂着眼，眼睛里倒映着她潋滟动人的面容。片刻，他收回视线，漫不经心地应了声："嗯。"

江沅如同捡到宝一样，把包装来回看了几遍，嘀咕了声："我还一直以为你用的是沐浴露呢。"

研究了会儿香皂，她倏地反应过来："那你把香皂丢我车里干吗？"

沈漾看了她一眼，没作声。

她舔了下嘴角，笑得不怀好意："漾漾，你该不会是在暗示我什么吧？"

话音刚落，江沅不由自主地联想到某些不和谐的画面，脸颊倏地涨红，连带着白皙的脖颈都红成了一片，看着沈漾的目光不自觉地心虚起来。

沈漾本来还没反应过来她话里的意思，目光瞥见她泛红的脸颊以及躲闪的视线，心下了然，耳根不觉地热了起来，声音低沉清冷，带着一丝若有若无的警告："江沅。"

"啊？"江沅回神，手忙脚乱地把香皂丢在车里，有些此地无银三百两地解释道，"我什么都没想，你也别乱想。"

沈漾突然敛眸盯着她看。

人来人往的超市里，她穿着无袖的浅色格子裙，微微扬着头，露出修长的脖颈线条。

密长的睫毛忽闪着，湿润圆亮的眼睛里映着他沉默冷淡的面容，浅棕色的发梢末端在暖黄色的灯光下晕染出一层柔软的轮廓，像个毛绒娃娃。

空气有一刹那的安静。

江沅被他盯得头皮发麻，忍不住咽了下口水。

谁知道。

口水没咽下去，她倒因为紧张先打了个嗝。

"嗝！"

声音在两人阒寂无声的氛围里显得格外清晰。

啊啊啊啊啊啊！

丢死人了。

她伸手捂住嘴巴，眼睛里都是惊吓，瓮声瓮气道："我不是故意的……"

沈漾也是一愣。

片刻，他伸手搓了下鼻梁骨，敛着狭长如墨的双眸，转身的瞬间，无声地勾了勾唇角。

看他转过身，江沅松开手，想深呼吸，没忍住又打了一个嗝。

生无可恋。

还好，突如其来的电话声让她摆脱了当前的窘境。

电话是许年年打过来的。

"你在哪儿啊？"她在收银台找了一圈，也没找见江沅，"你在收银台这边吗？"

"我还没到收银台……"江沅握着电话，往边上挪了点位置，"我碰见沈漾了。"

"行。"许年年表示理解，"那我先走了啊，东西你让沈漾给你送回去吧，重色轻友的女人。"

"我不是……"

听筒里只剩下电话被挂断的"嘟嘟"声。

这女人挂电话的手速还能再快点吗？！

江沅推着车跟在沈漾后面，继续逛了会儿。

快七点半的时候，两人才从超市出来。

正值华灯初上，马路上车如流水，飞驰而过的车影在摇曳的灯光里，昙花一现。

身后的高楼大厦上五彩斑斓的霓虹灯落在两人身上，人影走动的痕迹在树影绰绰里斑驳不清。

江沅手里牵着沈漾刚刚从寄存处领回来的大王，侧目看他被光线分割的侧脸，心下一动："沈漾。"

"嗯？"

"那天晚上……"她咬着唇，犹豫着不敢问出口。

沈漾看着她："怎么了？"

江沅抓了下头发："我说的话你听见了吗？"

"哪句？"沈漾低头看两人交错的身影，声音漫不经心，"是那句什么《电竞大魔王爱上我》，还是你说我的书是盗版那句？"

江沅咬着手指，眉头一蹙："没别的了吗？"

"还有别的吗？"他把两只手里的袋子和水对调了只手，眼睑垂着，声音无异，"那天基地的网络信号不太好。"

江沅脚步一顿，一时间说不准心里涌现出的感受，是惊喜还是失望。

瞥见她的动作，他扬眸："怎么了？"

"没事。"

江沅长舒一口气。

行吧。

没听见就算了。

正好也算遂了她的愿。

"漾漾，我明天要和同学一起去灵山露营哟，得去两天一夜呢。"她脚步变得轻快，"这还是我第一次去山上露营呢。"

"注意安全。"

"知道。"江沅唇角弯着，眉眼藏着笑意，"听说会有流星雨，到时候我拍给你看呀。"

"嗯。"

回去的路上，江沅一直在他身旁叽叽喳喳说个不停，每一句话里都藏着她不为人知的小心思。

走在一旁的沈漾，只是偶尔应个两句，大多数时候都是沉默着听她说。

路边的落叶被微风吹进池水中，带起一阵细微的涟漪，稍纵即逝。

晚风四起，吹起少女贴在耳边的短发，发梢微扬，在灯光晕圈里荡出浅显的弧度。

沈漾好似听见，自己心跳的声音愈来愈快。

第二天一早，江沅和许年年与高中同学会合之后，踏上了路途遥远的上山之路。

灵山是整个京安省海拔最高的一座山，历史悠久，古迹众多。

因为是夏季，来山上避暑的游客众多，位置较好的露营点都被早前来的游客占了。

江沅他们折腾了小半天，才在后山腰的位置找到一大块空地。

"来来来，男生来搭帐篷，女生帮忙捡些干木柴回来。"林牧卸下包，从里面拿出一大堆器材，率先动起手来。

江沅和许年年还有另外几个女同学去一旁的小树林里捡木材。

"你昨天和沈漾怎么样了？"许年年弯腰从地上捡起几根细木棍，"你不是说把他惹生气了吗？"

"别提了。"江沅踢开脚边的小石子，有些气恼，"他压根儿就没听见我说的话。"

"啊？"

"他昨天说，基地那天晚上的信号不太好，可能是我说话的时候正好网就崩了。"

"……这么巧？"

"啊，谁知道呢？"江沅无所谓地耸耸肩，"没听见就没听见吧，正好我也怕他听见不理我了。"

"那你以后打算怎么办啊？"

她眉头一蹙，霸气十足地说："还能怎么办，只能宠着啊。"

到了晚上，江沅和许年年睡在一个帐篷里，白天折腾得累了，许年年没跟她聊两句就困得不行，眼一闭就睡着了。

江沅有些无聊，又睡不着，打开微信骚扰沈漾。

"漾漾。"

秒回。

"嗯。"

她一笑："回复这么快啊，你该不会是在等我消息吧？"

沈漾："没有，正好看手机。"

帐篷里有点闷，江沅钻出去，坐在外面，抬头看漫天星空，跟沈漾抱怨："官方骗人，今天根本没有流星雨。"

沈漾："你可以看日出。"

江沅一愣，手指扣键盘："我起不来。"

她抬手拍了一张星空的图片发给沈漾，敲了几个字过去："山上的星星好多啊。"

停了几秒，她又发了一行文字过去。

——"漾漾，你想看流星雨吗？"

基地里，收到消息的沈漾一怔，手搓着发僵的脖颈，回了两个字过去。

"什么？"

等了几秒，手机突然开始连续振动。

他点开。

——"我想你了。"

——"我想你了。"

——"我想你了。"

……

刷了一整个屏幕。

随之而来的是，落了满屏的小星星。

——"送你一场独一无二的流星雨。"

沈漾握着手机，扶着脖颈的手指有些僵硬，眼睫毛微不可察地抖了一下，双眸盯着屏幕上不停落下的小星星，唇角有浅显的弧度。

"你笑什么呢？"

坐在他身侧的老K突然探了头过来，沈漾眼疾手快地按灭了手机屏幕，脚尖用了点力，人往桌边更靠近了些，声音清淡如云："没什么。"

"漾漾……"老K随手拨了下头发，有些迟疑，"你该不会是在网恋吧？"

沈漾睨了他一眼，冷淡的声音犹如天边高不可攀的流云，带着漫不经心的慵懒："你想多了。"

"我看着也像。"小眠端着他的少女心的马克杯站在沈漾身后，一脸认真，"我观察你很久了，从你坐在桌前开始，几乎平均三十秒会看一下手机，一看就像是在等什么人的消息一样。"

"漾漾，说说吧，是不是有情况了？"

沈漾手指搭在键盘上，敲键盘的动作慢了下来，白皙的五指和黑色的键盘形成明显的色差。

他抿了下唇角，垂下眼睑，密长的眼睫毛忽闪了两下，身后的灯光在上面打下一层有弧度的阴影。

良久，他沉声道："没有。"

小眠喝了口水，手掌在他肩膀上拍了两下，声音故作老成："你们小年轻都喜欢神秘，我都懂，都懂。"

"但是，漾漾啊，人有时候是要遵从自己内心的。"

沈漾勾着唇，笑容不明显："我的内心告诉我，我应该提醒一下我们小眠队长，你到直播时间了。"

小眠怔住。

人群散开。

沈漾手抵着桌沿，往后退了点位置，长腿随意伸着，整个人靠在椅背上，神情慵懒。

"遵从内心。"

他低声念了一遍，长叹声气，头往后枕着靠枕，合上双眸，若有所思。

"嗡嗡。"

搁在桌上的手机振动了两声，沈漾睁开眼，眼尾微垂，伸手拿了过来。

江沅："漾漾。"

江沅："我只是想给你看流星雨，才发我想你的。"

江沅："你没生气吧？"

沈漾手指在键盘上摩挲，脑海里不受控制地想起她握着手机，句句斟酌的谨慎模样。

他垂下眼，手指敲下两个字。

"没有。"

消息发送成功。

沈漾往上翻了下和江沅的聊天记录，来回看了几遍，视线落在她那句。

——"官方骗人，今天根本没有流星雨。"

他无意识地敲了两下桌面，沉思了会儿，抬起细长的手指迅速动了几下，发了一句话过去。

"想看流星雨吗？"

山上的信号不太好，江沅看到这条消息的时候已经是几分钟后的事情。

她一愣，一颗心怦怦直跳，虽然知道套路是什么，但还是忍不住想被套路进去。

"想。"

套路都是一样的。

可心情却是截然相反的。

江沅看着屏幕里不停落下的小星星，如擂鼓般的心跳声在寂静的夜里，清晰无比："漾漾，我们刚刚看了同一场流星雨。"

"嗯。"

她掩盖不住心底层层涌现的欣喜，认真思考良久，在输入栏敲下一句话。

"流星雨是假的，可我的心是真的。"

简短的一句话，藏满了她的小心思。

沈漾，我是真的想你了。

从灵山回来之后，江沅明显感觉到自己和沈漾的距离好像因为那天夜晚，那场独一无二又不为人知的流星雨，拉近了很多。

这样的状态，让江沅这阵子每天都有种踩在云端的感觉，轻飘飘的。

她满足于当前，但心底却又忍不住想要更近一步。

江沅不知道该如何踏出这一步，而且她也不敢踏出这一步，因为她不确定，自己踏出的这一步，会不会迈向一个无法回头的深渊。

露营回来的那个周末，江沅接到宠物医院的通知，早起去医院接元宝回来。

清晨的天空瓦蓝澄澈，日光淡薄，凉风四起，小区里栀子花香传来，香气浓郁，将她整个人包围，耳旁是鸟语蝉鸣，闲情惬意。

江沅哼着歌在车棚里把单车推了出来。

兴许是还没到上班的时间，小区里行人不多，她踩着单车往大门口去。

出门之前，她眼角余光随意往花坛后面的草坪一瞥，猝不及防地被站在路牙边上的少年吸引。

少年上身穿着熨帖的棉布衬衫，下面搭了一条黑色及膝的短裤，神情慵懒，眉目如画，整个人透着一股清冷之意。

"呲——"

刺耳的刹车声，在安静的小区里显得尤其清晰。

江沅单脚踩在地面上，眼睛里突显惊喜，抬手一句"沈漾"还没出声，却忽然卡在嗓子里。

　　因为，她看见在沈漾面前不远处，走过来一个陌生的女孩，站在他面前，递给沈漾一颗糖。

　　女孩明眸皓齿，一头微卷的长发随意地披散在肩头，日光倾泻，衬得眼前人更加白皙，唇间一抹亮红色，给这寂寥枯燥的夏日平添了一丝生机。

　　而她递出去的那颗糖，被沈漾捏在手里，撕开包装后递到她手边。

　　女孩笑着把糖接过去，而后动作熟稔地挽着沈漾的胳膊往前走，一只金毛晃着尾巴跟在他们身后。

　　一瞬间，江沅好似觉得全身的血液都停止了流动，周遭一片安静，什么声音都听不见。她动了动有些僵硬的手指，忽眨了两下眼睛，有什么东西从里面流了下来，悄无声息地砸在水泥地上。

　　她原以为，像沈漾这样的人对谁都该是一副冷淡孤傲的模样，可刚刚，她分明在他的动作里，瞧见了他对那个女孩的温柔。

　　"嘀嘀嘀！"

　　身后突如其来的汽笛声，将她从一片寒冷中拉了出来。

　　"小姑娘，走不走啊？"

　　江沅伸手随便抹了下脸，脚踩着单车，骑了出去。

　　这样也好。

　　她纠结许久，始终狠不下心的那一步，永远都不会再迈出去了。他永远也不会成为她的那个独一无二的人。

　　他只会属于别人。

　　江沅不知道的是，在她骑出小区的瞬间，不远处站着的少年听到动静，忽而侧首看了过来，目光瞥见她遥遥远去的背影，眼神一亮，神情若有所思。

　　江沅魂不守舍地在家里"躺尸"了几天，情绪低到连一向大大咧咧的许年年都察觉到了。

　　晚上视频的时候，她盯着屏幕里眉眼黯淡的人，犹豫着问了声：

"你最近怎么了，感觉不怎么开心啊？"

"没事。"江沅趴在床上，面容平静，压低的声音藏着丝丝难过，"就是梦醒了，有点接受不了现实。"

许年年问道："和沈漾有关？"

闻言，原先还平静的人忽然怔愣了下，脸上的表情开始一层层龟裂开来，直到完全暴露在光线里之后，才垂首盯着被子上的花纹发呆。

良久，她抬首。

女孩湿润圆亮的眼睛湿漉漉的，眼角泛着红，声音哽咽："沈漾，好像有喜欢的人了。"

许年年明显受到惊吓，半天才低声道："怎么可能啊？"

"是我亲眼看见的。"江沅低头，手指揪在一起，如同她此刻揪在一起的心脏一样。

许年年咂了咂嘴，无能为力地安慰道："没事没事，天涯何处无芳草。"

江沅没说话，沉默片刻。江母突然在客厅喊她："沅沅，你出来带元宝下去溜溜。"

她应了声："知道了。"

许年年："那我去找你吧，我们见面说。"

"好。"

许年年家在江沅家后面一栋楼。江沅跟她说好在她家楼下的小亭子见面，从楼上下来，推开楼层的防盗门，回头看落在后面的金毛："元宝，你快点啊。"

"汪！"

江沅靠在门上，视线无意识地往外扫了眼，目光瞥见站在台阶下的人，整个人一顿，心头一紧，大脑突如其来的一片空白。

然后，下一秒。

她瞬间闪回楼里。"嘭——"一声，重新关上了门，刚刚踏出去的元宝被她关在门外。

元宝："汪。"

见鬼了。

她怎么在自己家楼下看见沈漾了？

江沅整个人靠在门上，心跳如擂鼓，几秒之后，转过身，从门上的玻璃偷窥外面的情况。

沈漾还站在路灯下，光线柔和，光晕在他周身笼罩出一层柔和的晕圈，衬得他冷淡疏离的眉眼都软了下来。

几天没见，他剃短了头发，显得更加清俊隽朗了。

不知道是不是江沅的错觉，她总觉得哪怕隔着这一层厚厚的铁门，好像也能感受到沈漾如炬的目光穿过门，直直射在她身上。

江沅悄悄地瞄了两眼，正好对上沈漾看过来的目光，突然呼吸一窒，摸着心口急促的心跳撇开眼，觉得自己整个人都热了起来。

僵持下，她搁在口袋里的手机振动了两下。

她摸出来看了一眼。

是沈漾发来的消息。

只有简简单单两个字。

"出来。"

简单明了的两个字，像极了沈漾冷淡的风格。江沅撇撇嘴，嘀咕了声："你让我出去，就出去啊。"

说着，又扭头准备瞄一眼。

"啊！"

谁知道她刚一回头，原先站在台阶下的人不知道什么时候已经走到门前，此刻正隔着铁门的间隙，垂眼看着她。大片的灯光倾泻在他肩头，显得他模样十分慵懒。

江沅被吓到了，捂着心口往后退了几步，呼吸突然变得很急促，白皙的脸庞火烧般的热了起来，忍不住咽了下口水，站在原地和沈漾对视着。

良久，她眨了眨眼睛，眼角垂着，连带着挺直的肩膀倏地塌了下去，有些气恼地开了门，语气冷淡："找我有事？"

沈漾听出她话里的不开心，抿抿唇，轻描淡写地说道："没事不能找你？"

江沅心想：神经病吧这人？这不是找打吗？

她蹲下身给元宝套上牵引绳，随后站起来，盯着沈漾的眼睛，没好气地说道："是啊，我忙得很，你没事不要找我。"

说完，江沅自顾自地往前走，握着绳端的手指微微有些发颤。

站在她身后的沈漾盯着她一跳一跃的发梢，忽然弯唇无声地笑了下，语气漫不经心："那你之前不是总没事找我？"

江沅脚步一顿，回头看着他，咬牙切齿地说道："以后不会没事找你了。"

走了两步，像是做了什么决定一般，她背对着沈漾，语气是从未有过的认真："有事也不会再找你了。"

沈漾垂眼看着她走远的背影，迟钝的反射弧终于意识到有什么不对劲，漆黑的双眸里神色复杂。

片刻，他忽然迈开步伐跟了上去，拉住她的手腕："江沅。"

少女的手腕纤细，软绵绵的，腕骨凸起，攥在手心有轻微的硌碰感。他指腹刚好贴着她的脉搏，那一点微弱的跳动感，顺着他指尖的神经，迅猛而急促地蹿向他心口的位置，犹如排山倒海之势。

沈漾下意识动了下手指，指腹和细腻的皮肤摩擦而过，有·点难以言说的酥麻感从指尖蔓延开，喉结轻滚了一下，压低的声音带着些询问的意思："你怎么了？"

江沅低垂着头，沉默着没说话，垂在两侧的头发随着她低头的动作乖巧地贴在她脸侧。

"江沅。"

沈漾松开她的手腕，手心里的软腻突然消散，让他有种怅然若失的感觉。他抿了下嘴角，站到她面前，敛着长睫毛，话语间几乎是有点逼问的意味："是我惹你生气了？"

"没有。"江沅抬起头，黑黢黢的天空，悬挂着一轮圆月，盈盈月光映在她眼底，衬得她泛红的眼角更加湿润。

她叹了声气，声音不同往日般清脆："我是跟自己生气。"

沈漾抿着唇，眉头微蹙，有些不知所措。这样的情形，是他从未碰见过的。

沉默僵持中，江沅率先打破僵局。她看着他眉眼如画的面容，低声道："沈漾，你好好准备比赛吧，以后我不会再烦你了。"

"我没有觉得你是在烦我。"他看着江沅的眼睛，一改之前漫不经心的模样，重复着说道，"我没有觉得你找我，是烦我的意思。"

江沅愣住了，心底那微弱的火苗好似有复燃的迹象，抬眸看着沈漾，脑海里倏地想起几天前在小区门口的情景，火苗被人从天浇了盆冷水，瞬间熄灭，连一星亮光都没有。

她又委屈又难过，忍不住指责他："沈漾，你怎么能这样？"

沈漾一脸茫然，迟疑了会儿，问："我怎么了？"

江沅内心疑惑：竟然还问我怎么了？

她横眉竖眼，一时间气不打一处来，开始口不择言："沈漾，你就是个王八蛋！"

沈漾怔住。

沉默了会儿，他忽然想起一件事，仔细酝酿半晌后，低头看着她："上个周日早上，你是不是骑车从小区门口走过？"

"是又怎么样？"江沅撇开眼，不想看他。

"当时我也在。"沈漾垂眼看她，冗长的反射弧回位，唇角略弯，姿态散淡，声音漫不经心："我妹妹也在。"

妹妹？

妹妹！

江沅捏着绳子的手指一顿，觉得自己大脑好像被凝固住了，让她没法思考，一时间她脸上的表情可算是千变万化。

沈漾盯着她，忽然抬手覆在后脖颈上，幽深如墨的双瞳里映着江沅不可思议的脸庞，他压住上扬的唇角，故作不懂地问道："怎么了？"

江沅舔了下嘴角，呆呆一句："你妹妹真可爱。"

沈漾淡然："哦，我替她谢谢你。"

江沅："……"

气氛一改之前的僵持，江沅心头一跃，抬手挠了挠脖子，觍着脸问道："你能忘掉刚才的我吗？"

沈漾："我记忆不差。"

言下之意，是他忘不掉。

江沅哭丧着脸。

呜呜呜。

太丢人了。

沈漾垂首看着她，忽而抬手揉了揉她乱糟糟的短发，在她怔愣的目光里，浅声道："你刚刚……很可爱。"

江沅心口一抖。

原本平静的心跳变得急促起来，就像是平静的海面突然掀起了汹涌的海浪，而她就是矗立在波浪之中的一叶小舟，随着波浪的起伏，不受控制地颠簸着，好似下一秒就会被拍进层层浪花中，势头来得凶猛急促。

妈呀。

她会不会成为第一个因为心跳过快而死掉的人？

盛夏的夜晚，漆黑的天穹布满了点点生辉的星星，璀璨耀眼，小区里，路边的樟树上蝉鸣不断，树影婆娑。

江沅头一回觉得这蝉鸣声没有那么烦人，她盯着沈漾的眼睛，心脏怦怦直跳，小声地问道："你刚刚说什么？能再说一遍吗？"

"不能。"沈漾收回搁在她脑袋上的手，插在裤兜里，手指无意识地蜷缩在一起，"我回去了。"

江沅拉住他，忍不住想要更确定一点："你刚刚是不是夸我可爱了？"

"没有。"他手背抵着唇，耳尖在灯光下微微泛红。

江沅撇了下嘴角："哇，漾漾，你翻脸也太快了吧！"

"……"

其实，他很想说，能有你翻脸快吗？

"不过翻脸也来不及了，我听见了，你就是夸我可爱了。"江沅忍不住嘚瑟，"小伙子眼光不错啊！"

沈漾忍不住打击她："你的脸呢？"

"在这儿啊。"她凑过去，拍了两下，"是不是很可爱？"

沈漾突然认真："嗯。"

为了防止自己成为第一个因为心跳过快而去世的人，江沅决定离沈漾远一点："那什么，我先走了。"

她急匆匆地牵着元宝从他身侧走过。

没走两步，又被沈漾叫住。

"江沅。"

她回头："啊？"

身后，少年站在路灯下，柔和的灯光笼罩着他，在他身后，他的影子被灯光拉得很长。

沈漾抿着嘴角，抬手摸了下脖子，有些不自在地问道："你以后，还会再来找我吗？"

江沅心头一跃，浑身的血液都在急促地流窜着，她按住不停发颤的手指，眉目生辉，清脆的声音如同山涧飞驰而下的清泉，令人心神荡漾。

"当然会呀。"

说完，她没等沈漾的回答，脚下如同生风一般，牵着元宝急匆匆地走远了。

沈漾站在原地，手背抵着唇，笑意忽显。

良久，他低低地说了声："你今天真的很可爱。"

第三章

我会担心

她下意识起身坐起来，
手腕却倏地被他攥住。
少年的声音低沉沙哑，带着些恳求。
"别走。"

江沅一路狂奔到和许年年见面的小亭子。

"啊啊啊啊，年年，我快不行了！"她一坐下，就忍不住开始叨叨叨，语速快到许年年一句话都插不上。

几分钟后，她看着一脸蒙的许年年，问："你听懂了吗？"

许年年："……"

"你能说慢点吗？六级听力都没你这么快。"

"反正就是，我之前误会沈漾了。我在小区门口看见的那个女生是他的妹妹。"江沅长吐一口气，掩不住笑意，"而且，沈漾今天晚上夸我可爱了！两次！"

许年年："大晚上的是容易做梦啊。"

"我没有做梦，很清醒。他真的夸我可爱了！"

许年年用手指戳着江沅的脑门："你能不能说点有说服力的话？就沈漾？一脸性冷淡，能说出你很可爱这种话？"

"你从哪看出来沈漾他性冷淡了？"

"哪里都能看得出来。"许年年伸手拍拍她的肩膀，"你接着做梦吧，我不喊醒你。"

江沅懒得跟她争辩，反正夸没夸这种事情，她自己清楚就可以了。

"不过，你现在能确定沈漾没有喜欢的人吗？"经历过这次乌龙，许年年觉得她有必要给江沅提个醒，"别到时候人家从哪冒出来一个女朋友，你哭都没地方哭。"

闻言，江沅一怔，才反应过来，撩拨沈漾这么些天，好像真的从来都没有问过这些问题。

许年年一看她这样，就知道她不确定："这种事情，你不该在一开始就问清楚吗？"

江沅："我给忘记了。"

经过许年年的提醒，江沅觉得自己有必要跟沈漾弄清楚这些事情。

晚上她洗完澡出来，躺在床上玩手机，打开和沈漾的聊天框。

经过上次和梁钦的失败沟通之后，她这次打算直接问沈漾。

毕竟，喜欢一个人这种事情，好像也只有自己才清楚。

犹豫再三，她给沈漾发了消息。

"漾漾。"

"嗯。"

江沅盯着他发来的消息，慢慢在输入栏输入一句话，输入完后，手指却迟迟不敢按下发送键。

万一，他说有呢？

"啊啊啊！"

她把手机丢在一旁，在床上翻滚了几下，始终不敢下决心。

思虑良久，她重新把手机拿在手里，手指无意识攥紧，又松开，而后伸手按下绿色的发送键。

一秒钟后，消息发送成功。

"你有喜欢的人吗？"

基地里，刚从总部参加完会议回来的教练褚为，正在苦口婆心地为战队成员进行心理上的辅导。

"过几天冠军杯就要开始了，我们排在第二场，和我们对阵的是LD 战队。"

褚为打开手里的小本子，骨节分明的手指点在上面，语气沉稳地说："根据这两个赛季的观察，LD 战队是一支非常强悍、打法迅猛的战队，我们不可以掉以轻心。"

小眠："教练，你这句话，我记得春季赛总决赛之前我们和

RANK 对阵的时候，你也说过。"

梁钦："我可以做证，一模一样，连断句都一样。"

K 神："为哥，你能不能有点新意？"

陈冬："我们战队也非常强悍啊。"

褚为合上本子，气急败坏地说："来来来，你们行你们说。"

众人立刻息声。

褚为觉得是时候该打击一下这帮小年轻膨胀起来的心态了："你们别忘记了，LD 可是上一年度秋季赛的冠军，他们队的辅助 ACE 英雄池深不可测。"

闻言，作为战队辅助兼队长的小眠不乐意地举手："为哥，请记住，我的是英雄海，区区小池不在话下。"

褚为："他们队的中单 JIA 可是 KPL 赛场上历史总击杀排行榜前三位，每一届 KDA 前三位，被誉为'KPL 赛场中单一哥'的人。"

梁钦："那不好意思了，今年'中单一哥'的位置我坐了。"

褚为："你们知不知道'谦虚'这两个字是怎么写的？"

坐在一旁的 K 神微微一笑："说实话，我们还真不知道，在我们 WATK 的字典里，我们只认识两个字。"

闻言，围在桌边坐着的人齐声道："冠军。"

褚为内心疑惑：真不知道是谁给你们的自信。

他抖了抖手里的小本子，在桌边坐下，抬手点名沈漾："我们的 ADC，你说说。"

而此时，WATK 的 ADC 沈漾，正偷偷地在桌底玩手机，突然被教练点名，一时没反应过来。

片刻，只大概听见"冠军"两个字的他，点点头，附和道："嗯，冠军。"

褚为一口老血哽在心口，有些恨铁不成钢地看着他们："这次冠军杯，你们谁要是丢了一血，就给我滚到隔壁刷马桶去！"

众人哑口。

见教练隐隐已经处在暴走的边缘，原先教练说一句，他们能怼十句的队员们纷纷闭了嘴，乖乖地坐在桌边，开始接受心理辅导。

哦，除了沈漾。

他此刻正垂首敛眸、聚精会神地堆着俄罗斯方块。

显而易见，明亮的屏幕上，灰色的方块下落的速度越来越快，堆积在一起的方块也在一层一层地消失，而游戏页面的右侧，清楚地标示着玩家上一次的游戏记录和当前游戏记录。

——21900。

——19600。

还差一点，就将打破上一次的纪录。

眼瞅着数据愈来愈接近。

突然，一条信息从手机屏幕顶端冒了出来，玩家的手指一顿，方块没有按照既定的位置下落，堆积在上层，然后随着方块下落速度的增快，很快满屏都是方块。

"dililililil……"

熟悉的游戏结束声响起，玩家本局游戏得分也随之出现在屏幕上。

——21700。

只差一点。

沈漾动了下有些僵硬的手指，搓了下鼻梁骨后，点开那条让他分神的信息。

"你有喜欢的人吗？"

这该怎么回？

沈漾有些不知所措，感觉自己身上像是被绑了炸弹，而唯一能解救自己的方式就是用手中的剪刀去剪断两根线的其中一根。

红线和黄线。

有和没有。

每个都有百分之五十的可能性。

他没法抉择。

如果回复有，她会不会误会自己喜欢的是别人，毕竟他在小姑娘这里已经是有"前科"的人。

回复没有，他又害怕江沅会胡思乱想。

陷入纠结之中的沈漾完全忽视了，自己思考的方向早已远离问题的本质，他纠结的是该如何回答才能让江沅不胡思乱想，而非是自己有没有喜欢的人。

从沈漾看到这个问题开始，他就已经忽视了。

他已经在潜移默化中，把"喜欢的人"这四个字的概念，换成了江沅。

而沈漾，好像还没意识到。

江沅发完消息后，直接就把手机丢在床尾，整个人瘫倒在床中央，心不在焉地看了会儿电影后，忍住看手机的念头，跑去厨房拿了瓶酸奶后，坐在客厅跟江母一起看电视。

还没看几分钟，她就跟坐不住一般，动来动去，嘴也闲不下来："妈，为什么这家的老太太不喜欢她儿媳妇啊？"

江母瞥了她一眼："崔兰有不孕症。"

崔兰是剧中女主角的姓名。

江沅抱着枕头继续看了会儿，忍不住吐槽："崔兰的丈夫也太没出息了吧。"

"我的妈呀，连小姑子都这么极品。"

"崔兰好可怜啊。"

江母："你给我滚回房间去！"

江沅："哦……"

她乖乖地从沙发上起来，拿着没喝完的酸奶回房间，没走两步，回头盯着电视又看了两眼："妈，你说崔兰的不孕症能治好吗？"

生怕江母下一秒跳起来打她一顿，江沅连跑带跳地逃回房间，整个人呈"大"字形躺在床上。

搁在床尾的手机屏幕忽然亮了起来，她眼睛也随之一亮，手指来回在空中虚摆了几下，才把手机拿过来。

无声地咽了下口水，她盘腿坐起来，伸手点开那条未读消息。

在沈漾那个黑黢黢的头像旁边，清清楚楚地映着两个字。

"没有。"

她咬着唇，七上八下的心跳慢慢趋于平静，手指在屏幕上敲下几个字。

"那你现在喜欢我吧？"

消息没敢发出去，她托腮思考了一会儿，删除，重新敲了两个字。

"我有。"

想了想，她又点了删除，发了别的："漾漾，我们明天早上要不要一起去遛狗？"

另外一边，沈漾看到她的回复之后，略微松了一口气。

这样，应该算是解除警报了吧？

他迅速地敲了一个"好"字过去。

第二天一早，向来不到十点不起床的江沅破天荒地起了个大早，简单地洗漱完，走出房间准备去吃早餐。

在桌边坐下，一旁看报看剧的江父江母连个眼神都没给她，她不满地撇撇嘴："妈，我也要吃早餐。"

闻言，江母慢条斯理地吃完手里的鸡蛋，低头喝了口豆浆，淡淡道："没有。"

江沅看了眼摆在桌子上的鸡蛋和油条："这不是吗？"

"哦。这是给元宝的。"

江沅再一次体会到活得不如狗是什么心情了。

江母淡淡瞥了她一眼："要吃自己下去买，我们江家不养闲人。"

江沅嘟囔了一声："爸……"

江父抖了抖手中的报纸，语气沉稳："在江家，都听你妈的。"

江沅生无可恋地牵着元宝下了楼。

出了大门。

沈漾站在林荫道的路牙上，手里牵着一条狗绳，见到她下来，抬脚走了过去。

"漾漾。"江沅乐呵呵地迎了上去,"你什么时候到的啊?"

沈漾抿唇:"刚到。"

"下次到了,你跟我说。"江沅恢复以往的霸道总裁范,"不能让男孩子等太久。"

"嗯。"

走了一段路,江沅摸摸肚子,问:"漾漾,你吃早餐了吗?"

"你没吃早餐?"

"嗯,我妈不给饭吃,我爸还助纣为虐。"江沅语气委屈,"漾漾,你爸妈会不给你饭吃吗?"

提到父母,沈漾的眉头微不可闻地蹙了下,但稍纵即逝,他摇头:"没有。"

"唉。"江沅撇了下嘴角,"我可能是他们捡来的呢。"

没等沈漾回应,她再次问道:"你还没说呢,吃了吗?"

沈漾抬头看前面摆尾的金毛,沉声道:"没。"

"那我们一起呀。"

"嗯。"

到了早餐店,江沅挑了个靠窗的位置,坐下来后,看着菜单,询问沈漾的意见:"你吃什么?"

"都可以。"

"那就一笼包子和两碗鸡汤馄饨?"

沈漾迟疑了下:"嗯。"

点完单后,江沅拿着单票准备去付钱,沈漾拦住她:"给我。"

"干吗?"

他敛眸:"付钱。"

"我有钱,我爸妈每个月给我两千块呢。"

沈漾看着江沅,眼底闪过一丝笑意:"我比你多两个零。"

江沅咂咂嘴,乖乖松开手:"哦。"

他接过单票,边走边掏钱包,一张小纸条随着他的动作落在地上,他没注意到,径直朝柜台走了过去。

江沅眼睛亮了下，佝偻着腰捡了起来。

是一张收据小票。

江沅没有窥探人隐私的习惯，但是小票上露出来的一角上的店名，引起了她的注意。

忍不住好奇心，她拆开看了眼。

白纸黑字的票面上清楚地映着几个字。

　　　鸡丝面 / 一份
　　　单价 / 15 元

日期是今天早上。

分神间。

沈漾已经埋好单从柜台那边往回走了。江沅眼疾手快地将小票塞到口袋里，装作若无其事的样子，低头玩手机。

可是，她完全平静不下来。

心脏不受控制地跳动着，一下又一下，频率快到她没法正常呼吸。

妈呀。

她感觉自己快要窒息了。

沈漾在桌边坐下，眼角余光瞥见她低头认真看手机的模样，轻声问道："你在干吗？"

"玩手机啊。"江沅对他眨了眨眼，理直气壮地应了句。

她玩得这么明显都看不出来吗？

"哦。"沈漾端起手边的水，凑在唇间，眼底闪过一丝笑意，语气戏谑，"你家玩手机倒着玩啊。"

眼角一抽，江沅看了眼手机。

还真是倒着放的。

她有些尴尬地挠了下头发，胡乱地扯着话："是啊，我们家玩手机都是这么玩的，我爸说了，这可以锻炼右脑发育。"

江沅说完，压根不敢再看沈漾的神情，双手捂着脸，慢慢地把脑袋转了过去。

丢死人了。

考虑到沈漾已经吃过早餐，江沅这顿早餐将自己的胃容量发挥到了极致，一笼十个小笼包，一个人吃了八个。

至于那碗给沈漾的鸡汤小馄饨，她装作没吃饱的样子，也霸占了不少。

暴饮暴食之后，她瘫倒在桌边，小肚子已经微微鼓起。

沈漾抽了张纸巾递给她，迟疑了会儿，问道："吃饱了吗？"

江沅皱眉，语气里都是不开心："饱了……"

沈漾手抵在唇边笑了下："看不出来，你挺能吃的啊。"

江沅一拍桌子："那还不都是因为你……"

话到嘴边，她急匆匆刹住，把"吃过了"三个字噎死腹中，然后笑嘻嘻地看着他："因为你很秀色可餐啊。所以，我忍不住就多吃了一点。"

闻言，沈漾的耳根不受控制地烧了起来。

他抬手，装作不经意地覆在耳朵上，眼波微动，不自在地轻咳一声后，问："走吗？"

江沅拍拍肚子："走吧。"

出了早餐店，江沅走在沈漾身侧，跟他聊天。

"漾漾，你当职业选手之前是做什么的啊？"

沈漾脚步一顿，随即慢慢开口说道："读书。"

"那你怎么不继续读下去了？"

"家里穷。"

江沅愣住。

沈漾侧目看她一眼，淡声道："骗你的。"

江沅忍不住跳脚："你怎么能这样！"

亏她还绞尽脑汁想要说些什么来安慰他。

　　沈漾沉默下来，走了几步路后，漫不经心地说了句："也不算骗你了，放弃读书选择打职业，也是因为当时急需用钱。"

　　江沅一怔，抬眸看着沈漾，喃喃道："那你不觉得后悔吗？"

　　"没什么后悔的。"沈漾抬眼看脚下的路，轻声说，"最起码，我现在的生活费能比你多两个零。"

　　江沅停下脚步，语重心长地说道："漾漾，你怎么能用金钱来衡量我们之间的差距？

　　"你简直是太肤浅，太庸俗了！

　　"你的这种行为，是要受到大众的谴责和社会舆论的攻击的！

　　"所以，为了消除你的这种腐败思想。"江沅停在沈漾面前，一脸认真，声音清脆响亮，"漾漾，你把你的生活费分给我一半吧，这样我们就平等了，没有差距了。"

　　沈漾被她的歪理逗笑，抬头看向远方，忽然觉得离开沈家的日子好像也没有那么难熬。

　　时间一晃而过，很快到了七月中旬，距离冠军杯也只剩下一个多星期的时间了。

　　WATK基地最近的气氛很凝重。

　　原因是前几天的训练赛，他们被对面战队按在地上打了四局。

　　作为战队新任的ADC沈漾，被对面打野捉成了提款机，几乎打不出输出。

　　这样的结果让战队的大老板异常生气，连连给教练褚为施压。

　　晚上结束了一天的日常训练后，沈漾被刚从总部受训回来的教练褚为叫去三楼的会议室。

　　梁钦拍拍他的肩膀，一向嬉皮笑脸的他认真起来，轻声安慰道："别有什么压力。"

　　"嗯。"

　　沈漾搓了下有些发僵的脖颈，抬脚跟了上去。

　　会议室里，褚为看了眼脸色凝重的沈漾，轻笑了声："你别紧张，我就是跟你随便聊聊。"

"嗯。"

褚为从一旁的饮水机倒了杯水递给沈漾，声音低浅："你父亲最近怎么样了？"

沈漾手指摩擦着杯沿，垂眸盯着杯中的波纹，沉声道："还是老样子。"

气氛沉默着，褚为手指无意识地轻敲在桌面上，良久，叹声气，两手一拍："好了，没事了，你下去吧。"

"好。"

褚为看着他走到门口，突然叫住他："沈漾。"

他停住脚步，转过身看着褚为。

褚为双手交叉搁在桌上，目光灼灼，语气坚定："你是我一力招进来的 ADC，我想你应该不会让我失望的。"

闻言，沈漾抿着唇，敛眸看着脚下的地砖的缝隙，片刻，抬首看着褚为，一字一句道："我可从没想过，冠军杯给战队捧一座亚军的奖杯回来。"

沈漾径直下了楼，坐在客厅的梁钦瞥见他的身影，急匆匆凑了上去，语气着急："为哥没说你什么吧？"

"没。"

梁钦长舒一口气："吓死我了，我还以为为哥会说什么要赶你去隔壁刷马桶的话呢。"

沈漾伸手从桌上将打火机和手机一齐拿在手里，淡淡道："我带大王出去一趟。"

梁钦瞥了眼他手里的打火机，沉声道："少抽点。"

"偶尔抽。"他从抽屉里拿了一盒烟装在口袋里，"走了。"

梁钦抬首看了下时间："九点之前得回来啊，有练习赛。"

"嗯。"沈漾走去门口，蹲下身给大王套上绳子后，起身开门走了出去。

坐在身后的梁钦盯着他的背影，若有所思。

片刻后，他掏出手机，低头给江沅发了条消息，把沈漾最近的状态跟她说了下，又发了条语音："你看着安慰安慰。"

江沅隔了会儿才回："OK。"

屋外空气沉闷，燥热炎炎。

沈漾牵着大王坐在路牙的长椅上，打火机和烟盒被他随意丢在一旁，不消一会儿，脚边就落了一地的烟头。

他合上眼，有些疲惫地靠着椅背，灯光笼罩下，整个人都显得十分颓丧。

脑海里匆匆闪过几天前训练赛的片段。

距离冠军杯只有一个星期的时间，目前的状态让沈漾有些焦躁。

"嗡嗡。"

一片寂静中，手机的振动声极其清晰。

他伸手掏出手机，点开消息。

江沅："漾漾。"

他盯着屏幕上的字发呆，过了会儿，敲了一个字过去。

"嗯。"

江沅回得很快："你看过《西游记》吗？"

沈漾沉默了片刻后，在手机屏幕上敲下："看过。"

"那你记得内容吗？"

他垂眸想了下："差不多。"

江沅回复得很快。

"那你能把唐僧念的紧箍咒给我说一遍吗？他每次嗡嗡太快，我都听不清。"

沈漾："不会。"

她依然回复得很快。

"那我把音频资料发给你，你帮我听一下呀，我都听了好几遍了，也没听清楚。"

沈漾垂眸看着屏幕上那句话，犹豫了会儿，回复："好。"

过了几分钟。

江沅发来两条语音，一条六十秒，一条三十秒。

他伸手点开第一条语音。

沉重古板的男声从手机里传出来。

"观自在菩萨，行深般若波罗蜜多时，照见五蕴皆空，度一切苦厄。舍利子，色不异空，空不异色，色即是空，空即是色……"

语音听了一半，他的手指不小心碰了下屏幕，放了一半的语音停了下来。

沈漾垂眸扫了眼第一条语音后的六十字样，伸手搓了下鼻梁骨，把手机放在一旁，重新点了播放。

一分钟过去，第一条语音结束，第二条语音跟着播放起来。

几乎是毫无防备的。

女孩软糯细腻的嗓音，夹杂着树荫里的蝉鸣声一齐从手机的听筒里传出来。

"漾漾，记不得紧箍咒没关系，《心经》也一样的，可以一遍遍听。

"比赛也一样。

"任何事都一样。

"最重要的是开心呀。"

小区里静悄悄的，时而有汽车缓慢驶过，带起一阵微风。

沈漾坐在长椅上，紧绷的下颌线条硬朗，垂眼看着手机屏幕，额前的碎发垂在眉间，在上面打下一片阴影。

他敛着双眸，幽深漆黑的双眸里，有星星点点的光亮。

而后，那一星一点不起眼的光亮逐渐聚拢，慢慢汇聚成一簇光。

一簇耀眼而夺目的光。

他靠着椅背，喉结轻滚，忍不住又重新听了遍语音。

女孩清脆悦耳的声音在周围响起，尾音轻颤，像是生了一只小爪子一般，在他心上挠下一道又一道细小的痕迹。

细微且不起眼的痕迹，却让他心痒难耐。

他不受控制的，坐在路牙的长椅上，伴着盈盈倾泻的月光，听了一遍又一遍。

过了会儿，沈漾突然收到江沅的语音通话，他没有犹豫地按下了接通键。

听筒那端少女的声音一如既往的清脆愉悦，好似不知道烦恼是什么："漾漾，我今天下午去买葡萄的时候碰见一件超搞笑的事情。"

沈漾垂下了眼，密长的睫毛在他眼睑下方打出好看的阴影："什么？"

"我问老板葡萄给不给尝，老板说不让尝，我说，那不让尝，我怎么知道甜不甜啊。"江沅停下来，问他，"结果你知道老板说什么吗？"

沈漾迟疑了下："你少买一点尝尝？"

江沅叹声气："漾漾，你真的一点幽默细胞都没有。"

她继续说道："老板跟我说，他尝一尝，让我看他表情买不买。"

沈漾沉默着没笑，也没说话，手机贴在耳边，微微发烫。

电话那端，江沅屏息仔细听了会儿，确认他是真的一点反应都没有后，忍不住跳脚："你怎么都不笑？"

沈漾扯了下嘴角，面不改色地撒谎："笑了。"

另一边，江沅盘腿坐在床上，有些不可置信："你笑都没声音的吗？"

话音刚落，手机里忽然没了声音，她拿下来看了眼，才发现通话断了。

刚想给他发消息，手机忽然振动起来。

——漾漾邀请你进行视频电话。

江沅一怔，握着手机的手有些发抖。

她犹豫了会儿，找了支架把手机撑在桌上，随手扒拉几下头发后，点了同意。

兴许是因为网络的问题，沈漾那边迟了几秒钟才出现画面。

江沅有些不自在地摸着脖子，眼睛瞅了瞅他周围："漾漾，你怎么还在外面啊？"

"透会儿气。"沈漾举着手机，昏暗的光线下，他的表情看不太清楚。

江沅"哦"了声，随即没了下文。

两人皆是沉默。

过了会儿，江母突然从外面推门进来，手里拿着江沅的药："沅沅，你晚上药又没吃吧，怎么老是不长记性呢。"

江沅吓一跳，手忙脚乱地将手机扣在桌上，起身走过去，推着江母的肩膀："哎呀，妈，我等会儿再吃嘛，你先出去出去，我跟同学视频呢。"

"等会儿记得吃啊。"

"知道啦。"

等江母出去，江沅把门反锁后，随手将药盒丢在桌上，重新拿起手机。

"你生病了？"

刚刚视频没断，她和江母的对话，沈漾听得清清楚楚。

江沅抓了下头发，无所谓地说道："小病，不严重。"

"什么病？"沈漾执着地追问着，眼神一凛，压低的声音有些严肃，"江沅，别对我撒谎，我会生气的。"

"急性肠胃炎。"江沅皱着眉，犹豫了半天，才嘟囔一句，"不过，我现在已经好很多了。"

他抿着唇，眼睑微垂，浓密的睫毛遮住他眼底涌动的晦涩情绪："以后多注意点，别再生病了。"

江沅怔愣了下，随即展眉一笑，声音洋洋盈耳："知道啦。"

沈漾垂眸看着视频里少女圆亮澄澈的双眸，喉间轻滚，声音低沉暗哑："我会担心。"

第二天晚上。

照常打完训练赛后，梁钦抻着腰，扫了眼电脑右下角的日期，眼神一亮："明天是休息日啊，大伙要不要出去放松放松？"

小眠搓着有些发酸的手指，淡淡一句："去哪儿？我只想在床上放松。"

众人面面相觑。

坐在最边上的 K 神丢了个枕头过来："队长，开黄腔也要注意场合啊，我还没成年呢。"

"去你的。"小眠伸手把枕头丢了回去："老子是想在基地睡觉。"

陈冬："要不要给你叫个——"

小眠："想死？"

陈冬嬉笑一声："我说的是鸡翅全家桶，队长你自己想歪了，可不能怪我啊。"

眼瞅着话题越跑越歪，梁钦一拍桌子："歪了歪了啊，明天到底出不出去？"

陈冬搓了下眼睛："去吧，但要等我睡醒了再说。"顿了顿，他嘿嘿一笑："我要带家属。"

闻言，一直在旁边埋首致力于堆方块的沈漾停了下来，神情若有所思。

众人："滚。"

确定出去后，梁钦打开手机："我来看看明天吃什么。"

K 神："还能吃什么，火锅呗，要全辣的！"

沈漾把注意力从手机上挪开，淡淡一声："不吃火锅。"

"为啥？"

沈漾沉默了会儿，憋了个字出来："辣。"

K 神哈哈笑了声："那我们可以不要全辣的，点个鸳鸯锅啊，再不济，可以让老板单独给你一个清汤锅。"

梁钦："我记得你高中的时候不是非全辣不吃火锅的吗？"

沈漾不自在地轻咳一声，面不改色地撒谎："这两年胃不好。"

"哦。"梁钦若有所思地点点头，片刻，"那我们就吃火锅吧，要全辣的！最辣的！"

陈冬拍拍脖子："我给年年打个电话问问她来不来。"

众人："鄙视。"

陈冬拿着手机走远，小眠和 K 神起身回了房间，客厅里只剩下梁钦和沈漾两人。

梁钦瞥了眼坐在一旁堆方块的沈漾，贱兮兮地凑到他身边，问他："漾漾。"

沈漾头也没抬："干吗？"

"你有没有想带的人啊？"

沈漾一怔，手指一顿，长条没有按照正确的路线下落，故作无所谓地重开一局，漫不经心地说道："没有。"

"哦——"梁钦刻意把尾音拖得极长，瞥了眼他手下明显心不在焉的动作，头缩了回去，"哎呀，那就只能我自己问问某人来不来了喽。"

梁钦一边手指在手机屏幕上敲敲打打，一边还故意念出来，短短几个字念得是抑扬顿挫，字正腔圆："我们明天晚上去吃火锅，你来不来啊？"

游戏失败。

沈漾心烦意乱地扒拉了下头发，抬手将梁钦的手机夺了过来。

梁钦："你干吗？"

沈漾舔唇："我问。"

"好啊。"梁钦无所谓地耸了耸肩膀，"那你帮我问问为哥明天回不回来吃火锅吧。"

沈漾垂眸看了下手里梁钦的手机，聊天框内的左上角，清楚写着三个字——"为老大"。

他抿了下唇角，把手机丢给梁钦，从桌边站了起来，整个人都有点落荒而逃的感觉。

梁钦在他身后笑得不怀好意："哎，记得问问为哥回不回来啊。"

沈漾头也不回地丢下一个字："滚。"

他径直回了二楼的房间，坐在阳台的躺椅上，手机拿在手里，不停地转来转去。

犹豫不决间，手机屏幕亮了下。

收到一条微信消息。

沈漾停下动作，打开消息。

江沅："漾漾，你们明天晚上是不是要去吃火锅呀？"

沈漾在手机屏幕上迅速敲下一个字："嗯。"

江沅："我也去。"

她消息来得极快："我都好久没吃火锅了。"

江沅："也好几天都没沾过荤了，自从生病，我妈跟我爸天天变着花样给我煮粥。"

江沅："我现在看到粥都要吐了呀。"

江沅："我明天要吃好多肉！吃牛肉！吃羊肉！我还要吃冰激凌！"

沈漾之前是学医的，自然明白肠胃炎患者的病后饮食。

他抿着唇，手指在屏幕上飞快地点着："你肠胃炎刚好，不能吃辣，也不能吃肉，牛肉、羊肉都不能吃。

"冰的冷的你都不能吃。"

江沅："那我还去吃什么火锅？"

沈漾笑了声，继续回："可以让老板给你单独拿一个清汤锅，你可以吃点蔬菜。"

江沅："漾漾，你这样已经剥夺了我吃火锅的乐趣。"

江沅："你就实话实说吧，你是不是就是不想我跟你们一起？"

沈漾垂着眼，唇角弧度明显，明亮的屏幕凝成一簇映在他眼底，细长的手指不停地敲着手机键盘。

"没有。

"我想。"

看到消息的江沅心跳一颤，手一个哆嗦，手机没拿稳从手里滑落，垂直砸在鼻子上，手机壳凸起的棱角处径直地磕在她鼻梁上。

"啊！"

她捂着鼻子从沙发上坐起来，手机顺着从她脸上滑落，一路顺着滚下来，掉在她脚边。

酸涩的痛意从敏感的鼻梁处传出来，鼻梁那块的皮肤隐约还有些青紫，她动了下鼻子，被钻心的痛感惊到，吓得快要哭了出来，回头朝厨房叫了声："妈。"

"怎么了？"

"我鼻子好像断了……"江沅一抽一噎，痛意更加明显。

江母连忙关火从厨房里出来，手拿毛巾擦了下，随即朝客厅走了过来："鼻子怎么了？"

"手机砸的……"

"手拿开。"

江沅松开捂在鼻子上的手，只见她小巧挺直的鼻梁上一道粗短青紫，隐约还有点肿起来的迹象。

江母伸手轻轻在上面按了一下，江沅叫了声，往后缩着，委屈巴巴地看着母亲："疼。"

"走，换衣服，我们去医院拍个片子。"

"哦。"

江沅弯腰把手机捡起来，回房间换了身衣服后，给沈漾发了条消息。

"我去医院给我爸送吃的，晚点回来找你。"

沈漾回复得很快："你一个人？"

江沅疼得难受，手指在键盘迅速打下几个字："没有，跟我妈一起。"

消息刚发出去，江母已经换好衣服，在屋外喊她："沅沅，好了吗？"

她瓮声瓮气："好了。"

"快点啊，你爸都跟你林叔约好了。"江母站在门口换鞋，叹了声气，"你这刚出医院，又进医院。"

江沅见沈漾没回复，把手机揣兜里，拿上身份证出了门。

医院里。

江沅拍完片子，等片子的当口，江母下楼买晚餐，她一个人待在江父的办公室。

拿出手机，沈漾后来又发来了两条消息。

——"知道了。"

——"什么时候回来？"

江沅脱了鞋，盘腿坐在沙发上，手托着下巴，垂眼落在两人的聊天记录上，犹豫着不知道怎么回复。

过了会儿，她点开键盘，手指慢吞吞地在屏幕上点着。

"可能会迟一点，怎么了？"

几乎是秒回。

沈漾："没事。"

江沅盯着他发来的两个字，轻啧了一声，莫名其妙地品出来他藏在其中的一丝委屈。

她托着腮，手指在屏幕上划拉了几下，总觉得今晚的沈漾很奇怪。

好像，话有点多。

基地里。

沈漾也感觉到今晚的江沅有一点不对劲。

他起身从阳台回了房间，半躺在床上，往上翻了翻两人的聊天记录。

越往上，他心底那股不对劲就越清晰。

沈漾又往下翻回晚上和江沅的对话，目光落在江沅最后发的几条信息上。

——"我去医院给我爸送吃的，晚点回来找你。"

——"没有，跟我妈一起。"

——"可能会迟一点，怎么了？"

嘴唇抿成一条直线，他又往上翻看了一遍。

发现了不对劲。她以前每句话的结尾大部分都是"呀、哇、喔"之类的，而刚刚那几句话，每一句都没有。

沈漾眉头稍蹙，心下沉了沉，该不会是因为不让她吃火锅，她生气了吧？

他陷入了对人生的怀疑。

而另一边，坐在父亲办公室好吃好喝的江沅，总是忍不住想打喷嚏，一打鼻梁那处就隐隐作痛。

她整个人泪眼汪汪，一边吃一边止不住嘴："妈，我鼻子是不是被砸坏了啊，怎么老是打喷嚏？"

江母看了她一眼："应该是鼻子上的神经受到了刺激，生理反应，睡一觉就好了。"

"妈，你说会不会是有人在想我？"江沅往嘴里塞了一个虾饺，"外婆不总是说，如果有人在想你，人就会打喷嚏吗？"

"迷信说法。"江母戴上眼镜，重新看了遍江沅的片子，淡淡道，"你一个学医的，别总信这些。"

江沅撇撇嘴，嘀咕了句："肯定是有人在想我。"

第二天早上，江沅睡了一觉起来，餐桌上只有江父一个人。

她伸了伸腰，在桌边坐下，拿了个包子在手里："爸，我妈呢？"

"遛狗去了。"

江沅撕包子皮的动作一顿，难以置信一年难得下楼遛一次狗的人竟然一早去遛狗了。她神秘兮兮地凑过去："爸，你跟我说实话，我妈是不是打算趁我不注意，把元宝偷偷卖给门口修鞋店的老板？"

"你妈好像更想把你卖过去。"江父抖了抖手里的报纸，顿了顿，"不对，如果是你的话，应该是送。"

说话间，江母回来了，一个人回来的。

江沅大惊："妈！你真的把元宝卖给门口修鞋店的老板了？"

江母："没。"

去厨房洗了手，在桌边坐下，江母淡淡道："它自己跟人跑了。"

江沅哭笑不得："它跟谁跑了啊？"

"一只比它稍微丑一点的母狗。"

这虚荣心。

江母看了她一眼："狗主人是个男孩子，跟你差不多大，元宝好像跟他和他的狗都很熟，一见到人家就扑过去了，怎么都拉不回来。"

江沅一愣，她妈碰见的该不会是沈漾吧？

下一秒，江母偏头和江父说话："男孩子说他叫沈漾，名字还挺好听，人长得也眉清目秀，一表人才。"

江父一脸疑问。

江母："可惜了，你女儿遗传了你，要不然还能跟人凑一对。"

江父怒："我女儿遗传我怎么就不能跟人家凑一对了？！"

江沅见势立刻起身，远离战场，回房间拿手机给沈漾发消息。

"漾漾，你早上是不是碰见我妈了？"

沈漾回得有点慢。

"嗯，元宝在我这儿。"

江沅："那我等会儿去找你呀？"

沈漾瞥了眼手机里沈清珩发来的消息，手指点开键盘："我等会儿要出去一趟。"

江沅："那等晚上吃过饭，我再去接它。"

"好。"

到了傍晚，江沅出门前收到沈漾的消息。

"在你家楼下。"

江沅高兴地下了楼。

出了单元大门。

沈漾站在树荫下，落日的余晖倾泻在他肩上，浅棕色的头发在光晕里铺出柔软的弧度，姿态漫不经心，带着些慵慵懒懒的感觉。

江沅站在台阶上，喊了声："漾漾。"

沈漾闻声抬头，目光看向她，瞥见她鼻梁上贴着的创可贴，眉间一蹙，抬脚朝她走了过去，站在台阶下，抬眸看她："鼻子怎么了？"

她下意识摸鼻子，手刚碰上，痛意顿生："嘶——"

江沅不自在地笑了下："手机砸的。"

沈漾皱了眉，似是明白了什么，语气一下冷了下去："你昨天去医院是因为鼻子受伤了？"

她迟疑了声："……是。"

"江沅。"沈漾抿着唇，声音冷硬，"我是不是跟你说过，不要对我撒谎，我会生气的。"

江沅垂首，将台阶上的石子踢落，小石子一阶一阶落下，直至停在沈漾脚边，顺着看过去，讷讷道："可你也说了，让我好好照顾自己，要不然你会担心的。"

她咬着下唇，声音软绵绵的："我不想让你担心。"

闻言，沈漾一怔，心脏像是猝不及防地被蜇了一下，让那些刚堆积起来的郁闷尽数散尽，他忽然有些莫名其妙的气恼，一言不发地走开，背影利落干净。

江沅不解地摸了下后颈，刚刚说得还不够煽情吗？

来不及细想，她拔腿跟了上去，在他身侧放慢脚步："漾漾。"

沈漾没说话。

"你生气啦？"

沈漾依旧沉默。

"我真的不是故意不跟你说的，就是怕你担心嘛。"江沅脚步加快，站在他跟前，倒着走路，"你别生我的气了。"

沈漾停了下来，板着脸教训她："好好走路。"

江沅讨好似的看着他："我好好走路，你能别生我的气了吗？"

"我没生你的气。"

江沅着急："你没生气，那你为什么不跟我说话？还不等我？"

她随口胡扯道："我知道了，你嫌我丑了。"

沈漾不知如何回应。

"肯定是的！因为我鼻子贴了创可贴，你就觉得我丑了！漾漾，你怎么能这样！简直太没良心了。"

他再次停下来，伸手搓了下脖颈，有些无奈："我没觉得你丑。"

江沅眼睛一亮，得寸进尺："那你觉得我好看吗？"

沈漾一怔。

"你看你看，你说不出来，就是觉得我丑。"江沅蛮不讲理，"漾漾，你太让我失……"

"好看。"

他的语速快得就像平静无波的水面被人突然丢进了一块小石子，还没漾起涟漪，石子就已经沉进河底了。

被截断话的江沅下意识地反问了句："什么？"

沈漾手抄在兜里，语调漫不经心："没什么。"

"你刚刚是不是夸我好看来着？"

沈漾一抬眉："没有。"

江沅弯着眸，重新站到他身侧："我听见了，你就是夸我好看。"

沈漾沉默着没说话，只是在她看不见的地方，弯了下唇角。

火锅店在市区的美食街里面，傍晚时刻，街上人来人往，摊贩的叫卖声和人群的大笑声混杂在一起，热闹非凡。

沈漾和江沅在里面绕了半天才找到梁钦订的那家火锅店。

临进门前，沈漾碰见以前的高中同学，拍拍江沅的脑袋："你先上去吧。"

"好。"

等她走进去后，老同学一脸八卦："女朋友？"

沈漾笑了声："还不是。"

"那我看也快了啊。"

"也许吧。"

江沅径直上了楼，找到包厢，推门进去的时候，坐在门边的梁钦见她一个人上来，故意和她开玩笑："江小沅，今天是我们男生的聚餐，你一个女生来做什么啊？"

江沅站在门边，理直气壮："年年不也是女生吗，你当我瞎啊。"

梁钦笑一声，人往后一靠，语气略带揶揄："人家是陈冬带来的家属，你呢？谁带来的啊？"

江沅还未来得及说话，身后忽然覆上来一道身影，右侧肩膀搭上一双修长的手，骨节分明，五指刚好将她纤细的胳膊攥在手心里，小指靠近手背的那根骨节因为长时间打游戏的缘故，已经微微凸起，有些变形。

鼻息间闻到熟悉的柠檬气味，夹杂着淡淡的烟草味。

江沅心一提，扭过头看他，却猝不及防地撞进他的眼睛里。

他此时此刻正垂着眼帘看着她，眼底藏着漫不经心的笑意，也因为靠得这么近，江沅看见他眉尾有一个淡棕色的痣，隐在浓密的眉毛里，不甚清楚。

头顶的灯光落在两人身上，他浅棕色的头发在灯光下，蒙上一层光晕，看起来很柔软。

如果不是此时耳边的声音太过嘈杂刺耳，江沅甚至以为，这个人仿佛是从漫画里走出来的。

她呼吸一室，喊了声："沈漾。"

沈漾轻应："嗯。"

随后，他抬眸看着梁钦，姿态散淡，可说的话却带着些令人深思的味道："她是我带来的。"

闻言，江沅眼皮倏地一跳，忍不住咽了下口水，一瞬间，心跳如擂鼓。

屋内五人都是一脸看热闹的表情看着他俩，梁钦很欠扁的"哼"了声。

沈漾没看他，手搭在江沅肩膀上，带着她在桌边坐下后，才看向梁钦，语气带着些质问的意思："你有意见？"

"没。"梁钦无所谓地耸耸肩，端起茶杯喝了口茶，笑容满面，"我怎么敢有意见啊。"

江沅还没从这突如其来的事情中反应过来，搁在口袋里的手机却忽然开始疯狂振动起来。

她回过神，摸出手机，都是许年年刚发过来的。

"你不是老子叫来的吗！？

"你跟沈漾什么情况？在一起了？

"江小沅你不够朋友啊！有情况都不说一声！

"亏得我还在替你担心怎么追到沈漾！

"你都已经暗度陈仓了啊？

"你今天不给我个解释，火锅你就别吃了！绝交！"

江沅只有沉默。

她自己都还没反应过来这是什么情况呢。

许年年又给她发了一条消息："你为什么不回老子消息？"

江沅："因为还没想好怎么跟你说。"

许年年："算了，你别说了，我不想听你跟沈漾的恋爱进程史。"

江沅："没有恋爱史。"

许年年："你们直接领证了？"

江沅哭笑不得，手指在键盘上敲着："我和他真的没有在一起。"

"我倒是想和他在一起，可人家不喜欢我啊。我还奋斗在追他的道路上呢。"

许年年："不喜欢？他刚刚那样是不喜欢你的表现？你当我是跟你一样智商为负的人吗？"

被许年年这么一说，江沅自己也有点摸不准沈漾的心思了，抓了下头发，纠结了会儿："反正我们没在一起，上次我问他有喜欢的人吗，他也说没有，如果真的喜欢我，应该会告诉我的吧？"

可她却忘记了，自己撩拨人家那么长时间，可是连一句喜欢都没说过。

点单的时候，许年年跟小眠提了一句："眠哥，锅底记得要鸳鸯的，今天别吃全辣的了。"

小眠："全辣做错了什么，怎么你们今天都不待见它？"

许年年下巴轻抬，指了指刚刚换到自己身旁的江沅："还不是这家伙，前阵子肠胃炎都送医院了。"

闻言，沈漾下意识抬眸，刚好撞见江沅投过来的目光，两人皆是一愣，江沅率先举白旗，收回视线，握着杯子的手指无意识地摩挲着杯壁。

沈漾端起杯子，凑在唇边，遮住了自己扬起的唇角。

火锅店的上餐速度极快，点完单没一会儿东西就上齐了。

锅底逐渐沸腾，热气在房间里氤氲开来。

江沅咬着筷子，眼巴巴地看着他们碗里的各种肉类，低头瞥了眼自己碗里的青菜生菜大白菜，咂咂嘴，趁着沈漾没注意，偷偷伸筷子夹了两片牛肉放进靠近自己这边的清汤锅里。

鲜红的牛肉逐渐从锅底翻滚上来，肉色渐显，她忍不住咽了下口水，筷子伸出去，还没够到锅里，突然凭空多了双筷子，当着她面夹走了她刚刚放进锅里的牛肉。

她一脸气愤地抬起头，看着拿筷子的人将肉片放在酱碟里蘸了下，然后慢慢放进嘴里。

瞥见她气愤的目光，沈漾淡淡地看着她，没作声，拿起一叠娃娃菜搁在桌上，手指压着转盘，慢慢悠悠地把菜碟转到她面前。

意思不言而喻。

你只能吃这个。

好难过。

坐在一旁大快朵颐的许年年看见江沅碗里的一片绿色，很是诧异："你对吃火锅有什么误解吗？"

江沅："没有，我就是觉得火锅的锅底烫菜好吃。"

其实她是脸上笑嘻嘻，内心满是：老子要吃肉啊！

"那你吃吧。"

憋憋屈屈吃完一顿火锅。

梁钦擦擦手，提议道："要不唱会儿歌再回去，我记得隔壁好像就有一家 KTV。"

对于整天泡在基地的几个人来说，这个提议自然是得到了大家的认可。

一行人又风风火火地从火锅店转移到隔壁的 KTV。

到地方的时候，许年年看见旁边有家电玩城，跟江沅一拍即合，忙不迭地跑了过去。

陈冬搓着脖颈，声音无奈："你们先进去，我跟着她们。"

走了两步，他回头看着站在一旁的沈漾，揶揄道："漾漾，你不跟着？"

沈漾垂眸，声音淡淡的："跟。"

沈漾看到江沅的时候，她正站在一台娃娃机前，神态认真，手下的动作既小心又谨慎。

他放缓脚步，慢慢走了过去。

有人影靠在一旁，江沅只当是许年年兑完游戏币回来，也没在意，心思都放在娃娃机里。

"啊啊啊啊，别掉别掉！啊！"江沅泄气般地伸手在机器的手柄上拍了一下，不满地嘟囔了声，"什么嘛！"

"年年——"她扭头往边上看了眼，吓了一跳，"哎呀！"

沈漾歪着头靠在机器上，抱臂，修长的手指搭在胳膊上，一下一下轻敲着，长睫在眼睑下方投下一片剪影，头顶五彩斑斓的光芒映在他眼底，整个人带着些慵懒。

他垂眸盯着她看了一会儿，而后挺直身，站到她身侧，修长的手指扣在手柄上，声音散淡："想要什么，我给你抓。"

头顶变化莫测的灯光在他脸上分割出一块一块形状不规则的光影，光线的棱柱穿过他凌乱的短发映在江沅脸上，她不自觉地伸手挡住晃动的光线，身前的人似是意识到了什么，身影往后退了一步，正好遮住所有的光线，她眼前只剩下他修长的身影。

沈漾收回手，侧目看着她，在他身后是一幅巨大的动漫海报，而他被光晕笼罩着，似要与漫画里的景色融成一片。

他屈指敲了下机器的玻璃面，见江沅看过来，笑了下又问了句：

"想要什么？"

江沅把目光从机器挪到他脸上，眼底被灯光渲染出星星点点，在这震耳欲聋的音乐声里，听见自己如擂鼓般轰鸣的心跳声。

她垂着头，视线落在地面飘忽不定的光影上，唇瓣上下动着，无声地念了句话——"我想要你"。

你问我想要什么。

你不知道的是，我想要的从来都只有你。

良久，她抬起头，沉思了片刻才抬手指着机器角落里一只粉色顽皮豹："要那个！"

沈漾垂着眼看了她一会儿，勾了勾唇，目光落在机器里，语气温和："投币。"

"哦。"

江沅伸手往机器里塞了两个游戏币。

机器启动。

沈漾单手握着手柄，前后左右地晃动着手柄，一直等到时间用尽，让抓钩自己降落，稳稳当当地夹住粉红顽皮豹的脑袋。

"Bingo！"

江沅弯腰从出货口把娃娃拿了出来，眯着眼睛笑起来："哇！漾漾，你太厉害了！"

沈漾"嗯"了一声，随即侧过头看着她："还想要什么？"

"唔。"江沅环视了一圈周围的机器，目光落在自己钟情已久的大型娃娃机上，"那个那个！我想玩好久了！"

沈漾点点头："好。"

"不过，我得先去趟洗手间。"江沅把手里的娃娃塞给他，"肚子有点疼。"

沈漾抬头看了眼悬挂在头顶上方的指示路牌，想起她路痴的本性，唇角微挹："一起。"

江沅满脸问号。

"怕你找不到路。"沈漾笑了声，伸手在她脑袋上揉了下，

"路痴!"

江沅愣在原地，感觉他手心的温度还停留在头顶上，无意识地伸手摸了两下。

见她依旧停在原地，沈漾停住脚步，声音清朗低润："走啊。"

"哦。"江沅捋了捋头发，快步跟了上去，一颗心怦怦乱跳。

洗手间的位置比较隐蔽，在电玩城的背面，远离喧嚣。

沈漾带着江沅绕了几个弯才找到，拿着娃娃站在门口："进去吧。"

江沅一愣，脑子一时没转过弯来："你不是说一起吗？"

沈漾怔了一下，随即唇边漾开一抹弧度，连带着声音里都染上几丝浅浅的笑意："你让我跟你一起进去？"

闻言，江沅倏地反应过来自己话里的歧义，脸一热，转过身落荒而逃。

身后沈漾忽然叫住她："江沅。"

"嗯？"

"你跑错了，那是男厕。"

江沅停在原地，抬头看了眼头上的提示牌，上面清清楚楚地刻着一个大字——女。

她回头看着沈漾，撇撇嘴，又气又好笑："你神经病啊！"

沈漾勾着唇，没说话。

江沅受不了他这模样，拉开门走了进去。

等她几分钟后再出来的时候，沈漾已经不知道跑哪去了，她走出来找了一圈，也没看见他人影，不满地嘟囔了一句："什么嘛，走了也不知道说一声。"

江沅顺着来时的路往回走，路过安全门，有声音从里面传出来，下意识地扭头看了眼，瞅见几道模糊的人影，也没在意，往前没走两步，却倏地停了下来。

她刚刚……

好像听见有人在喊沈漾的名字。

捺不住好奇心的她往回退了几步，人声逐渐清晰，率先入耳的就是沈漾冷淡的声音，不高不低，正好从未关严的门缝里传出来。

"周驰，我不欠你什么。"

"呸，你不欠老子的？你用老子的身份活了十八年！你说你不欠我的？"

周驰将嘴里的口香糖吐在地上："沈漾，我活成现在这样，都拜你死去的妈还有你那个躺在医院里要死不死的爸所赐！"

闻言，沈漾眉头一蹙，扬手一拳挥在他脸上，手臂抵着他脖颈，眼底里藏着狠意："你再说一遍？"

沈漾被周驰带来的人拉开，靠着墙壁喘气的周驰擦了擦嘴角的血，轻呵了声后，站直了身体："你打啊，打死我算了，反正我现在什么都没有，就一条贱命！"

气氛有一瞬间的僵持，沈漾甩开架在肩膀上的手，语气冷漠又无力："沈家人都在等你回去，周驰，你不是什么都没有，我才是。"

"你什么都没有？"周驰像是听到什么好笑的笑话一般，似笑非笑地看着沈漾，"刚刚跟你在一块的那女生，不是你女朋友？"

提及江沅，沈漾的眉眼倏地更冷了一点："她不是我女朋友，你别动她。"

"哟，"周驰朝他走过来，手指在他肩膀上戳着，"护成这样，还说不是女朋友，你当我傻？"

沈漾抿着唇，眼底藏着波涛汹涌的怒意，刻意撇清自己和江沅的关系："我跟她没关系。"

说完，他倏地靠近周驰耳边，压低的声音满是威胁："你要是敢动她，我饶不了你。"

周驰无所谓地耸耸肩，沈漾往后退了一步，捡起掉在地上的粉红顽皮豹，拍掉上面蹭的灰，敛着眼看他，声音冷硬："说到做到。"

沈漾从安全通道里出来，手机里是江沅发来的消息。

——"漾漾，你在哪儿？"

——"我和年年她们先去 KTV 了，你等会儿就直接过来啊。"

他握着手机，低头回消息，在他身后，周驰带着几个人从里面出来，跟他背道而驰。

到 KTV 门口时，沈漾碰见从楼下买酒水回来的梁钦。梁钦两只手拎得满当："咦？漾漾，怎么就你一个人？他们人呢？"

"在里面。"沈漾从他手里接过一袋啤酒，"买这么多？"

"眠哥让买的。"梁钦推着他进去。

包厢内，K 神和小眠握着麦克风，一首温暖的小情歌被他们唱成鬼哭狼嚎。

沈漾跟在梁钦身后，目光扫了眼坐在点歌机旁边的人，唇角抿了下，默不作声地将袋子搁在桌上，坐在她旁边的沙发上。

江沅点完歌回身，看见坐在边上的人，眉头一扬，拔高了声音："你刚刚去哪了啊？"

"接电话。"

音乐声太大，江沅皱着眉，朝他那边凑了一点："你说什么？"

沈漾配合她的动作，凑近她耳边："我去接电话了。"

热气在耳边盘旋，江沅下意识地侧眸看了眼说话的人，灯光暗淡，他整个人坐在黑暗里，看不清神色。

她笑了下，故作镇定，直起腰："我还以为你先走了呢。"

"没有。"沈漾凑到她耳边，语气认真执着，"我没有一个人先走。"

"我知道。"

江沅点点头，在他身旁坐下，昏暗的灯光遮住了她心不在焉的眉眼。

"你跟沈漾吵架了？"趁着沈漾去洗手间的间隙，梁钦坐到江沅边上，数了数摆在沈漾面前的易拉罐空瓶，"啧，八瓶了，看来是吵得很厉害了。"

"没有吵架。"江沅心不在焉地拨了下头发，重复了一遍，"我没有和他吵架。"

"那他今晚干吗借酒浇愁？"梁钦往后靠着沙发，"在这个包厢里，能让沈漾这样的——"他指了指桌上的空易拉罐，语气笃定，"只有你。"

江沅垂着眼，手指无意识地抠着底下的沙发垫，眼睛看着梁钦，不答反问："你和沈漾是高中同学？"

"对啊，初、高中都是同学。"

她想到不久前听到的对话，犹豫着问道："那你知道沈漾他为什么要来 WATK 吗？"

梁钦搓着后脖颈："没问过。"

他咂咂嘴，继续重复之前的话题："你和沈漾真的没吵架？"

说话间，沈漾已经从洗手间回来，额前的碎发湿漉漉地垂在眼前，神色冷淡地在原来的位置坐下。

梁钦看着他有些疲惫的面容，犹豫着问了声："漾漾，你没事吧？"

他抚着额角，轻"嗯"了一声，抬手又拿起一罐啤酒。

梁钦对江沅使了个眼色，后者装作若无其事地撇开了眼，起身去找许年年。

还说没吵架。

看着沈漾这拿酒当水喝的架势，梁钦不禁沉思，他们刚刚不会是打了一架吧？

到基地已经十点钟了，从出租车下来，梁钦和陈冬一人一边架着沈漾的胳膊，一路跌跌撞撞把人送回了房间。

梁钦直接坐在地上，喘了几口气："累死了。"

站在一旁的陈冬抹了抹额头的汗，问："他今晚怎么了？"

"谁知道啊。"梁钦从地上站起来，"我回去洗个澡，你让江小沅送杯水上来，就说沈漾要的。"

"哦。"没什么心眼的陈冬"噔噔噔"跑下楼："江小沅，你倒杯水给沈漾送过去。"

闻言，正准备带元宝回家的江沅愣了下，疑惑地看着陈冬："你们基地没人了？"

陈冬在沙发上坐下,面不改色:"哦,沈漾说了,只要你倒的水。"

见江沅没动作,他又道:"他房间在右手边第二间,你快点啊,人等着呢。"

"……好吧。"

江沅去厨房倒了一杯水,想起他喝了那么多酒,又把冷水倒出了点,往里兑了半杯开水,径直上了楼。

二楼。

沈漾的房间门没关,她进去的时候,他整个人背对着门口,侧趴在床上,脑袋枕在手臂上,佝着身。

宽松的衬衫不知是因为热还是什么,卷了起来,腰间的大片肌肤露在外面。

他皮肤白,因为酒精的作用,此刻微微有些泛红,江沅走近了才看见他后背的文身。

浓黑色的文身线条和白皙的皮肤形成截然相反的色差。

江沅把水杯搁在床头的柜子上,盯着他后背和腰腹间的文身看了会儿后,直接坐在床边铺着的地毯上,托着腮看着他不怎么安稳的睡容。

她"啧"了一声,伸手将他紧蹙的眉头抚平,轻声嘀咕了一句:"你是个神秘的漾漾。"

她的指腹柔软,一下一下抚在他眉间,触感清晰,原先闭着眼沉睡的人,倏地睁开眼。

江沅吓了一跳,匆忙收回手,有些心虚地问道:"你醒了呀,要喝点水吗?"

喝醉了的沈漾眼睛湿漉漉的,眼底布满了红血丝,晕晕乎乎地看着眼前的人,声音不自觉地软了下来:"要。"

"那你坐起来。"江沅站起身,挽着他胳膊想把他扶坐起来,只是没想到,人没扶起来,她反而被沈漾的力量带回去,脑袋砸在他手臂上。

"嘶。"

江沅摸着脑袋，睁开眼看着近在咫尺的脸庞，呼吸一窒。

　　少年冷硬的面容因为喝醉了，显得清俊了不少，原先深邃幽沉的眼睛也比往常要明亮许多，湿漉漉的，如同小奶狗一般。

　　她下意识地坐起来，手腕却倏地被他攥住。

　　少年的声音低沉沙哑，带着些恳求："别走。"

第四章

那你喜欢我吗

沈漾喉结轻滚，
声音带着一丝不易察觉的紧张。
"都给你，你别要别人的水。"

江沅一愣，重新在地毯上坐下来，手臂放在床边，脑袋枕在上面，声音软软地说："我不走。"

她伸出两只手指，按在他又蹙起的眉头上，略微用力，将他两峰之间的褶皱抚平，声音低柔："漾漾，你不是什么都没有。你还有我，有梁钦、眠哥、陈冬、K 神。"

"你还有大王，你有很多，你并不是孤独的一个人。"

沈漾垂着眼，被酒精沾染的脑袋昏沉沉的，无法思考，只知道直直地看着眼前的人，唇瓣无意识地动了动："渴。"

江沅无奈地叹声气，伸手将床头的水杯递给他，小声地哄着他："你起来再喝。"

"嗯……"沈漾嘤咛一声，压低的声音像是生了爪子一般，挠在江沅心口，乖乖地坐起来，从她手里接过水杯，牙齿磕在玻璃杯上，叮当一声，眼睛盯着江沅，委屈巴巴地说，"是不是我喝完水，你就走了？"

妈呀！

为什么没有人告诉她，沈漾喝醉酒之后竟然会变得这么心灵脆弱？！

让人忍不住想要去蹂躏他。

简直是要勾引她犯罪啊！！

"漾漾，你别这样，我怕我无法直视明天的你。"江沅抱着膝盖坐在地毯上，仰头看他的时候，床头的壁灯映在她眼底，像星星一样闪耀。

沈漾没说话，只垂眼看着她，昏沉沉的脑袋让他没法思考为什么江沅会出现在他房间里。

"漾漾。"江沅想起刚刚在他后背上看到的文身，"你这里文的是什么啊？"

她伸手指了指他后背的位置。

哪知道沈漾听完沉默了几秒，竟然直接动手将衬衫脱了下来，转过身，将整个后背呈现在她眼前。

江沅下意识地捂住双眼，声音既紧张又激动："你干吗啊？"

"给你看。"

江沅一愣，犹豫了会儿，耐不住好奇，偷偷松开紧闭的五指，从指缝里往外看。

我的妈呀。

她忍不住咽了下口水。

沈漾竟然在后背上文了一条龙，从腰腹的位置一直延伸到右肩膀。

龙身全部都是用黑色线条勾勒出来的，盘踞在他整个后背上，显得气势磅礴，龙头文在他的右肩膀上，龙须以及龙身前端的一部分还延伸到了他的手臂上方。

江沅放下手指，好奇地问了句："漾漾，你以前是……混黑社会的吗？"

这种过肩龙文身，她之前只在电影里面看过，现实中还真的是第一次见。

沈漾转过身，又重新把衣服穿了回去，整个人坐在床沿，居高临下地看着江沅。

片刻，他弯腰从床头的抽屉里拿了一本书递给江沅，自己顺势躺了下来。

江沅接过书，书的封皮上映着几个字——*HARRY POTTER*（《哈利·波特全集》）。

她翻开书，见扉页上用钢笔写了一句字迹清秀的话。

　　　　——祝爸爸妈妈的宝贝漾漾十周岁生日快乐！

落款是顾清 & 沈之安。

这是……沈漾的爸爸妈妈送给他的？

江沅抬眸看着沈漾，浅声问道："你是想让我给你读吗？"

"嗯。"

江沅点点头，随手翻开一页，挑了一段读了起来："微风拂动着女贞路两旁整洁的树篱，街道在漆黑的天空下寂静无声，一尘不染，谁也不会想到这里会发生骇人听闻的事情。

"哈利·波特在毯子包里翻了个身，但他并没有醒。更不会知道，在未来的几个星期，他表哥达力会对他连捅带戳，连掐带拧……他也不可能知道，就在此刻，全国的人都在秘密聚会，人们高举酒杯悄声说：祝福大难不死的孩子——哈利·波特！"

夜色渐深，江沅趴在床沿，小声地念着书页上的内容，慢慢地困意逐渐席卷，她耷拉着眼皮，勉强撑着念了几行，终是撑不住合上了双眸，唇瓣无意识地动了两下。

半梦半醒之间，好像听见沈漾低声唤了句："妈妈……"

她想掀开眼皮看一眼，却扛不住困意，沉沉地睡了过去。

第二天一早，阳光穿过屋外梧桐枝叶的缝隙，洋洋洒洒地落在房间里，光影投在地板上，斑点大小的一块，随着树叶的晃动，不停变化着形状。

房间里空调和加湿器工作的声音嗡嗡的，旁边的浴室里隐约有淅淅沥沥的水声传出来。

一阵急促的手机铃声打破了这长久的平静，一遍又一遍地响着，仿佛你不接，它就永远都不会停下一般。

睡梦中的江沅嘟囔了两声，裹着被子把脑袋埋了进去，片刻，闭着眼从被窝里伸出手，循着声源摸过去，也没看是谁，直接就接通了："喂——"

"漾漾——"

听筒那端的声音明显是顿住了，迟疑了片刻，才沉声问了句："你好，我找沈漾。"

江沅还没睡醒，脑袋昏沉沉的，无意识地应了句："你打——"

话还未说完，耳边突然蹭上一阵冰凉，她一个哆嗦，还没反应过来。

下一秒，攥在手心里的手机就被人抽走了。

耳旁传来沈漾清冽低沉的嗓音。

"四哥。"

江沅沉睡的反射弧倏地反应过来，猝然睁开眼，率先入目的是头顶灰蒙蒙的天花板。她盯着天花板上的壁灯，那些被周公带走的意识尽数回笼。

身旁是沈漾说话的声音："我等会儿给你打。"

沈漾挂了电话，回身见她睁着眼，低声道："醒了？"

"嗯……"她掀开被子坐起来，不自在地抓了下头发，"我怎么在这儿？"

沈漾拿毛巾擦着头发，似笑非笑地看着她："这不应该我问你吗？"

江沅咂咂嘴："我的意思是，我记得我昨晚明明睡在地上，现在怎么跑床上来了？"

顿了顿，她突然裹紧被子，眼神惊悚地看着沈漾："啊啊啊啊，漾漾，你竟然乘人之危！"

沈漾手指捏着被角，直接将被子整个盖在她脑袋上，唇角无意识地勾了勾："傻！"

"啊呀，闷死人了。"江沅挣扎着想掀开被子，声音从被子里传出来，瓮声瓮气的，"漾漾，你是不是想杀人灭口！"

沈漾抽下搭在脖颈间的毛巾，随手丢在床尾，起身按住她乱动的脑袋："别乱动，我换衣服。"

闻言，江沅不动了，盘腿坐着，顶着被子说话，声音不大不小，清脆响亮："有什么不能看的啊，反正该看的我都看了。"

"你昨晚可是主动把衣服脱下来给我看的，啧啧，那个主动的样子啊，我到现在都还记得。

"漾漾，我真想不到，你喝醉了竟然是那个样子。"

……

她不停地说着话。

刚刚脱下衣服的沈漾拿衣服的动作一顿，回过身看着床上的一团，低沉的声音带着些沙哑："江沅。"

"嗯？"

话音刚落，她顶在头顶上的被子被人整个掀开，突如其来的光亮让她不自觉地眯着眼。

"漾漾，你干吗？"

她不满地揉了下酸疼的眼睛，放下手看清眼前的情形时，只觉得浑身的血液似乎都在逆流，直直冲上她的脑袋。

沈漾裸露着上身，右肩上趴着的龙首栩栩如生，此刻单膝跪在床沿，俯首靠近江沅，狭长如墨的眼睛里隐隐发着光，明亮如火。

他刻意压低了声音，每一个字都说得极其清楚，尾音旖旎。

"该看的都看了，我是不是应该要你对我负责？嗯？"

江沅呼吸一窒。

这一声婉转低吟的尾音像是一声惊雷，轰地在江沅耳边炸开，她听见自己的心跳声骤然加速，全身的血液似乎都一齐冲上了脑袋，带着全部细胞都在疯狂叫嚣着。

两人挨得极近，近到江沅似乎都能在他乌黑的瞳仁里看见自己骤然红起来的面容。

她哆哆嗦嗦地往后退了点，说话都是结结巴巴的："漾漾，你……你别这样。"

沈漾垂眸看她紧张兮兮的样子，勾唇笑着，忽然抬手将她垂在耳边的头发别到耳后，冰凉的手指不知是有意还是无意，蹭过她耳郭，带起一阵细细微微的酥麻感。

这一下，江沅仿佛听见自己脑袋紧紧绷着的那根弦断了。

她连滚带爬地从床上站起来，手忙脚乱地踩上鞋，落荒而逃。

在她身后的沈漾，无声地弯了弯唇角，随后捞起丢在床尾的 T 恤衫，套在身上，弯腰将江沅丢在地上的被子捡起来，直接丢在床上。

拿起手机给沈清珩回了电话，嘟声才响两下，电话就接通了。

他低头整理东西，随口道："四哥。"

沈清珩轻咳了一声，直奔主题："漾漾，虽然你已经二十岁了，有些事情四哥不能多说，但是你毕竟还没到法定结婚年龄，某些方面还是要注意点。"

沈漾搓了下鼻梁骨，沉声道："四哥，你想多了。"

"我知道，你脸皮薄。"沈清珩低头看了眼手底下的文件，笔在指间转了一圈，忍不住八卦，"你女朋友多大了，怎么认识的……"

"四哥。"沈漾忍不住打断他，敛眸看着搁在床头的书，"她还不是我女朋友。"

沈清珩意味深长地"哦"了声："还不是……女朋友？那以后呢？"

沈漾嘟囔着："以后的事以后再说。"

沈清珩笑起来："行，不跟你扯，过几天是不是要比赛了？"

"嗯。"

"比赛加油啊，四哥不方便出来，但心与你同在。"

沈漾也跟着笑了声："知道了，谢谢四哥。"

七月三十号，是冠军杯初赛的最后两场比赛。

WATK 战队是排在第二场，也是整个初赛的最后一场，他们到比赛场地的时候是下午三点多，第一场比赛的两支队伍刚刚进入第一局的 BAN/PICK 环节。

他们在休息室刚看完了第一场 BO3，教练褚为从外面回来，手指敲了下门板，示意他们："走了。"

"走喽！"

"走快点。"

"急什么啊。"

"老子护手霜去哪儿了。"

......

五个人推推搡搡着往外走，沈漾走在最后，教练褚为和他并肩走在最后："紧张吗？"

沈漾手搓着后脖颈，淡淡道："还行。"

"不紧张就好，就当平时在基地打练习赛一样。"褚为拍拍他的肩膀说。

走在前头的小眠回过头，语气谆谆善诱："别怕，输了也就回去刷一个月厕所的事情。"

"……"

冠军杯正式的 BO3 之前会有三场单人的 solo 赛，教练褚为怕 solo 赛对沈漾的心态造成影响，索性就没让他上场。

直接留他到最后的 BO3。

半个小时后，三场 solo 赛结束，WATK 战队最后以 1 比 2 输给了 LD 战队。

褚为："这比赛无所谓，等会儿正式 BO3 我们送他们一个 2：0。"

小眠："为哥，我记得你比赛之前还让我们谦虚点的，你现在这么狂，让对面教练面子往哪儿搁。"

褚为："我们 WATK 的字典里从来都没有'谦虚'两个字。"

众人哗然。

时间差不多了，WATK 全体队员登上选手位。

沈漾作为 KPL 赛场上的新面孔，自然是受到了来自解说和粉丝的多重关注。

坐在他旁边的小眠调整好耳机的长度后，拍了拍沈漾的胳膊："漾漾，你快看对面的表情。"

沈漾疑惑。

"你难道没发现他们都是面无表情的吗？"小眠笑嘻嘻，"看来我们对他们造成了很大的压力呀。"

梁钦："队长，你注意看下我们家的 ADC，已经快跟对面是一个表情了。"

小眠无语。

WATK 这次碰到的是上一届秋季赛的总冠军、KPL 的老牌战队——LD 战队。他们队的打法极其刁钻，主要就是因为他们有一个全能型的中单——JIA，一个你永远不知道他会在比赛场上拿出什么英雄的选手，英雄海深到可怕。

BAN/PICK 开始，WATK 先 BAN 先选，率先就 BAN 掉了对面中单的本命英雄诸葛亮。

梁钦："我的小亮哥……"

小眠调整了耳机音量："别怕，你还有你的小舞姐姐。"

B/P 环节，有条不紊地进行着。

五分钟后，比赛正式开始。

江沅和许年年坐在台下，依旧是托陈冬的福，她们坐在全场最佳的位置，只要稍抬头就能看见坐在台上的人。

他们穿着相同颜色的黑色队服，胸前有同样的烫金字母和几个品牌赞助、直播平台 Logo，时而交头接耳，时而镜头给到他们，也会抬手和台下的粉丝打招呼。

这种感觉好像还挺稀奇的。

沈漾第一局拿的是孙尚香，暴击流英雄，刚开局，WATK 这边小眠带着沈漾和打野，入侵对面蓝区，沈漾拿了蓝，迅速升了二级，主动追击，收下对面中单，顺利拿下一血。

梁钦："漂亮！"

沈漾略松口气，开局前紧蹙的眉头稍稍松了一点。

现场解说笑了声："WATK 的新 ADC 看起来很激进啊，跟之前的 ADC 完全不是一种风格。"

另一个解说："毕竟人家大小姐手里可是扛着一杆冲击枪，不激进一点怎么对得起那杆枪啊。"

半个小时过去，WATK 抢到主宰，借着一波主宰先锋的兵线顺利拔掉对面高地，一拥而上。

小眠疯狂叫着："点塔点塔！射手点塔！"

沈漾抿着唇，操作孙尚香躲在小眠的庄周后面疯狂点塔，最终成功拿下第一局比赛。

众人："Nice！"

沈漾终于露出了上台以来的第一个笑容。

教练褚为走上台，拍拍他的肩膀："保持这样就可以了。"

"嗯。"

沈漾点点头，伸手搓了下鼻梁骨，弯腰从地下拿起水，凑在唇边的时候，目光下意识地往台下看了一圈。

镜头正好给到他特写。

坐在江沅后排的粉丝疯狂尖叫着，她抬头往台上看了过去，沈漾正好收回视线，只留一个侧脸给她。

她不满地嘟囔了一声，身旁许年年把手机递到她眼前："你完了江小沅，就刚刚一场比赛过去，你就多了三万的情敌。"

"什么啊？"江沅把她手机拿了过来，上面是一个微博页面。

WATK.Young

关注：7

粉丝：30389

微博认证：WATK 电子竞技俱乐部职业选手

沈漾的微博？

"我之前怎么不知道沈漾还有微博？"

"今天才开的号，比赛前几分钟公布的。"许年年把手机从她手里夺了回来，顿了顿，"这样一说的话，等今天比赛结束，你很大可能会赢来一大拨情敌，还都是女友粉。"

江沅此刻只觉得心好累。

第二场比赛开始，江沅抬头看着台上的人，心里突然冒出个想法。

要是能把沈漾藏起来就好了。

这样，他的世界里就永远只有她一个人了。

晚上八点三十六分，第三局比赛结束，WATK 战队以 2：1 的成绩赢得比赛。五个人笑着摘下耳机，在粉丝和现场解说的欢呼声中，走过去和 LD 战队的人一一握手，然后重新站在台上，对着底下的粉丝弯下腰。

灯光打在他们身上，江沅看见他们眼底藏着的光芒，跟着粉丝一齐欢呼起来，全场都在呐喊 WATK 的名字。

声势浩大，气势磅礴。

这是属于他们的战场。

散场后，江沅和许年年绕过离场的粉丝，去休息室找他们。刚进去坐下，沈漾从外面接受采访回来，后面跟着叨叨不停的小眠。

他一脸沉重地看着沈漾：“漾漾，你将会成为 KPL 采访席上，第一个被他们拉入黑名单的选手。”

众人不解：“怎么了？”

小眠脱下外套，简单地叙述了一遍采访过程。

江沅听完后总结了一下，大概就是，沈漾在接受采访时，全程从头到尾只说了一字——“嗯”。

众人：“可以，这很沈漾。”

WATK 接下来的一场比赛在八月六号，一行人坐大巴直接回了酒店。快下车的时候，梁钦摸摸肚子，道：“有点饿了。”

“我们去吃消夜啊？”陈冬举手提议道。

“可以！”

“没意见！”

“同意！”

“我也去！”江沅扭头看了眼沈漾，昏暗的灯光里，她的眼睛亮晶晶的，“漾漾，你去吗？”

沈漾手肘撑着脑袋，目光落在她脸上：“嗯，去。”

她心满意足地笑着，随即侧过头，脑袋趴在前座的靠背上：“那我们吃什么啊？"

"我之前好像在酒店的周边手册上看到附近有一条美食街，要不去逛逛啊。"坐在前头的梁钦放下手机，"反正我们是明天下午的飞机。"

"同意！"

"没意见！"

大巴车刚在酒店门口停下，他们从车上下来，找门口保安问了具体位置后，直接走路过去。

晚上九点多，华灯初上，周围林立的高楼大厦上悬挂着巨幅的LED广告牌，灯光熠熠。

白日里的蒸蒸热气被南边吹来的晚风拂散，带来丝丝凉意。

小吃街离酒店也就隔了一条马路的距离，走路十分钟就到。

街市里大大小小的摊贩充斥了长长的一条街，各式各样的灯光挂在摊头立起的灯杆上，街道里人流如潮水，说话嬉笑声此起彼伏。

几个大男生停在路口，一头雾水地看着江沅和许年年，如同上了马达一般不停地在各种摊贩之间穿梭着，时而伴随着几声惊喜的尖叫。

"哇，年年你吃这个好吃好吃！"

"沅沅！你快看那个那个！"

"好可爱啊！"

……

十多分钟后，江沅和许年年从人群里钻出来，手里大包小包拎了一大堆小吃。

几个人随便找了一家店，坐在外面临时摆出来的小桌上，江沅和许年年把吃的放在桌上。

梁钦随手翻了下，就数出来七八种小吃。

"你们女生的购买欲，真的可怕。"

消停了会儿后，许年年拽着陈冬去玩打气球，梁钦拖着另外两个人不知道钻哪儿去了。

　　江沅坐在桌边解决完最后一个章鱼小丸子，擦擦嘴，目光在四周转了一圈："漾漾，我们去做鱼疗吧。"

　　沈漾顺着她的目光看过去，不远处有一家鱼疗店，门口坐了好几个人，沉默良久："好。"

　　鱼疗店的生意很好，江沅他们排了十多分钟才有座位，两人一人一个小池子，坐在一旁。

　　江沅脱下鞋，小心翼翼地把脚伸了进去，瞬间那种酥酥麻麻的感觉就从脚底传了上来，忍不住动了两下后才重新放进去，扭头看着坐在一旁面容平静的人，道："漾漾，我还没恭喜你呢。"

　　"嗯？"

　　"恭喜你赢了比赛啊。"江沅脚不停在池子里搅动，"你都不知道，你在上面打比赛的时候，坐在我后面的妹子喊你名字喊得都破音了。"

　　说完，她还特意喊了一遍给沈漾听，随后又说道："漾漾，现在真的有很多人喜欢你哟！"

　　沈漾勾唇笑了声，侧目看着她。

　　女孩的脸部弧度柔和，凌乱的短发被她别在耳后，小巧挺直的鼻子在灯光下盈盈动人。澄澈圆亮的眼睛里似是藏了十万星河在里面，笑起来的时候，熠熠发光。

　　沈漾垂下眼睑，喉结轻滚，一瞬间心思涌动。

　　良久，他抬眸，浓密的睫毛在眼睑上打下一道阴影："江沅。"

　　"啊？"

　　沈漾敛眸看着她，无意识地抿了下嘴角，声音带着不自知的紧张。

　　"那你喜欢我吗？"

　　江沅挂在嘴边的笑容僵住了，周围吵闹的声音如同断了片一样，脑袋里嗡嗡重复着沈漾的话语。

　　斑斓灯光下，他侧脸被五彩斑斓的亮点笼罩着，漆黑如墨的眼睛里藏着柔软光影，明晃晃地看着她，像是要望进她心底深处。

江沅大脑一片空白，无意识地张了张嘴。

喜欢啊。

超级无敌巨无霸喜欢你啊。

像翻涌的云海，澎湃的江潮，是真的非常喜欢你啊。

可是——

江沅垂眸看着鱼池里肆意徜徉的小鱼苗，晚风吹过，弄乱额前的刘海，伸手随意拨了两下。

黑黢黢的天空下，她抬眸看着眼前的人，语气软软的，声线隐隐有些颤抖："喜欢啊。"

几乎是话音落下的下一秒，江沅伸手搭在沈漾肩头，语气轻松："毕竟，哪有爸爸不喜欢儿子的？"

沈漾垂眸落在她的手背上，微张的唇逐渐抿成一条笔直的线，眼底的欣喜一层一层褪去，只余下淡淡的失望。

过了会儿，他低笑一声，语气漫不经心："是吗？"

她收回手，指甲掐着指腹，圆亮漆黑的眼睛看着沈漾，像是回答他的问题，又像是自言自语，低低一句："是啊。"

沈漾看着她，头顶广告牌的光线折射出的光芒照在他身上，斑驳光影里，模糊又温柔。

"如果……"

他张口好像要说些什么，身后小眠他们突然一窝蜂地挤了上来，吵嚷声打断了他的话。他抿着唇，慢慢将未说出口的话咽了回去。

"漾漾，你们可真自在啊！我也要做鱼疗！"小眠他们不识相地在沈漾边上坐下，抬手让老板搬了几张椅子出来。

"老板，多拿几把椅子出来！"

"来了来了！"

随后从人群里走出来的许年年和陈冬坐在江沅边上："眠哥，给我们两把椅子！"

喧闹声中，沈漾侧目看了江沅一眼，片刻后，又漫不经心地撤了回去。

江沅紧提的心倏地松了下去。

"我们不是故意要来当电灯泡的,是眠哥他们看到你俩在做鱼疗,拉都拉不住非要过来的。"许年年凑在江沅耳边小声地解释着他们突然出现的原因。

江沅心不在焉地应了声:"没事。"

心底却忍不住思考起来。

沈漾刚刚是打算跟她说什么呢?

如果……

如果什么呢?

她忍不住用余光偷偷打量着沈漾。

稀疏光影里,他一如既往的姿态慵懒,唇角的弧度时隐时现,偶尔偏头和队友说话时,侧脸像是蒙了一层阴影,弧度既模糊又柔和。

江沅遗憾地叹了声气。

那句"如果",可能再也不会听到了吧。

十一点多的时候,一行人回了酒店。

一进房间,江沅就直接瘫倒在床上,脸埋在被子里,看不清神情。

许年年卸完妆出来,敷着面膜在床边坐下,拿脚踢了踢江沅的腿:"今天晚上那么好的气氛,你跟你家漾漾聊什么了啊?"

江沅翻了个身,被子半卷在身上,眼神黯淡:"沈漾问我喜不喜欢他。"

许年年揭开脸上的面膜,激动得连踢了她几脚:"天哪?!什么情况?那你们俩现在算是在一起了?正式了?"

江沅蹙着眉头,摸了两下被她踢着的腿,动作慢吞吞地把被子又裹紧了一点,讷讷道:"没……"

"你不是喜欢沈漾吗?这么好的机会你没把握?你怎么跟他说的啊?"许年年看她心情不佳的样子,眉梢一扬,"该不会你说了喜欢之后,沈漾又把你拒绝了?"

见她没说话,许年年以为自己说对了,忍不住爆了粗口:"唉!

这什么人啊，怎么能这样！"

"没有。"江沅掀开被子，盘腿坐了起来，手指抠着牛仔短裤上的毛边，片刻后，低声道，"我跟沈漾说，我对他的喜欢是爸爸对儿子的喜欢。"

一分多钟过去，许年年无意识地动了动唇，圆亮的眼睛眨了几下，半天才冒出一句："你脑子是给鱼吃了吗？"

"没……"江沅舔了下有些干燥的唇瓣，抬眸看着许年年，语气是前所未有的认真，"我只是觉得，还不是时候。"

毕竟，她曾经亲耳听见沈漾跟别人撇清和她的关系。

如果她说喜欢的话，应该会给他带去麻烦的吧。

所以，再等等吧。

等到以后有了合适的机会，她一定会亲口告诉他。

沈漾。

我有多喜欢你。

喜欢你到想抓一捧世上最温柔的风送给你，想摘一口袋的星星送给你，想把春夏秋冬的美好都送给你。

第二天下午，从机场回平城市区的路上下起了暴雨。

滂沱大雨被风刮卷着，噼里啪啦地砸在车窗上。

许年年伸手将头顶的空调出风口合上，从包里摸出两颗大白兔奶糖递给江沅，目光在她和在最后一排睡觉的沈漾之间看了一圈，疑惑地问了句："沈漾怎么了？"

江沅皱了皱眉头，从她手心里拿了一颗糖，手指捏着包装袋的两端，揪来揪去，声音闷闷的："不知道。"

从早上开始，沈漾就是这个样子，不怎么说话，整个人看起来心情极差，周身都透着低气压。

大巴车下了高速，车速逐渐慢了下来，雨点砸在玻璃上的声音愈发清晰。

沈漾昨晚一夜没睡好，再加上酒店房间的温度过低，脑袋隐约有些昏沉，脸色难看至极。

他靠在后座闭眼休息了一会儿，被窗外飘泼的雨声吵醒，头枕着椅背，声音有些沙哑："到哪儿了？"

"啊？"正在看视频的梁钦抽空看了眼窗外，"才刚下高速呢，还早。"

说话间，沈漾喉间隐隐作痒，手抵在唇边轻咳了几声。

梁钦结束一局游戏，扭头看他不正常的神色，惊讶道："漾漾，你是不是感冒了？"

闻言，坐在前排的江沅下意识地回头看了眼，撞上沈漾明亮的双眸，心跳陡然一颤，不自在地收回了视线。

沈漾抿着唇，盯着她头顶的发旋，一言未发，只觉得脑袋愈发昏沉，连带着呼吸都变得沉重起来。

整个人像是被火燎一般，滚烫滚烫的。

窗外的雨势似是有排山倒海之势，豆大的雨点裹着风砸在玻璃上，漾开一朵朵水花，顺着窗沿缓慢落下。

江沅垂首看着手机，时不时地将键盘点开再收回，一遍又一遍地重复，犹豫再三，她在输入栏敲下一句话。

"漾漾，你生病了吗？"

江沅犹豫片刻，才点了发送。

消息很快发送成功。

她盯着沈漾的名字，一秒，两秒，三秒……

一分钟过去。

聊天页面依旧毫无动静，沈漾没回。

江沅握着手机发呆，心情比窗外的雨还要复杂。

与此同时，坐在后排的沈漾手肘撑在窗棂上，垂着眼眸，手机明亮的屏幕在他眼底凝成一簇光，在昏暗的车厢内忽隐忽现。

手机干净的聊天页面里，孤零零地躺着一条消息。

沈漾手背抵在唇边，掩唇轻咳一声，默不作声地将手机收了起来，伸手从包侧拿了眼罩戴在眼上，声音沙哑不堪："到了叫我。"

梁钦看了他一眼："好。"

坐在前排的江沅听见他的声音，沉默着将手机攥在手里，心底逐渐涌上一层委屈的感觉，她合上眼眸靠着后座，慢慢把那股情绪憋了回去。

再一抬眼，大巴车已经停在小区门口的平地上，雨已经停了，地面的坑洼处积满了雨水。

江沅晃神的片刻，沈漾已经背着包跟在队友后面下了车。

"走啊，下车了。"许年年把包递给陈冬，回身伸手在江沅眼前晃了晃，"发什么呆呢？"

"来了。"

江沅回过神，拿上随身背着的小包，下了车。

沈漾拎着行李站在车外，口罩遮住了大半张脸，只有一双幽深漆黑的眼睛露在外面。

"漾漾，你要不要去附近医院看看啊？"梁钦伸手在他额头上摸了下，"你好像在发烧。"

"不用。"

声音比之前还要沙哑。

江沅下意识地回头看了眼沈漾，瞥见他紧蹙的眉头后，伸手拉住一旁的许年年，把行李塞给她："我有个事要办，晚上找你拿行李。"

话音刚落，人一溜烟就跑远了。

"哎——"许年年一脸蒙地看着手里的东西，嘀咕了句，"什么事这么急啊？"

站在后面的沈漾看她走远的身影，眼波微动，唇角无意识地抿成一条直线。

深夜。

闷头睡了一觉的沈漾被热醒，喉间一片干燥，掀开被子坐起来。

昏暗的房间里，只开了床头的壁灯，光影投在墙壁上，影影绰绰。

沈漾伸手搓了下脸，起身准备去楼下喝水，目光瞥见床头柜子上的东西，倏地一顿。

原先干净的桌面上，放了一盒感冒药，药盒上还贴了一张便利贴。

沈漾伸手将东西拿了过来，撕下上面的贴纸。

> 漾漾，醒来记得吃药啊。
> 感冒了不能抽烟，打火机我拿走了。
>
> 仙女沅

平城下了一夜的雨，到第二天早晨才停下，淅淅沥沥的雨珠从树叶的罅隙里落下，淡薄的日光逐渐从东边升起。

沈漾早上被屋外的阳光晒醒，躺在床上缓了会儿后，翻身下床，进了浴室。

再出来已经是十分钟后的事情，他裸露着上身，后背的文身在日光里栩栩如生。

沈漾从衣柜里找了件黑色的 T 恤衫套在身上，头发湿漉漉的，发梢的水珠顺着后脖颈的线条滴进衣服里面。

收拾好，准备下楼，回身看见搁在书桌上的药盒，顿了片刻后，他走过去从里面抽了一包出来。

楼下客厅，梁钦和陈冬坐在电脑桌前看视频，瞥见他下楼的身影，梁钦喊了声："漾漾，早餐在厨房，你记得吃点啊。"

"嗯。"

沈漾去厨房外面的小吧台倒了杯热水，低头看药盒上的注意事项。

……建议饭后半个小时后服用……

他放下手中的东西，去厨房盛了碗粥，坐在桌边安静吃完后，起身去客厅找到大王的狗绳，淡淡道："我带大王出去一趟。"

"大王我早上带它去遛过一圈了。"陈冬靠着椅背，伸了个懒腰，笑了声，"这货早上还被江小沅家的元宝按在地上打了一顿。"

沈漾给大王套狗绳的动作顿了顿，沉默片刻，最后又默不作声地褪了下来。

大王"汪"了一声，脑袋在沈漾手背上蹭了两下。

他伸手给它顺了几下毛后，起身走去小客厅，在梁钦旁边坐下，开了电脑，心不在焉地刷着视频，眼睛时不时扫过搁在一旁的手机，一副神不守舍的样子。

过了会儿，梁钦摘下耳机，伸手搓着有些发酸的脖颈，端着杯子起身去厨房倒水。

梁钦的手机搁在桌子上。

一条消息发了过来，屏幕亮了起来，沈漾下意识地看了眼。

江沅："儿子，沈漾起来了没？帮我问问他药吃了没？谢谢！"

沈漾的眉梢一扬，卷翘的睫毛忽闪了两下，身后梁钦倒完水回来，他装作若无其事地收回视线，白皙的手指搭在鼠标上，随意点了两下。

等梁钦坐下后，他手抵在唇边，掩唇轻咳一声，沉声道："我去一趟小区门口的诊所。"

梁钦杯子端在手里，迟疑了下："要我陪你吗？"

"不用。"

沈漾关了电脑，看了他一眼，漫不经心地道："可能会挂盐水，中午别等我吃饭了。"

闻言，梁钦放下杯子，拿上手机，作势要陪他一起："我还是跟你一起过去吧。"

"不用了。"沈漾说完，意识到自己反应过于激动，顿了顿，再开口时，已然恢复冷淡清冽的语气，"我想一个人静一静。"

梁钦哑哑嘴："好吧。"

"嗯。"

沈漾起身去门口换鞋，蹲下身将鞋带拆拆合合地系了三四遍。

　　过了会儿，梁钦突然出声叫住他："对了漾漾，你早上药吃了没？"

　　沈漾站起身，背对着梁钦，腰板挺得笔直，垂下的眼眸无意识地扫着地板上的斑驳光影，唇角无意识地勾着，语气颇认真："没。"

　　话音刚落，他扭头看了眼梁钦："走了。"

　　"哦。"

　　等他把门关上，梁钦低头看着手机，手指在键盘上敲着："人起来了，药没吃。"

　　想了想，他又敲下一句话："他去挂水了，刚走。"

　　另一边，江沅坐在客厅看电视，收到梁钦的消息时，一晃神，牙齿咬到了舌头。

　　"嘶。"

　　血腥味在口腔里弥漫开，她将嘴里没嚼完的苹果吐在垃圾桶里，手指飞快地在键盘上敲打着。

　　"去哪儿挂水了？"

　　梁钦消息回得极快。

　　"小区门口的诊所。"

　　她还没来得及回复，梁钦又发了一条过来，刻意强调了一下。

　　"他一个人去的，烧也没退下去，走路都不怎么稳当。"

　　江沅的脑海里不自觉涌现出沈漾一个人孤零零坐在诊所角落的样子，心尖顿时像是被掐了一下，酸酸涩涩地疼，呼吸都有一瞬的停滞，片刻，她敲下几个字："我知道了。"

　　放下手机，江沅回房间换下睡衣，敲了敲书房的门，听到江母的声音后，才探了个头进去："妈，我下去一趟。"

　　江母注意力都在文件上，闻言只轻"嗯"了一声，交代了句："中午热，早点回来。"

　　"知道了。"

　　江沅到诊所的时候，沈漾刚刚量完体温，正躺在病房的床榻上玩手机，等着护士来给他挂水。

屋外的阳光透过玻璃照射在他身上，细碎的刘海垂在额前，遮住了他的眉毛。他被光晕笼罩着，模样慵懒地靠在堆在床头的被子上，长腿随意地搭在床沿，白皙细长的手指，时不时在屏幕上划拉几下。

江沅在门口深呼吸几次，还没想好怎么进去，身后端着药瓶进来的护士说了声："您好，麻烦让一下。"

她回过身，连忙往边上退了一步，低头浅声道歉："不好意思。"

坐在里面的沈漾听到动静抬眸看了过来，刚好撞上江沅抬起头的目光，两人皆是一愣，却都没有撤回视线。

江沅鼓起下唇吹口气，整理好情绪后，抬脚走了进去，站在床尾："漾漾，你怎么样了？"

"还好。"沈漾收起手机，漫不经心地将视线从她脸上移开，手指搭在腿上，无意识地敲了敲，一双眸子在日光照耀下，明亮如炬。

刚刚进来的护士给旁边的病人扎好针后，端着药盘走了过来："沈漾是吗？"

"嗯。"

"总共三瓶水，两瓶大的，一瓶小的。"护士从药盘上拿了橡皮胶绳，"左手右手？"

"右手。"

在这个过程中，江沅慢慢吞吞地从床尾挪到床边的椅子上。

扎好针，护士的目光在他和江沅脸上扫了一圈后道："有事可以按铃，要是有什么急事，让你女朋友去门口喊一下。"

江沅抬头刚想辩解，沈漾轻咳一声打断她，颔首道："谢谢。"

"不客气。"护士端上药盘走了出去。

江沅抿唇看着沈漾，想说话，见他眉头紧蹙着，又不敢说话。

过了会儿。

"漾漾，你要喝水吗？"

沈漾抬眸看着她，对上她清澈的目光，硬生生将那句不用了憋了回去，淡淡道："喝。"

江沅闻言，双眸粲然一亮，隐约有星光浮动，唇角弯着，整张脸都生动起来，道：“那我去给你倒点。”

“好。”

江沅在外面大厅的饮水机接了一杯热水，端回来递给沈漾，自己坐在床边的椅子上。

沈漾端着杯子，喝了一口，眼眸盯着杯中波纹：“你昨晚来给我送药了？”

“啊。”江沅缓慢地点了下头，“过去的时候不早了，你睡着了，所以我就把药搁在你床头了。”

“那我的打火机呢？”

江沅撇撇嘴：“在我家啊。”

沈漾勾着唇角，眼底含着一抹笑意：“知道了。”

顿了顿，他抬眸看着江沅，嫣红的唇瓣动了动，一字一句道：“仙女沅。”

江沅一怔，等反应过来，一张脸瞬间像是火烧燎原一般热了起来，连带着凝白的耳根也红得彻底。

安静的病房里，好似只能听见她如擂鼓般的心跳声。

一声又一声，来势汹汹。

两个人敛眸看着彼此，窗外浅薄的光晕将两人包裹在其中。

气氛逐渐染上一层暧昧的颜色。

江沅无声地咽了下唾沫，忙不迭地垂下头撇开眼，呼吸声急促，耳畔是沈漾低低浅浅的一声笑。

像是带着温度一般，烫得她耳蜗发热，浑身都在发热。

她实在是受不了了，起身想把空调温度调低一点，转念想到病房里的病人，又打消了念头，匆匆丢下一句：“我去趟卫生间。”

沈漾如炬般的目光黏在她落荒而逃的身影上，前两天的不快一瞬间烟消云散，唇角无意识地勾着，浅声道：“㞞。”

江沅在卫生间用冷水冲脸，压下心头那燥热之意，深呼吸了几次。

再回到病房，沈漾已经靠着床头，半眯着似是睡着了，她轻手轻脚走过去，顺便把空调的温度又往上调了两度。

弄好之后，江沅坐在椅子上打游戏。

不知道是不是状态不对，江沅连打了几局，都输了。

游戏失败的字样一次又一次地出现在屏幕里。

又输了一局后，她忍不住爆了句粗口。

"江沅。"原先在睡觉的人突然叫了她一声。

"啊？"

"别说脏话。"

江沅撇撇嘴："哦。"

沈漾垂眸落在她手机页面上，瞥见"失败"两字，沉思片刻后，淡淡道："坐过来。"

江沅一脸蒙："什么？"

"往床边坐近一点。"

"哦。"江沅拖着椅子往床边挪。

沈漾从她手里抽出手机，手指在上面点了两下，重新开了一局游戏，选好英雄后把手机递给她，双眸在日光里隐约有星辉浮动，漫不经心地说道："我教你。"

江沅忍着脸红心跳，沉默着打了一局又一局的游戏。

整个过程，沈漾只偶尔开口说两句，到最后因为药效上来，直接靠着床头睡着了。

江沅退出游戏，坐在床边盯着他看了好一会儿。

良久，她又低头叹了声气。

周四晚上。

沈漾结束日常的训练赛后，习惯性地拿起手机打开微信。

聊天页面的置顶聊天栏有三条未读消息。

他端起茶杯喝了口水，伸手点开。

江沅："啊啊啊啊！"

江沅："漾漾，你们半决赛我去不了现场了……"

江沅："我后天开学了……"

看到她发的消息，沈漾无声地笑了下。脑海里不自觉地浮现出她打下这几句话时的委屈模样。

他抿了抿唇，手指点开键盘，刚敲下一个字，她又发来一条消息："漾漾，你什么时候结束训练啊，我们去逛超市。"

沈漾垂着头，手指认认真真地在聊天框敲下两个字——"现在"。

江沅发了条语音过来。很短，只有五秒。

沈漾看了眼坐在旁边的队友，拿着手机，起身往外走。

从卫生间出来的陈冬叫住他："漾漾，你去哪儿？"

他脚步没停："超市。"

"那你记得带桶水回来。"

沈漾点点头，脚步加快，很快就走了出去。

屋外，黑黢黢的天空繁星点点，盈盈月光倾泻在树荫里，在地上投出斑驳的光影。

沈漾握着手机，重新点亮手机，明亮的屏幕凝成一簇光点在他眼眸里。

他点开语音，女孩软糯的嗓音从听筒传出来："那我们小区门口见啊。"

沈漾迅速回了一个"好"字过去。

几乎是同时，江沅又发了一条语音过来："我出门了！"

女孩的声音清脆响亮，如冷冷作响的溪水，萦绕在他耳边。

他突然低笑一声，随后，按下语音，一字一句道："我也出门了。"

晚上九点多的超市，依旧人流如潮水。

沈漾推着车，江沅并肩走在他身侧，目光落在面前的货架上，语气郁闷："漾漾，我一点也不想开学。"

沈漾表示疑惑。

江沅停下脚步，扭头看着他："开学要军训啊，会晒黑的。"

"而且，一军训就是半个月，时间好长啊。"

"我高中军训一个星期就晒黑了三个度，简直不敢想象两个星期之后的我。"

江沅从货架上拿了几包薯片放进推车里，抬眸看着沈漾："你怎么都不说话？"

沈漾抿了抿唇，头顶的灯光落在他眼底，熠熠生辉："听你说。"

顿了顿，他强调着："我想听你说。"

江沅眨了眨眼，故意使坏："听我说什么？"

沈漾撇开眼，漫不经心地道："没什么。"

她眼底猝然闪过一丝笑意，眉眼弯着，像只狡猾的小狐狸，她忍不住夸他。

"漾漾，你真可爱。"

沈漾掩唇轻咳一声，故意错开话题："还有什么要买的吗？"

闻言，她低头翻了翻车里的东西："差不多了，回去吗？"

"嗯。"

到了收银台，结账的时候，沈漾拦住她掏钱包的动作，递了一张卡给收银员："刷卡。"

"漾漾，你干吗？我有钱。"

江沅还要掏钱包，沈漾伸手攥住她的手腕，抿了抿唇，目光落在她脸上："我想给你买。"

身后还有排队的人，沈漾说完，就松开了她的手腕，垂着头把东西一样一样往袋子里装。

江沅的心跳漏了一拍，一言不发地跟在他身后。

走出超市，她停在沈漾面前，头顶大厦上的霓虹灯在她脸上分割出斑驳的光影。

片刻，她认真地说了句："漾漾，你跟我说实话，你是不是偷偷背着我看什么霸道总裁爱上我的故事了？"

沈漾不解。

"我就知道你的睡前故事没那么简单，哪有人年纪轻轻想不开，晚上不好好睡觉，跑去看什么心脏书籍的！"

他忍不住打断她："江沅。"

"啊？"

"我不看那种书。"

闻言，江沅忍不住跳脚："什么叫那种书？"

"书无贵贱之分，漾漾，你不能对我的睡前故事有偏见，这是不对的，不是所有人都能跟你一样，睡前故事都是什么心脏研究的。"

沈漾实在搞不懂她怎么永远都有那么多歪理，能让他无言以对。

回去的路上，江沅一直叽叽喳喳地给沈漾科普他口中的那种书，故事有多么精彩和跌宕起伏。

"漾漾，我很认真地建议你，把睡前故事换一换，要不然很容易秃头的。"

她抬起头，还想说话来着，却见沈漾忽然停了下来，朝她身后看了过去。

江沅下意识地转过身，顺着他的视线看了过去。

在她身后的临时车位上停了一辆黑色的越野车，车旁站着一个男人，一身军装，姿态散漫地靠着车门。

腿形修长笔直，裤脚全都套进黑色的军靴里面，线条流畅。

男人此刻正垂首整理手中的军帽，看起来虽是漫不经心的样子，可举手投足间都透着军人的严谨。

似是注意到两人的目光，站在车边的人抬起头朝这边看了过来。

"漾漾。"江沅拿手肘碰了碰他胳膊，"走吗？"

"你先回去吧。"沈漾回过神，把手里的袋子递给她之前问了句，"拎得动吗？"

"能。"江沅接过东西，整个抱在怀里，"那我先回去了。"

沈漾点点头，抿了抿唇："晚点回去找你。"

"好。"江沅抬脚往里走，还没进小区大门，依稀听见身后沈漾喊了声，"四哥。"

她下意识地往后看了一眼，沈清珩正好看过来，两人目光撞在一起，江沅一怔，匆忙收回视线往里走。

沈清珩挑眉一笑，随即收回视线看着站在眼前的人："上次接电话的是刚刚那女生？"

他"啧"了一声："我看着可像是没成年啊？"

沈漾不自在地舔了下唇角，淡淡道："四哥怎么回来了？"

沈清珩抖了抖帽子上不存在的灰尘，打开驾驶位的车门坐了进去，手肘撑在腿上，脚踩着车下沿："今年在这边带军训。"

提到军训，沈漾下意识地想到江沅，抬眸看着沈清珩，缓缓道："所有学校的军训都是四哥负责？"

"我带医大的。"

他舔了下唇角，装作随意一问："那别的学校呢？"

"部队其他教官负责啊。"沈清珩摸了盒烟出来，递了一根给沈漾，"怎么了？"

"我不抽。"

沈清珩睨了他一眼："别装啊，家里你床底下可都是烟盒。"

沈漾不自然地摸了下后脖颈。随后，他伸手接过烟，只捏在手里，也没点着。

指间夹着烟，沈清珩看着沈漾，下巴抬了下："说吧，问军训做什么？"

"没什么。"

"啧。"沈清珩从车里出来，个头明显比沈漾要高一些，抬手在沈漾脑门上弹了下，"你这小孩怎么说话老爱说一半呢。"

他动了动手指，烟灰落下一截，不知怎么的，突然反应过来："你那小女朋友今年也要军训？"

"还不是女朋友。"

沈清珩嗤笑一声："好好好，准女朋友可以了吧。"

沈漾不作声。

他看着沈漾："所以你问那么多，就是想让我给她来个特殊照顾？"

136

沈漾摸了摸鼻子："不用特殊照顾。"

沈清珩不解："嗯？"

"你可以让她不用参加军训吗？"

军训的事情还没说完，沈清珩接到部队电话，急着赶回去，交代沈漾问清楚江沅在哪个学校后，再通知他。

临走前，他降下车窗，似笑非笑地看着沈漾："说实话，你那小女朋友到底成年没？"

不等沈漾反应，他笑一声，重新发动车子："走了啊。"

"嗯。"

沈漾站在路边，等到看不见车影后，才转身朝小区里面走，边走边给江沅发消息。

"你学校在哪儿？"

"济南路那边，医大。"江沅回得很快。

沉默了片刻，沈漾打消了告诉自家四哥给江沅走后门的念头。

他现在只有一个想法，怎么才能让沈清珩在学校不碰见江沅。

到了周六，江沅一早就起床，坐在桌边吃早餐。

江母在一旁检查她的证件包，确认无误后，跟着通知书一齐放进了江沅的背包里："等会儿我跟你爸一起送你过去。"

闻言，江沅咽下嘴里的包子："别，让我爸去就好了。"

说完，她又低头喝了一口粥："妈，您现在可是我们学校的老师，您跟我爸一起，那不是全校都知道我是您女儿了。"

"这样我大学四年真的就完全被您给垄断了。"

江母笑了一声，拍了拍她的肩膀："忘了跟你说，我是你专业课的老师，带四年的那种。"

江沅一怔：天要亡她。

吃过早餐，江沅准备下楼的时候接到了沈漾的电话，她握着手机溜回了房间，关上门之后才接通电话："漾漾。"

"嗯。"沈漾顿了顿，"什么时候走？"

　　江沅盘腿在床边坐下，手指抠着牛仔裤的线头："等会儿。"

　　"东西都收拾好了？"

　　"昨晚就弄好了。"江沅咬着下唇，讷讷道，"漾漾，我去学校有半个月不能回家，你……会想我吗？"

　　听筒有一瞬的沉默。

　　片刻，她听见另一端低低浅浅的一声——"会。"

　　江沅抿唇笑着，一颗心怦怦乱跳。

　　房间外，江母在催她："沅沅，快点啊，你爸都下去了。"

　　"哦，来了。"

　　电话那头，沈漾听见动静，叮嘱道："证件什么的整理好，别落下了。"

　　"知道了。"

　　半个多小时后，沈漾收到江沅的微信。

　　"漾漾，我落了一样东西在你那里。"

　　他一怔，连忙问道："什么？"

　　"我的心。"

　　平城的夏天一如既往的炎热，天空瓦蓝澄澈，炙热的太阳把地面烤得滚烫。

　　操场的塑胶道上冒着汩汩的热气，远远望去，似乎还能看见热浪上升的弧度，一阵南风吹来，卷起一地的热浪。

　　路旁的樟树无精打采地垂着枝叶，树荫里蝉鸣不断，声音缓慢而刺耳，树下偶尔有行人撑着伞路过。

　　路旁是大片的空地，此刻站满了军训的学生。

　　出于身高原因，江沅站在队伍第一排，面前没有遮挡物，刺目的日光垂在帽檐上，额间的汗意顺着脸颊的弧度滴落在脚下的水泥地上，不消一会儿便被蒸发殆尽。

　　垂在腿侧的手指紧贴着裤缝，手心和指缝间的汗水浸湿了单薄的军训裤，黏腻腻地贴在腿上。

滚落不停的汗水顺着脸颊滴进嘴里，江沅下意识地舔了下有些干燥的唇角，盐碱味在舌尖弥漫开。

她垂眸看着地面上爬行的蚂蚁，只觉得时间漫长。

教官穿着部队的军装，背手在队伍间走来走去，气势磅礴的说话声一遍又一遍从队伍中间传出来。

"两脚后跟并拢，脚尖分开——"

话音还没落下，队伍里突然传来一声笑声。

教官一声厉喝："笑什么！？"

站在前面的人下意识地想回头看，年轻的教官扭过头，眼神凌厉："看什么看，都给我站好了！"

江沅撇撇嘴，跟着大家收回视线，耳朵却时刻听着身后的动静。

教官："我问你刚刚笑什么？"

安静片刻。

队伍里传来字正腔圆的一声："报告教官！是脚尖分开，那个字读'fēn'，不是'fēng'！你读错了！"

话音落下，以那个男生为中心的周围传来阵阵哄笑声。

江沅扭头看了眼身后，被人群阻隔，只看见男生弧度硬朗的侧脸。

队伍前列的小道上走来一行人，隔壁班的教官手拿着军帽，站在江沅旁边，朝队伍里喊了声："李居！团长来了！"

"来了。"

话音落下没一会儿，一道身影从江沅身侧走过，教官李居回头叮嘱道："站好，不许动！"

两个教官边跑边整理军容，朝着来人敬礼："团长好！"

沈清珩点点头，一双眸子隐在帽檐底下，左右看了一圈周围的队伍后，淡淡道："继续。"

说完，他抬脚继续往前走，视线无意识地扫着，倏地瞥见一道略熟悉的身影。

眸光一亮，他突然停了下来，身后跟着的人也停了下来。

沈清珩盯着江沅看了会儿，确定了没认错后，唇角勾了下，心底总算明白沈漾怎么突然打消了找他走后门的想法。

搞了半天，人都在自家的地盘上了。

他"啧"了一声，心里暗道："这臭小子啊。"

沈清珩来了兴致，抬脚朝七班的队伍走了过去，作为教官的李居自然是跟了上去。

他在队伍前停下，李居站在一旁，道了句："这位是沈团长，敬礼！"

话音刚落，队伍里传来整齐的声音："团长好！"

江沅站在第一排，抬眸瞥见沈清珩投来的目光，下意识地咽了下口水，撇开了视线。

沈清珩一挑眉梢，扭头和李居说话："基本军姿教了吗？"

"报告，上午教过了。"

他点点头，随意道："那来一遍。"

"稍息！"

"立正！"

"向右——转！"

"立正！"

十分钟后。

"报告团长，七班整体基本军姿演练结束！"

沈清珩摘下帽子，垂首整理帽檐，漫不经心地道："整体表现不错，七班特许休息十五分钟。"

李居愣了下："团长……"

沈清珩看了他一眼："嫌短？"

他"啧"了声，十分理解地说了句："那就再加十五分钟。"

沈清珩重新戴上军帽，伸手在李居肩头拍了下，夸了句："教得不错。"

随后，带着一行人离开，临走前还回首看了一眼江沅。

江沅一脸蒙。

团长下了命令，李居也不敢不听，大手一挥："解散！原地休息三十分钟。"

闻言，还没走远的沈清珩停下脚步，一本正经地道："李居，带他们去旁边的树荫底下休息。"

李居："是，团长！"

周围的同学一哄而散，江沅和室友闻桨走在人群里："哇，那个团长好年轻哟，又有了想嫁给兵哥哥的想法。"

江沅摘下军帽当扇子用，闻言认可地点点头："那你牺牲一下色相，去成全我们大家吧。"

"滚。"

江沅哈哈笑着，和闻桨找了块空地，刚坐下没一会儿，面前走过来几个人，修长的人影和斑驳的树影混在一起，正好挡住她的视线。

江沅叹了声气，抬起头："同学，麻烦让一下，你挡着我了。"

面前站着三个男生，为首的男生弯着眸，五官硬朗清俊，江沅认出他是刚刚跟教官说话的男生。

她抿了抿唇，礼貌地笑着："有事吗？"

单手插在兜里，勾着唇，陈宴递给江沅一瓶水："同学，喝水。"

不远处的沈清珩注意到这里，坏心思顿起，拿手机拍了张照片，发给了沈漾，还附了一条消息——"美好的大学生活啊"。

基地里。

刚刚结束半决赛的 WATK 战队全体队员都齐哄哄地坐在电脑桌前补直播时长，几个人直播间的声音都是串着的。

沈漾结束一局游戏，伸手搓着后脖颈，随后端起水杯喝了口水，手指按着鼠标，关掉几个无关的网页。

手边的手机亮了起来，有消息。

沈漾扫了一眼，瞥见沈清珩发来的消息，还以为他是故意怼他退学这件事，没看也没回复。

和队友重新开了游戏。

到下午五点多，他们结束直播，沈漾起身去倒水，顺便拿手机看沈清珩发来的消息，点开才发现有张图片。

沈漾也没多想，直接点了图片。

"哐当"一声，沈漾拿在手里的杯子滑落掉在桌上，杯子里的水顺着桌沿滴在他脚背上。

一滴又一滴。

沈漾认出图片里的人，两指按在屏幕上放大，真感谢智能手机的高清像素，他似乎还能看见江沅嘴角的笑意。

一瞬间，他整个人就跟天塌了一样。

沉默了片刻。

他给沈清珩发了消息。

"我晚上去学校找你吃饭。"

晚上江沅洗完澡出来，室友闻桨刚好吹完头发，见她准备开柜子拿吹风机，浅声道："给你用。"

"谢谢啊。"江沅笑着接了过来，插上电边吹边给沈漾发消息。

"漾漾，你在干吗？"

消息刚发出去，对话框的左上角的状态就变成"对方正在输入中……"。

然后又恢复了原样。

下一秒，江沅的手机振动了下。

沈漾："在和四哥吃饭。"

四哥？

江沅眼睛一亮，手指飞速地在键盘上点着："你在我们学校？"

沈漾回复得很快，只有一个字："嗯。"

江沅："你什么时候回去啊？"

沈漾："吃完饭回去。"

142

江沅："那你能不能吃完的时候稍微等一下，我去找你啊。"

沈漾："好。"

江沅一喜："那你吃完跟我说，我下去找你。"

沈漾直接给她打了语音电话。

江沅愣了下才接通："漾漾。"

听筒有一瞬间的电流刺啦声，过了会儿，沈漾清冽低沉的声音传了出来："我吃完了，你宿舍在哪儿，我去找你。"

"啊？"江沅拿毛巾擦着脖子上的水珠，乖乖答道，"七栋西，你能找到吗？"

沈漾隐约笑了一声："我不路痴。"

挂了电话，沈漾看了眼坐在对面的沈清珩，不自在地摸了下鼻子，低声道："我吃好了，先走了。"

沈清珩扫了眼桌上的东西，咂咂嘴："你动筷子了吗？"

他面不改色地道："动了。"

沈清珩："走吧走吧。"

收到沈漾说自己到了的消息时，江沅已经走到了一楼大厅，看到消息，眼睛弯了弯，把手机装了起来，直接小跑着出去。

沈漾站在宿舍门口的树荫下，此刻正垂首看手机，头顶柔和的光影倾泻在他肩头，既模糊又温柔。

她笑着跑过去："漾漾。"

沈漾抬起头，把手机装进兜里，应了声："嗯，吃饭了吗？"

"吃过了。"江沅深呼吸了下，状似轻松地问了句，"要逛逛吗？"

"好。"

两人并肩走在校园里，江沅叽叽喳喳和他说白天发生的事情："你四哥今天让我们班练了一遍军姿后，直接让我们休息了半个小时。"

"你都不知道，别的班可羡慕我们了。"

江沅弯着唇，圆亮的眼睛里像是掺了星光，熠熠生辉。

沈漾敛眸看着她，低低地应着。

　　"还有啊，我们教官好像是南方人，前后鼻音不分，让我们练军姿的时候，把分开的'fēn'读成了'fēng'，当时我们班有个男生直接就笑出来了。"

　　男生——

　　眉头一蹙，抿着唇，沈漾打断她："江沅。"

　　"啊？"江沅停了下来，"怎么了？"

　　沈漾怔了下，叹口气："前面有超市，我进去买点东西。"

　　"我和你一起啊。"

　　"不用，在这儿等我。"

　　沈漾说完，径直往超市走去，江沅鼓着下唇，吹了口气，有点搞不懂他的想法。

　　过了会儿，沈漾从超市出来，手里拎着一大袋东西，江沅蹦跶着迎了上去："漾漾，你买的什么啊？"

　　"水、饮料、果汁。"

　　"你渴吗，要买这么多？"

　　沈漾舔了下唇角："给你的。"

　　"全都给我的啊？"

　　"嗯。"

　　沈漾喉结轻滚，声音带着一丝不易察觉的紧张。

　　"都给你，你别要别人的水。"

144

第五章

我喜欢你

"你不喜欢我？"
沈漾手背抵唇轻笑一声：
"那我喜欢你怎么办？"

江沅的脑袋有一瞬间的空白，无法思考，心跳也乱成一团，心口处像是喷涌不停的火山，烫得她浑身都在发热，呼吸都急促到无法遏制。

　　她咬住下唇，视线落在沈漾脸上，垂在腿边的手指无意识地蜷缩在一起，手心里出了一层细密的汗珠。

　　沈漾被她的目光看得浑身不自在，伸手搓了下鼻梁骨，故作不在意地撇开眼，喉间一紧，声音都有些发涩："走了。"

　　江沅"哦"了声，默不作声地跟在他身侧，大脑却在飞速地运转着。

　　安静了片刻。

　　她轻咳一声，目光直直地看着前面，语气略有些严肃："我没有要别人的水，陈宴给我的水我给闻桨了。"

　　话音刚落，又怕他听不懂，江沅重新解释了一遍："陈宴是给我水的男生，闻桨是我室友。"

　　"漾漾。"她语气郁闷，"我真不知道陈宴为什么给我水。"

　　闻言，沈漾只轻"嗯"了一声，嘴角却蓦地翘了起来，神情变得温柔。

　　江沅侧目偷瞄了眼沈漾，在瞥见他嘴角的弧度时，高提的心倏地一落，心中的紧张一消而散，试探性地问了句："漾漾，你现在是不是特害怕我被别的男生拐跑了？"

　　没等沈漾回答，江沅自顾自地说道："我不会的。"

　　"你这么好，我才不会跟别的男生跑了呢。"

　　"而且，"她停了下来，圆亮的眼睛看着沈漾，一字一句道，"陈宴也没你长得好看。"

沈漾及时捕捉到重点，语气一沉："那要是他长得比我好看呢？"

江沅一怔，意识到自己说错话了，话锋一转："怎么可能？！这世界上怎么会有比你还好看的人？"

她想了想，好像也不太对，又添了一句："就算有，在我心里，你也是最好看的。"

"我们漾漾可是天上地下绝无仅有的帅哥。"

她舔了下唇角，嘿嘿笑着："我说得对不对？"

沈漾蓦地笑了出来，抬手像平时揉大王那样揉她脑袋，声音低润如玉："是不是傻？"

江沅愣了下："什么？"

沈漾收回手，抬脚往前走："没什么。"

她停在原地将了将刚刚的对话，倏地反应过来，快步跟了上去，一脸不可置信："漾漾，你竟然骂我！我夸你你还骂我，你太没良心了吧！"

她的眼睛湿润圆亮，像是掺了水的琥珀，盈盈动人。

沈漾抬手不自在地摸了摸鼻子，刚想说些什么，身后传来一道陌生的声音。

"江沅。"

两个人皆回头看了过去。

不远处的篮球场门口，陈宴抱着篮球，身旁跟着几个人，正往这边走。

江沅一个头两个大，忍不住想爆粗口。

站在她身侧的沈漾眯着眼，认出他是给江沅水的人，抿了抿唇，收回视线，胳膊勾着江沅的脖子，语气淡淡的："走了。"

"喂……"

身后。

陈宴看到沈漾的动作，漫不经心地笑了声，硬朗的眉眼倏地舒展开，饶有兴趣地看着两人走远的身影。

沈漾送江沅到宿舍楼下，两人站在门口的大榕树下，月光透过枝叶的罅隙倾泻在两人肩头，树荫里时而有蝉鸣声传出，漫长而缓慢。

　　"不早了。"沈漾把手中的袋子递给她，"上去吧，我回去了。"

　　"哦。"

　　江沅从他手中接过袋子，上面沾染着他手心的温度。

　　炙热，滚烫。

　　烫到她心口。

　　她低垂着头，从沈漾的角度只能看见露在短发外的一截白皙的脖颈。他喉结轻滚，启唇："江沅。"

　　"嗯？"

　　沈漾垂眸看着她，满腔的情话在嘴边萦绕，到最后只化成一句——"你听话。"

　　你听话。

　　别要别的男生的水。

　　也别和别的男生走。

　　你要什么我都会给你。

　　江沅心尖被突如其来的离别情绪充斥着，鼻尖酸涩，湿润的眼睛隐隐有些发红。

　　下一秒，沈漾忽然往前倾身，单手拉住她的手腕，将她整个人揽在怀里。

　　鼻尖碰在他胸口，霎时间，他身上清冽的柠檬清香扑面而来，江沅怔愣着，晃神中，听见他无奈地叹了声气。

　　"江沅，我……"

　　沈漾话还没说完，口袋里的手机突然振动起来，他有些挫败地松开江沅，拿出来看了眼。

　　待到看清来电显示时，原先舒展的眉头突然蹙在一起，拧成一个疙瘩，他接通电话："喂。"

　　电话越听下去，他的脸色就越沉。

江沅站在一旁不知所措，等他挂了电话后，浅声问道："漾漾，怎么了？"

沈漾抿着唇，把手机重新放回兜里，沉声道："你先上去吧，有时间我再过来找你。"

"好。"

江沅径直进了宿舍，一颗心像是被抛上高空之后又倏地落了下来，拿手机给许年年发消息的时候，手都有些发抖。

她把手里的袋子换了只手，修长的手指在屏幕上飞快地点着："年年，我觉得沈漾想跟我表白。"

与此同时，在医大隔壁学校的许年年收到江沅的消息，一激动直接把刚贴上脸的面膜扯了下来，直接发了语音过去。

"什么？表白？"

"你和沈漾还没在一起啊？"

回到宿舍，舍友都已经关灯了，江沅把东西放在桌子上，放轻动作爬上床，换好睡衣，戴上耳机之后才给许年年回消息。

江沅："是的，还没在一起……"

江沅："啊啊啊啊啊，但是他话说了一半，接了个电话，就没说了……"

许年年："你们现在是在搞什么？"

江沅："我也不知道，但是他要真的表白的话，我肯定会同意的。"

许年年："那之前他问你喜不喜欢他的时候，怎么不说清楚？"

江沅痛心疾首，手指飞快地点着键盘："我大概当时真的脑子被鱼吃了吧……"

许年年不再回复，江沅握着手机随便刷了会儿微博，困意逐渐席卷，卷密的睫毛忽闪了几下，见她还没回复，发了个晚安后就把手机放在枕头旁，准备睡觉。

没一会儿，她又拿起来，打开微信，点开和沈漾的对话框，敲了几个字过去："漾漾，你到基地了吗？"

沈漾没回复。

等到十一点的时候，江沅想到明早还要早起军训，叹了声气，就把手机放下了。

第二天一大早，江沅被军训的起床哨叫醒，扯着被子蒙在脑袋上自欺欺人一会儿后，掀开被子坐了起来。

拉开床帘，对铺的闻桨跟她一样，睡眼蒙胧，头发乱成一团。

"早啊——"闻桨揉了揉眼睛，声音带着刚睡醒的沙哑。

江沅伸着懒腰："早。"

说完，她回头够着枕头旁的手机，拿过来看了眼，微信里只有许年年半夜发来的消息。

至于沈漾，他依然没有回复。

时间不等人，她也没多想，手机随手丢在一旁，换好衣服后翻身下床。

洗漱完，她和闻桨去食堂吃早饭。

七点军训。

江沅和闻桨六点二十多到食堂的时候，已经找不到座位了，并且每个窗口前都挤满了人。

"这都一帮什么人啊。"

闻桨站在门口，踮着脚看了一圈，确定找不到空位后，嘟囔了声："可怕，你还吃吗？"

"吃点吧。"江沅撇撇嘴，手里颠着饭卡，"中午十一点半才休息呢。"

坐在食堂里的陈宴室友注意到门口两人，胳膊戳了戳埋头玩手机的陈宴："哎哎哎，江沅。"

闻言，陈宴抽了空往门口看了眼，看清是江沅后，收起手机，抬脚朝她走了过去。

"江同学，早饭吃了吗？"

江沅敛眸看着来人，想到沈漾，眉头不自觉地蹙在一起，语气淡淡的："吃了。"

陈宴一扬眉梢："那正好，我也吃了，一起去操场吧。"

江沅也不确定他是不是有那种想法，但不管有没有，都要给扼杀在摇篮里。她没好气地看着他，语气认真："陈宴同学，男女有别，我想我们还是保持一点距离比较好。"

说完，她拉着室友闻桨绕过他往外走。

出了食堂，闻桨忍不住笑出声来："江沅你也太逗了吧。"

笑完之后，她迟疑了下，说道："不过我觉得陈宴应该是对你有好感啊，这么个大帅哥，你难道就没点想法？"

江沅喷了声，一本正经地道："我的想法都留在我家漾漾身上了。"

接下来几天的军训强度加大，江沅每天回宿舍后浑身都跟散了架一样，洗了澡躺在床上就不想动了。

微信里，沈漾隔了一天之后给她回了个"嗯"字，之后就没下文了，这些天她再发消息，对方都没有再回复过。

她让许年年问过陈冬，许年年跟她说他们最近在集训，手机都上交了。

江沅想了想，也没在意。

时间一天一天过去。

到十九号，冠军杯总决赛那天早上，江沅一早给沈漾发了消息后，跟往常一样，也没想着等他回复，就出门了。

等到了晚上，军训结束，她回宿舍半躺在靠椅上喝完一杯水后，爬上床把手机拿了下来。

一打开微信，看到梁钦给她发了一条消息。

"江沅，沈漾出事了。"

闻桨从阳台进来，见江沅握着手机站在桌边一动不动，好奇地凑了过去，用肩膀撞了撞她的肩膀，嘀咕了句："你怎么了？"

"啊？"江沅回过神，又看了眼对话框里梁钦发来的消息，"没事。"

过了会儿，她看着闻桨："闻桨，上次班会你记了辅导员联系方式没？"

"没记啊，我当时手机没带，抄在手上，回来一洗就没了。"闻桨弯腰收拾脏衣服，抬头看她一眼，"怎么了，你要请假啊？"

"嗯。"

江沅把手机丢在桌上，从柜子里拿了干净衣服，冲进浴室花了几分钟洗了个战斗澡。

出来的时候，闻桨坐在桌边吹头发，看她顶着一头湿发，问了句："要吹吗？"

江沅摇摇头，拿毛巾揉了几下后，随手把毛巾丢在一旁，从抽屉里拿了钥匙和公交卡："桨桨，我家里有点事要临时回去一趟，这几天军训我应该不会参加了。"

"好，要我帮你请假吗？"

江沅想了下："不用，我等会儿找别人要一下辅导员的电话，自己请吧。"

"那好，你回去慢点。"

闻桨和江沅都是平城本地人，只不过不住在同一个区，江沅说回家，她也就没多想。

江沅出了宿舍楼，掏出手机给江母发了消息后，给梁钦打电话。

漫长的嘟声过后，听筒那端"咔——"一声，电话被接通，梁钦的声音从里面传出来。

"喂。"

江沅平复了下焦急的心绪问："梁钦，沈漾他怎么了？"

事情的来龙去脉很简单。

沈漾今天打比赛的时候整个人都不在状态，被对面连抓三局，导致 WATK 以 1∶4 的惨烈战绩输给了对手。

战队上一任 ADC 詹渝的粉丝炸了，不停地在现场带节奏，在 WATK 战队出会场的时候，一位粉丝直接拿手上的灯牌朝沈漾砸了过去，不偏不倚正好砸在他脑袋上，当场就见了红。

梁钦叹了声气，语气有些伤感："我们回来听为哥说才知道，漾漾他父亲心脏不太好，甚至在前几天还住进了ICU，情况很不乐观。

"漾漾他不想让我们担心，一直都没说，这几天我们忙着训练赛，也没怎么顾及他的状态。"

听他这样一说，江沅倏地反应过来为什么他总是看一些关于心脏类的书籍，鼻尖突如其来地酸涩，吸了吸鼻子，缓了会儿才找回自己的声音："那他现在在哪儿？"

"第二人民医院。"

江沅抿着唇："我去找他。"

江沅到医院已经是一个多小时后的事情，她下了车，掏出手机给江父打电话。

晚上九点多，江父正在办公室写报告，手机铃声响起，他瞥了眼来电显示，停下笔，笑着接通了电话："今天怎么想起来给我打电话了？又没钱了？我跟你讲我可没钱啊，钱都给你妈了。"

电话那头江沅的声音带着哭腔："爸爸……"

江清河一愣，连忙改口问道："怎么了？是不是军训太累了？"

刚进了电梯的江沅吸吸鼻子整理好情绪，缓了会儿后才哑着声音说道："我来医院了，找你有事，你在办公室吗？"

"在，你过来吧。"

"好。"

挂了电话，江沅靠着电梯轿面，敛眸看着不停上升的数字，想到沈漾，心头又涌上一层愁云。

五分钟后，江沅敲了敲江父办公室的门。

静默片刻，里面传来沉稳有力的一声："请进。"

江沅拧动门把，走进去坐在桌边的椅子上，低低喊了一声："爸爸，我想请你帮个忙。"

闻言，江清河眉头一蹙："怎么了？"

"我有个朋友的父亲住在心内的重症监护室，但是他不想让我们知道这件事，我又很担心他。"江沅舔了下唇角，试探性问了句，"爸，你等会儿能不能帮我去看看？"

江清河迟疑了声，问道："朋友是男的女的？"

"这重要吗？！"

江清河轻笑一声，了然道："你朋友是那个叫什么沈漾的吧？"

江沅微怔。

"有一次上班不小心看到你俩一起遛狗，"江清河啧了声，"再加上你妈上次提到他，我就留意了。"

江清河翻了翻手边的报告，继续抬笔写着，语气舒缓："他父亲已经脱离危险了，只不过需要留在 ICU 观察几天，大体上没什么事。"

顿了片刻，他继续道："不过那小子今天过来的时候，脑袋不知道被什么砸了，伤口还挺深的，缝了好几针呢。"

不知道是不是错觉，江沅总觉得江父在提及沈漾受伤的时候，语气好像有点——幸灾乐祸。

江沅从江父那里问到沈漾在哪儿，从办公室出来，在走廊外来回走了几趟，犹豫了片刻后，还是上了楼。

江沅找到沈漾的时候，沈漾就坐在他父亲原来病房外的长椅上，身上还穿着 WATK 的队服，外套被他随意地丢在长椅上，一只袖子垂在地上，随着走廊时而穿过的风摆动着。

他靠着身后的墙壁，长腿敞着，微扬着头，闭着眼，左额上蒙着一块纱布，隐约还能看见从里面渗出来的血迹。

惨白的白炽灯笼罩在他头顶，衬得他整个人都了无生机。

江沅在原地站了一会儿。

良久，她沉默着走过去，在他面前蹲下，轻声道："漾漾。"

沈漾听到声音，睁开眼坐直了身体，额前的碎发随着他的动作垂下来遮住了眉毛，却遮不住那双漆黑如墨的眼眸里藏着的忧愁。

他开口，声音沙哑无力："你来了。"

江沅的眼眶一热，垂眸落在他搁在膝盖上的手指，指缝里有暗红色的血迹，手背上和胳膊上还有几道细细小小的刮痕，她抬眸看着沈漾："这怎么弄得？"

他沉默片刻，犹豫了会儿还是如实回答："散场的时候，不小心被粉丝抓到的。"

江沅一怔，想到当时的场景，一时没忍住，眼泪顺着脸颊落下来，滴在他手背上。

沈漾被手背上的温度灼到，喉结轻滚了下，抿着唇什么也没说，抬手在她脸上擦着，动作温柔。

"这是什么粉丝啊，比赛输了又怎么了，怎么能打人呢……"江沅吸了吸鼻子，带着哭腔抱怨，"谁不想赢比赛啊。"

沈漾揉了揉她的头发，低声道："我没事。"

"你等我下。"江沅擦了擦眼睛，站起身迅速地跑下楼。

过了会儿，沈漾看见她拿着棉签和红药水从电梯里走了过来，重新在他跟前蹲下。

"指甲缝里有很多细菌，要消毒。"

她拆了一瓶红药水，拿棉签蘸了点，小心翼翼地抹在他胳膊上："漾漾。"

"嗯？"沈漾敛着眸，目光落在她头顶的发旋上。

"你还记得我之前让你听的《心经》吗？"

"记得。"

"那你背给我听一遍。"

沈漾敛眸回忆了会儿，启唇背道："观自在菩萨，行深般若波罗蜜多时，照见五蕴皆空，度……"

他停了下来，想了半天。

过了会儿，他无奈地笑了声："后面的记不得了。"

"我有。"江沅帮他擦完胳膊上最后一道伤痕，把药瓶和棉签放在一旁，掏出手机，找到自己之前收藏的语音，点了播放。

沉稳古板的男声伴随着悠长的钟声从手机的听筒里传了出来。

"……自在菩萨，行深般若波罗蜜多时，照见五蕴皆空，度一切苦厄。舍利子，色不异空，空不异色，色即是空，空即是色……"

两个人静静听完这条语音。

江沅收起手机，抬头看着沈漾："那你还记得你听完这条语音后，我跟你说的话吗？"

沈漾微怔，沉默片刻，沉声道："记得。"

她说——

漾漾，记不得紧箍咒没关系，我们可以一遍遍听。

比赛也一样。

任何事都一样。

最重要的是开心呀。

这些话，他一直记着，从未忘记。

"漾漾，你不是神。你也会犯错，会失败。"江沅舔了下唇角，眼睛湿漉漉的，隐约有些泛红，声音低浅有力，"但你在我心底，是全世界最好的漾漾，独一无二。"

沈漾垂着眼，密长的睫毛忽闪了两下，在眼睑下方打下的阴影也随之动了动，胸腔处像是被什么东西砸了一下，酸涩之意从四肢百骸传出来，无意识地动了动垂在膝盖上的手指。

下一秒，他抬手揽着江沅，略一用力，将她往自己怀里带了点，脑袋搁在她颈窝间，幽深双眸里藏着一簇明亮的光。

沙哑无力的声音里带着点委屈。

"你抱抱我。"

医院走廊里静悄悄的，走廊尽头的榕树枝叶从窗口伸了进来，露出一点鳞隙，银白月光从其中穿过，照射在地砖上，形成斑驳的光影，伴随着枝叶的晃动不停变换着形状。

少年的声音带着化不开的忧愁，尾音轻颤颤的，像是生了小爪子一般，在江沅心头挠来挠去。

她呼吸一窒，就着不怎么舒服的姿势抬手搂住他，软软绵绵的手掌在他后背轻拍着，一下又一下，带着安抚的意味。

鼻息间医院特有的消毒水味道和少年身上清冽的柠檬香交错在

一起。

安静了片刻。

有护士端着药盘从身后走过，江沅松开沈漾，伸出一只手攥住他的手指，轻声问道："你吃饭了吗？"

沈漾摇摇头，无意识地将她的手握在手心里，指腹在手背摩挲着，声音依旧沙哑得不像话："没吃。"

顿了顿，他问："你吃了吗？"

江沅刚想答说吃过了，但转念一想，还是撒了谎："没吃，你陪我下去吃点东西好不好？"

沈漾扭头透过玻璃看了眼病房里面，呼吸机和心电仪依旧沉稳而缓慢地跳动着，躺在病床上的人并没有转醒的迹象。他叹口气，轻声应道："好。"

医院对面有一家粥店，这会儿时间晚，店里也没多少客人。

沈漾去了洗手间，江沅给他点了份猪肝清粥和一份生煎包。他回来的时候，服务员正好把东西上齐。

江沅将一双筷子递给他："快吃吧。"

沈漾接过筷子，在桌边坐下，埋头吃了几口后，见江沅一脸纠结地小口小口咬着生煎包，沉思片刻后，屈指在桌面轻叩了两下。

见她抬头，他伸手将她手中的筷子抽了出来，递了张餐巾纸给她，语气低沉："吃过了就别吃了，胃会不舒服。"

江沅咂咂嘴，被揭穿了也没多解释，随即大大方方地拿他递过来的纸巾擦了擦嘴，坐在一旁手撑着脑袋看他吃东西。

"漾漾。"

"嗯？"沈漾低头用筷子漫不经心地轻搅着碗里的粥。

"我这都是跟你学的。"

"什么？"

"撒谎。"

沈漾一脸疑惑地看着她。

"你之前也骗我说没吃，其实你已经吃过了。"江沅动了动手指，

"你买早餐的小票被我捡到了。"

"我知道。"沈漾低头喝着粥,闻言只淡淡地说道,抬起头看着江沅,"我就是想和你一起吃早餐。"

他的声音低沉清冽,带着点认真。

江沅敛眸和他对视,长睫无意识地眨了眨,心跳轰鸣。

片刻,她嘴角翘了起来,声音盈盈入耳:"我也是。"

隔天早上,WATK 战队的官博更新了一条状态。

> WATK 电子竞技俱乐部 V:一次失败并不能代表什么,没有任何一支战队能一直赢下去,而 WATK 只不过在慢慢努力将这个不可能变为可能,过程虽然艰难,但是如我们队名所言——WE ARE THE KING! WE NEVER GIVE UP! 秋季赛我们再战! @WATK.梁钦大帅哥 @WATK.Young @WATK.眠哥 @WATK.陈冬冬 @WATK.K 神。

江沅看到这条状态时下意识地抬眸看向坐在窗台边的人,沈漾注意到她的视线,合上书看了过来:"怎么了?"

窗外阳光正好,大片的日光倾泻在他肩头,光影笼罩在他头顶,模糊而温暖,明亮的光束里,隐约可以看见浮动的灰尘。

"战队官博发微博了。"江沅乖乖把手机递到他眼前,"你知道吗?"

沈漾伸手从她手里接过手机,垂着头翻看了底下的评论后,拿起一旁的平板电脑,手指在屏幕上点了几下,转发了微博。

微博刚转发成功,他手里江沅的手机突然振动了一下。他下意识地看了一眼,是微博的特别关注推送,目光落在特别关注的昵称上,心头倏地一暖。

她的特别关注,是他。

他抬头,唇角的笑意明显:"手机给你。"

158

江沅不懂他刷个微博怎么笑成这样，难不成还刷出花来了？

直到把手机拿回来，看见通知栏的推送时，江沅才反应过来。

哦，那他是真的刷出花来了。

但是——

江沅一想到你在我这里是个特别关注，我在你那里只不过是一个默默无名的粉丝，心态是极度的不平衡，咂咂嘴道：“啊！这个特别关注你别多想了，眠哥、梁钦他们也是人人有份的。”

“准确来说，是 WATK 战队的每个人都是我的特别关注。”

闻言，唇边的笑意一僵，沈漾垂着头手指在屏幕上点了几下，将刚刚添进悄悄关注的江沅又给放了出去。

然后，截了张图，从微信发给江沅。

收到微信消息的江沅暗想：有什么话不能面对面交流？

她点开沈漾截的图。

是网页版微博的……悄悄关注页面。

悄悄关注？！

她眼睛一亮，笑意盈盈：“漾漾，你是不是在暗示让我把你添到悄悄关注去？”

不等沈漾说话，她继续道：“想都别想了，不可能。”

“爸爸只有你这么一个儿子，肯定是不会藏着掖着的。”

沈漾从窗台边下来，随手将平板搁在桌子上，抬脚朝江沅走过来，俯身抬手在她脑袋上揉了两下：“你这个脑袋是怎么考上医大的？”

“漾漾，好好的，你干吗对我进行人身攻击？”

沈漾轻笑一声：“我是实话实说。”

江沅撇撇嘴，目光落在自己给沈漾的微信备注上，随口问了句：“漾漾，你给我的微信备注是什么？”

“江沅。”

闻言，江沅抚额，一脸痛心疾首：“漾漾，你太让我失望了，我们认识这么久了，你竟然给我这个备注。”

他啧了声，原先耷拉的眼角微微扬了起来："你给我的备注是什么？"

"漾漾啊。"

"你是想让我把你备注改成……"沈漾沉着眼看她，唇角弯着，迟疑了会儿，才念出两个叠字，"沅沅？"

两个字落下，江沅的耳蜗像是被电流穿过一般，酥酥麻麻的，她忍不住抬手搓了搓耳朵，想着他刚刚念的两个字，只觉得每想一遍，心跳的频率就加快一次。

她舔了舔唇角，偃旗息鼓："算了，不改了。"

过了会儿，江沅压低了声音问他："漾漾，我们微博能互粉吗？"

沈漾眉心跳了跳，淡淡道："不能。"

她了然地叹声气，略有些失望："算了算了。"

沈漾抿了抿唇角，倚靠在桌边，垂着头，手指在平板上点了几下，语气漫不经心："悄悄关注。"

"什么？"

"你是我的悄悄关注。"

时间的齿轮不停地滚动着，平城的盛夏在悄无声息中远去，空气中的热浪一层一层褪去，晚风带着初秋的丝丝凉意，席卷了整座城市。

沈漾父亲的情况在后期观察中慢慢稳定了下来，沈漾在他苏醒之后请了高级陪护在病床边，自己再没去过医院一趟。

八月冠军杯赛的失败让战队管理层对战队成员的表现十分失望，教练褚为不想让这些压力落在他们肩上，一个人担下了所有的责任。

为了稳住管理层，他许下承诺：如果 WATK 在接下来的秋季赛出现任何差错，他将辞去战队教练一职。

"我带出来的队员，每一个都是优秀的。"褚为坐在会议室，面前坐着的是战队的管理层，没有一丝退却，语气里都是坚定。

"我相信他们，亦如同他们相信我一样。"

深夜。基地客厅的电脑桌前，一台电脑亮着微弱的光，沈漾整个人陷在椅子里，屏幕惨淡的光映在他棱角分明的脸上，漆黑如墨的双眸里平静无波，看不出情绪，修长的手指搭在鼠标上，时而点几下，关掉几个已经浏览过的网页。

电脑右下角的时间不停地跳动着，屋外黑黢黢的天空逐渐褪去暗沉，东边的天际隐约有鱼白露出。

沈漾揉了揉有些发酸的眼睛，闭着眼靠在椅背上休息了会儿后，继续点开下一个视频。

"咔嗒"一声轻响，刹那间，漆黑的客厅里灯光四亮，沈漾一怔，下意识地抬手遮住被光线慑到的眼睛。

身后脚步声靠近，教练褚为的声音传了过来："不早了，该休息了。"

沈漾抬手摘下耳机，手臂搭在扶手上，没有任何动作。

"沈漾。"褚为走过来，替他关了电脑，语气难得严肃，"你该睡觉了。"

"为哥。"沈漾把耳机搁在桌上，左手拇指和食指捏着右手的小拇指凸起的骨节，以往不可一世的声音里带着些挫败，"我对自己挺失望的。"

"嗯，我对你也很失望。"褚为认可地点了点头，随手抽了把椅子坐在一旁，长腿搭在桌子上，"年少气盛，半夜竟然看游戏视频，不看片。"

他轻喷一声，语气略带遗憾："你不懂得享受。"

沈漾沉默。

褚为伸手翻了翻梁钦的抽屉，摸出一袋杧果干，拿了一片咬在嘴间："沈漾，你别把自己绷得太紧了，谁没有失败过呢，谁都会失败。"

"就算失败，也分两种人：一种人是跌倒了，干脆就躺坑里一蹶不振；而另一种人，则是失败了就立马想办法从坑里爬出来。

"沈漾，我希望你是这另一种人。"

他说完轻笑一声："我记得你之前跟我说过，冠军杯不会给战队搬一座亚军的奖杯回来，但你没做到。

"所以，秋季赛你要是不能把冠军奖杯给我搬回来，你就跟我一起卷铺盖走人喽。"

沈漾敛了敛眸，沉默不语。

褚为收回腿，把杞果干丢在桌上，伸手拍了拍他的肩膀："早点休息。"

说完，他起身往楼上走，走了几步又停下来："对了，记得跟梁钦说一声，他的杞果干太硬了，口感不好。"

沈漾扯了扯嘴角，瞥了眼他吃了一半的杞果干，不禁沉思，这人到底是怎么做上教练的？

第二天下午，凌晨五点多才睡下的沈漾从楼上下来时，眼底一片青色，脸色惨白。

小眠从卫生间出来，不经意间瞥见他的脸色，眉梢一挑："你昨晚做贼去了？"

"没睡好。"沈漾去厨房倒了杯水，喉间有些不舒服，想了想又往里掺了点热水，靠在桌边，慢吞吞地喝着。

手机搁在桌上，通知栏里有江沅发来的语音。他随手点开，女孩盈盈入耳的声音从听筒里传了出来："漾漾你起来了吗？今天晚上我们学校新生晚会，你要不要过来玩，我有表演节目哟。"

沈漾还没想好，教练褚为不知道从哪个角落钻了出来，手一伸把他手机拿了过去，迅速地敲了几个字过去。

褚为发完消息，等到两分钟过去，消息无法撤回才把手机还给沈漾，似笑非笑地看着他："给你放一天假，去玩玩吧，当放松了。"

说完，他拍了拍沈漾的肩头，语重心长地道："大学里啊，帅哥可多了。"

等他走远，沈漾敛眸看了眼对话框里褚为刚刚发过去的"好"字，沉默片刻，又发了一句："几点开始？"

江沅："七点开始，你可以来早点，我们一起吃个晚饭啊！"

他抿唇，迅速发了一个"好"字过去。

与此同时，医大的宿舍。

江沅跟沈漾确定了见面的时间，准备去大礼堂彩排的时候接到了褚为的电话，她愣了下才接通电话："为哥。"

室友闻桨抱起彩排要用的东西，示意她："我先过去了。"

江沅点点头，跟在她身后锁门。

听筒那端褚为的声音一如既往的沉稳，仔细听来还有些无奈："江沅，你拉一把沈漾吧，把他拉出来。"

你把他从过去的失败和阴影里拉出来。

"沈漾自从冠军杯之后，状态就一直不怎么好，他性格沉敛，什么事情都藏在心里，我怕他再这样憋下去，等不到秋季赛人就崩了。

"江沅，我知道你对沈漾来说是不一样的，你帮他一把。"

江沅趴在走廊的栏杆上，楼外的榕树枝叶延伸过来，她伸手掐了一片叶子在指间揉搓，片刻后，低声应道："好。"

医大今年的新生晚会是几个大学院一起筹办的，医学院作为医大的第一大院，列表上三十五个表演节目他们就占了五分之一，唱跳说演，样样皆有。

江沅她们班抽到的项目是唱歌，班上大多都是男生，对这些都不感兴趣，凑巧的是，班上的文艺委员是闻桨以前的高中同学，两番交流，就把任务交给了江沅和闻桨负责。

江沅也没想多花心思，挑了首周天王的《告白气球》，打算和闻桨上去唱一遍就算完事了。

但毕竟是要在全校面前表演的节目，她随意，文艺委员也不敢随意。

拉着她和闻桨前前后后排练了六七遍，直到达到满意的效果后，文艺委员才放手让她们去吃饭。

闻桨知道她等会儿要出去吃饭，彩排结束后自己找了伴去食堂，临走前提醒她："六点半之前要回来啊，要换礼服。"

"好。"

回更衣室拿了手机，通知栏里有一通来自沈漾的未接电话，江沅连忙回拨了过去。

嘟声只响了几下，电话就接通了。

她站在水池旁洗了洗脸上的汗水，说话声交杂着淅淅沥沥的水声："漾漾，你到了吗？"

"嗯，到了。"

"那我马上过来。"

挂了电话，江沅对着镜子用手扒拉了下头发，看着自己寡淡的唇色，想了想，从包里摸出口红，稍添亮色。

她抿抿唇，打了一个响指。

完美！

简单整理好之后，她从礼堂出来，在门口借了车，脚一踩径直朝着学校门口飞驰而去。

五分钟后，医大门口的小餐馆的门帘被人掀开，挂在门栏上的贝壳风铃被风声拂动，发出婉转清脆的低吟声。

坐在窗边的沈漾听到声音，抬眸看着来人，微蹙眉头一松，唇边泛着一个浅浅的笑意，浅声道："你来了。"

江沅看见他，弯着眸子笑了笑，快步走过去，在他对面坐下："你什么时候到的啊？我们文艺委员要求太严苛了，拉着我们多排练了几回。"

沈漾倒了杯大麦茶推给她："我也刚到，想吃点什么？"

"唔……"江沅接过杯子抿了一口，大麦茶的淡香味在口中弥漫开，忍不住又喝了一口，才抬手翻看桌上的菜单，随后问道，"你吃鱼吗？这家店的鱼还蛮好吃的。"

"听你的。"沈漾的视线落在她脸上，瞥见她泛红的唇色，眉头一蹙，抽了张纸递给她，"擦了。"

"嗯？"江沅抬眸，一双眸子在落日的余晖里格外夺目，"什么？"

"口红。"

江沅伸手接过纸，边擦边嘟囔着："不好看吗？"

"好看。"他撇开视线，"但吃饭会吃进去。"

江沅看着他，一时愣住了，片刻后，低笑一声："漾漾，我有时候真怀疑你是不是谎报了年龄，说话跟个老干部一样。"

沈漾笑而不语。

吃完饭，江沅带着沈漾一起回了大礼堂，礼堂外面的座位已经零零散散坐了各个学院的学生。

文艺委员看到江沅回来，连忙把她拉了过去："快点快点，就等你了。"

"哎——"她拉住文艺委员的胳膊，笑着道，"淼淼，你等会儿能帮我在我们班的座位区插个人吗？"

"没问题啊，你有朋友要来啊？"

"嗯，在那边。"

林淼顺着她指的方向看了过去，了然地笑了一声："男朋友啊？"

"啊……"她含糊其辞，"差不多吧。"

"放心，交给我吧。"林淼推着她往里走，"你现在快点给我进去换衣服！"

"谢了啊！"

林淼安排好所有的事，才想起江沅拜托的事情，急急乎乎地跑出去，对着站在后台门口的沈漾喊了一声："江沅男朋友，进来啊，江沅让我给你安排了座位。"

沈漾愣了片刻，抬手摘下口罩，朝这边走过来，唇角微抿，颔首道："麻烦了。"

向来大大咧咧的林淼被这声中规中矩的"麻烦"惊了片刻，才嬉笑道："不麻烦，那个座位在中间，三排六列，我还有事，就不带你过去了哈。"

"嗯。"

等她走远，沈漾重新把口罩戴上，找到她说的位置坐了下去，身旁陆陆续续有学生坐下。

他手肘搭在座椅的扶手上，垂着头堆着手机里的俄罗斯方块，周围都是学生窃窃私语的声音。

六点四十分。

大礼堂里的交谈声逐渐多了起来，气氛也跟着热闹起来，沈漾结束一局游戏，退出去的时候，发现江沅在十分钟之前给他发了一张图片。

他点开。

照片里，她穿了一身蓝色渐变吊带裙，这颜色本身是内敛低调的，但加上裙摆上的璀璨星光，衬得她白皙的肤色愈加白嫩，裙口极低，露出她细瘦精致的锁骨，带着不自知的勾人。

从照片里能看得出，她脸上有极淡的妆容，卷翘的睫毛刷了点睫毛膏，眼睛有细微地处理过，衬得她圆亮湿润的双眸更加熠熠生辉，眼尾处不知道沾了点什么，有浅浅的淡粉色，与她唇瓣的粉嫩晶莹相得益彰。

沈漾就这么坐在那里，她明明什么都没有做，可他却突然觉得有一股难以抑制的燥热从心底的某个角落里悄然冒了出来，顺着脉络蔓延到四肢百骸，浑身的每个细胞都在蠢蠢欲动。

喉结轻微地滚动着，忽而抬手关闭了屏幕，他摘下口罩仰头喝了半瓶水，慢慢将心底那股燥热压下去。

七点。

晚会正式开始，灯光浓烈，人声愈发热闹。

沈漾身旁的空位有人坐下，伴随而来的是一道略带挑衅的声音："我认识你。"

"医大 15 级临床医学一班的沈漾，现在是 WATK 战队的成员，Young。"

沈漾侧目看着坐在身旁的人，声音漫不经心："我也认识你。"

他收回视线，目光落在舞台上，语气里带着胜利者的姿态。

"军训给我女朋友水的陈宴。"

闻言，陈宴嗤笑一声，无所谓地耸耸肩，不再多争辩，头靠着椅背，若有所思。

江沅上场前偷偷从后台的位置瞄了眼沈漾坐着的位置，却在瞥见坐在他身侧的陈宴时，神色一紧，讷讷道："什么情况……"

她还没来得及接受沈漾和陈宴坐在一起的事实，就听见外面报幕员在报下一个节目。

"下一个节目，由临床医学七班带来的双人合唱——《告白气球》，让我们掌声欢迎！"

现场灯光一变，掌声雷动。

"江沅，该上场了！"

她连忙收回视线，整理了下头发，应道："来了！"

熟悉的音乐前奏响起。

江沅和闻桨各自从舞台的两侧走上来。

少女软糯清甜的嗓音从礼堂四面八方的音响里传了出来——

塞纳河畔

左岸的咖啡

我手一杯

品尝你的美

……

周围人都在欢呼着江沅和闻桨的名字，在一片热烈的欢呼声里，沈漾听见陈宴的声音。

"我喜欢江沅，不管她是不是你女朋友。"

话音落下，陈宴忽然手握成拳朝舞台上喊了一声："江沅！我喜欢你！"

声音虽然很快被别的声音掩盖，但沈漾却觉得那道喊声一直萦绕在自己耳边。他敛了敛眸，视线落在舞台上，搭在膝盖上的手的五指无意识地攥成了拳。

舞台上，江沅找到沈漾的身影，弯唇笑着，歌声里带着她不易察觉的小心思。

亲爱的

爱上你

从那天起

甜蜜得很轻易

……

亲爱的

爱上你

恋爱日记

飘香水的回忆

一整瓶的梦境

全都有你

搅拌在一起

……

灯光浓烈，周围的欢呼声愈加热烈。

沈漾敛眸看着舞台上笑意盈盈的人，喉结轻滚。

心底第一次生出想独占江沅的念头。

那双幽深漆黑的双眸里，都是掩藏不住的占有欲。

浓烈的，让人无法忽视。

伴随着整首歌最后一个尾音落下，现场掌声雷动，江沅轻喘了口气。和闻桨相视一笑后，她下意识地去找沈漾的身影，却发现他正侧着身从座位上离开。

灯光渐变，斑驳的光影倾泻在他的肩头，他那轮廓硬朗的侧脸在涌动的人影里忽隐忽现，江沅屏息抿唇，没在台上多停留，拎起裙摆迅速回了后台。

站在台侧的林淼和几个医学系学生会的干事在底下拼命鼓掌，脸上都是难以掩盖的激动："太棒了啊！江沅和闻桨真给我们医学系长脸！"

"对对对，她俩往台上一站，歌都不用唱就赢了！"

"这下完了，全校都知道我们医学系出了两个大美女了！啊啊啊，这让狼多肉少的医学系该怎么活啊！"

闻言，在场的人都哄笑一声，林淼伸手拍拍脑袋："别的学院肉多，你去别的学院捞几个回来，正好也解救一下我们医学系的一群饿狼。"

"哈哈哈，淼哥威武！"

下一个节目开始，林淼带着一众干事回了后台："咦？闻桨和江沅呢？"

"闻桨找她朋友去了，江沅……"说话的人左右看了一圈，疑惑一声，"刚刚还在这里的……"

"算了算了，反正也没事。"林淼摆摆手也没在意，兴冲冲地跑去准备下一个节目。

会场外，两边的樟树都被绑上了彩灯和气球，路上的学生三两结伴，川流不息。

沈漾绕开来往的学生，背着光站在树荫下，室内沉闷热闹的空气让他浑身不自在。

他掏出烟盒，拿了根烟咬在唇间，动作熟稔地点着，没一会儿周身便有烟气萦绕。

身旁时而有学生走过，交谈声不可避免地传进他的耳朵里。

"……医学系那两个女生是哪个班的？长得不比艺术学院的女生差啊！"

"嗓子也软啊，唱起歌来软绵绵的。"

"英语系的女生也不错啊，人美歌甜腿还长！"

声音渐行渐远，沈漾拧着眉，只觉得喉间干燥，先前压下去的那股燥热好像怎么都压不住。

"沈漾！"

身后熟悉的嗓音响起，沈漾回头看见不远处的台阶上，江沅穿着那身蓝色渐变吊带裙站在那里，眸光闪耀。

旁边有男生走过，目光纷纷落在江沅身上。

沈漾的视线落在她裸露在外的圆润肩头，拧着的眉头几乎要拧出几个山峰来。他捻灭手中的烟头，抬步走过去，语气沉沉："回去把衣服换了！"

江沅失望地叹了声气，低头看了眼在灯光照耀下熠熠生辉的裙摆，而后，抬头看着他，低浅的语气里带着些试探："不好看吗？"

沈漾敛眸，看着她卷翘的长睫毛和粉嫩的唇瓣，喉结轻滚，不自在地错开视线，眸光散淡地看着别处，从喉咙深处发出低哑的一声："嗯。"

"啊，好吧。"江沅叹声气，"那我回去换衣服，你等我一会儿。"

"好。"

江沅拎着裙摆折身回去。沈漾盯着她走远的身影，直至看不见后，才倏地松了口气，低低地暗骂了句脏话。

这抓心挠肺的感受，实在是太折磨人了。

晚上九点多，医大的校园里灯火通明，操场上有篮球赛，此刻欢呼声一阵又一阵，两旁的林荫道上到处都挂着小彩灯，忽明忽暗，不停地变换着颜色。

江沅和沈漾并肩走在小道上，一旁的路灯将两人的影子拉得极长，一直延伸到看不见的树荫里。

气氛沉默。

"咳——"江沅轻咳一声，垂在腿侧的手指扣着裤缝上的凸起，斟酌了好半会儿，才说道，"过几天就是秋季赛预选赛了。"

"嗯。"

"你最近训练怎么样？"

江沅侧目看着他，昏暗的光束穿过枝叶的罅隙在他棱角分明的脸上分割出细碎的光影，密翘的长睫毛轻颤着，灯光在上面打下一块有弧度的阴影。

"还行。"沈漾抿着唇，神情若有所思。

"你最近是不是都没睡好？"江沅停下脚步，走到他跟前，抬手点在他眼睑下方，说话时的呼吸声近在咫尺，"你这里，黑眼圈很严重。"

她指腹柔软，带着点凉意，在他眼睑下方来回划了几下，带起一阵酥麻。沈漾无意识地滚动着喉结，垂下眼帘，长睫毛打下的阴影落在江沅的手指上。

"要拿冠军的人怎么可以有黑眼圈呀。"江沅笑着按在上面轻悄悄地点了两下，欲收回手时，纤细的手腕被沈漾忽然抬起的手攥住。

男人的手掌宽大，手指修长，骨节分明，轻而易举地将她手腕握在手心里。

江沅怔了几秒，目光从两人交握的地方挪到他的脸上，在看见他漆黑幽沉的双眸时，心跳突如其来地一紧，随即便不受控制地跳动起来。

一下又一下，如雷鸣一般。

四周是一阵又一阵的欢呼声，来往的学生络绎不绝。江沅眨了眨眼睛，有些不知所措。

沈漾抿了抿唇，掏出手机，刻意拿高了些，在上面点了几下后，攥住她手腕的手指不动声色地变了下位置，随即垂眸一言不发地看着她。

一分钟过去。

他把手机重新放回裤袋里，手臂轻微用力，将她往跟前带了点，原本就近的距离瞬间变得更近了。

"江沅。"他哑着声，视线落在她脸上，"你知道一个人一分钟正常心跳是多少吗？"

"知道。"她舔了下有些干燥的唇角，卷翘的睫毛轻颤两下，"六十至一百下。"

"那你知道你刚刚跳了多少下吗？"

江沅呼吸一窒，目光落在他手指按着的地方，心跳陡然又加快了些，敛眸答道："不知道。"

沈漾松开她，声音低沉："一百三十六下。"

江沅心一颤，沉默了几秒。

身旁有情侣手挽着手、低声浅语地从两人身侧走过。

他再一次开口，笃定的语气让江沅好气又好笑："你喜欢我。"

"没有。"

她赌气般地矢口否认，低头将脚边的小石子踢远，心底层层叠起的委屈慢慢将她掩埋。

"你不喜欢我？"

江沅撇了撇嘴角，依旧否认："不喜欢。"

沈漾手背抵唇轻笑一声："那我喜欢你怎么办？"

江沅心跳一抖，倏地抬起头，不可置信地讷讷道："你刚刚说什么……"

沈漾看着她的眼睛，动作温柔地将她脸侧的头发别到耳后，无奈的语气里带着些许宠溺："我说我喜欢你啊。"

他收回手，故作有些遗憾地说道："可惜我喜欢的人不喜欢我，你说我该怎么办？"

江沅被他这样一抛一收弄得委屈巴巴的，还没说话眼睛就红了，眼泪"啪嗒啪嗒"往下掉："你这人怎么这样啊？有你这么表白的吗……"

她一哭，沈漾就慌了，手忙脚乱地给她擦眼泪："你别哭啊，我跟你开玩笑的。"

闻言，江沅一下子就炸了，忍不住跳脚："开玩笑？！谁教你跟女孩子表白还能开玩笑的啊？！你这样哪有女孩子愿意当你女朋友啊！"

说完，她又觉得不对，抬手擦擦脸，吸吸鼻子哑着声音道："除了我。"

沈漾顿时有些哭笑不得，抬手拉着她往怀里一带，下巴抵在她脑袋上，低声哄着："好了好了，别哭了。"

等将人哄好，沈漾稍稍拉开些距离，俯身靠近江沅，视线和她持平。

漆黑的眼眸倒映着女孩娇羞的神情，沈漾轻滚了滚喉结，神情比以往任何时候都要认真："江沅。"

江沅不敢动，连呼吸都放轻："嗯？"

"我喜欢你。"沈漾一字一句，声音缱绻而温柔，"在很久之前，我就已经喜欢上你了。"

江沅又要掉眼泪，忽地靠过去抱紧眼前人，脸埋在他怀里蹭了蹭，鼻息间都是他身上清冽的柠檬香，声音带着哭腔："沈漾，你就是个王八蛋！

"我讨厌你。"

她动了动脑袋，耳朵贴着他心脏的位置，听着他并不平稳的心跳，低声道："可我还是很喜欢你。"

沈漾笑了起来，笑声朗朗，带着胸腔有轻微的颤动，手臂用力地箍着怀里的人："傻。"

"傻也赖着你了。"江沅抬起头，从她的角度只能看见男人凸起的喉结和棱角硬朗的下颔线，心思一动，踮脚张嘴咬在他下巴上。

喉结她不敢咬，她怕勾起沈漾的其他心思……

尖锐的牙齿咬在皮肤上，有轻微的刺痛感，江沅温热的唇瓣贴在上面，柔软的舌尖不知是有意还是无意地扫过。

沈漾喉结动了动，燥热从身体的每个角落冒出来，眨了下眼睛，抬手拎着她的后脖颈把人往后拉了一点，下巴跟着往上扬，拉开两人的距离。

江沅学着小流氓一般抬起他的下巴，咂咂嘴："味道不错。"

他沉默着，幽深的目光在四周看了一圈后，落在她粉嫩隐约泛着水光的唇瓣上。

喉结轻滚，眸光渐深。

下一秒，他忽然俯身，唇瓣含住她微张的下唇，略微用力地轻吮了一下。

顿时，江沅感觉浑身像是被通了电，脑袋里噼里啪啦一通乱响，心跳脉搏呼吸好似都乱了套。

"唔。"

她嘀咕一声，沈漾的舌尖顺势溜了进去，慢慢悠悠地扫过她的上牙膛，卷走她所有的呼吸。

半晌后，沈漾松开被他蹂躏得有些红肿的唇瓣，见她眼睛水润润的，在月光下泛着光，忍不住低头在她眼睛上亲了亲。

声音还带着某种不一样的喑哑，他道："下次教你接吻怎么换气。"

江沅羞愤不已，推开他往前走："谁要你教了！"

沈漾忽然笑了声，抬手摸了摸下唇，朗声道："你去哪儿？"

"回宿舍！"

"你走反了。"

沈漾送江沅到宿舍楼底下，江沅站在门口的台阶上，回头看着沈漾："我知道了。"

"什么？"

江沅往下走了一个台阶，这个角度视线刚好可以和他平视。

她看着他的眼睛，圆亮的双眸里隐约泛着水光："我终于知道，为什么每次到宿舍楼底下，那些小情侣总是要待在底下腻歪一会儿了。"

沈漾失笑，声音温柔得好似可以掐出水来："为什么？"

她继续往下走着，走到他面前，抬手搂住他，脸颊紧贴着他温热的胸膛，轻声道："因为舍不得。"

他轻轻啧了一声，抬起手臂摸摸她的头，声音淡淡的，却每个字都带着浓浓的宠溺："那给你多抱会儿。"

"不够呀。"江沅在他怀里抬起头，"抱不够，抱多久都不够。"

她声音软腻腻的，听得让人耳根发软。沈漾喉结滚了滚，轻笑：

"那就给你抱一辈子。"

江沅突然笑了出来，伸手在他胸口戳了戳："漾漾，你跟我说实话，你到底有没有背着我看什么爱情小说或者电影？"

沈漾捉住她作乱的手，唇角没忍住弯了弯，有些无奈地叹声气："没有。"

"那你怎么说起这些话来，都一套一套的。"

他歪着头，装作认真地思考了一会儿，抬手刮了刮她小巧的鼻尖："大概，是因为太喜欢你，就无师自通了。"

江沅眼睫毛一颤，心里像是放起了烟花，火光噼里啪啦地落在她心底，心跳失去秩序，一下又一下，急促到让她无法好好呼吸。

她松开沈漾，丢下一句"我先回去了"后便头也不回地跑进了宿舍楼。

沈漾站在门外的台阶下，看着她落荒而逃的身影，抬手摸了摸跳动得有些过分的心脏，轻轻吐了口气。

还是有点紧张的。

江沅跑回宿舍，室友都还没回来，于是冲进浴室迅速洗了个澡，出来花了几分钟把头发随便吹了吹后抱着手机爬上床。

上床前，她顺手把灯也关了。

没一会儿，女生宿舍四楼的某间房里传来一女生的尖叫声，时间长达十多秒，引得楼上楼下前后左右的学生都探出头来。

可看着发出声源的宿舍黑漆漆的，都忍不住后背一凉，不会是闹鬼了吧？

不是一直有传闻说医大是盖在墓地上的，一想到这儿，看好戏的学生纷纷不自觉地抖了抖，迅速钻回了宿舍，听不见听不见……

江沅叫完从被窝里钻出来，脸颊绯红，整个人都有一种泡在蜜糖罐、走在云端彼岸的飘飘然感。

她躺在床上，盯着挂在墙上的星星灯，眼睛眨了眨，想到不久前的那个吻，脸一热，抬手勾起身旁的被子蒙在脸上。

想不到啊……今晚竟然直接上了二垒。

过了会儿，她掀开被子从床上下来，开了灯，坐在桌边开了电脑，手指搭在键盘上敲着。

机械键盘发出"咔嗒咔嗒"的声响，极富节奏感。

就这么敲了半个多小时，她把之前卡了好久的部门策划案修整好，上 QQ 发给部长。

系统提示对方已接收文件。

部长："哟，之前不是说这个策划案不给你一个月你写不出来吗？"

江沅揉了揉有些发酸的手指，单手敲了三个字："我撤回。"

部长："OK。"

交完策划案没多久，室友陆陆续续都回来了。闻桨一进门看见江沅坐在书桌边上，好奇地凑了过去："呀，你怎么在宿舍啊？"

"我不在宿舍还能在哪儿？"

她碰了碰江沅的肩膀，笑得不怀好意："你男朋友不是来了吗，我还以为你今晚会和你男朋友在外面住呢。"

江沅轻咳一声："我们才刚在一起。"

"刚在一起怎么了？"闻桨拖了把椅子在她边上坐下，轻悄悄问了句，"你们到几垒了？"

"才……二垒。"

闻桨咂咂嘴，起身拍拍她的肩膀："我去洗澡了。"

她走开后，江沅回想着她一言难尽的表情，不禁怀疑，刚在一起就二垒的进度还算慢吗？

正思虑间，她搁在桌上的手机屏幕亮了下，沈漾给她发了微信。

简简单单的两个字："到了。"

江沅怔了下，才拿起手机，手指在键盘上敲了敲："漾漾，你这个男朋友意识可以说很强了。"

"……"

"你怎么可以对你这么无敌可爱的女朋友发一串省略号？！"

"你知道省略号代表什么吗？！"

"代表你对这个人没有话说。"

"漾漾，我没有想到你是这样的人，你竟然对你的女朋友没有话说。"

沈漾："……"

"我觉得我可以去给吐槽君投稿了，标题我都想好了，就叫《谈恋爱第一天，男朋友就对我没话说，我该怎么办？》

"肯定是热评第一，这种男人不分还留着过年吗？"

消息刚发出去，她手机突然振动起来，是沈漾打来的语音电话。

她回头看了眼各自忙碌的室友，从抽屉里拿了耳机戴上。

"喂？"

"给我打电话干吗？"

听筒那端不算安静，隐约能听见交谈的声音，但是沈漾一直没说话。

江沅愣了一秒，电脑上有部长发来的 QQ 消息，点开扫了眼，对着电话那端一字一句道："你是想打电话来告诉你的女朋友，你对她真的没有话说了吗？"

沈漾似是笑了声，片刻后才压低了声音道："我在直播。"

下一秒，江沅听见梁钦的声音："啊？漾漾，你刚说什么？"

"没什么。"

他话音刚落，江沅手一颤把电话挂了，点开桌面上的直播软件。输入沈漾的房间号。

搜索。

页面跳转，右下角的直播状态写着一句话——

主播正在直播。

她点开直播间，先前的弹幕没有关，满屏都是弹幕。

　　"66666666。"

　　"看到这波神操作我只能狂扣 6666666。"

"漾哥帅！！！"

"承包我老公的笑容！！！"

还好还好。

江沅松口气拿手机给他发消息："李时珍的皮肤。"

消息发送成功，她看见沈漾抬手在键盘上敲了敲。

下一秒，她的手机振动。

"啧。"

"想看我玩什么？我玩给你看。"

江沅抿唇笑着，心底冒着粉红色的泡泡，手指点着屏幕："露娜，想看你玩露娜。"

沈漾搭在键盘上的手迟疑了会儿，随即侧头对一旁的陈冬说了声："下局我玩把露娜。"

而后，迅速敲了一个"好"字发给江沅。

另一边，陈冬挑眉看着他："你一个 ADC 打什么野？"

沈漾拿起手机，漫不经心地道："想做全能型选手。"

弹幕滚过齐刷刷的"66666666"。

晚上十一点，WATK 的队员集体下播。沈漾关了电脑，起身去厨房拿水喝，临走时拍了下陈冬的肩膀，淡淡道："我明天还要玩露娜。"

打了一晚上 ADC 的陈冬一脸崩溃："为什么？想做全能型选手也不能这么玩啊！"

沈漾脚步没停，漫不经心地丢下一句："我女朋友要看。"

其余四人一脸蒙。

片刻后，梁钦先开了口："喂！还让不让单身狗活了！不说了，我要带着大王一起离家出走！"

闻言，已经走到厨房的沈漾从冰箱里拿了一罐可乐，白皙的手指扣在拉环上，"叮——"一声轻响，有气泡从里面冒出来，他凑在唇边仰头喝了一口，姿态散漫地靠在桌边。

"大王不是单身狗，它有伴。"

梁钦此刻只感觉生不如死。

沈漾拿着没喝完的可乐，慢慢悠悠地回了二楼的房间，洗完澡出来，看到手机有江沅发来的消息。

"漾漾，我找了一组情侣头像！我们一起换好不好？！"

他轻笑了声，手指按下语音键："好。"

过了会儿，江沅发过来两张图片，他点开。

江沅："好看吗？"

沈漾的眼皮跳了跳，他敛眸看着对话框里江沅发来的"你发狂你发癫"的情侣头像，抬手搓了搓鼻梁骨，按着语音键，无奈叹声气："好看。"

江沅："那你快换呀，我都换好了。"

沈漾点了保存图片，退出去把微信头像换成了"你发狂"。

"换好了。"

"我看到了呀。"江沅心满意足地看着两人特立独行的情侣头像，发自内心地赞叹了声，"真好看哪。"

沈漾硬着头皮默认。

时间渐晚，沈漾抬手关了房间的灯，光线倏地暗了下去，黑漆漆的房间里只有手机屏幕亮着微弱的光。

"不早了，早点休息。"

江沅："漾漾，我睡不着。"

"你明天早上还有课。"

"啊……那你给我读睡前故事。"

沈漾笑了声，打了语音电话给她："想听什么？"

听筒那端有窸窸窣窣的声音传出来，过了会儿，他才听见江沅压低了的声音："想听霸道总裁的故事。"

"没有。"

"啊，好可惜啊，我只有听这个才能睡着，要不然今晚都睡不着了，睡不着明天就不能起床上课，不能去上课就会被老师记挂科，记了挂科我就要好好复习，好好复习就没有时间去见男朋友了。"

沈漾没说话，江沅戴着耳机等到快要睡着的时候，听见沈漾略带低沉的声音从听筒里传了出来。

"第一章被迫代孕。"

江沅怔住。

沈漾还在继续念："南城华大酒店，三十六楼总统套房。房间是最为简洁的北欧风格。"

她忍不住笑了出来："你还真去找了霸道总裁的故事啊？"

沈漾揉了揉有些发热的耳朵，沉声道："怕你不来找我。"

第六章

为爱上国服

沈漾放下茶杯，
低沉的声音带着些许委屈和不自信。
"我怕你走。"

夜已深，基地二楼的某间房里窗帘严丝合缝地紧闭着，空调和加湿器的声音伴随着男人清冽低沉的声音，一齐从房间里传出来。

　　"金融巨鳄，只手遮天，这些词语用在谢庭东的身上都不过分。更重要的是，他为人低调，鲜少在公众面前出现，所以外界知道的关于他的消息都是捕风捉影……"

　　沈漾停了下来，屏息听着电话那端传来的呼吸声。

　　一声又一声，逐渐平稳下来，他试探性地喊了一句："江沅？"

　　那端有轻微的嘤咛声传出来，随即便是一阵窸窸窣窣的动静，安静片刻后，平稳的呼吸声重新传了出来。

　　沈漾抬手揉了揉太阳穴，失声轻笑，声音温柔得像是初春的晚风。

　　"晚安，小傻子。"

　　他挂了电话，手机屏幕跳回先前的霸道总裁小说页面，手指悬在退出字样的上方。

　　犹豫片刻，沈漾认命地点开添加书签的页面，将网页加入了书签。他敛眸看着书签页，想了会儿，伸手将原网页的标题改成了——《她的睡前故事》。

　　弄好这一切，沈漾抬手关了床头的壁灯，房间陷入一片黑暗，他躺下来捞着被子搭在身上，合上眼准备睡觉。

　　房间里，加湿器传出"沙沙"的细微声响。

　　沈漾下床去关了加湿器，房间内瞬间安静下来，他重新躺回床上。

　　几分钟后，他又坐起来，抬眸看了看温度调得有些低的空调，侧过身摸到床尾的遥控器。

"滴！"

空调也关了，他再一次躺下来，重新盖好被子。一片黑暗里，他敛眸看着头顶天花板上的一点点光影。

耳旁是闹钟指针"嘀嗒嘀嗒"转过一圈又一圈的声音，时间一分一秒地过去。

十分钟后，沈漾掀开被子，赤脚走进浴室，再出来的时候额前的碎发湿漉漉地垂在眉毛上。他打开衣柜，找了件黑色的 T 恤衫套在身上。

从桌子上拿起手机，出了房间，看了眼对面紧闭的房门，他大步一跨走过去，白皙修长的手指搭在门把上轻轻一压，推门走了进去。

黑漆漆的房间里，靠窗边的大床中央鼓起一团，震天响的鼾声从被窝里传出来。沈漾走过去蹲在床边，抬手小心翼翼地掀开被子，淡淡道："梁钦，起来练习了。"

还在睡梦中的梁钦迷迷糊糊地应了声后，裹着被子翻个身继续鼾声不断。

沈漾抬手拍了拍他的脸："过两天就是秋季赛预选赛，你别睡了。"

过了会儿，梁钦顶着一头乱糟糟的头发，一脸迷茫地看着蹲在床侧的人，哑声道："几点了？"

沈漾掏出手机看了眼："两点半。"

闻言，梁钦抹了抹脸，嘀嘀咕咕地下床去洗漱："啊，这时间怎么过得这么快，我怎么感觉还没睡多久，就下午了。"

沈漾看着他摇摇晃晃的身影，把那句"是凌晨两点半"硬生生地给憋了回去，起身下了楼。

五分钟后。

梁钦从浴室出来，白皙的脸上都是水珠，也没在意，直接在床边坐下，伸手将搁在枕头旁的手机拿了过来。

几秒后，沈漾在楼下听见梁钦怒气冲天的声音："沈漾！你是不是有病！大半夜的喊老子起来练习个鬼啊！"

随后，梁钦怒气冲冲地从楼上跑下来，指着沈漾："你是不是有病啊？是不是有病啊？啊？"

沈漾扶着额，语气淡淡的："我睡不着。"

梁钦简直要跳脚："你睡不着关老子什么事？"

沈漾手指搭在键盘上，沉默片刻话锋一转，语气带着些回忆："你记得那年你跟你初恋在一起的那个晚上，你对我做了什么吗？"

已经快记不得初恋长什么样的梁钦嘴巴张了张，以为自己做了什么大逆不道的事情，一脸沉重地看着他："我对你……做了什么？"

沈漾将目光从电脑挪到他脸上："你拉着我在冰天雪地里走了一整夜。"

他叹了声气："我现在只不过是半夜两点半喊你起来，在温暖的房间里陪我打个游戏。"

绕来绕去，梁钦总算明白他话里的意思，一肚子火哽在喉间，又给硬生生憋了回去："行行行，谈恋爱，嗯，了不起，非常了不起。"

他拖开沈漾边上的椅子坐下来："大哥，你想玩什么，我梁某人今天奉陪到底！"

沈漾舔了下唇角："俄罗斯方块。"

周五中午，江沅下午有三节毛概课，可她不想去，就在她想着用什么借口翘了下午的课时，接到了梁钦的电话。

她"欸"了声，接通电话，笑意盈盈："怎么想起来给爸爸打电话了？"

电话那端梁钦的声音显然是有些崩溃："爸爸，我叫你一声爸爸，你快回来把沈漾带走吧。"

接下来长达五分钟的通话时间里，除了前三十秒是属于梁钦的开场白，后面四分三十秒，都是他对沈漾无情的控诉。

"你能想到半夜两点半在睡梦中被人拖起来打俄罗斯方块的心

情吗？

"你能理解一个职业 ADC 的梦想是成为国服第一打野的想法吗？

"你能忍受一个前半辈子几乎没对你怎么笑过，现在整天对你笑得跟朵花一样的人天天在你跟前晃悠吗？！

"你能吗？你不能啊！"

江沅沉默了会儿："我马上回来。"

挂了电话，她急匆匆地把充电器装进包里，拿上钥匙和公交卡往外走："桨桨，下午的课我不去上了。"

"啊？万一老师点名呢？"

她轻啧一声，背上背包："那你跟老师说我去拯救世界了。"

看着对方一脸蒙的表情，江沅补充道："哈哈哈哈，骗你的，我晚点跟班长请个假。"说完，她摆摆手："走了啊。"

一个多小时后，江沅站在基地大门口，看着熟悉的木质门，突然有了点不一样的感觉。

手悬在半空中，迟迟没有落下去。

犹豫的当口，面前紧闭的门被人从里面打开了，她举着手和站在门内的 K 神大眼对大眼。

少年老成的 K 神抿了抿唇，对着里面喊了声："漾漾，你女朋友来了。"

江沅内心寻思：都这么直接的吗？

话音落下，江沅听见里面有椅子拖动的动静，过了会儿，脚步声接近，抬眸看着从里面走出来的人，摇摇手："嗨，男朋友。"

沈漾面色凝重地看着她，一言不发，就在 K 神觉得自己快被两人的目光夹死时，淡淡地开口："上来。"

咦？

上来？

上哪儿？

沈漾说完脚步没停，径直往楼上走，走到楼梯平台处时，停下来看着还在门外的人，淡声道："基地的电费很贵。"

他的言下之意就是，你还开着门站在门口做什么？

江沅没来由的一阵委屈，垂着头，小步迈着跟上他的步伐。

身后一众："这是闹矛盾了？"

江沅跟在沈漾后面，直到进了他的房间。沈漾抬手开了房间的空调，冷风顿时传了过来。她背对着沈漾，动作缓慢地关上门，刚转过身，眼前一道黑影覆了过来。

她惊讶地"欸"了声，微张的唇被封住，后背抵在门板上，男人的手掌垫在她凸起的蝴蝶骨上，磕在门板上发出沉闷的一声轻响。

江沅愣愣地看着他眼底涌起的一层浓墨般的情欲。

沈漾的牙齿咬住她的下唇，轻轻吮了下，唇瓣相抵，狭长如墨的眼睛逐渐闭上，细长的睫毛在她眼前忽闪着。她下意识地想咬着下唇，恰好咬住他刚探进来的舌尖。

沈漾浑身一僵，轻微的痛感从舌尖漫开，覆在江沅后背的手掌挪到她脑后，抵着她往自己怀里带。

"唔。"

江沅浑身发软，几乎站不稳，沈漾膝盖微微屈着，伸手扶在她腰上，温热的掌心隔着一层布料灼烫她的皮肤。

她手指无意识地揪着沈漾腰侧的衣服，脑袋如同掺了糨糊，无法思考。

动作倏地顿了顿，幽深的眸光渐浓，沈漾用牙齿咬住她的舌尖，略微用了点力。刺痛感传出来，江沅手抵在他胸口，支支吾吾地喊着疼。

声音软腻腻的，听得人耳根发软，沈漾覆在她腰间的手指挑起她衬衫的下摆，滚烫的手指贴着她同样有些发烫的皮肤。

江沅浑身一麻，全身所有的血液好像都涌到他手指摩挲着的地方，脑袋略微有些缺氧，急促的呼吸萦绕在沈漾耳侧，整个人犹如被热浪包裹着，一阵阵燥热从身体深处涌出来。

沈漾撤回手扶着她纤细的腰身，更用力地箍着她，脑袋一偏，牙齿在她莹白的耳垂上咬了一下。江沅灵魂一颤，浑身犹如通了电一般，酥酥麻麻的。

片刻，他松开她被自己咬得有些发红的耳尖，头抵在她的额间，鼻尖蹭在一起。

沈漾轻喘了口气，敛眸看她激滟生色的眼睛，喉结轻滚，没忍住，又低头咬了咬她白皙的脖颈，炙热滚烫的唇瓣贴着脖间的动脉，声音有些喑哑："你和梁钦很熟？他让你回来你就回来？"

被人一进门就压在门板上一通乱亲的后果就是，江沅在听完他说的话后，还傻乎乎地道了句："是挺熟的啊，你没来 WATK 之前我们就认识了，算起来认识快一年多了，比认识你的时间还长。"

沈漾抿着唇，后槽牙咬着牙根，下颔线紧绷着，咬牙切齿道："你再说一句，信不信我出去打爆梁钦的狗头？"

江沅扑哧笑了声，手指在他 T 恤衫前的字母上画着圈，呲呲嘴："我们中单好可怜呀，不仅半夜被人拎起来打游戏，现在还要冒着生命危险留在战队打比赛。"

闻言，沈漾蹙了蹙眉头，有些不自然地撇开眼："我是为了秋季赛做准备。"

"哦！"江沅背抵着门，圆亮的眼睛弯成一道月牙，"那等会儿我要问问为哥，你们战队打训练赛都是打的俄罗斯方块吗？"

沈漾抬手在她脑门上弹了下，没怎么用力，只是轻飘飘地拂过，声音有些无可奈何："你闭嘴。"

"啧。"她背着手，不满意地戳了戳他白皙的脸颊，"漾漾，你竟然凶女朋友喔。"

沈漾抬手捉住她的手指，握在手心里软绵绵的，心里的某一处不自觉地就塌了下去："我没凶你。"

江沅屈指在他手心挠了挠，想起一件事："对了，梁钦说你最近在狂练打野是怎么回事？你要转型啊？不做爆炸流 ADC 了？"

屋外是成片的阳光，整块光影被窗外的枝叶分割成碎影，凌乱地倾泻在地板上，随着摇曳的枝叶不停地晃动着。

沈漾敛着眸，卷翘的睫毛轻颤了两下，盯着时而晃动到她眼睫毛上的光阴，眸光渐浓："你之前不是说想看我玩露娜吗？"

他攥住她在手心里作乱的手指，指腹捏着她手指的骨节，一字一句道："我是为爱上国服。"

大抵是没想到是这个理由，江沅听完明显怔愣了一下，眼前的光线有些刺眼，抬手遮了下，嘴角的弧度愈来愈明显，笑声一点点变大。

到最后，她笑到肚子疼，弯下腰，手掌撑在膝盖上，眼角隐约泛着水光。

沈漾看着自己笑到癫狂的女朋友，磨了磨牙，平静的面容有着明显的龟裂痕迹："有这么好笑？"

她深呼吸几次，压下笑意，眼睛水润润的："漾漾，爸爸没想到你爱我竟然爱到了这种程度，我很欣慰。"

沈漾轻轻啧了一声，抄着手往后退了点，神情淡然："那你现在可以走了。"

"啊？"

他挑挑眉，转过身去关房间的空调，冷飘飘地冒出来一句："爸爸跟儿子在一起是乱伦，你走吧，我不想做这样的人。"

房间里安静片刻后，江沅发出一阵爆笑。

妈呀！

她的男朋友怎么可以这么一本正经的可爱！

WATK 战队最近的一场比赛是在下周六的秋季赛预选赛第三场，打 LOP 战队。

这两支战队算是宿敌了，前不久结束的春季赛半决赛，WATK战队还险些输给 LOP 战队，对 WATK 战队来说，下周六的比赛，他们丝毫不敢松懈。

这几天，WATK 战队在打练习赛的时候基本上都是在练一些新阵容。

沈漾牵着江沅下楼的时候，楼下坐着的四个人都是齐齐地喊了声。

队长小眠摘下耳机，转着自己的椅子，拿起一旁用来计时的手机，有些遗憾地说道："才半个小时，漾漾你是不是短了点？"

江沅没反应过来，趴在沈漾耳侧轻声道："什么短了点？"

他撇开眼，推开她凑过来的脑袋，淡淡道："少儿不宜。"

江沅停下脚步，前后想了下，脑袋转了转反应过来，白皙的脸颊一瞬间爆红。已经下完台阶的沈漾回头看着她，眼眸带笑地朝她伸了只手过去："下来。"

她怔愣着把手放在他手心里，一阶一阶走下去，停在他面前，舔了下唇角凑在他耳侧："少儿不宜的事你都做过了。"

喉结滚了滚，语气带着些危险，沈漾道："嗯，还有更少儿不宜的。"

调戏不成反被调戏，江沅挑了挑眉："漾漾，你变了。"

沈漾得心应手："嗯，变得更喜欢你了。"

江沅说不过他，撇了下嘴角把手从他手心里抽了出来。沈漾眼疾手快地勾住她的小拇指："去哪儿？"

"拿水喝。"江沅挪挪脚步，站在空调风口前，舔了下唇角，"我现在很渴。"

"哦。"他点点头，勾着手将她拉到跟前，倾身凑到她耳侧，"亲这么久还渴？"

他说完直起身，抬脚朝客厅走去，留江沅一个人在风中凌乱。

这人怕不是魂穿了吧？

沈漾他们和 LOP 战队打比赛的那天晚上，江沅家正进行着家族聚餐，都是长辈，她就是有心逃也没那个胆子。

吃完饭八点多。

江沅回家以后洗了个澡，等吹好头发回来，上一场比赛已经结束，WATK 战队和 LOP 战队还在 BO3 第一场的 B/P 环节。

她抱着电脑，盘腿坐在床上，伸手关了几个没用的网页，鼠标点着音量键一点点往上调。

电脑里传来现场的声音。

解说 a："看一下双方的 BO3 第一场比赛，蓝方 WATK 战队，红方 LOP 战队。"

解说 c："WATK 最近很有意思啊，打野是放到了半肉打野，这点其实 LOP 可以找到突破口，WATK 使用的半肉打野体系，其实方便了双 C 位的发挥，他们的打野其实更趋向于大控制带节奏，不太吃经济。"

解说 b："对，不过说到 WATK 的打野，我倒想起来一件事，最近网上有不少粉丝提到最近 WATK 的漾神在排位赛的时候经常拿出月下无限连的露娜，倒是很少看见射手的出场，不知道这会不会是 WATK 的新阵容，想打 LOP 一个出其不意啊。"

解说话音刚落，就见 WATK 这边一手先抢了孙尚香。

江沅内心暗道：呵呵，出其不意个鬼。

接下来的比赛他们和对面打得火热的……不是很顺利，四十分钟过去，打出了一比一平的战绩。

江沅看过 N 多场他们和 LOP 的比赛，无论是 BO3、BO5，还是 BO7，这两支队伍永远都是要打满每一场比赛，才能分出个你死我活。

BO3 第二场结束有五分钟的休息时间，江沅趁着间隙出去拿水喝，再回来时，搁在床上的手机屏幕亮着，里面有沈漾发来的消息。

沈漾："最后一场想看我玩什么？"

江沅笑了声，故意和他开玩笑："露娜啊，想看漾神为爱上国服的露娜有多飘。"

等了等，沈漾没再回复。

WATK 战队和 LOP 战队 BO3 的第三场比赛也开始 B/P 环节。

她放下手机，专注看比赛。

双方依旧是你 BAN 我一个百里，我 BAN 你一个关羽的有来有往，进行得非常顺利。

几分钟后，WATK 剩下最后两个 PICK 位，就在所有人都以为他们最后一手会拿东皇和李元芳的时候，他们的爆炸流 ADC 漾神锁了个月下无限连的露娜。

解说员一脸蒙。

粉丝们也一脸蒙。

对面 LOP 战队的五人更是一脸蒙。

随后，他们在队内语音里开始对 WATK 的这一手露娜表示："稳！兄弟！ WATK 牛！"

现场解说的临场发挥是极其到位的："额，看来 WATK 是真的想打老对手 LOP 一个出其不意。"

江沅："呵呵……"

B/P 结束后，江沅鼓着下唇吹了口气，压下想冲进屏幕暴打一顿沈漾的冲动继续看比赛。

半个小时后，电脑屏幕里红方的水晶被点掉。

——WATK 赢了。

她看着屏幕里正在喝水的某人，轻啧一声。真出其不意。

看完比赛，江沅心满意足地跑去客厅和江母一起看家庭伦理大剧，坐下看完一集电视剧，手机响了一下。

江沅扫了眼。

沈漾："我在你家楼下。"

她抓了下头发，装作不经意地扫了眼坐在一旁的江母："妈，我出去一趟。"

"这么晚了你出去干吗？"

"年年找我。"说话间，她已经拿了钥匙起身走到门口处，"我很快就回来。"

江母也没再多问，扫了眼她的短袖短裤，叮嘱道："外面冷，你穿件外套。"

"不用啦，我马上回来。"

说着她已经开门走了出去。

下了楼，推开门的时候被楼外的凉风迎面一吹，浑身一哆嗦，江沅伸手搓了搓胳膊，三步并作两步地跑下台阶，跳到沈漾的面前："漾漾，你今天这手露娜拿出来，为哥真的没有骂你吗？"

沈漾揉了揉她的脑袋："怎么会，这阵容是我们专门针对 LOP 制订的训练计划。"

江沅"咦"了声："那你还问我想玩什么？"

沈漾轻笑，视线扫了眼她身上的衣服，眉头一拧："你知道现在是什么季节吗？"

"秋天啊。"江沅自然知道他话里的意思，笑嘻嘻地凑过去，"我这不是急着见你吗？"

沈漾轻"呵"一声，抬手将队服的外套扯下来，扯着衣领拎在手里："过来。"

她乖乖走过去，转过身，把胳膊塞进两只宽大的袖子里。沈漾站在后面帮她整理衣领，然后按着她的肩膀把人转了过来，微微俯身将拉链拉起来。

衣服是他刚脱下来的，里面还带着他身上的温度。江沅低头轻嗅了一下，一点烟味和他身上惯有的柠檬香味掺杂在一起。

沈漾瞧见她的动作，抬手在她脑袋上拍了下，失声轻笑道："闻什么？"

"我在闻衣服上有没有别的女人的香水味呀。"

她歪着脑袋，黑亮澄澈的眼眸里似是掺了水光。

湿漉漉的，带着笑意，盈盈动人。

喉结轻滚，眼眸渐深，沈漾忽地向前走了一步，抬手捧着她的脸。江沅听见他有些喑哑的声音："没有，我想亲你。"

在她怔愣的目光里，他笑着低头亲了上去。

九月末，天气逐渐褪去燥热染上初秋的凉意。

黑黢黢的天空朗月疏星，空气里弥漫着淡雅的桂花香，随风肆意飘动。

"唔。"

一道细小软糯的嘤咛声打破这片刻的宁静。

沈漾松开怀里已经有些喘不过气的人，脸颊埋在她的颈窝处，温热的呼吸紧贴着她的皮肤。

声音低沉喑哑，尾音缠着浓浓的宠溺，沈漾道："江沅，你怎么总勾引我？"

"我哪有。"

江沅软着嗓子，声音媚得好似能掐出水来，轻声道："漾漾。"

浑身一僵，沈漾只觉得有一股无名火从心底深处蹿出来，炙热滚烫，灼烧着他的理智。

"漾漾，你这样我脖子好酸啊……"

他倏地抬起头，看着她有些泛红的脸颊，黑眸里带着某种危险的情绪，呼吸渐沉。

江沅有些蒙地眨了眨眼，晶莹红肿的唇瓣带着点水光，圆亮的桃花眼茫然无辜地看着他："真的挺酸的……"

沈漾深呼吸了几次，闭着眼将心底的无名火压下去，喉结轻滚，一字一句缓缓说道："你别说话。"

我怕我忍不住。

江沅还没弄明白情况，眼前站着的人突然往后退了一步，撇开视线，手插在兜里，右手胳膊上的龙纹随着他的动作隐约露出一点黑色，绷紧的声线有些干哑："你回去吧。"

没等她说话，沈漾手握成拳抵在唇间轻咳一声，语气轻描淡写："你不回去？那我回去了。"

江沅看着他有些慌乱的背影，整个人石化在原地。

她整个世界观……都被刷新了……

这样的人是怎么找到女朋友的？

江沅气冲冲地上了楼，关门的动作一时没控制住，声音大得让她整个出窍的灵魂噌噌地又钻了回来。

她低头看着身上明显比自己大几号的黑色队服，面对着木门低声骂骂咧咧。

依稀能听清楚，是在骂某人。

坐在客厅追剧的江母闻声抬头，瞥见站在门口面门思过的人，淡淡道："我记得年年跟你差不多高吧。"

言下之意，你最好给我说清楚你身上的衣服为什么这么大。

江沅笑呵呵地转过身，胳膊抬着宽大的衣袖晃来晃去："年年跟她男朋友一块来的，这是她男朋友的衣服。"

没等江母说话，江沅忙不迭地钻回房间，坐在床上抱着手机对沈漾的微信狂轰滥炸。

"沈漾！我要跟你分手！

"你说你这么厉害你咋不上天呢？

"你以后要是死了就是活活被自己秀死的！

"我现在连你的墓志铭都想好写什么了！"

消息刚发送出去，她穿在身上的外套口袋振动了几下。

江沅愣了下才伸手摸了出来，是沈漾的手机，应该是他先前给她穿衣服的时候忘了拿出去。

江沅冷笑两声，随手把他的手机丢在一旁。

她自己的手机里，沈漾给她打了语音电话，江沅故意磨蹭了会儿才接通。

听筒那端率先传来的是敲键盘的咔咔声，沈漾低沉的声音掺在其中："分手？分什么手，分左手还是分右手？"

江沅僵住。

沈漾似是轻笑了声，修长的手指搭在鼠标上，语调轻描淡写："我手机是不是在你那儿？"

"不在！"

他也没追问，转了话题："明天有空吗？"

江沅语气有些硬："没空！不仅明天没空，后天大后天以后的每一天都没空！"

沈漾有些无奈地"呵"了声，仰头靠着椅背，手指搁在桌上，一下一下轻敲着，带着一点点节奏感："啊……我们去吃日料？"

"我说了我没空，吃什么都不去！"

"海鲜？"

"不要！"

"火锅？"

"不去！"

"江沅。"

她下意识地答了声："不吃！"

沈漾抓了下眉心，低低笑着："嗯，我现在不吃你。"

他一字一句缓缓说道："以后再吃你。"

电话挂了，与此同时，基地的客厅传来一阵咳嗽声。

沈漾循声看过去。

客厅里，梁钦端着水杯，一脸如同被雷劈了的表情，喃喃道："一定是我听错了……"

沈漾平静地看着他，随即转过身，手指飞快地在键盘上敲了一句话发给江沅。

"明天早上十点我去接你。"

第二天早上，嘴上说着吃什么都不去的某沅，身体还是很诚实地在十点钟的时候下了楼，临走前顺便把男朋友的手机揣进包里。

刚进入秋天的平城早晚温差大，江沅想着出门的时间也不算早，索性就穿得略单薄了点。

开门走出去，沈漾刚好抬起头。

她穿着件藕粉色雪纺连衣裙，一字领搭着荷叶边，露出流畅的锁骨线条，两根细带略显松垮地挂在圆润的肩头，不过膝的裙摆下是一段白皙的小腿，踝骨凸显，随着她的走动，弧度更加明显。

已经齐肩的头发被她随意扎了个丸子头，额前的刘海随风微微动着，脸上有着淡淡的妆容，圆亮的桃花眼更加黑亮澄澈，唇瓣晶莹粉嫩，在光晕里泛着光。

沈漾看到她先是一愣，等反应过来，沉着眸朝她走过去，在台阶下停住，抬手看了眼时间："现在十点十分，我订的是十一点半，从小区到吃饭的地方半个小时就能到。"

江沅一脸蒙地看着他。

沈漾目光扫过她露在外面的肩头，声音更加沉了沉："你还有五十分钟可以回去换衣服。"

江沅撇撇嘴："我不要，让我换衣服我就不跟你去吃饭了，而且……"

她停下来，眼睛盯着沈漾，语调清脆响亮："我现在还没有原谅你昨晚的行为，所以你今天最好别惹我，要不然我真会让你的墓志铭上写满'王八蛋'三个字！"

沈漾拧着眉，在心底默默想到写满了"王八蛋"的墓志铭插在自己坟头上的场景……

沉默片刻，他拉着她的手，妥协道："走吧。"

江沅得了便宜还卖乖地轻"哼"了声，被某人拉着往前走。

因为是周日，火锅店人声鼎沸，热气在大厅氤氲开来。

沈漾订的是二楼的小包厢，从下车起，一路揽着江沅，温热的手掌覆在她肩头，拧着眉，唇间几乎要抿成一道笔直的线。

一直到进了包厢，他的脸色才稍微缓和了一点。

"您好。"

火锅店的服务员小哥端着餐前茶点从外面进来。

放好东西后，服务员小哥往后退了一步，目光在面容冷峻的某漾和笑颜如花的某沅之间抉择了下，选择了后者："请问现在需要点单吗？"

"点。"

江沅抬手从桌上拿了菜单，坐在对面的沈漾忽然抬手按住菜单，语气沉沉："等会儿点。"

江沅不解地看着沈漾："怎么了？"

他没看江沅，舔了舔唇角，敛眸看着小哥："能不能换个其他性别的服务员？"

江沅怔住。

服务员小哥也怔住。

江沅尴尬地笑了声："你别理他，他脑子不太好。"

说完，她桌底下的脚踩在沈漾的脚背上，略微用了点力度，警告意味明显。

沈漾忽然掩唇轻咳一声，不再说话。

服务员小哥："呵呵。"

过了会儿，江沅点好餐，等小哥出去后，看着沈漾，嘟哝了声："你非要皮这一下，才开心是不是？"

沈漾端着茶杯凑在唇间，声音压得很低，有些模糊不清："我怕。"

"什么？"

他声音低低的，被风一吹，她什么都听不见。

沈漾放下茶杯，低沉的声音带着些许委屈和不自信。

"我怕你走。"

怕你不喜欢我。

怕你被别人抢走。

沈漾有点恐慌。

这份恐慌来源于他之前所遭受过的巨大变故。他在那场变故里变得一无所有，唯一留下的就是潜藏在心底的恐慌。它随着时间一点点沉淀，在他心内深处扎根。

他逃不开，也不曾想过将这份恐慌从心底拔出去。

直到遇见江沅，一个将他心底的恐慌和占有欲无限放大的人。

恐慌一点点被放大，逐渐化成一张巨大的网将他包裹在其中，他努力地想要挣开这张网，不想看着自己被这张密不透风的网缠死。

"我想让自己变得正常点，可我控制不了。"

"我怕你会像他们一样，离我而去。"

闻言，江沅怔了下，心底涌现出如刀割般的疼痛，抬手握住沈漾有些冰凉的手，用尽全身的力量紧紧握着他的手。

"我不走。

"你在这儿，我能去哪儿啊。"

深夜，夜色如浓墨般化开，成片的黑云压着细雨席卷这座南方小城，窗外淅淅沥沥的雨声砸在窗台上。

沉陷在睡梦里的沈漾回到了十八岁那年，那是他人生里辉煌与黑暗参半的一年。

十几岁时的他，家庭美满，成绩优异，一无所缺，是所有人眼里最好的沈漾，人生之路如同被上帝眷顾一般，无忧亦无碍。

直到一场飞来的横祸，上帝关上了他人生里所有的幸运之门，一夕之间，他从一无所缺，变成一无所有。

他所敬爱的父母被上天以最惨烈的方式带走。他通畅的人生之路被人生生截断。他坠进无尽的黑暗。

意外接踵而至。

他成了冒牌的沈漾，十多年前，他的亲生母亲用了卑劣的手段剥夺了原本属于另一个少年的人生。

那个少年踏上了本应该属于他的人生之路——黑暗，暴力，暗无天日。

"沈漾，这样的我你没有资格憎恶，因为我就是你啊！这本该是你的人生啊！"

少年狠厉的眉眼和怒不可遏的话语，如同掺了毒的藤蔓紧紧裹住他的心脏，一点点将他束缚在其中。

密不透风，深入骨血。

那段时间，所有的负面词汇都同他如影随形。

他从所有人眼中最好的沈漾沦为沈家那个浑小子。

他打架赌博，没日没夜地泡吧喝酒，学着街头市井的混账一般作恶，过上了自己曾经最不屑的生活。

每当黑夜来临，过往的一切就如同电影一般在他眼前不停地循环播放，他只能用酒精来麻痹自己，去消减心中那窒息的疼。

日复一日，黎明好似永远都不会到来。

直到——

"沈漾，你不该是这样的。"

梦境里，沈清珩的话如同压倒骆驼的最后一根稻草，沈漾猛然惊醒，后背湿淋淋的，呼吸浓重。

他猝然从床上坐起来，眼前的浓雾逐渐拨开，抬手搓了搓脸，侧目看了眼床头的闹钟。

03：37。

缓了片刻，沈漾掀开被子下床，赤脚走进浴室。

再出来时，他湿着头发，只穿了条黑色的短裤，发梢的水珠顺着脖颈一路滑下来。

他歪着头，毛巾按在头发上随意地揉着，走到书桌旁伸手拉开窗帘。

屋外的雨势不见退却，豆大的雨珠砸在玻璃上，漾开一朵朵水花，夜色被黑云压着，一点看不出将要天明的迹象。

他抿着唇，盯着窗外看了会儿，转过身去拿正在充电的手机。

手机是关机状态。

前天落在江沅那里，她忘了充电，沈漾拿回来也没在意，直接丢在一旁充电。这会儿开机后，他打开通讯录，准备给沈清珩发消息。

刚开机，手机通讯录还没加载过来，沈漾垂着眼等了会儿，眉眼却一点点沉了下去。

等加载完毕，他划着屏幕看了会儿，突然扯了扯嘴角轻笑了一声。

"呵。"

他把手机随手丢在被子上，弯腰捞起床尾的 T 恤衫套在身上，关灯下了楼。

黑漆漆的房间里，亮着的手机屏幕上清楚地显示着联系人的名字。

亚瑟。

安琪拉。

孙悟空。

宫本武藏。

不知火舞。

瓢泼的大雨下了一夜，雨势缠绵，卷着一点初秋的凉意，原先燥热的气温倏地降了下去，换季来得突如其来。

江沅一早醒来，人没怎么清醒，手已经下意识地摸着搁在枕头旁的手机，迷迷糊糊解了锁，眼皮耷拉着，连打了几个哈欠，才稍微清醒了点。

通知栏里有沈漾发来的消息。

一张图片。

她揽着被子坐起来，点开。

图片里是沈漾和……宫本武藏的聊天记录。

沈漾：你好，你谁？

宫本武藏：你神经病啊？我是谁你不知道啊？

沈漾：女朋友闹着玩把你备注改了。

宫本武藏：哈哈哈哈哈，她改成什么了？

沈漾：宫本武藏。

宫本武藏：哈哈哈哈哈哈哈哈哈，那不用改回来了，我喜欢这个备注！

沈漾：所以，你到底是谁？

宫本武藏：我是宫本武藏。

沈漾：……

江沅看完一阵爆笑，手指调开键盘："哈哈哈哈哈哈哈，漾漾，你朋友真好玩。"

沈漾隔了好久才回了一个微笑的表情。

她还没来得及回，他又发来一条："皮这一下很开心？"

江沅没在意他语气里的哀怨，掀开被子趴在床上："漾漾！你竟然凶我！呜呜呜，我好可怜！没人疼没人爱，还要被男朋友凶！"

"谁能有我可怜？"江沅自话自说，"没有人！"

沈漾："你的戏可以像你的钱一样少一点吗？"

江沅懒得再跟他幼稚下去，把手机丢在一旁，起床去洗漱。

昨晚本来就没怎么吃东西，睡了这么久，她的肚子早就唱起了空城计，迅速洗漱好，她准备去看看厨房有什么吃的。

遗憾的是，一早出门的江父江母连块面包屑都没给她留，江沅打开冰箱门，伸手扒了扒，只找到两颗生鸡蛋。

她在脑袋里想了几种弄熟鸡蛋的方法，最后都通通止步于实践。

站在厨房想了会儿，她趿拉着拖鞋跑回房间，打开与沈漾的对话框，迅速敲了几个字过去。

这边沈漾的手机振动了一下，他忙着和小眠整理之前的比赛数据，过了会儿才拿起手机，划开看。

江沅："漾漾，我来基地找你吧，我一个人在家好无聊啊。"

他微勾着唇，看了眼窗外淅淅沥沥的雨，叮嘱道："外面冷，多穿件衣服。"

"OK。"

十分钟后。

江沅站在 WATK 的基地门口，收起伞抖了抖上面的水珠靠在一旁，伸手擦了擦脸上的雨水，掏出手机给沈漾发消息。

"叮！你的小仙女已经抵达，请验收！"

消息刚发出去，面前的门"咔"一声就开了。

沈漾依旧穿着短袖大裤衩，修长的五指虚搭在门把上，面容平静，眼底有一圈长期睡眠不足的青色，眸光落在她湿了一半的衣服上，沉声道："你没打伞？"

"打了啊。"江沅指指一旁的小花伞，"雨太大了，还刮风，伞挡不住。"

他弯腰从一旁的鞋柜里拿了双干净的拖鞋丢在地上，忍不住揶揄道："你打的伞跟你的身高真挺合适的。"

江沅朝他翻了翻白眼，坐在门口的小沙发上换鞋。

整个过程沈漾一直靠在一旁的鞋柜上，一只腿略屈着膝，等她换好鞋，才站直了道："上来。"

这两个字实在是太熟悉了。

江沅在脑海里不可避免地想起上一次跟他上去的后果，脸颊一热，下意识地就反驳道："我不要。"

沈漾停下脚步，回头睨了她一眼："衣服湿着不难受？"

她不自在地错开眼，硬撑道："也没怎么湿啊，拿吹风机吹吹就好了。"

沈漾瞥见她泛红的脸颊，像是想起什么，轻笑一声，抬手勾着她脖子，把人带到跟前，低头凑在她耳边："等会儿有训练赛，我没时间。"

热意在她耳边萦绕，有点痒，江沅忍不住抬手抓了下耳朵，手背却蹭上两片温热。

是他来不及撤回的嘴唇。

沈漾也是一愣，随即便顺势在她手背上亲了亲，温热的唇瓣贴在她冰凉的手背上。

片刻，他忽然张口咬起一块嫩肉，没怎么用力地吸了一下。

江沅浑身一僵，脸颊的热意又深了点。

没等她有什么动作，沈漾已经抬起头，勾着她脖颈的胳膊松了下来："去客厅坐着。"

她松了口气，回头瞥见端着茶杯站在厨房门口的梁钦。

已然成佛的梁某人一脸习以为常，喃喃道："天底下没有我恨的人，天底下没有我不爱的人，天底下没有我不能原谅的人。"

江沅在客厅坐下没一会儿，沈漾拿着吹风机走过来，弯腰插上电源，站在茶几旁，淡淡道："过来点。"

"哦。"

江沅慢吞吞地挪到他跟前。

"转过去。"

她听话地转过去。

吹风机嗡嗡的声音在她背后响起，温热的风毫无预兆地都吹在她脖子上，软绵绵的，她忍不住缩了缩脖子，嘟哝了声："痒。"

沈漾站在她身后，居高临下的角度。

她的一截白颈暴露在他眼前，宽大的衣领被突如其来的风吹起，隐约顺着能看见胸前一点起伏。

呼吸沉了沉，他倏地别开眼，手下的动作逐渐乱了起来，热风乱七八糟地落在她后背和肩上。

热意堆叠，江沅有些难受地动了动肩膀，两侧的肩胛骨往中间一耸，身后有什么东西松了松。

她倏地一僵，不敢相信地抬手摸了摸。

真松了……

沈漾本就心烦意乱的，这会儿瞥见她的动作，跟着低头看了过去，关了吹风机，低声问道："怎么了？"

她垂着首，下意识地就想跑，人还没起身就被沈漾压在沙发上，她越这样，沈漾越好奇，就着姿势凑了过去："你怎么了？"

江沅红着脸，侧过头看他，眼睛湿漉漉的，有些躲闪："我……后边的暗扣开了……"

暗扣？

沈漾先是在脑袋里过了一遍，等反应过来，浑身一颤。

他直起身，眸光重新落在她手覆的地方，喉结无意识地滚了滚，一股火从心底蹿上来。

"我去下卫生间……"江沅推开他，动作迅速地从沙发上跳下来，趿上拖鞋就往浴室跑。

沈漾被她一搡，没站稳倒在沙发上，呼吸渐沉，脑海里是挥之不去的那一点起伏。

他坐起来，手扶着额，忍不住在心里低骂了一声。

江沅整理好衣服从浴室出来的时候，沈漾已经重新坐在电脑桌前，和队友开了练习赛。

他的坐姿跟梁钦他们不一样，整个人都陷在椅子里面，长腿随意敞着，手肘搭在座椅的扶手上面，手机举在眼前。

从侧面看过去，鼻梁高挺，皮肤白皙，薄唇微抿着，带着点漫不经心的帅。

江沅就这么站在后面盯着他看了好几分钟。

不远处，沈漾打完红慢悠悠晃去下路的时候，眼角的余光瞥见一道身影，侧目看了过去，薄唇微勾，语气就像哄小孩一般："你自己玩会儿。"

"哦。"

江沅听话地朝客厅走过去。

闻言，刚准备来下路支援的梁钦又默默地在半道上折返回去，任凭沈漾发了好几个请求集合的信号，他也装作没听见的样子。

沈漾忍不住出声提醒他："梁钦。"

梁钦清完一波兵线，咋咋呼呼道："怎么着了？我就是不想来！最近狗粮吃多了，撑得走不动路了。"

沈漾也没在意，迅速清完下路兵线后，配合打野偷掉小龙，直接带走对面上单吕布和前来支援的中单貂蝉。

眼见对面中单和上单都死了，打野又还在上路，梁钦直接放心大胆地进入对面野区反蓝。

与此同时，正在下路清兵的沈漾看见梁钦的动静，直接跑过去，手长的虞姬站在诸葛亮后方轻轻一点，顺势将蓝 buff 也收了。

与此同时，一串气泡出现在虞姬的头顶旁。

"呵呵，打得不错哟。"

沈漾侧目看他一眼，语调轻描淡写："想帮你来着。"

"呵呵。"

半个多小时后，一场训练赛结束，梁钦嚷着累，顺势就点开了之前追的某部韩剧，说什么也不肯再开一局。

沈漾伸了个懒腰，起身端着空水杯朝厨房走去，路过客厅的时候，听见小姑娘在跟人连麦打游戏，大王软趴趴地躺在她脚边。

"求你了，写作业去吧，你太坑了。

"打团跑这么快，去参加葬礼啊！

"啊啊啊啊啊，你为什么不杀他？Ａ一下就好了啊！你是信佛吗？

"你待在商店半天不买装备，是在和商店讨价还价吗？"

不一会儿，江沅家的水晶被对面点掉，游戏失败的声音从手机里传出来。

她一脸生无可恋地退出了游戏页面，人往回靠的时候，碰到沈漾凑过来的脑袋，吓了一大跳。

一句"我——"脱口而出，却在瞥见沈漾警告的眸光时，她又硬生生憋成了："我日子好难过啊，队友怎么都这么垃圾……"

沈漾被她强大的求生欲惊到，挑挑眉，空出手在她脑袋上崩了下："你骂人的花样挺多的啊，什么时候能教教我。"

说完，他直起身去厨房倒水。

江沅趿上拖鞋跟在他后面，回头看了眼身后的队员，确定他们没往这边看后，伸手搂住他的腰，像树袋熊一样趴在他后背上："漾漾，你这有什么吃的吗？我好饿啊。"

沈漾脚步一顿，单手掰开她箍在腰间的手，转过身居高临下地看着她："你早上没吃饭？"

"没……"江沅咂咂嘴，"昨晚也没吃。"

他不满地轻啧一声："你怎么不找我要点露水喝呢？"

"你有吗？"江沅抬起头，一双大眼亮晶晶地看着他，唇瓣透着粉色。

沈漾眸色一深，俯身在她唇上蜻蜓点水一般亲了亲，趁着她没回过神，抬手在她脸颊上捏了捏，笑着道："没有，只有口水。"

闻言，江沅故作嫌弃般捂着唇："漾漾，你好恶心啊。"

沈漾进了厨房，打开冰箱门，拿出昨晚阿姨剩下的一点米饭，又拿了两颗鸡蛋出来。

站在外面的江沅呆滞了一秒，走进去靠着操作台，明知故问："漾漾，你在干吗？"

忙着开火的沈漾睇了她一眼，哼笑一声："给傻子做饭吃。"

"傻子也是这世界上最可爱的傻子。"

"谁给你的自信？"

"你啊。"江沅伸手勾着他衣服的下摆，仰头看着他，"难道我在你心里不是最可爱的吗？"

"是。"

沈漾弯了弯唇角，开了火，倒了点热油在锅里，胳膊推着江沅往边上去："站远点。"

"哦。"

江沅往边上退了点，一旁的篮子里放了几颗西红柿，伸手拿了一颗，拧开水龙头放出水，细长的手指在西红柿表面搓了搓，关了水，举起西红柿直接咬了一口。

饱满的西红柿汁在口腔里溢开，她咂咂嘴，嚼了几口果肉，把西红柿放一旁，空出手去洗溢到手上的西红柿汁。

等她洗完手回过头去，原先的位置上只留下一片水印，她咬了一口的西红柿被某人拿在手里。

她勾着他故意举高的胳膊，下巴磕在他手肘的弯合处，嘟囔着："我的西红柿。"

"嗯，你的。"

沈漾把西红柿还给她，单手翻炒着锅里的米饭，眼见着米饭逐渐沾染上一层油光，抬手关小了火，撒了点调味料进去，随意翻炒了几下。

他转过身从一旁的碗橱里拿了碗，把饭盛起来，回头看着江沅，动了动眉，笑："这也是你的。"

江沅嚼着西红柿，笑意不减："你也是我的。"

　　她的唇瓣上被汁液覆一层天然的水光，激滟动人，沈漾轻轻啧了一声，侧身把碗放在一旁，手顺势将厨房门关上，落了锁。

　　人往江沅跟前站了点，手臂撑在她身体两侧，把人困在之间。

　　"我也要吃西红柿。"

　　江沅咂咂嘴，把手里的西红柿递到他眼前："给。"

　　沈漾就势咬了一口，唇间的汁液溢出来，滴在她手指上，他头一歪，唇瓣覆在她手指上，吮去上面的汁液。

　　江沅浑身一哆嗦，手肘抵在他胸前，嘀咕道："我饿了，我要吃饭。"

　　"我也饿了。"

　　"那你吃啊。"

　　他敛着双眸，闻言低低地笑了声。

　　"那我吃了。"

　　话音刚落，他抬手捉住江沅的手腕压在台面上，俯身低下头，温热的唇瓣贴上她的唇。

　　江沅没反应过来，大眼无辜地看着他，卷翘的睫毛不受控制地轻颤着。沈漾张口咬住她的下唇，无奈失笑："闭眼啊。"

　　见她没动作，沈漾略抬头，漆黑的双眸盯着她的睫毛，江沅在心里一颤，下意识地闭上眼睛。

　　"乖一点啊。"

　　温热的唇舌再次落下来之前，江沅听见他低浅的一声。

　　江沅的手无意识地攥紧了些，握在手心的西红柿被突然一捏，汁液四溢，顺着手背的弧度落到两人交握的手腕处。

　　一门之隔的外面，似乎还能听见队员大声说话的声音。

　　江沅心跳一颤一颤的，忍不住抬手掐他，手下的力道软绵绵的，起不到任何作用。

　　她气急，趁着他没注意，牙齿微张用了点力，直接咬在他唇瓣上。

　　"嘶。"

　　沈漾猛地抬起头，唇角被她牙齿磕破，有血珠冒出来，抬手蹭掉，俯身拧开她身后的水龙头洗干净。

江沅被他压着，后腰磕在凸起的操作台上，不怎么舒服，忍不住动了动，缩着身体想跑，沈漾眼疾手快拉住她，把人往怀里一带，低头咬在她的脖子上。

"啊！"

有点疼，她不满地掐他胳膊："你是狗啊。"

沈漾将脸颊埋在她的脖颈间，沉默片刻，低低一声："汪。"

话音刚落，门外趴着的大王像是听见了什么，也跟着"汪"了声。

清脆响亮，隔着门也听得清清楚楚。

江沅扑哧一笑，推开沈漾，转过身拧开水龙头，将手放到水流下面冲了冲。

沈漾扶着额，无奈地叹口气，拉开门垂着眼看着趴在脚边的大王。

不远处的客厅，小眠不知道什么时候端着杯子坐在沙发上，瞥到这边，摇摇头："当真是虐狗啊。"

江沅吃饱喝足，躺在沙发上追剧。

过了会儿，她瞥了眼已经结束练习赛在各忙各的队员，抱着手机凑到沈漾边上，偷偷地提示他："漾漾，我想上王者。"

闻言，沈漾沉沉睨了她一眼，略带正经地说道："你别白日做梦。"

江沅满脸疑问。

"你不是说想上我？"

江沅无话可说。

星期四。

WATK下午六点有一场比赛，江沅晚上有课没时间去现场，于是上微博找了下对战的战队，是YK战队。

这支战队她有听过，之前春季赛的时候就和WATK分在一组。

预选赛结束时，WATK在A组总分排名第一，YK是倒数第一。

江沅有看过WATK和YK战队的比赛，基本都是二比零结束比赛。

如果真要说实力，YK战队的每个成员单独拎出来，实力都不算差，他们战队的中单Night几乎每次都是KPL历史总击杀前三位，每一届KDA前三位，队伍稳定的carry者。

但是每次比赛，也不知道是什么问题，这支队伍每每都是止步于预选赛。

说起来，江沅觉得还挺让人遗憾的。正因为这个原因，她对这场比赛也就没怎么上心，上课和室友坐在后排遨游峡谷。

一节课结束，江沅退了游戏刚想点开直播看一眼比赛，手机突然振动了一下。

是沈漾发来的微信。

内容很简单，只有两个字——"赢了"。

江沅下巴磕在桌子上，笑意明显，一排整齐的牙齿露在外面，两只胳膊都趴在桌子上，手指支着手机，左右手的拇指在键盘上点着。

"这么快？是不是又二比零封神了？"

"讲真的，我觉得YK再这样打下去，迟早有一天心态会崩。"

"一趟趟来参加比赛，一趟趟捧个0战绩回去。"

她盯着左上角的状态跳转到对方正在输入中又跳了回来。

沈漾："你没看比赛？"

愣了一秒，耳旁是上课铃的声音，她坐直了身体，把手机挪到桌下，手指飞快地点着键盘。

江沅："知道会赢的比赛看起来好没意思啊，就跟追了好久的侦探剧，突然被人剧透了杀手是谁一样。"

江沅："一点点意思都没有。"

江沅："漾漾，你舍得让我放弃宝贵的学习时间去看这么无聊的比赛吗？"

沈漾发了一张图片过来："这就是你用了宝贵的学习时间换来的结果？"

209

图片里是沈漾从助手那里截下来的江沅刚刚的战绩。

一排排整齐的"失败"。

江沅也不着急，单手敲着键盘，一堆歪理张口就来："我这不是想与你同在吗？"

江沅："想与你共同体会在峡谷征战的感受。"

江沅："但是我失败了，呜呜呜，没有体会到征战的感受，被对面碾压了。"

沈漾："呵。"

沈漾明显已经不吃这套。

江沅托着腮，抬眸扫了眼讲台上的老师，想了会儿，趁周围没人注意，掀开书盖在脸上，手指按着语音键，放软了声音："爱你呀，漾漾。"

另一边，沈漾坐在回基地的大巴上，窗外一闪而过的粼粼灯光倾泻在他的长睫上，手肘抵在窗棂上抚着太阳穴的位置，耳旁是队友说话的声音，有点乱。

他伸手点开语音。

几乎是毫无防备的，女孩软糯的嗓音被开到最大的音量外放在整个车厢内，尽管她的声音压得很低，但这样放出来，还是每一个字都能听得清清楚楚。

正在看视频补资料的褚为停住了。

在一旁和 K 神满嘴跑火车的小眠也停了下来。

低头跟女朋友聊天的陈冬见状也抬起头。

上车就在后排睡觉的佛系少年梁钦也睁开眼，一脸生无可恋地抱着褚为："呜呜呜，为哥我要转会！我要去隔壁给 LOP 打替补！这基地我是待不下去了！"

褚为揉着他的脑袋，一本正经地道："正好，我最近正准备给基地新招个中单，正愁着怎么安顿你呢。"

梁钦顿时满血复活，拨了拨额前的头发："哎哟，不就是狗粮吗？我又不是没吃过！"

车厢里又恢复之前的吵闹，沈漾弓着身，后背凸起的脊骨抵着椅背，忽明忽暗的灯光在他高挺的鼻梁上照下一束光影。

他垂着头，手指按着音量键把声音调至最低后，抬手将手机听筒凑近耳侧，重新点了播放。

"爱你呀，漾漾。"

语音那端的背景音有点乱，他隐约还能听见几个熟悉的名词，她的声音掺在其中，因为刻意压低了音量，有一点点舌尖发卷，咬字有点不清晰，尾音软腻腻的，听得人心尖都在发甜。

语音的时间不长，只有六秒。

声音停了之后，他又重新听了一遍。

藏在暗影处的眉眼里都是层叠的笑意，长睫毛轻颤，末端染上一层斑驳的光影，既模糊又温柔。

原先百无聊赖的返程，被这条突如其来的语音打断。

沈漾将头抵着椅背，塞了一只耳机在耳朵里，将这六秒颠来倒去地听。

但他觉得无论听多少遍，好像都听不够。

第七章

我想亲你

沈漾抬眸看着不远处的身影，
声音低沉认真。
"因为，有了想保护的人。"

预选赛第二周赛程结束的隔天就是国庆小长假。

临放假前一天晚上，江沅班里组织了一次聚会，吃饭的地方刚好就在江沅家附近，隔着两条马路的距离。

吃过饭后，一群人吵着闹着要去唱 K，考虑到是集体活动，江沅也没好意思说提前走。

"好无聊啊。"

江沅兴致缺缺地打了几个哈欠，头枕在闻桨肩膀上，目光涣散地看着站在前面抱着麦一首又一首嗨到停不下来的男男女女，感慨道："年轻真好。"

闻桨听得一头雾水。

过了会儿，林淼不知道从包厢的哪个犄角旮旯摸出一副牌，高声招呼着："哎！江沅、闻桨你们过来玩扑克啊！"

江沅对麻将扑克这类游戏略有点兴趣，也没怎么拒绝，搬了张圆凳就凑了过去："就一副牌我们这么多人玩什么啊？"

"炸金花呗！"林淼拆开盒子，把里面的大小王挑出来扔在一旁，数了数围在圆桌旁的人后，侧过身从一旁的小推车上拿了八个酒杯出来，"一杯酒算一个赌注，你们玩不玩？"

"行啊！"

"没意见！"

"看老子今天不喝倒你们！"

林淼看了眼江沅："喷，你呢？"

江沅难得来了兴趣，伸手拿了一个酒杯搁在自己面前："开始吧。"

"行！姐就喜欢你们这么爽快的人！"

214

"来来来。"

几圈玩下来，八个人就江沅喝得比较少，算起来不过五杯啤酒，坐在她旁边的李元喝得最多，大大小小加起来换算成瓶得有七八瓶。他手撑着桌子，人已经有些晕了："我去趟厕所，换个人顶我哈。"

他说着摇摇晃晃地从桌边站起来，回头看见刚从外面进来的陈宴，眼睛一亮："宴哥宴哥，你来得正好，来来来。"

陈宴被他拉着坐在江沅旁边。他扫了眼牌桌，目光漫不经心地掠过江沅，淡笑："你去吧，我帮你顶一圈。"

说着，他就伸手将乱糟糟的一堆牌揽到一起，重新洗了一遍。

衣袖摆动间，江沅闻见他外套上淡淡的烟草味，眉头微不可见地蹙了下，手扶着圆凳，轻悄悄地往另一边挪了点位置。

陈宴眼尖，瞥见她的动作，也没说什么，洗完牌后动手将外套脱了丢在一旁的沙发上。

新的一轮开始。

江沅没看牌，直接压了两杯酒，手指漫不经心地敲着桌沿，托着腮看牌桌上的人。

搁在桌子上的手机亮了起来，江母的电话，她拿着手机站起来："桨桨，你帮我玩下，我去接个电话。"

"好。"

江沅拿着手机出去，坐在她身旁的陈宴敛着眸沉思了会儿，拿起扣在桌面上的三张牌丢进牌堆里："弃牌。"

说着，他端起手边的四杯酒一口气喝完，捞起一旁的外套，语气淡淡的："有事，先走了。"

江沅接完电话顺便去了趟洗手间。出来的时候低头拿手机给沈漾发消息，一句话还没打完，迎面走过来一道身影，她下意识地抬头，看清来人后唇角抿了抿："有事？"

陈宴穿着一件黑色骷髅头的短袖，外套拎在手上，单手抄在口袋里："我有话跟你说。"

她轻轻啧了一声，收起手机，淡淡道："什么？"

陈宴伸手挠了下眉心，也没拐弯抹角："我喜欢你。"

大概是已经猜到他要说的话，江沅也没有多惊讶，只抿了抿唇："我有男朋友了，你喜欢我也没用。"

想了想，她还是给他发了好人卡："陈宴，你人挺好的，所以你以后就别干这种事了，会遭报应的。"

江沅说完也没想着听对方的回答，转过身往回走。

包厢在走廊的另一侧，她垂着头继续给沈漾发消息，刚走过拐角，身后突然冒出一个人影。

她吓了一跳，手一抖手机直接掉在脚边。

走廊灯光明亮。

沈漾手插着兜，站在她身侧，神情略有些寡淡，目光淡然地看着她，声音清冽，无波无澜。

"做什么亏心事了，吓成这样？"

走廊上的位置不算多偏僻，一并排有七八间包厢，鬼哭狼嚎的声音断断续续地从里面传出来。

"你身上有她的香水味，是我鼻子犯的罪，不该嗅到她的美，擦掉一切……"

江沅弯腰将脚边的手机捡起来，喉间有些干燥，咽了咽口水，头顶的灯光惨白明亮，男人脸上不悦的神情显而易见。

迎面走过来几个人，江沅往他那边挪了挪，让出空间，等人走过去后，伸手捏着他的右手："漾漾，你怎么在这儿啊？"

平城最近秋老虎来犯，气温呈直线上升，江沅穿着一件短袖，露出来的一截细手臂被走廊的冷气吹得冰凉，手心里也没多少温度。

沈漾皱着眉，唇角微微抿起来，表情看起来并没有因为她的撒娇有所软化，声音略有些不悦："丢了东西在这里。"

江沅"啊"了一声："你丢什么东西了啊？要我帮你找吗？"

他侧眸瞥了她一眼，一字一句咬得清晰："帽子。"

"……"

"绿的。"

"……"

头顶的灯光有些刺眼，江沅的视线正对着光，眼睛有点酸，她抬手揉了揉，装作不知道他在说什么："那你找到了吗？帽子贵重吗？需不需要我帮你报警呀？"

沈漾轻嘶一声，眼睫毛垂下，倏地抬手捏住她脸上的软肉，想用力来着，瞥见她湿漉漉的带着点无辜的眼神，又怎么都下不去手，随便揉了两下便收回手，神情有些无奈。

江沅咧着唇笑了声，人往前一步，抬手环住他的腰："你的绿帽子可不是我给你买的。"

"我都把帽子给你丢掉了，是你自己跑回来戴上的。"江沅补充道。

"漾漾，你不能把这么大的罪名扣在我头上，我也很委屈的。"江沅抬起头，说话的气息里有淡淡的酒香，"刚刚有人来搭讪，我可是很义正词严地拒绝了。"

沈漾抬手覆在她腰上，指尖的温度隔着薄薄的衬衫贴在她身后，唇角向下抿着，放低了声音："可你夸他了。"

你刚刚夸他了。

你夸他人好了。

我全都听见了。

江沅被他软下来的声音酥得腿麻，恍惚了会儿，才反驳道："我是在给他发好人卡啊，这是女生拒绝男生的经典套路。"

沈漾啧了一声，眉头蹙成一个"川"字："为什么要给他发好人卡？他不是知道你有男朋友吗？"

还拿好人卡？

他不配。

他脸上的表情极其罕见，江沅忍不住笑了出来，刚想安慰他来着，身后突然传来软媚的一声："漾神，你怎么站在门口不进去啊？"

两人皆是一愣，江沅正对着门口，视线从沈漾肩侧瞥过去。

在他们身后的洗手间门口，一个妆容精致的女人站在那里，抹胸的艳红色短裙，将她胸前的两团软肉衬得是动人生色。

江沅眯了眯眼，觉得女人有些熟悉，还没看清楚，沈漾忽然转过身，宽阔的肩膀正好将她的视线遮得严严实实。

江沅抬手从他外套下摆伸了进去，隔着衣衫掐住他腰间的肌肉，力度不小。沈漾轻嘶一声，背着手捉住她作乱的手指，目光看向眼前站着的女人，声音比白开水还要平淡："透会儿气，等会儿就进去。"

女人的视线若有若无地往沈漾身后望过去，沈漾蹙了蹙眉头，站直了身体挡住她好奇的视线，神情有些冷淡，适当地提醒她一声："沈主播。"

沈梓彤也没在意他的语气，眉间漾开一抹笑意，声音柔媚："那你快点啊，等你呢。"

"嗯。"

等人走远，江沅收回被他攥在手心的手指，抱着臂，学着沈梓彤念了声："漾神，你知道我现在是什么感觉吗？"

"就是那种你好端端走在路上，突然从天上砸了个帽子下来，周围那么多人正好就戴在我头上。"她自言自语。

她学着他之前的说法："还是绿的。"

沈漾站在原地不语。

江沅冷不丁轻哼一声："你还站在这儿干吗啊，人家都说了，让你快点，在等你呢。"

沈漾勾了勾唇角，伸手在她脑袋上拂了一下："给女朋友摘帽子。"

江沅炸了，踮着脚掐住他脖子，怒声道："沈漾！你竟然背着我私会女主播！"

她刚才一时没想起来那人是谁，听沈漾喊她沈主播，脑袋"咯噔"一下，记起来了。

沈梓彤，享玩有名的游戏女主播，以一手五杀貂蝉封神。

是一众网友宅男心中的完美女神。

可圈里人谁不知道她专爱勾搭像沈漾这样平日里只顾着游戏的小年轻。

江沅心里越想越气，指甲抓在他下巴上，他白皙的皮肤，没一会儿就冒出几道红印。

沈漾勾着她的腰，头故意往后仰着。先前的一股气被她这么一闹倏地就没了。

"梁钦朋友过生日，都在一块玩。"沈漾俯下身低头想要亲她，江沅气还没消，头一歪，他温热的唇瓣压在她唇角上。

沈漾唇贴着她，低声笑了笑，抬手在她腰上掐了下，声音缠着丝丝缕缕的宠溺："你别生气了。"

江沅伸出胳膊横在两人之间，隔开一点距离，盯着他看了会儿，突然伸出手勾着他的脖子，仰头咬在他脖间凸起的喉结上，瓮声瓮气的声音在他耳畔炸开："沈漾，你是个王八蛋！"

她故意的。

沈漾仰着头，呼吸沉了沉。

下一秒，他弯下腰将人抱起来，用脚踢开身后的空包厢，走进去，将人压在门板上，一向沉稳的他忍不住爆了粗口："你就是想搞死我。"

江沅微喘着气，背脊抵着门板，长睫毛轻颤着，垂眸看着他。

封闭式的包厢里没有开灯，窗户也没有，黑漆漆的环境里，他幽深暗沉的目光愈加明亮。

"我没有。"

最后一个字刚落下，沈漾倏地低头封住她的唇舌，一点点将她口腔里淡淡的酒精味卷走。

她忍不住抬手去推他的肩膀，沈漾空出手攥着她的手腕，声音压抑："我说过的，让你别勾引我。"

"我的忍耐力放在你身上，没你想象中那么好。"

话音刚落，沈漾温柔地吻着她的唇角，空出手将包厢里的门反锁，一手搂着她的后背，抱着她往一旁的沙发走，压着她倒在宽大的沙发上。

江沅浑身一僵，头微微往后仰着，脸埋在他颈间，指尖掐着他肩头，浑身紧绷着，呜咽着喊了他一声："漾漾……"

察觉到她的紧张，沈漾飞出身体的理智逐渐回笼。

过了会儿，他停下来，脸埋在她脖间，呼吸浓重，声音喑哑："你弄死我吧。"

江沅声音也有些哑，柔软无骨的手指在他后背打着圈，声音颤巍巍地带着点羞涩："你难受吗，我可以……帮你……"

最后两个字低得有些缥缈。

公众场合，门外还有人走动的声音。

沈漾手撑在她脑袋两侧，眼角有些红，下颏紧绷，语气带着点咬牙切齿："你想在这里？"

下一秒，他手贴着她后背，搂着她在沙发上坐起来。江沅攥了攥手心，没敢动。

沈漾抿着唇，紧绷的下颏线条明显，伸手掐着她腰将人从腿上挪到面前的桌子上，哑着声道："你出去，别在这儿勾引我。"

江沅曾经以为像沈漾这种你上完厕所不洗手碰他一下就跟侵犯了他一样，应该是属于那种清心寡欲不近女色的人。

可直到此时此刻，她才明白，男人从来都没有清心寡欲不近女色一说。

江沅坐在桌子上，屁股底下的大理石桌面隔着薄薄的一层布料也是凉冰冰的，她忍不住动了动，一截白皙细长的小腿随着她的动作晃悠了几下。

殊不知，她这样的动作在沈漾眼里简直就是折磨，他抬手揉了揉太阳穴，起身站了起来，解下外套丢在她脑袋上，声线有点紧绷："我走了。"

江沅的视线一下子黑了下来，她抬手将衣服拉下来，看着他往门口走，声音有点小："漾漾。"

沈漾手搭在门把上，深呼吸了几次，有些不乐意地应了声。

她转了个方向从桌子上蹦下来，抱着衣服走到他跟前，抖开，像裙子一样系在他腰上。

下一秒，她拉开门，包厢外的光线争先恐后地挤进来，江沅抬手遮了遮，站在门外看着站在光线交接处的人。

沈漾站在黑暗里，漆黑幽沉的双眸隐约有潮流涌动。他抄着手，紧咬着牙根冒出一句话："你过来，我保证现在不弄死你。"

半个多小时后，沈漾回了自己的包厢，眼角眉梢都沾着水珠，梁钦和陈冬也不在包厢，他一言不发地拎了罐啤酒在角落坐下。

人群里有一道突兀的男声冒出来："漾神，你怎么去趟厕所去这么久啊？"

沈漾拎着啤酒罐凑在唇间，轻描淡写地说道："碰见熟人聊了几句。"

闻言，坐在一旁的沈梓彤眸光动了动，修长的双腿交叠着，脚尖绷着力漫不经心地晃着，手肘撑在膝盖上，托着腮装作随意一提的样子："熟人，我怎么看着不像啊，倒有点像是……女朋友啊。"

沈漾仰头喝了一口啤酒，淡淡的酒香在口腔里漫开。

他抿了下唇角，脸上没什么表情，抬手将没喝完的易拉罐丢在一旁的垃圾桶里，这才淡淡说了一句："沈主播，打听别人私事可不是什么好习惯。"

沈梓彤的表情明显有些僵硬，但到底是大主播，应变能力比一般人快得多，立马巧笑嫣然道："开个玩笑而已啊，漾神别介意。"

"没什么好介意的。"沈漾站起身，包厢里五彩斑斓的灯光正好落在他脸上，光影斑驳，将他冷淡的神情分割成几块。

他看着沈梓彤，清冽的声音比凛冬的雪还要冷："确实是女朋友。"

包厢里的气氛明显有些冷了下去，来的人里除了梁钦他们，其余的基本都知道沈梓彤就是为了沈漾才来这里的。

这下，没想到闹成这样，攒局的人不得不出来稳场面："哎！搞什么啊，今天都是过来给我过生日的，怎么关注点都跑我们漾神身上了。"

　　"虽说我们漾神确实是一表人才，但比起我来还是差了那么一点吧？"

　　"滚你的啊！"

　　"涂睿你可要点脸吧！"

　　包厢里有人拿枕头砸过去，插科打诨一闹，气氛又热了起来。

　　沈漾抿着唇，拍了拍涂睿的肩膀，声音淡淡的："还有事，先走了。"

　　"得，我也不强留你了。"涂睿冲他点点头，手搭在他的肩膀上拍了两下，"路上慢点啊。"

　　"嗯。"

　　沈漾出了包厢，沿着走廊一直往外走，低头给江沅发消息："我结束了，一起回去？"

　　江沅也不知道在做什么，隔了好久才回消息："不要，怕你有一百种方法要弄死我。"

　　之前在包厢门口，沈漾咬牙切齿说要弄死她的神情，她到现在还心有余悸呢。

　　他抿唇："我没有。"

　　"你有，你之前明明说想要弄死我。"

　　"我没有。"沈漾继续否认。

　　"漾漾，你是个虚伪的男人，为了得到我竟然如此不择手段。"

　　沈漾："……"

　　好半晌，沈漾才又收到她的消息。

　　"漾漾，我跟你说个秘密，但你要保证听了秘密后不能生我的气。"

　　他有些无奈："我保证。"

　　"其实我已经到家了。"

他现在是真的很想弄死这个女人了。

第二天早上,还在睡梦中的江沅被一早急着赶去机场搭飞机的江母从被窝里拍醒。

"沅沅,我跟你爸出国旅游几天,这几天你一个人在家要注意安全,晚上别出门,睡觉的时候记得把门窗都锁好。"

江沅还沉浸在梦乡,闻言只是迷迷糊糊地应了一句:"嗯……"

"元宝在家,你记得喂啊。"

江母的声音愈来愈远,江沅翻个身脸埋在被子里又沉沉地睡了过去。

一觉睡到十点多,江沅被电话铃声吵醒,胳膊从被子里伸出去,迷迷糊糊摸到手机接通电话:"喂?"

"沅沅啊,你怎么还没起来?"

江母说着话,背景里传来机场航班的播报声,江沅愣了会儿,反应过来:"妈,你怎么在机场啊?"

"我早上跟你说,我和你爸出国旅游几天,你没听见吗?"

"什么?"江沅倏地清醒过来,声音有些炸毛,"你们出国旅行凭什么不带我一起?"

江母毫不示弱:"那你谈恋爱的时候怎么不知道带我跟你爸一起?"

江母在电话那头交代着:"你等会儿起来记得去书房把窗户关一下,早上走得急,忘记关了。"

"知道了。"

挂了电话,江沅把手机丢在一旁,抓了抓有些乱糟糟的头发,脸埋在被子里想了会儿后,打开微信给沈漾发消息。

"漾漾,你能收留我几天吗?"

还配了一个委屈巴巴的表情包。

沈漾早上没比赛,这会儿也刚醒,躺在床上给她回消息:"怎么了?"

江沅："我爸妈出去旅游，把我一个人丢在家里自生自灭了。"

江沅单手扶着脑袋，趴在床上，两只细长的腿悬在半空中前后摆着，手指在屏幕上划了几下，等着沈漾的回复。

片刻后，消息在她手机自动锁屏前发了过来。

是十秒的一条语音，她点开。

瞬间，沈漾带着笑意的声音从听筒里传了出来："那你就一个人在家自生自灭吧。"

她磨了磨牙，按下语音："沈漾，你玩游戏玩傻了吧！"

玩笑归玩笑，到了吃饭的点，沈漾还是给准备自生自灭的女朋友打了电话。

嘟声漫长，他把手机开了免提放在桌子上，弯腰褪下睡裤，修长笔直的腿裸露在空气里。

沈漾站在衣柜旁，翻了条黑色的短裤套上，嘟声结束，手机里却安静得不像话，于是他回过身去拿桌上的手机。

电话没接。

"啧。"

他在床边坐下，重新拨了过去。

这下连嘟声都没了，听筒里径直传来一道冰冷的女声。

"您好，你拨打的电话正在通话中，请稍后再拨。"

基地楼下。

负责他们日常生活的阿姨正把烧好的菜往桌上端，瞥见沈漾下来，笑着道："今天怎么起这么早？阿钦他们都还没起呢。"

阿姨是南方人，说话总带着点南方的吴侬音调。

沈漾走过去，瞥了眼桌上摆着的一碟碟菜："张姨，这些能帮我打包两份吗？"

"可以啊，你打包要做什么？"

沈漾手拿着筷子，动作漫不经心地夹了一根青菜，脑海里想到江沅炸毛的样子，淡笑道："去喂猫。"

224

张姨从厨房里拿了两个保温盒出来，边往里装边疑惑地问道："小区里前些天不是有收养流浪猫的吗？怎么还会有流浪猫的呀？"

沈漾放下筷子，食指贴着拇指搓了下，从她手里接过打包好的饭菜，懒洋洋一声："是家猫。"

阿姨笑了声没多问，忙着去给他打包。

家里门铃响起来的时候，江沅刚刚洗完澡出来，头发湿漉漉的还在滴水，她赤着脚从房间跑出来，警惕地问了声："谁呀？"

"是我。"

沈漾的声音隔着一道门板传了进来。

江沅擦头发的动作顿了顿，走过去想从猫眼里看一看，没想到某人早有察觉，修长的手指抵在上面。

平城这几天的气温有点高，沈漾刚刚从基地一路走来，后背已经出了一层汗，薄薄的衣衫贴着皮肤，他重新按了按门铃，声音有些不耐："开门。"

江沅面无表情地挑了挑眉，轻描淡写地说道："就不，你不是让我自生自灭吗？"

"我给你带吃的了。"

"你以为我是那么容易屈服的人吗？"

沈漾懒洋洋地倚靠着门框，声音波澜起伏："我给你带了糖醋排骨和红烧里脊。"

饿了一天的江沅的肚子不自觉地咕噜了一声，她撇撇嘴，脑筋转了转，盘腿坐在门口的小沙发上，笑道："那你给我唱首歌呀，唱好了我就让你进来。"

"唱什么？"

江沅想了会儿："《大王叫我来巡山》。"

门外一时没了动静，江沅等了会儿，起身走过去，手刚搭上门把，门外忽然传来一道僵硬的声音。

"大王叫我来巡山，我把人间转一转，打起我的鼓，敲起我的锣……"

江沅在里面笑得不行，等到乐够了，刚把门打开，就被快步挤进来的沈漾压在门板上，封住唇舌和所有的话语，一通折磨。

几分钟后，沈漾松开有些腿软的人，指腹在她圆润白皙的肩头揉捏着，一副餍足的模样，懒洋洋的一声："还皮吗？"

江沅背抵着门板，眼睛湿漉漉的，眼角有些泛红，唇瓣上水润绯红，泛着光泽。

宽大的衣领松松垮垮地半遮在肩上，露出一片春光，说话声有些软，带着一点媚："不皮了……"

沈漾垂着眼，抿着唇将她的衣领整理好，声音略带冷硬："过来吃饭。"

她舔了舔唇角，跟在他身后："漾漾，我觉得你有病。"

沈漾疑惑。

"人格分裂的那种。"

沈漾倏地停下脚步，江沅没控制住步伐，笔直地撞了上去，鼻尖泛开酸痛意，不满地抱怨道："你这人怎么走路都不好好走……"

他转过身，瞥了眼她揉着鼻尖的动作，淡声道："我人格分裂？"

沈漾把保温盒放在桌上，挪开桌边的椅子坐下，修长的腿交叠着，手肘搭在桌沿，修长的手指扣在保温盒上一下一下地轻敲着，略显认真："那你说说，我都分裂出哪些人格了？"

那模样分明就是，你今天要是不说出个所以然来，这饭你就别想吃了。

察言观色是江沅这么多年来学得最炉火纯青的技能，只见她轻咳一声，觍着脸在桌边坐下，掰着手指数："我目前就看出两种人格。"

她说完，瞥了沈漾一眼后，飞快地说道："喜欢我和非常喜欢我。"

没等沈漾说话，她又继续道："但我就跟你不一样，我只有一个人格。"

"这个人格叫，全世界我最喜欢沈漾人格。"

沈漾敛着眸看她，几秒后，放下长腿，侧过身将手边的保温盒拆开，把里面的东西一样一样地拿出来，语气比之前要温和许多："过来吃饭。"

江沅笑嘻嘻地接过他递来的筷子，夹了一块排骨咬在嘴里，甜腻腻的味道在嘴间化开，心里只想说一句——呵，还是太年轻。

吃过饭，江沅主动接下洗碗的任务，在厨房哼哼唱唱把残局收拾干净，随手将两个保温盒放进自家碗橱后，探了个头出来："漾漾，你吃不吃水果啊？"

闻言，坐在客厅看书的沈漾随手翻了一页，很认真地想了几秒："不吃。"

顿了顿，他抬头往厨房的位置看过去，缓缓开口："你也别吃，饭后不能马上吃水果。"

江沅擦干净手从厨房出来，直接在沙发下的软垫坐下，脑袋歪着枕在他腿上，嘀咕了声："漾漾，你活得像个老头子。"

沈漾也没反驳，骨节分明的手指抵着书脊，右手食指压在书页右下角，漫不经心地笑着。

午后的阳光从客厅的落地窗照射进来，落在沙发上，光影细碎，带着一点暖意，两人的身影交叠着落在后面，温柔又旖旎。

江沅无聊地看了会儿电视，有些乏倦，侧过头手肘搭在他大腿上："漾漾，你们下午不用打练习赛吗？"

"不用。"沈漾好像对手里的书挺感兴趣，说着话目光也没从上面挪开，"前几天训练的强度太大了，为哥让我们休息两天。"

"那我们出去玩啊？"江沅抱着膝盖，下巴搭在上面，"今天国庆呢，在家待着好无聊啊。"

"你想去哪儿玩？"

"我看看啊。"江沅打开手机微博，找到之前在某个博主首页看到的适合情侣约会的地方的帖子。

点开评论，热门第一只有两个字——床上。

她脸红了红，选择性地当看不见，手指在屏幕上划了几下，托着腮道:"我们去电影院?"

沈漾想了想:"最近没什么好看的电影,再说了,这个时间估计也买不到什么好位置。"

"也是啊。"江沅喷了声,垂着头继续翻着,"漾漾,你会不会打桌球啊,我们去打桌球?"

"我不会。"

江沅继续想。

过了会儿,江沅道:"要不我们去海洋馆?游乐园?"

闻言,沈漾把视线从书里挪到她脸上,淡淡道:"你几岁了?"

"沈漾!"江沅把枕头丢给他,气恼道,"那你说你想去哪儿?"

"我哪儿也不想去。"

沈漾握住她作势要挠过来的手指,食指和拇指在一起揉搓了下,语气低低浅浅:"只要和你待在一起就够了。"

江沅怔了怔,把手从他手里抽了回来,嘴角不知怎么的,抑制不住地往上扬。

她看着沈漾,一字一句道:"但是,就算是这样,也不能阻止我现在要出门的想法!"

沈漾有些无奈地叹口气,合上书:"好吧,出去,但是去什么地方听我的。"

江沅朝他比了个手势:"OK。"

沈漾带着她去了市中心的一家书店,到地方的时候江沅还有点蒙。

她站在门口看着眼前安静得不像话的书店,忍不住炸毛:"我们不是出来约会吗?"

"嗯。"

"那……那……那……"她急得眼睛都有点红,"你有见过谁约会来书店的啊。"

沈漾笑了声:"电影还有半个多小时才开场,去早了也是在外面站着。"

他走过去，拉着她的手，温热的掌心裹着她有些冰凉的手指："趁着这时间，我过来买几本书。"

"哦。"江沅不自在地撇开眼，跟在他身后走了进去。

节假日，书店里的人也比往常要多一些，大多都是年轻人，捧着本书站着或是坐在桌旁，认真的样子让人不自觉地放低了声音。

沈漾站在书架旁，拿了几本关于心脏类的书在翻阅，江沅大概猜到是为了他父亲，也没多问，目光从一旁的书架上掠过。

"好了。"沈漾抽了两本书出来，把余下的放回书架上，空出手去拉她，"走吧。"

走了几步，他将目光扫过一旁的书架，突然停下来凑在江沅耳边低语："我再去拿本书，你先去门口等我。"

"好。"

等她走远后，沈漾抬脚朝一旁的书架走了过去。

江沅出去后，去书店隔壁买奶茶，排队的时候掏出手机给沈漾发消息，一句话还没打完，他人已经走到她跟前了，声音淡淡的："江沅。"

她抬起头，笑了声："咦？刚准备给你——"

没等她把话说完，沈漾出声打断她，面容带着歉意："等会儿的电影我可能不能陪你看了，医院刚给我打电话，我现在得过去一趟。"

江沅怔愣了下，记起上次他父亲生病时他的状态，咽了下口水，伸手勾住他的手指："那我和你一起过去。"

顿了顿，她继续道："我想陪着你。"

沈漾抿着唇，看她一脸认真和眉眼里藏不住的担忧，心口漫开一股暖意，低声道："好。"

去医院的途中，江沅比平常要安静许多。

车外一闪而过的阳光，穿过玻璃落在车厢里。

沈漾手肘抵着窗棂，手背抵在唇边，眉头近乎要蹙成一道山川，长睫毛轻颤，末端染上一层淡薄的光晕。

一路无言。

直到抵达医院病房外，沈漾才开口说话。他把手里的袋子交给江沅，压低的声音有些干涩："在外面等我，我很快就出来。"

她接过来，手指捏着纸袋的边缘，有些担忧地看着他："漾漾……"

沈漾伸手在她脑袋上揉了揉："我没事，别担心。"

"……嗯。"

沈漾进了病房，江沅在门外站了几秒后，抱着袋子心不在焉地朝走廊那头的长椅走去。迎面有小孩跑过来，她来不及躲闪，被撞了个满怀，手里的袋子应声落在地上，里面的几本书稀稀落落地散在地上。

"姐姐，对不起。"

小男孩拿着风车，面容有些苍白，手背上扎着针，江沅呼吸一顿，笑了下："没关系，这里人多，你跑慢点。"

"知道了，谢谢姐姐。"

小男孩拿着风车继续往前跑，江沅看着他的背影，长长地叹了声气，蹲下身捡书。

《心脏外科学》

《心脏运动康复》

袋子里还有一本书，斜着卡在边角，占了大半的空间，江沅伸手抽了出来，目光看到封面上的字，僵在那里没了动作。

她手里拿着的书，粉红色的封面，上面清楚地映着几个字——《霸道总裁×××××》。

江沅心尖顿时像是被针扎了一般，泛起酸酸涩涩的疼。

沈漾啊，他怎么这么好。

暮秋的午后，阳光像是被蒙上一层淡薄的云雾，少了炎夏的燥热，日光稀稀落落地从窗外枝叶的罅隙中照射进来。

铺嵌在整齐的地砖上，光圈斑驳模糊，人影随着晃动的光圈忽明忽暗，夏日里的蝉鸣声消停在暮秋的凉意里。

走廊上静悄悄的，鲜少有人走动。

江沅坐在走廊尽头的长椅上，一圈光晕笼罩在她周身，手指无意识地扣着书袋的边角，目光游离涣散，时不时侧目瞥一眼不远处的病房，随着时间的延长，神色愈加沉重。

"驰哥驰哥……"

走廊那头安全通道有人走出来，江沅下意识地看了过去，身后的阳光遮住一点视线，抬手遮了下，眯着眼睛仔细辨认着。

那个人……

江沅的脑袋咯噔一下，记起之前在哪儿见过那个男人，她抿了抿唇角，看着男人推开沈漾之前进去的病房房门。

没等她有所反应，房间里传来一阵响动，伴随着一道声嘶力竭的怒吼："滚！你滚！"

江沅心下一凛，快步走了过去，手搭在门把上时，从玻璃门上看见沈漾被几个人堵在窗前，为首的男人拖了把椅子坐在床尾，神情吊儿郎当。

来不及多想，江沅慌忙推门走了进去。

"沈漾！"

她站在门口，像是突然撞破了什么，房间里的人皆是愣了愣。

站在窗前的沈漾先反应过来，神色倏地凛了起来，揉开围在身前的人，快步朝江沅走了过去，站在她面前挡住身后人的视线，语气带着点厉色："出去！"

江沅伸手用力地攥住他的衣袖，手指绷得很紧，指尖都在发白，语气固执又坚持："我不要。"

"听话。"沈漾抿着唇，想去拉她的手。

"咻。"周驰轻蔑地笑了声，鼓着腮帮，舌尖抵着嘴里的口香糖，漫不经心地吹了个泡出来，含糊不清的声音里带着点嘲讽，"哎，老头，你亲儿子带媳妇回来了，不起来招待招待？"

闻言，躺在病床上的人颤抖着手，脸色涨得通红，声嘶力竭地吼叫着："滚！你给我滚出去！"

江沅抬眸看着沈漾，还没说话，他忽然抬手攥住她的手腕，往前走了一步，俯身拉开病房的门，将人往外推，他用了力，江沅挣扎不动："漾漾……"

"听话，在外面等我。"沈漾抬手按在她肩膀上，低头在她额头亲了亲，语气沉沉，"走远点，去报警。"

江沅喉间哽了哽，眼眶有点红："好。"

沈漾看着她走远后才重新关上门，手指落在锁上面拧了几圈，略微弓着身，低头卷着衣袖。

沈漾抿着唇，往前一步，攥着周驰的衣领，眼神凌厉。

"你把嘴巴给我放干净一点。"

"呸！"周驰搡开他，把嘴里的口香糖吐在旁边的地上，随手从一旁拿起一把椅子就往沈漾身上砸去。

"都站在那里干吗啊？"

四个站在一旁的混混迅速围了上去，场面一时有些混乱不堪。

几分钟后，听到动静的护士带着人过来把门撞开。

"哎哎哎，都给我住手！你们当这里是什么地方！这里是医院，是你们打架的地方吗！？"

扭打的几个人被拉着松开，周驰甩开制住自己的人，怒骂一声，踢倒旁边的小柜子，骂骂咧咧道："沈漾，你给老子等着！"

撂完狠话，周驰准备带着人走，人群中不知道是谁喊了一声："警察来了！"

弓着身的沈漾松了口气，伸手擦了擦嘴角，淡淡道："闹这么大，你觉得我不会告诉四哥？"

周驰还没说话，匆匆赶来的警察从人群里走进来："我们接到报警，说医院有人闹事，是你们几个吧，跟我们走一趟吧。"

江沅挤开围观的人群冲进去，拉住沈漾的胳膊，眼角泛着红："漾漾。"

沈漾冲她笑了笑："我没事。"

警察走过来，目光在两人之间看了一圈："有什么话到警局再说，走吧。"

警察局就在医院隔壁，出门右拐走一百米就是警局大门。

沈清珩接到电话的时候还在部队，急匆匆换了身衣服就赶了过来。车停在门口的临时车位上，往里走的时候看见江沅坐在门口的台阶上，他笑着走了过去，停在台阶下："嘿。"

江沅从腿窝里抬起头，纠结了一会儿后，喊了声："沈团长。"

他轻轻嘶了一声，也没在意："沈漾呢？"

"在里面做笔录。"

"他和周驰打架了？谁赢了？"

眉头蹙了蹙，江沅不知道怎么接话。

沈清珩哈哈哈笑着，有了点正经样，手插在兜里："别担心，我进去看看，你帮我去买杯咖啡。"

"哦。"

江沅从马路对面买完咖啡回来，沈清珩已经从里面出来了，坐在她之前的位置。她抿了抿唇，快步走了过去，把手里的袋子递给他："买的摩卡。"

"不介意。"

沈清珩伸手接了过来，揭开盖子，咖啡的淡香扑鼻而来，他的眉头微不可见地蹙了蹙，重新合上，随手放在一旁："抱歉啊，出门走得急，没装钱。"

江沅低头抠着手指："没事，一杯咖啡而已。"

他轻啧一声，长腿往下挪了几个台阶，漫不经心地建议道："要不这样，作为报答，你可以向我问一件关于沈漾的事情。"

顿了顿，他补充道："任何事。"

江沅抬头看着他，讷讷道："任何事吗？"

"嗯，任何事。"他笑了声，"不过，恋爱史什么的就别问了啊。"

她舔了下被风吹得有些干燥的唇角，沉默了片刻，说道："我想知道沈漾跟那个男生的关系。"

　　沈清珩开车把两人送回小区，车在小区门口停下，回头看着自从上车就一言不发的两个人，敲了敲玻璃："到了啊。"

　　靠着车窗发呆的江沅回过神，碰了碰沈漾的胳膊，把家里钥匙递给他："我去买点东西，你先回去。"

　　他连着钥匙把她的手攥在一起，沉声道："去哪儿，我陪你一起。"

　　"不用了。"江沅把手抽出来，抬眸看着他，"你脸上有伤口，不能见风。"

　　"那你小心点。"

　　"知道了。"

　　江沅下了车，背影拐个弯就看不见了，沈漾有些烦躁地抓了下头发，抬脚踢了下前座的椅背，眉头紧蹙着。

　　沈清珩不乐意地叫嚷着："哎哎哎，踢坏你赔啊。"

　　沈漾睖他一眼没说话，俯身把他搁在副驾驶座上的烟和打火机拿了过来，下车靠在车旁抽烟。

　　"啧。"

　　沈清珩没下车，降下车窗，手肘搭在窗棂上，探了个头出来，盯着他的手看了眼："手腕没事吧，看你揉了一路了。"

　　他转了转，还有一点轻微的痛意，也不怎么在意："没事。"

　　"过几天还有比赛，你最近多注意点。"

　　"嗯。"

　　沉默片刻，沈清珩斟酌着开口："今天的事情，还有之前周驰做的事，我回去会一起告诉爷爷，估计他以后的日子没这么好过了。"

　　"嗯。"

　　沈漾垂着头，薄薄的烟雾在他身旁氤氲开。

　　"平城……我想他应该有段时间没法再回来了。"

　　沈清珩手指搭在窗棂上敲了敲，语气沉沉："不管怎么说，他身上流的始终都是沈家的血脉，在某些方面上也确实是沈家亏欠了他，

234

所以有些时候家里人对他总归是有些纵容。"

他看着沉默不语的沈漾："我先替他跟你道个歉。"

沈漾偏过头看他，蓦地轻笑一声："你道什么歉？"

他顿了顿，抖了一截烟灰下来，声音有些低沉："错也不全在他，毕竟……是我先把他脑袋砸出个洞的。"

沈清珩挑挑眉，人往后靠着椅背。

过了会儿，他"欸"一声，好奇地问了句："你今天怎么想起来让我插手这件事了？之前不都让我别管的吗？"

沈漾抬眸看着不远处的身影，低头捻灭手里的烟头，食指捏着拇指搓了几下，声音低沉认真："因为，有了想保护的人。"

江沅回去的时候，沈漾刚从浴室出来，眼角眉梢都沾着水珠，嘴角旁有一块瘀青，脸颊上也有细细的血痕，清俊的面庞一时间有些狼狈。

两人站在那里没动，气氛有些僵，江沅揪着手里的药袋晃了下，舔了舔干燥的嘴唇后朝他走了过去："给你买了药，除了脸还有别的地方受伤了吗？"

她自顾自地从沈漾旁边绕过，还没走两步，腰间突然多出一双手臂，肩膀落上一点重量。

沈漾把脸埋在她肩颈间，声音压得很低，说话时的呼吸尽数倾洒在她脖子上："对不起。"

江沅喉间顿时涌上一阵酸涩，眼眶有些酸，低头看着脚尖，眼泪顺着滴在沈漾的手腕上。

炙热，滚烫。

直直地烫到他心底。

江沅低头盯着他手背上几道清洗过后的血痕，记起之前沈清珩说的话，拎着药袋的手指不自觉地轻颤，带着声音都在发颤："沈漾，你总是这样。"

"什么都不跟我说，不管什么时候，你的第一想法永远都是避开我。"

　　她的声线被浓浓的哭腔缠绕着，尾音轻颤，像鞭子一样漫不经心地扫在他心尖上。

　　沈漾的呼吸顿了顿，喉结无意识地滚着，手臂更加用力地箍着她，勒得她肩骨都在发疼。

　　她哭得喉间发涩，声音有些嘶哑："我有多担心，你永远都不知道。"

　　"我说我想陪着你，是无论什么时候发生什么事情，我都愿意陪着你。"

　　"我知道。"他哑着声音，手臂不自觉地用力，"对不起。"

　　江沅抿着唇，用力得唇角都有些发白，抬手擦擦眼泪，忽然转头，一口咬在他肩膀上，用了几分力，隐约能尝到一点血腥味时，猛地推开他。

　　她往后退了一步，抬头泪眼蒙眬地看着他，手指压着他肩膀的伤口。

　　"沈漾。"

　　她咬着下颌，露出紧绷的线条，意有所指地问他："你疼不疼？"

　　沈漾的呼吸顿了顿，他敛眸看着她，一瞬间福至心灵，声音有些干涩："四哥都告诉你了啊。"

　　……

　　他永远都忘不了的那一天。

　　四月的第一天，愚人节。沈漾记得那天，天很蓝，万里无云，父母像往常一样外出上班，顺道送他去了学校。

　　临走时，沈母交代道："漾漾，晚上记得早点回来啊，你四哥今天从部队回来。"

　　他怀里抱着篮球，随口应了下来，在门口等车开走后，转着球慢悠悠走进学校。

　　身后有同学冲过来，勾着他肩膀："嘿，沈漾早啊。"

　　他笑着拿球砸了过去，耳旁响起上课铃，两个人顿时抱起球，拔腿就往楼上跑。

历史课。

历史老师是从京安过来的，说话带着点京腔，沈漾一向对这种课没什么兴趣，抬笔在书上乱七八糟地画着漫画人物。

屋外的天空有飞机划过，在湛蓝的空中留下一道痕迹，坐在后排的梁钦丢了张纸团过来，他回头低骂了一句，打开纸团。

练习簿的纸页上画了一头猪，他抬笔填了几个字，趁着老师不注意扬手朝梁钦砸过去，不偏不倚，正好砸进他哈哈大笑的嘴巴里。

"沈漾，我跟你拼了！"

他无所谓地挑挑眉，转过身抬手又翻过一页，窗外有急匆匆的脚步声靠近，他打着哈欠，眼皮微闭着。

"沈漾——"班主任站在门口，面容有些严肃，"出来一下。"

沈漾愣了几秒，以为是睡觉被抓住，忍不住吐槽了一句："倒霉。"

恰好下课铃响起，后排好友皆是不留情面地取笑他。

他停在门口，从一旁随手拿了一块抹布往后排丢过去："等我回来再收拾你们。"

可后来，他却再没回去过。

沈父沈母回公司的路上碰到了连环车祸，司机开着车直接从桥上冲了下去，司机当场死亡，坐在后排的沈父沈母受了重伤，被送到了医院。

沈漾被家里人接到急救室外的时候，正好看到几个穿着手术服的人，遗憾地摇摇头，摘下口罩对着围在急救室外的沈家人弯腰。

沈漾是准备学医的。这样的仪式，他最清楚不过。

他疯了似的冲过去，揪着最前面的医生的衣领，胳膊横抵在他脖子上："你在这儿干吗？进去救人啊！在这儿做什么啊！"

"沈漾，你冷静一点！"

沈清珩红着眼将他拉开，他不受控制地挣扎着。沈清珩直接抬手给了他一巴掌，怒声道："你冷静点！"

沈漾不再挣扎，推开他的手，跪在手术室外，捂着脸压抑地哭着。

那一天，天很蓝，万里无云，他失去双亲，以为这已经是上天给予他最深的打击。

沈父沈母去世后不久的一天早上，沈家来了位不速之客，沈漾黯淡无光的人生因为她的到来，彻底坠入无尽的黑暗里。

他不是沈家的孩子，十七年前，他的亲生母亲因为私欲，在医院将他和沈家真正的孩子掉了包。

狸猫换太子。

他成了沈漾，成了含着金汤匙出生的沈家人，而沈家真正的孩子，因为母亲的不疼爱，父亲如同家常便饭般的家暴，走上了歧途。

和他有着截然不同的十七岁。

再后来，他的亲生母亲自杀，丈夫拿着妻子的遗书找到沈家，大闹一番。

他在母亲的葬礼上见到了周驰。

那副和沈父如出一辙的眉眼里带着狠厉和满腔的恨意。

"沈漾，这本该是你的人生！"

是啊。

这本该是他的人生。

黑暗、冷漠，日复一日，永无宁息。

"疼。"

阒静无声的客厅里，沈漾抬眸看着哭到肩膀都在颤抖的江沅，喉间一片干涩，伸手勾住她的手指，静静地看着她，又重复了一遍："很疼。"

江沅看着他这样，哭得更加放肆，胸口传来阵阵如同有东西在里面横冲直撞一般的酸疼。

她哭得泪眼蒙眬，鼻尖发红，沈漾心疼得不行，抬手替她擦了擦："别哭了。"

她忽然伸出双手，揽在他的腰间，泪痕未干的脸紧贴着他有些凌乱的衣衫："沈漾。"

"你没做错什么，这些都不是你的错。"

"……嗯。"

"人生的路是自己选择的，周驰的父母对他不够好，他想逃离，有很多种办法，可他选了一条最愚蠢的，路是他自己选择的，没有人逼他。"

"上天给了他回头的机会，是他自己不愿意回头。"她顿了顿，让自己的声音更加清楚一点，"漾漾，这些都不是你的错。"

"知道。"他顺着江沅的姿势，脑袋搭在她肩上，温热的唇贴着她白皙的脖颈。

沉默了几秒。

"我想亲你。"他理直气壮地说。

江沅用手肘隔开他，伸手按在他嘴角的瘀青上，将他按着坐在沙发上，故作很生气的样子："你老实点！"

沈漾"嘶"了声，江沅撇撇嘴收回手，弯腰将掉在地上的药袋捡起来，盘腿坐在他边上，低头从里面翻出红药水和棉签："你脸上的伤，回去怎么跟他们解释啊？"

"没想好。"他皱着眉，显然是没想到这个问题，"要不，我说是你不小心打的？"

她捏着棉签的手用了点力，恶狠狠地道："你有病啊？"

沈漾也没反驳，垂着眼看她。

她刚哭过，眼睛湿漉漉的，眼角有点红，鼻尖也是红的，长睫毛上还挂着一点点水珠，泛着光泽。眉头微蹙着，嘴里包着气，腮帮鼓起来一点，有点像闹别扭的小孩子。

沈漾兀地笑了出来。

他想，他还是更喜欢这样子的她。

他脸上和胳膊上有一堆细小的伤口，江沅摸摸索索上完药，沈漾已经靠着沙发睡着了。

窗外太阳逐渐西沉，暖色的暮光落进敞亮的客厅里，他的脸被光线分割，半明半暗，硬朗的轮廓线条在光晕里若隐若现，脸颊上细小的绒毛被暮光包裹着，带着别样的柔软，卷翘密长的睫毛轻颤着，末端有清浅的光影。

江沅托着腮盯着他安静的睡容看了会儿，忍不住伸手碰了碰他轻颤的睫毛，细细软软的，碰在指腹上没有很明显的触感。

他睡得安稳，江沅的目光落在他脸上涂的红药水上，心思一动，侧过身从旁边拿了一根干净的棉签，蘸了点红药水，在他脸上涂涂抹抹。

江沅没有作画的天赋，一张俊脸被她乱七八糟地画了几撇胡子，最后，她按着棉签在他眉间点了一点红，准备收回手时忽然被抓住，沈漾的声音带着清明，没有一点倦意。

"捉弄我？"

她一本正经地道："没有啊，我给你上药呢。"

"我可不记得我这里有伤口。"他伸手按在自己眉心中间，指腹上蘸了一点还没干透的红药水。

江沅眨了眨眼睛，脚慢吞吞地挪着，准备溜之大吉，才刚动一步，就被某人攥着脚踝一拉，他整个人覆在她身上，修长的腿紧紧箍着她的腿。

"跑什么？"

她咽了咽口水，有些心虚："谁跑了……"

沈漾低笑一声，单手撑在她脑袋旁，手指压着她嫣红的唇瓣，刚想低头去亲她，江沅盯着他脸上的红痕，没忍住扑哧一声笑了出来。

"漾漾，你还是去洗一下脸吧，你这样亲我，我怕以后有阴影。"

秋季赛第三周最后一天的第一场比赛是 WATK 战队打 ASC 战队，比赛晚上六点开始，他们四点多就从基地出发了。

江沅跟他们一起坐大巴去的现场。

在车上，褚为从包里翻出一张门票给她，她接过来看了眼，依旧是很好的位置。

"谢谢为哥。"

褚为摆摆手，不怎么在意："唉，举手之劳。"

坐在一旁的梁钦不是很懂："你可以跟我们一起去休息室看比赛啊，干吗非要去观众席？"

江沅小心妥帖地把票折起来放进包里："我喜欢啊，而且坐在观众席抬头就可以看见你们。"

小眠摘下耳机："我看是抬头就可以看见某人吧。"

她轻轻哼了一声，笑嘻嘻地也没否认："眠哥你要是这么想上赶着吃狗粮，我就只好勉为其难地告诉你，是的啊，我就是想一抬头就看见我家漾漾。"

梁钦："人在边上坐，狗粮天上来。"

K神："啧，踢翻狗粮，顺便把盆扣在队长脑袋上。"

坐在一旁休息的沈漾没作声，光线暗淡的车厢里，他的唇角微不可见地弯了弯。

大巴车抵达会场外，江沅先一步在后门口的位置下了车，临走前趁着没人注意，偷偷亲了亲沈漾的脸颊，声音放软了些许："爱你呀，漾漾。"

沈漾喉结一滚，刚想拉着人不管不顾亲一口，江沅却倏地推开他，跑下了车。

她站在车外，穿着棒球裙，细细的胳膊和一截白皙的小腿露在外面。

会场大厦的灯光落在她肩上，既温柔又模糊，她回头冲沈漾眨眨眼，随即转身朝检票口跑去，短发在空中荡起柔软的弧度。

沈漾弯着唇，眉眼掩着笑意，像是有星光揉碎了铺在他眼底，璀璨动人。

大巴车在会场另一侧停下。

下车后，梁钦背着包走在他身侧，一本正经地说："漾漾，我觉得你不该姓沈。"

"嗯？"

"你应该姓荡。"他抬手将队服的拉链往上提，又解释了一遍，"荡漾的荡。"

"……"

江沅赶到检票口的时候，门口排了很长的队伍，人扎堆站在一起，周围有粉丝在发应援道具，一个年纪跟她相仿的小姑娘抱着别家战队的应援牌朝她走过来："您好，请问你是 GR 战队的粉丝吗？"

她愣了几秒后，摇摇头："啊，不好意思啊，我是 WATK 战队的粉丝。"

话音刚落，身后蹿出来一个妹子，往她手里塞了一副灯牌："谢谢小姐姐支持 WATK 战队！"

没等她说话，小身影又钻进人群里挨个问谁是谁家粉丝。

江沅拆开灯牌的包装袋，发现上面还有一张印有 WATK 所有队员的贴纸，她想也没想，直接贴在手腕上。

等到进了会场，江沅找到座位坐下，现场闹哄哄的，等她掏手机看时间时才发现许年年几分钟前给她打了电话。

她回头看了眼黑压压的人群，放弃了回电话的念头，直接给她发了微信："哇，你还俗了啊？"

许年年国庆刚放假就被外婆以自己身体不好为由，骗去山上的灵梵寺，过了七天吃斋念佛还断网的日子，今天刚从山上回来。

许年年："好可怕，我在山上吃了一个星期的素斋，回来竟然还胖了五斤。"

身旁有一道身影坐下，江沅下意识地看了眼，眼神倏地一僵，表情顿时如同卡了壳一般难看。

沈梓彤也注意到了江沅的目光，顿了几秒，以为是自己的粉丝，淡淡地笑了声，很是得体地问了句："你认识我？"

江沅抿了抿唇角，语气比白开水还要平淡："不认识。"

说完，不出她意外，眼前人的表情明显僵硬了几秒，她在心底忍不住暗道一句——呵，太年轻。

江沅收回和她对峙的视线，低头回消息。过了会儿，台上选手从后面出来，现场粉丝一阵尖叫，她抬头的时候，沈漾他们已经坐到选手位。

现场镜头从他们脸上一个个扫过，现场粉丝的尖叫声一浪盖过一浪，落到沈漾脸上时，江沅感觉到身旁坐着的人明显有些骚动。

她撇撇嘴，目光落在大屏幕上。

沈漾穿着黑色的队服，抬手打招呼的时候，袖口往下落了一点，露出一截暗黄色的东西，那是出发前，她威逼利诱他贴上的膏药。

前几天在医院，周驰拿椅子冲他砸过来时，他下意识地虚抬了手腕挡了一下，回来的时候也没提，江沅还是昨天晚上听梁钦提了才知道的。

走之前，这人还想着偷偷撕下来，被江沅爆捶了一顿，安分了不少。

第一场比赛开始，WATK 依旧是老阵容，只不过相对于之前几次比赛来说，沈漾逐渐从爆炸流 ADC 转为功能性 ADC，加上这个赛季新版本更新后，射手明显没有之前那么受青睐，打起比赛来也没有之前那么强势。

比赛一直有来有往地进行着，到了中后期，WATK 借着经济优势成功拿下一条黑暗暴君。

ASC 的东皇从自家红区绕过想来骚扰，被 WATK 的白起打出嘲讽，ASC 的中单嬴政残血在中路二塔位置后排支援队友，借着黑暗暴君的法强物攻，小眠下了指挥，一波团战开启。

K 神的花木兰直接找机会切掉 ASC 的李元芳，老夫子大招捆住 ASC 的嬴政，沈漾操作着孙尚香不停翻滚输出，成功收下一个人头。

比赛进行到二十五分钟，WATK 的孙尚香借着前期的发育优势早已做出六神输出装，打出暴击叠加配合队友直接带走对面打野赵云。

一波团战打出一换五，成功团灭 ASC，WATK 的中路一波兵线早已抵达二塔，WATK 直接推上高地，拿下第一场比赛。

现场 WATK 的粉丝欢呼一片，江沅也忍不住跟着叫了几声加油，WATK 的士气受到鼓舞，乘胜追击，以二比零的成绩战胜了 ASC 战队。

第一场比赛结束，接下来还有两场其他战队的比赛，江沅搓了搓太阳穴，起身准备去趟洗手间再去休息室找沈漾。

在洗手间外面排队的时候，江沅看见沈梓彤从一旁的楼梯上了二楼。

二楼是队员的休息室，她打了两个哈欠后，掏出手机给沈漾发了消息："警戒警戒！我刚刚看到有个心怀不轨的人去了二楼！"

那边回得很快。

沈漾："什么？"

沈漾回完消息，从休息室出来，没等到江沅的回复，身旁的楼梯口传来一道软媚的声音："漾神。"

他抬头看过去，瞥见沈梓彤的低胸装，眉头不自觉地蹙了蹙，冷淡地应了声："嗯。"

手机里江沅回了消息："沈梓彤！我看见她上去了！肯定是去找你的！"

沈漾垂着眼，低头回消息，脚步轻抬，漫不经心地从沈梓彤身旁走过。

没走几步，衣袖上搭上一双涂着丹蔻的手，他顺着看过去，眼神沉了沉，语气比先前还要冷冽："有事？"

沈梓彤也不在意，收回手，依旧笑得软媚生色："恭喜你们赢了比赛啊，晚上有时间吗，我们一起吃点东西？就算是给你庆祝

244

一下。"

沈漾还没来得及说话，手机突然振动起来，他看了沈梓彤一眼，拿着手机往边上站了一点："喂。"

"喂你个头！

"我就说她来找你的吧！

"还约你去吃饭！

"我知道她没安什么好心！"

江沅噼里啪啦说了一堆，沈漾听完沉沉地笑了声，转过头目光往楼梯口扫了一圈，低声问了句："你在哪儿？"

那头安静了一秒。

"呼伦贝尔大草原。"

挂了电话，沈漾收起手机，回头看了眼沈梓彤，语气淡淡的："等会儿去哪儿吃饭？"

沈梓彤眼睛一亮，语气里带着欣喜："临川会馆，我在那里订了位置。"

"那……我能带个人吗？"

沈梓彤以为他是要带着队友，想也没想就同意了："可以呀，你是要带你队友一起吗？"

"不是。"沈漾抿了抿唇角，轻描淡写地说道，"是女朋友。"

脸色僵硬了几秒，语气倏地就变了，沈梓彤说："沈漾你什么意思？"

他敛着眸，神情没什么波动，语气冷淡散漫："沈主播，我想我之前已经说得很清楚了，我有女朋友。"

"而你作为一个知名主播，私下几次三番约有家室的异性一起吃饭，我并不觉得这是一件多么光彩的事情。"

"你……"沈梓彤有些气结。

沈漾没再看她，抬手拍了拍她之前碰过的衣袖，像是沾染上什么不干净的东西一样。

"还有，以后请不要随意碰我的衣服，我女朋友会生气的。"

说完，他看也没看她，边走边给江沅发消息。

"在哪儿？"

消息回得挺快。

"呼伦贝尔大草原。"

"正在转机。"

第八章

我在吻星星

江沅眼睫一颤，一片黑暗里，
她听见他低沉清冽的声音。
"别动，我在吻星星。"

会场的三楼是领导层的办公室，鲜少会有人往三楼走，连说话声都小了很多。

江沅坐在三楼的台阶上，进场之前领的灯牌靠在墙上。

她背着光，头顶有朦胧的光晕，五官没在阴影里，垂着眼帘看着站在台阶下的男人，晶莹水润的唇瓣动了动。

"漾漾，我觉得我的眼睛今天好像有点问题。"

"怎么了？"

"我今天看什么都是绿色的。"

沈漾抄着手，站在台阶底端的平台上，居高临下地盯着她的眼睛看了一会儿，往前走了一步，倏地弯下腰来。

两个人的距离瞬间拉近，江沅抬眸在他漆黑的瞳仁里看见自己的倒影，长睫毛轻颤了几下，还没说话，他忽然伸手抬起她的下巴，语气认真："嗯，是有点问题，我帮你治一治。"

话音刚落，他倏地俯身亲在她的眼角上。

柔软的唇瓣带着他身体的温度，顺着眼角一路往下，落在她的唇上。

男人的声音舒缓低沉："包你药到病除。"

江沅浑身一颤，忍不住想往后退，沈漾像是意识到她的动作，先她一步伸手覆在她脑后。

顿时，她整个人都被他牢牢擒在手间。

头顶的声控灯在长时间没有声音的情况下，悄无声息地灭了。

昏暗的楼梯间里，隔着一道安全门的走廊上有微弱的光亮倾泻进来，一束光落在沈漾脸上，影影绰绰的。

他卷翘的睫毛轻颤了几次，松开她柔软的舌尖，唇瓣抵着她的唇，哑声道："闭眼。"

声音不大不小，刚好让头顶的声控灯亮了起来，江沅眼睫一颤，下意识地合上了双眸。

几秒后，狭窄的楼梯间重新陷入黑暗。

太过被动的姿势让江沅的颈脖有些发酸，她轻喘一声，抬手勾住他的脖子，压着人往下了一点，脑袋略往前倾着。

沈漾被她突如其来的一带，搁在她下巴的手一松，扶住一旁的扶手，稳住自己往前倾倒的姿势。

柔软纠缠，渐深渐入。

狭窄逼仄的楼梯间里暧昧的温度悄然升高，走廊上的灯光不知何时被人关灭，黑暗的环境里，轻喘的呼吸声被逐渐放大。

良久，他松开她，彼此急促的呼吸声纠缠在一起。

沈漾的额头抵着她的额头，漆黑幽沉的眸光带着浓稠的情欲。

他抬手擦了擦江沅唇角的水润，手指挨上柔软的唇瓣，触感清晰，心思一动又没忍住，低头压在她小巧的鼻梁上，含糊不清的声音有些压抑。

"真要命。"

江沅眨眨眼，水光湿润的眼睛在昏暗的光线里隐约有星光浮动，像是埋了亿万星河在眼底，熠熠发光。

粉嫩晶莹的唇瓣覆着一层剔透的水光，盈盈动人。

"漾漾。"

她的声音比平时要软很多，尾音带着点媚意："其实我可以。"

可以？

可以什么？

沈漾看着她有些害羞的眼神，眸光倏地一沉，只觉得这两个字像是在他心里烧了把火，带着灼人的温度在他体内顺着四肢百骸横冲直撞，烫得他每个细胞都在蠢蠢欲动。

他咬着牙松开她，直起身往后退了一步，背对着她站在台阶下面。

江沅愣了愣，心底漫开说不出的委屈，从台阶上站起来，低头看脚下的影子："你不想就……"

话还没说完，站在眼前的人突然转过身，抬手搂住她，脸埋在她颈间，声音嘶哑。

"我没有不想。"

江沅抠着他外套上的刺绣，声音压得很低："那你为什么……"

沈漾顿了几秒，松开她，抿着唇没再说话，一手捏着衣领一手扯着拉链，将身上的黑色队服外套脱下来，穿在她身上，低头认真地给她卷着衣袖。

两只袖子都卷好后，他握着她的手，瞥见她手背上贴着东西，也没在意，抬头看着她，语气认真："你现在还太小了。"

"还有……"他停了下来，手指捏了捏她的指腹，笑得恶劣，"你下次能不能换个正常点的地方勾引我。"

看完接下来的两场比赛已经快十点半了，回去的大巴车上，梁钦和陈冬头挨着头，抱着手机哈哈笑个不停。

坐在他们后排的江沅抱着椅背，脑袋搭在上面，好奇地问了句："你们在看什么啊？"

"啊？"梁钦侧过头看着她，把手机递到她眼前，说话带着浓浓的笑意，"粉丝剪出来的沈漾赛后采访，哈哈哈，笑死了。"

江沅回头看了沈漾一眼，伸手接过手机，视频还配了标题——《看佛系 ADC 漾神是如何成为第一个被拉入 KPL 采访席黑名单的选手》。

她蓦地笑了声，点了播放。

视频里沈漾穿着黑色队服，拉链一板一眼地拉到头，衣领竖起来，神情寡淡，看不出什么情绪。

几秒后，主持人的声音从手机听筒传了出来。

主持人："漾神好像是第一次参加这么大型的比赛，不知道当时在场上是什么心情呢？"

沈漾："还好。"

主持人尴尬地笑了笑："还好啊，那会不会有点紧张？"

沈漾："还行。"

主持人继续尴尬地笑了笑："那漾神对自己今天的表现感觉怎么样？"

沈漾："还可以。"

"哈哈哈……"江沅忍不住笑了出来，拿手肘碰了碰沈漾的肩膀，"漾漾，你这样是会被打死的，你知道吗？"

沈漾沉沉地睨了她一眼，没作声。

视频切换到另一次赛后采访，换了一个主持人。

主持人："那今天我们也是知道 WATK 是二比零战胜了 YK 战队，打得非常强势，不过我发现你们其实在 BAN 位上没有 BAN 掉姜子牙，同时也是放出了 Night 的貂蝉，所以是之前有制定过应对的策略吗？"

沈漾："没有。"

又换了一个主持。

主持人："听说漾神在比赛之前抽到了孙尚香的内测皮肤蔷薇恋人，大家也都很想要，漾神可不可以跟我们分享一下是如何抽中的？"

沈漾："钱多。"

"哈哈哈哈哈哈哈哈。"

江沅捏着手机笑到肚子疼，整个肩膀都在抖动，坐在一旁的沈漾伸手从她手里把手机抽了出来，言语之间都是不快："好笑吗？"

她歪着头靠着前排的椅背，眼角有一点点水光，嫣红的唇瓣弧度明显，说话一颤一颤的："这难道还不好笑吗？"

说完，江沅深呼吸了几口气，压下笑意，伸手戳了戳他的手背："说真的，你能活着从采访席下来，我现在都觉得是个奇迹。"

沈漾扣住她的手，拇指按在她手背上摩挲着，摸到一点点粗糙的东西，敛眸看了过去。

车厢里没开灯，贴纸上的图案看得并不是很清楚，他好奇地问了句："这贴的什么？"

"你啊。"江沅还保持着之前的姿势，眼睛眨了眨，"进场之前战队粉丝发的应援道具，里面有你们的贴纸。"

"我只贴了你的喔。"

沈漾手撑在窗沿边上，垂着眼帘盯着她手背上的贴纸看了会儿，手指按在上面，毫无预兆地哼笑了声，看起来别扭又傲娇："还挺好看。"

"我也觉得挺好看的。"

她弯唇笑着，动了动手指，在他手心里不安分地画来画去。

沈漾一开始没察觉出来，等她画到第三遍时才隐约意识到一点，垂着头，目光落在她细长的手指上。

江沅也没在意，依旧漫不经心地一笔一画地写着，等到写完最后一个字，沈漾倏地攥住她的手，骨节分明的手指从她指缝里穿过去，掌心贴着掌心放在他腿上。

她屈指挠了挠他的裤子，脑袋凑到他耳边，说话时有淡淡的果香掺在呼吸里："你猜我刚刚写了什么。"

沈漾侧着头，淡淡道："不知道。"

她轻轻啧了一声，下巴搭在他肩膀上："我写的是沈漾是个王八蛋。"

沈漾蓦地笑了出来，手指掐了掐她的指腹，低声附和着："嗯，王八蛋。"

临了，他侧目看着她圆亮的眼睛："你是小王八蛋。"

大巴车走到市区，街道上车流如龙，车速逐渐慢了下来，窗外高楼大厦上琉璃般的灯光照进车厢里。

随着车身的移动，灯光从前排往后挪，过了会儿，车身停了下来，光束正好落在她脸上，霓虹灯光映在她漆黑的瞳孔里，像是镶了颗星星在里面，熠熠发光。

卷翘的长睫毛在眼睑下方投下一层阴影，有一点弯曲的弧度，嫣红的唇瓣微张着，沈漾眸光沉了沉，喉结轻滚着，略微低头亲在她的眼睛上。

温热的唇瓣贴着眼睑上敏感薄弱的肌肤，触感清晰，江沅眼睫毛一颤，细软的睫毛碰到他唇上。一片黑暗里，她听见他低沉清冽的声音："别动，我在吻星星。"

男人刻意压低的声音掺杂着窗外此起彼伏的汽笛声，听在别人耳里，模糊不清。

坐在前排的梁钦下意识地侧头问了一句："啊？漾漾，你刚刚说什么？"

话音刚起，沈漾倏地松开江沅，略有些正襟危坐地靠着车窗，伸手把江沅捏在手里的手机丢给他："没什么，手机给你。"

手机从两个座椅间的缝隙滑过去，梁钦手忙脚乱地接住，回头看了一眼沈漾："你有病啊？"

等大巴车开到基地门口，已经快接近零点。

夜色浓郁，黑黢黢的天空疏星朗月，暮秋的风带着凉意一点点卷过来。

江沅身上穿着沈漾的外套，衣服下摆只堪堪盖过腿根，一截白皙的小腿露在外面，从车里下来，一阵凉风扫过，腿上顿时涌起一层细小的鸡皮疙瘩，她忍不住哆嗦了一下。

沈漾走在她后面，瞥见她缩脖子的动作，掏出手机看了眼时间，随即走过去帮她把衣袖放下来，语气自然："今晚别回去了，去我房间睡。"

江沅一脸惊讶。

走在前面的众人一脸惊讶。

教练褚为一脸慈父笑："啊，我们漾漾终于要迈出人生的第一步了。"

梁钦："终极虐狗术。"

K神："门口超市好像还没关门，我们要不要去买点鞭炮烟花回来？"

沈漾嗤笑一声，捏着江沅的手指，抬头看了过去："要不你们再去帮我订个横幅？"

小眠："也不是不可以啊。"

沈漾哼笑一声，回头看着江沅，伸手捏了捏她有些发热的脸颊，明知故问："你脸红什么？"

江沅别开眼，揉揉耳朵，不自然地说道："冻的。"

他轻轻啧了一声，也没再多解释，提着包先进了基地，留江沅一个人在风中凌乱。——这男人变脸的速度怎么比六月的天还快？

沈漾进去没一会儿又折返回来，站在门口，斜斜地倚靠着门栏，垂着眼看她，笑得漫不经心："不进来？"

江沅站在台阶下，硬着头皮抬头和他对视，目光从他眼角眉梢扫过，最后落在他漆黑如墨的眼眸上。

一动不动地盯着看了会儿，她抿了抿唇角，像是做了什么决定一般，抬脚走了过去，停在他面前："进去吧。"

沈漾带着她径直上了二楼——他的房间。

房间里还保持着他早上走之前的样子，床上的被子和睡衣乱糟糟地堆在床尾，被角垂在床沿，床头柜子上放着他的手表和充电器，书桌上笔记本电脑开着，网页是之前的比赛视频。

不算整洁，但处处都透着他的气息。

沈漾进去后弯腰将睡衣捞起来丢在一旁的椅子上，侧过身从柜子里拿了一件干净的大 T 恤递给她："浴室在里面，你先洗澡。"

江沅敛着眸，舔了下唇角，从他手里接过衣服，棉质的衣衫捏在手里质感极好，抓得紧，指甲末端有些发白："那我先进去了。"

"嗯。"沈漾看着她一脸视死如归的模样，忍不住低笑了一声，交代了声干净的毛巾放在柜子里后，就走了出去。

房间里少了一个人，没了压迫感，江沅紧绷的肩膀倏地就塌了下去，垂着头往浴室里走。

沈漾房间的浴室空间比较小，没有装浴缸，江沅开了浴室的暖灯，站在灯下脱衣服，脱完拧开花洒时倏地反应过来，自己没有换洗的衣物，扭头看了眼搭在一旁明显已经被水淋湿的衣服。

算了算了，反正等会儿也是要脱的……

水温逐渐变得烫起来，浴室的玻璃上有朦胧的雾气氤氲开。

江沅磨磨蹭蹭洗了将近四十多分钟，白净的脸上被闷得有些红热，关了花洒，弯腰从一旁的柜子里拿了条干净的毛巾扎在头上。

浴室的门被人突然轻叩了几声。

她愣了几秒，还没说话，门外传来说话声："沅沅，阿漾让我给你送衣服。"

是基地的张姨。

江沅拿了条浴巾围在身上，看了眼一旁的 T 恤，疑惑着走过去开门："张姨。"

"嗯，阿漾自己出去买的哟。"张姨把手里的袋子递给她，笑眼眯眯，"说是让我上来拿给你。"

江沅接了过来，挑开袋子看清里面装的衣服，脑袋倏地一嗡，整个人像是被放在炭火上，热意从脚噌噌地冒到头，她红着脸丢下一句"谢谢张姨"，随即抖着手将门关上，拿着袋子坐在马桶盖上。

沈漾竟然给她买了贴身衣物。

江沅忍不住深呼吸几口气，拿手当扇子往脸庞扇了扇，平复了心情后，伸手把衣服从袋子里掏出来。

指腹碰到布料，江沅愣了一秒，这衣服怎么是热的？

她索性直接掏了出来，拿着翻了一圈，没找到吊牌，指腹上还带着布料的余温。

沈漾该不会是洗过了吧？

像是为了验证心里的这个想法，江沅拿着衣服凑到鼻间闻了闻，淡淡的皂香扑鼻而来，于是伸手把一旁的 T 恤够过来闻了下。

香味虽是淡了些，但都是一样的。

江沅垂着眼看着手上的衣服，心里涌起一阵难以言表的感觉，脑袋里却不合时宜地冒出一个想法——看不出来，沈漾竟然喜欢这种的。

江沅换好衣服在浴室里磨蹭了半个多小时才出来，拿着毛巾擦头发的时候，沈漾从外面进来了。他换了身衣服，看样子是刚洗过澡，手里拿着吹风机。

两人对视着，皆是愣了几秒钟。

沈漾先回过神，走过去给吹风机插上电："过来。"

"哦。"江沅乖乖挪过去，盘腿坐在他面前的小圆凳上，手扯着毛巾从脖子上拽下来。

沈漾捏着吹风机在她头上吹着，手指抓了抓，浅声道："头发长长了。"

第一次见她的时候，头发还堪堪盖过耳朵的一半，走路的时候像只兔子一蹦一跳的。

不知不觉，时间已经过了这么久。

江沅把玩着发尾："好像遇见你之后就没去剪过头发了。"

她侧过身，扭头看着他："你喜欢短发还是长发？"

"只要是你，都喜欢。"沈漾垂着眼，面不改色。

江沅眨了眨眼睛，笑了声："都是求生欲在作祟。"

她身上的 T 恤是白色的，后背被头发的水珠浸湿，紧贴着她后背，隐约能看见皮肤的颜色，凸起的蝴蝶骨。

沈漾抿着唇，拿着吹风机在她后面毫无章法地吹着，风速开得强，没一会儿衣衫就干了，他停了下来。

房间里没了嗡嗡的声音，顿时安静下来。

"你休息吧，我去梁钦房间睡。"

沈漾弯腰将吹风机拔下来，脸颊不经意间蹭过她的肩膀，说话的声音伴随着他一弯一起的动作上下起伏着。

"哦。"江沅扣了扣手指，从圆凳上下来，腿因为长时间盘着，微微有些发麻，一个趔趄。沈漾眼疾手快地接住她，鼻间蹭着她的发梢，带着他常用的洗发露的味道，碰在手臂上的柔软让他牙关紧绷着，他说了声："起来。"

江沅没动，手指紧扣着他的手臂，视线游离地盯着地板上的细缝，声音压得很低："你不是让我换个正常点的地方勾引你吗？"

故意的，她是故意的。

沈漾噎了口气，捏着她的肩膀，把人按在床上，眼角略微有些发红："你知道你在做什么吗？"

"知道。"她勾着他的脖子，把人往下压，柔软的唇瓣咬在他下巴上，说话声模糊又暧昧，"勾引你。"

像是点燃了他心底的导火线，顿时浑身都噼里啪啦地炸了起来。

沈漾捏着她肩膀把人按在身下，俯身亲了上去，掀开她宽大的衣摆，手指搭在衣料的边缘，侧过头凑在她耳边，低声道："等你毕业了，你嫁给我好不好？"

江沅睁开眼，对上他的视线，煞有介事地说道："年年说，男人在床上的话都是假的。"

他低低地笑了起来，在她耳边低声说："我是例外。"

他手指捻着薄薄的衣料："我以后什么都听你的，你只能嫁给我。"

"你别说话……"江沅一动不动。

"那我继续？"

"你别说话，你好烦啊，你话怎么这么多……"

沈漾笑了笑，喉间发紧，直起身将自己的衣服褪去，俯下身的时候伸手关了房间的灯。

窗帘紧闭的房间里顿时一片黑暗。

沈漾抬手将她身上宽大的 T 恤褪了下来，声音低哑："没退路了。"

明明只经历了两个小时，江沅却觉得时间漫长得好像看不到天明。她搂着沈漾的肩膀，脸埋在他颈窝吭吭唧唧："男人在床上的话果然都是骗人的……"

沈漾喘着气，带着喑哑的笑声在她耳畔炸开。

江沅动了动有些黏腻的身体，眼皮耷拉着，声音低软："不舒服。"

沈漾将脸埋在她的颈窝，温热的唇贴在上面亲了亲，随即侧过身从地上捞起自己的衣服套在身上，弯腰将她连人带被子抱进浴室。

浴室里没浴缸，沈漾搬了椅子放在花洒下，将已经昏昏欲睡的人放在椅子上，准备伸手扯下裹在她身上的被子时，江沅猛地醒了过来，拦住他的手，不自在地说道："我自己来。"

沈漾轻喷一声："你能站稳？"

"你真的好烦啊。"江沅一手紧紧捏着被子，一手推着他出去，"你出去出去。"

"好吧。"见她实在坚持，沈漾只好妥协，侧过身拿了浴帽将她头发盘进去，取下花洒试好水温后，浅声道，"我在外面。"

江沅撇撇嘴没应，等他出去后，解开身上的薄被子放在一旁，站起来的时候，腿还在发着酸，伸手撑着一旁的扶手才没摔倒。

拧开花洒的时候，借着水流声的掩盖，她忍不住低骂了一声："王八蛋。"

站在外面的沈漾低笑一声："玻璃不隔音的。"

江沅："……"

等两个人都收拾好出来，江沅早就困得不行，坐在榻榻米上，看着沈漾将乱糟糟的床榻一股脑全卷起来丢进床尾，忍不住打了几个哈欠，声音委屈巴巴的："漾漾。"

"嗯？"

"我好困啊。"

"马上就好了。"

沈漾收拾的动作加快了些，回身从柜子里重新拿出干净的被套和床单铺在床上，简单抚平之后，抱着人重新躺了回去。

许久不用的被套上还带着一点阳光和洗衣粉的淡香味，江沅背对着沈漾，眼皮耷拉着："晚安。"

窗外的天光将近，隐约有鸟鸣声传出，沈漾将她搂在怀里，手心贴着她发顶揉了揉，长长地舒了口气，低头在她光洁的额头上亲了亲，柔声道："晚安。"

第二天早上，窗外的阳光从窗帘缝里钻进来，落在床尾上，给昏暗的房间里添了些亮光。

一道突兀的手机铃声打破了宁静。

沈漾先醒了过来，揉着太阳穴，伸手拿过一旁的手机，眯着眼解了锁。

手机干干净净，闹钟、电话、信息都没有。

铃声停了下来，几秒之后又重新响了起来。

沈漾搓了搓鼻梁骨，清醒了点后，松开怀里的人，掀开被子下床，循着声音进了浴室。

梳理台上放着江沅的手机，此刻正不知停歇地响着。

他拿起来看了眼来电显示——"母上大人"。

沈漾揉着太阳穴，靠在一旁等电话停了之后，伸手把手机设了静音揣在睡衣的裤兜里，简单地洗漱好，出去套了件 T 恤，拿手机给许年年打了电话。

两边通好气之后，他把昨晚换下的床单被套一齐抱进浴室，丢进了洗衣篮里。

浴室的横栏上搭着江沅昨晚洗干净的衣服，还有那件他买的粉红色带蕾丝边的贴身衣物。

沈漾的太阳穴突突跳着，目光扫过湿度分布不均匀的布料，手指捏了捏。不出他所料，衣服中央还没干透。他从一旁拿了干净的衣篓，把没干的衣服收进去，拎着装着床单被子的洗衣篮去了楼下。

等他收拾好再回来，江沅已经醒了，正赤着脚在房间里找手机，见到他进来，哑着嗓子道："漾漾，你看到我手机了吗？"

"在我这里。"沈漾掏出手机递给她，"早上你妈给你打电话了。"

江沅的脸登时就僵住了。

"我没接。"

她脸色稍微缓和了一点。

"我给许年年打电话了，让她跟你妈说昨天你和她在一起，她让我跟你说一声，你爸妈今天回来。"沈漾走过去，把手里拿着的衣服递给她，"衣服给你烘干了。"

江沅愣怔了几秒，才从他手里接过衣服，指腹沾上布料上温暖的余温，手指无意识地动了动，一根肩带从衣服里垂了下来，粉粉的，跟昨晚那件内衣是一样的颜色。

脸一热，她把衣服乱七八糟地团在一起，一溜烟钻进了浴室。

沈漾站在门口，眼角余光瞥见她有些异样的走姿，蓦地笑了声。

"可爱。"

江沅换好衣服，洗漱完从浴室里出来。

原先昏暗的房间窗帘整片都被拉开，窗外稀薄的日光大片晒进来，床上乱糟糟的被子床单也被捋好，整齐平铺在床上。

她的鞋被放在床尾的地板上。

刚穿上鞋，沈漾从外面推门进来，手搭在门把上，淡声道："下来吃早餐。"

他已经换了身衣服，一如既往的黑色搭配，除了脚上的棉麻布拖鞋，浑身上下再找不出第三种颜色。

"哦。"她站起来，还没走，原先站在门口的人突然走了进来，在她面前蹲下，细长的手指捏着她有些松垮的鞋带几下翻转就系了一个漂亮的蝴蝶结。

"好了，走吧。"他直起身，牵着她的手往楼下走。

战队十点有训练赛，基地的人除了教练褚为基本上都起来了，此时围坐在桌边，一群人的眼神都跟雷达一样，黏在两人身上。

大王也甩着尾巴在两人之间转来转去。

梁钦捏着瓷勺，在白粥碗里搅来搅去，意有所指地说道："鞭炮跟横幅都给你定好了，要用吗？"

小眠和他一唱一和："那肯定要用的吧。"

沈漾："……"

江沅："……"

梁钦忍不住笑："嗯，就挂在基地门口，人来人往，大家都能看见，漾漾你觉得怎么样？"

沈漾："……"

江沅："……"

从基地回家刚开门，闷了一晚上的元宝就跳着往她身上扑，江沅蹲下来拍拍它的脑袋，有些抱歉地说道："对不起呀，昨天把你忘记了。"

大金毛舔了舔她的手心，"汪"了一声，略有些委屈的意思。

江沅在它脑袋上亲了亲，起身回了房间，金毛一摇一摆地跟在身后。

她换好衣服，跟元宝坐在客厅玩了会儿。

快十点的时候，江父江母到家了，她从客厅跑到门口，坐在两人的行李箱上："你们给我带什么好东西了没？"

江父呵呵笑了几声，边说边往厨房走："问你妈，东西是她买的。"

"亲爱的妈妈，请问您给您的宝贝女儿带了什么礼物啊？"江沅从行李箱上跳下来，揽着江母的胳膊撒娇。

江母闻到她头发上的香味，淡淡地问了句："这不是我们家洗发露的味道吧？"

江沅尴尬地笑了笑："年年家的啊，她昨天刚从山上回来，我去她家了。"

江母也没再多问，拎着包往客厅走，瞥了眼略有些整洁的环境，迟疑地问了句："这都是你收拾的？"

"啊，是的啊。"江沅面不改色、一本正经地胡说。内心却是：不是我，都是我男朋友收拾的。

"我跟你爸不在家，你倒是勤快不少。"江母坐在沙发上，江父从客厅倒了水递给她。

江沅笑嘻嘻地凑过去："难道我平时不勤快吗？"

江母睨了她一眼，没作声，可那眼神分明就是，你勤不勤快难道你心里还没点数吗？

她鼓着腮帮往外吹了口气，果真是亲妈。

江母在客厅休息了会儿，等江父收拾好行李之后，时间也不早了，家里没余粮，一家三口出门去小区外面的餐馆吃的午餐。

回来后，昨晚被某人折腾到后半夜的江沅倒床就睡。

一觉睡到晚上，江沅被江父叫起来准备吃晚饭的时候，整个人都是蒙的，躺在床上缓了好久才慢吞吞地爬下床去浴室随便冲了一个澡。

等到坐在饭桌上已经是十五分钟后的事情。

江母端菜出来，瞥了眼她有些发青的眼底，淡声道："昨晚又和年年跑出去疯了一夜？"

"啊？"她慢了三拍，才心虚地应道，"睡得晚。"

闻言，江父放下手边堆了好几天的报纸，语重心长地道："女孩子要少熬点夜。"

"知道了，要不然会变丑的，会没人要的。"江沅夹了根青菜咬在嘴间，"爸，你这话我都听了好几年了。"

父女俩坐在餐桌旁有一搭没一搭地说着话，江母在厨房等汤好后，伸手打开上层的碗橱，目光瞥见摆在一旁的保温盒，顿了几秒，拿下来看了一圈确定了不是自己家的后，从厨房探了个头出去。

"沅沅，这保温盒哪里来的？"

江母不大不小的声音从厨房门口传出来，江沅咬着筷子盯着江母手里的蓝色保温盒，眼睛眨了眨，面不改色地胡扯："前几天去同学家玩，她妈妈给我装了点吃的回来，我明天去学校再给她带过去。"

闻言，江母沉沉地看了她一眼，似笑非笑的："那你记得明天去学校给她带过去。"

江沅心虚地点点头："知道了。"

吃过饭，睡了一下午的江沅没什么事干，歪倒在沙发上看电视，江父拿着报纸坐在她边上。

江沅按着遥控器换来换去，电视剧的说话声断断续续地传出来，搁在桌子上的手机突然振动了一下，她缓了几秒才丢下遥控器，伸手把手机拿了过来。

沈漾发来的微信，内容一如既往的简单——"下来。"

她啧了声，站起来把手机揣兜里，弯着腰在沙发底下找拖鞋。江父看了她一眼，淡淡道："要出去啊？"

"嗯，带元宝下去溜达一圈。"江沅踩着拖鞋，伸手拨了拨头发，随口问道，"怎么了？是不是想让我给你带包烟上来？"

"不是。"江父把报纸折起来，轻描淡写地说道，"我们家门禁时间今天开始，从十二点改到九点了。"

江沅咂咂嘴，一脸惊悚："爸，你这么专政独裁我妈知道吗？"

江母从书房出来，正好接着话："我知道啊，你九点之前不回来，这个月的零花钱扣一半。"

她比了个 OK 的手势，蹲下身给元宝戴上狗绳："九点就九点吧，反正我就下去遛个狗。"

给元宝戴好狗绳，江沅起身去门口换鞋的时候，江母在她身后冷不丁来了一句："你等会儿别忘了把保温盒给人家带下去啊。"

江沅在心底呵呵笑了两声，系好鞋带后故作一脸疑惑地看着江母："我就遛个狗，带着保温盒干吗？"

被戳破了套路的江母也不显尴尬，丢下句"九点之前不回来，零花钱扣一半"后，就怡怡然重新回了书房。

平城已经完全入了秋，前几天还居高不下的气温，一夜秋风过后，就降了下去。

江沅从家里出去进了电梯，到一楼的时候，站在大厅从玻璃门上看见沈漾牵着大王站在路边的车棚底下。

棚顶稀薄的月光穿过枝叶的鳞隙落在顶面上。

沈漾难得穿了件卫衣，纯黑色的，前胸的位置有一排英文字母，大王趴在他脚边，时不时用爪子扒扒路边的落叶。

她弯唇笑着，推开门，径直朝他跑了过去，扑在他怀里："漾漾。"

　　一旁趴着的大王站起来和元宝互相摇着尾巴。

　　沈漾就着她的姿势，单手勾着她的腰，声音清朗："怎么了？"

　　"没事啊。"她把手放进他卫衣前面的口袋里，抬头看着他，"就是见到你很开心啊。"

　　话音刚落，她伸进口袋的手指碰到一点坚硬的东西，手指摸了一下，薄薄的，有点像药片板："漾漾，你口袋里放的什么啊？"

　　江沅说着话，手顺势将东西拿了出来。

　　确实是药片板，背面写着药名。

　　她在看到"避孕药"三个字的时候，脸倏地一热，莫名觉得手里的东西有些烫手，沉默着将药片板重新塞回他的口袋里，垂着头，手指背在身后，不停地擦着衣服。

　　沈漾有些尴尬地轻咳了一声，硬着头皮把接下来的话说了出来："昨天，对不起……"

　　脸红成一片，江沅很小声地说："你干吗道歉？"

　　"我没想会那么突然……"沈漾觉得怎么说都不对劲，但又不能不说，只好硬着头皮继续道，"有些事情……"

　　江沅也是个成年人，再加上他又拿着药，上下一联系，自然明白他在说什么。

　　两个人这么好的夜晚不好好恋爱，在这里说这么尴尬的事情也是头一回。

　　江沅平时嘴贫得很，真到这时候半天才磕磕巴巴说了一句话："又不全怪你，是我那什么……"

　　剩下的话她实在是说不出口，难道真要她说是我觉得你美色误人，是我把持不住故意勾引你……

　　江沅觉得自己现在就是个炸弹，马上就要炸了。

　　可偏偏沈漾还跟没事人一样，一张嘴就不停吧嗒："你是现在吃，还是带回去吃？"

　　他一看就是早做好了准备："你要是现在吃，我给你带了红枣枸

264

杞水，张姨说这对你身体有好处。你要是带回去吃，记得用热水吃，吃完药冷饮什么的最好二十四小时——嘶，还是七十二小时之内都不要吃。"

"如果你有什么不良反应，比如什么头晕、头疼、乏力……"

话还没说完，原先站在他面前的人突然拔腿就往回跑，他愣了一秒，迈着腿把人拉了回来："你跑什么？"

江沅低头埋在他怀里，脸上的热度隔着一层布料贴着他心口的位置，嘴里不停地抱怨着："沈漾你真的好烦呀！你话怎么这么多？你比我爸还啰唆，我怎么以前没见你话这么多。"

一句话，她硬是没断过句，一口气说了出来。

沈漾愣了几秒后，才低声笑了出来。

过了会儿，他抬手拿下她捂住耳朵的手，握在自己手心里，语气带着点内疚："我之前在学校，听老师上课的时候说过很多种关于女生吃这种药的病例，有些很严重的，甚至会留下后遗症。"

他的语气比任何时候都要认真，也比任何时候都要内疚："所以，我真的很抱歉让你吃这种药。"

江沅心尖一颤，涌起一阵说不上来的感觉。

她抬起头，脸上依旧是红扑扑一片，压低的声音在寂静的夜晚并不是很模糊："我现在吃……"

沈漾看着她泛着水光的眼睛，扯着她手腕拉到怀里，在她额头上落下虔诚的一吻，温热的唇瓣贴着她的皮肤，沉声道："以后不会了。"

他说完松开她，侧过身从一旁的车后座拿过来一个保温瓶，淡蓝色的外壳，跟放在她家里的那个保温盒是配套的。

沈漾拧开盖子，有热气从瓶口冒出来，带着点红枣和枸杞的淡香在空气中氤氲开。

他倒了一盖子递给她，从口袋里拿出药片板抠了一粒出来："水有点烫。"

江沅端着水晃了几次，凉了点后，伸手把他手心里的药丸拿起来一齐塞进嘴里，掺着水吞了下去。

喉间有一点点苦涩的味道，她皱着眉喝完水，把盖子递给他。

沈漾接了过来，盖回杯子上，从口袋里拿出一颗糖，拆开："张嘴。"

她乖乖照做，糖吃进嘴里，牛奶的奶香味在唇间漫开，舌尖顶着糖在口腔里滚了滚，嚼了几下，故意笑道："好甜啊，你要不要尝一尝？"

她手指捏着他肩膀两侧的衣服，踮着脚仰头看着他，微微嘟着的唇上沾着一点水光。

喉间一紧，沈漾顺着她的姿势低头舔了舔她的唇角，奶香味在他嘴里漫开，咬着她的唇，舌尖从唇缝里伸进去，卷走她藏在牙关上的奶糖。

随即便从她唇里退了出来，直起身，仔细嚼了嚼嘴里的奶糖，认真道："甜是甜，可是没你甜。"

江沅陪着沈漾在小区里晃悠，元宝和大王晃着尾巴跟在后面，时不时两只狗头还会凑在一起。

"漾漾，你还记得你上次落在我家的保温盒吗？"江沅歪着头，"今天晚上吃饭的时候，被我妈发现了。她举着盒子问我从哪儿来的时候，我整个人都蒙了。"

"嗯？"他捏了捏她的指腹，"然后呢？"

"还好我反应快，说是去同学家里她妈妈给我带回来的。"江沅顿了顿，低头抠手指，"但是我妈好像没有相信我精湛的演技。"

"因为就在刚才，我要下楼的时候，她突然冒出来一句，让我把保温盒带着。"

"呵，这女人的套路真的是防不胜防，突然好心疼我自己。"

"而且，我爸还跟她一起'狼狈为奸'，偷偷篡改了我家的门禁时间，要知道以前这种事情我们都是要投票才能决定的！"

"对啊，我们三个人投票，每次结果都是二比一。"

沈漾迟疑了几秒："你是一还是二？"

江沅在身后掐了掐他的腰："你觉得呢？像我爸那样恨不得把老婆捧在手心的人，你觉得他会跟我在同一个阵营吗？"

沈漾轻笑一声，捉住她的手指，淡淡道："我跟叔叔还挺像的。"

"什么？"江沅不解地看着他。

他侧目看着江沅，眼角眉梢染着笑意，低沉的声音像是要划破暮秋的凉风："都宠妻。"

十月底，平城彻底迈入秋天，气温悄无声息地降下。

医大校园的林荫道上落满了橙黄的梧桐叶，行人走过，踩在上面发出"嘎吱"的清脆声。

上午三节课结束后，江沅和室友闻桨走在路上，头顶的落叶时不时随着秋风落在脚边。

"沅沅，辅导员今天说的秋运会你有什么想参加的项目吗？"闻桨一手挽着她，一手拿着手机看比赛项目，"好像说参加就有素质学分可以拿呢。"

听到有学分拿，江沅稍微提了点兴致，凑了个头过去："有什么项目啊？"

"长跑、短跑、四乘一接力跑。

"跳远、跳高、铅球、两人三足。"

江沅咂咂嘴："有没有稍微人类点的项目，比如比谁吃得更快、睡得更长的？"

闻桨笑了声："你是猪啊？"

江沅有些苦恼地叹声气："那什么素质学分一学期要拿多少分来着？"

"好像一学年满八分就可以了。"闻桨翻了翻班级群里辅导员之前发的文件，"参加一个项目能拿两分，一个人最多可以参加两个项目。"

医大有要求，每个学生每学年要修满八分的素质学分，获得分数的途径就是参加学校官方举办的活动，其目的是让学生德智体美劳全面发展。

学分修不满，是要算挂科的。

江沅和闻桨之前参加过学校举办的新生晚会，加上拿了奖，已经有了四分。

如果秋运会随便参加两个项目，这一学年的学分就全修齐了。为了接下来的一学期能够好好享受美好的大学生活，她们俩报了两个项目——跳远和两人三足。

决定好之后，江沅把名单和项目报给了班里的体委。

正愁着找不到人的体委对她们这种积极行为表示："小的在这里谢过沅姐和桨姐的救命之恩！"

江沅笑着回了一个握拳的表情，关了对话框后，打开微信给沈漾发消息："漾漾，你在干吗呀？"

消息刚发出去，江沅就看见他的状态变成了"正在输入中"。

等了会儿，就有新消息冒了出来，还有一张图片："看视频。"

她手指按着鼠标点开图片，看背景好像是之前 LOP 战队和 JUK 战队的比赛回放，图片正好截的是当时主播之一的小鱼。

江沅哼笑一声，手指敲着键盘："哼，你竟然背着我偷偷看别的女人。"

沈漾："这样说，你在学校岂不是天天背着我看别的男人？"

江沅机智地错开话题："过几天我们学校运动会，我参加了两个项目。"

"跳远和两人三足。

"是不是突然觉得我很全才。不过说真的，漾漾，我还挺羡慕你的。"

沈漾："嗯？"

"羡慕你有一个又可爱又大方、德智体美劳全面发展的女朋友。可惜了，我这辈子就没有这个机会了。"

沈漾："……还是有机会的。"

江沅还没明白他的意思，对话框里就发过来一串网址。

她没有丝毫犹豫地点开。

硕大的标题弹了出来——

《泰国著名医院可以给你人生另一种选择》。

江沅："……"

两天后的周六下午。

江沅和许年年一起躺在 WATK 基地客厅的沙发上，戴着耳机在追最近当红的韩剧。

大王和元宝趴在客厅的落地窗前晒太阳。

两个人惊呼的声音时不时从沙发后面传出来。

"老公怎么可以这么帅！"

"竟然亲了这么长时间！"

"放开我老公让我来！！"

看得正精彩，身后有两道阴恻恻的声音传了过来。

陈冬："谁是你老公？"

沈漾："放开他让谁来？"

两人皆是吓了一跳。许年年坐在沙发边上，整个人被吓得直接从沙发上掉了下去，人半躺在地板上，横眉看着陈冬："你嫌命长了是吗？"

说完，许年年从地上爬起来，拿着沙发上的靠枕就砸了过去，两个人在一旁你追我打。

江沅抱着平板电脑坐在沙发上，回头看着坐在沙发靠背上的沈漾，眼睛眨了眨："你们结束啦？"

沈漾没作声，手指搓着太阳穴，身体略微往后倾了些，伸手从她手里把平板电脑抽了出去，手指按在屏幕上来回划着进度条。

"啧。"

他哼笑一声，把平板电脑关了丢在一旁，转过身弯腰直接将她从沙发上端起来抱在怀里，贴着她的耳朵说话："上楼再跟你算账。"

"我不要上楼。"江沅掐着他的胳膊，不自在地撇开脑袋，"你放我下来。"

"你想让我在这里亲你？"

一句话，江沅瞬间偃旗息鼓，任由沈漾抱着去了二楼的房间。

房间里的窗帘没拉，午后的阳光倾泻在床榻上，带着点暖意。

沈漾抱着人走进去，空出手关了门后把人压在门板上，手掌贴着她后背的蝴蝶骨，张口含住她的耳垂，说话声有些模糊："谁是你老公？放开谁让你来？你怎么来？"

一连三问，江沅还没说话，耳垂上传来一阵刺痛，忍不住叫了声，手指掐着他肩膀，不满地嘟哝了声："沈漾，你属狗的啊？"

沈漾低笑着松开被他咬得有些发红的耳尖，转过身把人压在床铺上，低头封住她微张的唇，淡淡的果香在唇间漫开，湿热的舌尖舔了舔她的唇，转而撬开她的牙关，一点点从牙膛不留缝隙地扫过去。

暖而薄的阳光倾泻在两人肩头，男人微闭着眼眸，卷翘的长睫毛在光束里像是蒙上了一层晕圈，末端好似挂着流光溢彩。

"唔。"

江沅有些喘不过气，伸手推着他的肩膀，指甲掐在上面。沈漾轻嘶一声，空出手攥着她两只手腕压在头顶上方，修长的腿压在她膝盖上，拖着她柔软的舌尖，纠缠翻滚。

半晌，沈漾松开她的手腕，手臂撑在她的耳侧，脚勾起被角把人一包，翻身隔着被子把人搂在怀里，下巴抵在她脑袋上："陪我睡一会儿。"

男人的声音带着点喑哑，细究着听，都是浓浓的倦意。

江沅舔了舔嘴角的水珠，胳膊从被子里伸出来，目光盯着他眼底的青色，指腹压在上面，声音低低的："你昨晚什么时候睡的？"

"四点多。"他闭着眼，声音清浅。

"四点睡？你们七点钟训练，一天就睡三个小时，你不要命了吗？"

沈漾伸手搓了搓太阳穴，睁开眼，似笑非笑地看着她："要啊，所以现在让你陪我睡一会儿。"

没等她反驳，他又抢着开口："为哥给我们三个小时休息时间，你再跟我说话，我真睡不着了。"

她撇撇嘴："那你睡觉吧，我不吵你了。"

"嗯。"

房间里逐渐安静下来，中午才起的江沅压根睡不着，手搭在被子上轻敲着，眼睛盯着天花板上错落有致的细缝。

过了会儿，她侧眸盯着沈漾，抿着唇，小心翼翼地将他的手抬起来，还没有完全挪开，原先睡着的人突然醒了过来，捉住她作乱的手臂，声音沙哑："你干吗？"

江沅扣着指甲，浅声道："我睡不着。"

闻言，沈漾脸往被子里了埋，片刻后，问道："几点了？"

"三点四十分。"

他停了几秒："那够了。"

"什么……"

她话还没说完，沈漾突然伸手掀开裹在她身上的被子，拽着她往下一拉，翻身覆在她身上，手指搭在她牛仔裤的边缘："既然睡不着，那我们做点别的。"

江沅反应过来，伸手按住他蠢蠢欲动的手指，哭丧着脸："你等会儿不是还有训练。"

男人已经低头在吸啃着她的锁骨，手指挑开衣摆："六点才开始。"

"那你不困了吗？"

沈漾伸手在她后背摸索着，温热的掌心贴着她的脊骨，轻笑一声道："我不是正在睡？"

江沅还在吭吭唧唧，某人已经动作迅速地直接进入了主题。

房间里的气温渐升渐高，他额头出了一层细密的汗珠，一滴滴落在她脸上。

"沈漾，你王八蛋！"

沈漾低笑一声，俯身封住她的唇舌："你小声点，房间不隔音的。"

等到偃旗息鼓，江沅已经一句话都不想说，脑袋贴着枕头蹭了几下，闭着眼睛想睡觉。

沈漾捏着她腰上的软肉，低声哄着："去洗澡。"

"我想睡觉。"她的声音细小，听起来委屈巴巴的。

沈漾轻笑一声："之前不是说睡不着吗？"

"滚！"

到最后，累到眼皮都不想抬的江沅被某人拖着去洗了澡，出来沾着床就睡着了，连沈漾是什么时候下去的都不知道。

再醒过来的时候，天空已经是墨黑一片，稀稀疏疏的几颗星栖息在朗月边。

房间里的窗帘半拉着，月光趴在窗台上，上面几株仙人球的刺在月光下凝着淡淡的光。

江沅躺在床上，借着月光盯着天花板的缝隙看了会儿，等到意识回笼才伸手将搁在床头的手机拿了过来。

刚解锁，就看到系统栏有微信新消息的提醒，她打了几个哈欠，随手点开。

是室友闻桨发来的微信，连着发了六条。

"！！！

"运动会我们不是报的跳远和两人三足吗？

"怎么我刚刚看院里报上去的名单我们俩只报了一个长跑？

"八百米啊！你要知道我八百米从来没跑及格过的！

"能不能不参加运动会了啊？

"啊啊啊啊啊啊，你人呢？"

她咽了下口水，困意倏地就跑没了，手指按着键盘，啪啪作响："什么鬼？我当时给体委报的就是跳远和两人三足啊？你是不是搞错了？"

消息刚发出去，闻桨就回了消息："没搞错，李爽说可能是上报的时候，弄错了名单……"

江沅："那不能改了吗？"

闻桨："改不了，名单都报给学校了。"

江沅："安慰你一下，我长这么大就初中体育测试的时候跑过一次八百米，而且到最后我是直接在跑道上滚去终点的。"

闻桨："……"

沈漾从外面进来的时候，江沅正趴在床上和闻桨从八百米的惨痛经历聊到最近娱乐圈里谁谁又出轨的事情，听见他开门的声音，回头看了过来，一张脸哭丧着："漾漾……"

他眉梢挑了挑，关上门走过去，伸手将她踢在床尾的衣服捡起来，淡淡道："怎么了？"

"我运动会要跑八百米。"她撇撇嘴，"但是你知道吗，上帝曾经踢过我的腿，让我这么完美的人在跑步上不能有所建树。"

闻言，沈漾站在床尾，目光落在她露在被子外面的一截白生生的小腿。

她皮肤白，小腿上没什么肌肉，从膝窝往下一点到凸起的踝骨这一截，线条流畅，脚掌偏瘦，莹白的脚趾上涂了一层粉红色的指甲油，看起来盈盈动人。

他的眸光变了变，喉结轻滚着。江沅注意到他的视线，下意识地想把腿缩回来。

沈漾眼疾手快地攥住她纤细的脚踝，用了点力把她拉了过来，俯下身，手臂撑在她的耳侧。

江沅拿枕头丢在他脸上，捂着脸，嘴里嘟哝了声："你怎么这么烦人啊？"

沈漾手指覆在她膝盖上，食指和拇指按在上面揉搓了一下，轻笑了声："我怎么烦人了？我只是想看看被上帝踢过的腿到底有什么不一样。"

他也是说着玩，手指贴着她膝窝挠了挠："好了，起来洗把脸，下去吃饭，等会儿送你回家。"

　　江沅从床上坐起来，小腿垂在床沿晃悠着，抬起胳膊一脸撒娇："我腿酸，你抱我去。"

　　见他站在一旁没动作，江沅压了下嘴角，开始乱扯："漾漾，你现在都不宠我了。"

　　"我只是让你背我，你竟然要思考这么长时间。"

　　沈漾无奈地笑一声，屈指在她脑门上崩了一下："你这脑袋里面一天到晚装的都是什么？"

　　"你啊。"江沅抬起头看着他，抬手又指了指自己的眼睛和心脏的位置，浅声道，"这里，装的全部都是你。"

　　沈漾心上一暖，忽然喊了她一声："沅沅。"

　　听到他的称呼，江沅先是愣了下，随即弯着眸笑起来："你干吗这么喊我？"

　　"好听。"沈漾捧着她脑袋，低声道，"你叫我一声。"

　　她没有任何的迟疑，像往常一样，脆生生地喊了句："漾漾。"

　　沈漾低笑："嗯，沅沅。"

　　江沅笑弯了眼，戳了戳他胳膊："你怎么比我还幼稚？"

　　他松开手，弯腰将她抱起来，进了浴室，把她放在洗手台上，才接了话："幼稚吗？我不觉得啊。"

　　她轻啧一声，没接话，想起很久之前的一件事："你以前都不让我叫你漾漾的。"

　　"我当时在微信喊你漾漾，你都不回我的。后来我问你为什么梁钦他们能喊我不能，你还记得你是怎么说的吗？"

　　沈漾拿着毛巾，敛眸想了会儿，大概想起来当时好像说的是"因为梁钦他们是男的"。

　　江沅沉沉地睇了他一眼："你当时以为我是色狼，躲我跟躲什么一样，我现在是看透你了，狗男人。"

　　沈漾："……"

　　暮秋的夜晚，不似夏夜那般燥热，绿叶茵茵的枝头早已枯黄，匍匐在林荫深处的夏蝉不知何时已经从城市里退去，晚风拂过，带起路旁枯叶，落进池子里掀起阵阵涟漪。

　　江沅嘴里嚼着山楂丸，走在前面一蹦一跳地踩着路面的枯叶，鞋底碾在干燥的枯叶上，发出"嘎吱嘎吱"的声音，听起来清清脆脆。两只金毛在路旁奔跑，狗吠声时而在小区里响起。

　　沈漾单手插在兜里，另一只手拎着她的山楂糖雪球，亦步亦趋地跟在她身后，眼角眉梢里都是掩不住的笑意。

　　朗月悬挂在漆黑的夜空里，盈盈的月光落在两人肩上，两人时而交错的身影被暖黄的路灯拉长。

　　江沅吃完嘴里的山楂，咂咂嘴，舔了下残留在嘴角的糖屑，回身朝沈漾跑了过去："吃完了。"

　　"啧。"

　　他抽出手，从袋子里拿了一颗递到她嘴里，无奈地说道："怎么像带了个女儿出来。"

　　话是这么说，可他的语气里都是浓浓的宠溺。

　　江沅鼓着腮帮，牙齿把圆滚滚的山楂咬开，包裹在外面的白糖粉混着山楂肉，酸甜的味道在嘴里漫开。

　　她用舌尖把籽挑出来，吐进一旁的垃圾桶里，嚼了几口后才接了话："呸，你想当我爸爸，我还不乐意呢。"

　　"嗯，不当爸爸。"

　　他突然俯身，凑在她眼前，漆黑如墨的眼眸里倒映着她有些呆滞的面孔，他身上清冽的淡香萦绕在她周身，声音低浅："我只想当你老公。"

　　他凑得太近，压迫感过强，江沅右脚下意识地往后面退了一步，头也跟着往后仰了点："想娶我啊？"

　　"想，恨不得现在立刻马上就娶你回家。"

　　她笑弯了眼，伸手从他手里把袋子抽出去，轻巧巧一声："那你等着吧。"

沈漾笑着没应，拉着她往前走。

过了会儿，江沅往嘴里塞了颗山楂丸，侧目看着沈漾："漾漾，我以前怎么没发现你这么恨嫁呢？"

她觍着脸凑过去："是不是突然发现不把我娶回家，实在是对不起我这倾国倾城沉鱼落雁闭月羞花之美貌啊？"

他哼笑一声："我是怕你像这样发起疯，万一哪天跑出去吓着别人。"

他顿了顿，淡淡道："我是在为民除害。"

江沅撇了下嘴角，牙齿嚼着山楂肉，说话含糊不清："漾漾，你最好庆幸我是在成为你女朋友之后，才发现你这张嘴是用来怼人的。"

她把嘴里的东西咽干净："要不然，像你这样的人，是绝对不可能找到女朋友的。"

"也就是我，秉着我们在同一片天地呼吸的分上，无私奉献了一把。"

说话间，两人已经走到她家楼下，不远处的岔道口有辆汽车开过来，沈漾把她往路里面拉了一把："注意车。"

江沅下意识地抬头看了眼，瞥见熟悉的车身，还没来得及细想，从车里下来个男人，穿着中规中矩的衬衫西装裤，鼻梁上架着眼镜，西装外套和公文包拎在手上，正朝他们这边走来。

两人皆是一愣，随着来人的距离愈来愈近，两道截然不同的声音同时响起。

"爸。"

"江医生。"

第九章

心都在你那里

遇见你之前，我一无所求。
遇见你之后，娶你，
就是我所有的梦想。

沈漾愣了一下，侧目看着江沅，眼神示意她，这是你爸？

江沅同样也愣住，瞥见他的眼神，示意回去，你不知道？

江清河停在原地看了会儿两人眼神你来我往地交错，方笑呵呵地继续朝两人走过去："小沈啊，最近怎么没见你去医院了？"

沈漾敛眸看着眼前人，迅速地将他的身份从"江医生"转变成了"未来岳父"，语气比之前要认真："最近比较忙。"

"那也得抽空过去看看他，他一个人在医院也不舒坦。"

"我明白。"沈漾背着手，点点头，模样是少有的认真。

江沅在一旁忍不住笑了声。

江父的目光扫了她一眼，随即抬手看了下时间，漫不经心地道："都快九点了啊，时间不早了，我先上去了，你们聊。"

说完，江父和沈漾略微颔首就转身往楼里走，江沅听出江父话里的意思，哪里敢待在楼下和沈漾多聊，牵着元宝迅速跟上江父的步伐，偷偷指了指手机，示意他："回去找你。"

沈漾站在台阶下，冲她挥挥手，心底依旧在默默消化着江医生是未来岳父的事实。

江沅跟着江父上了楼，一路上，也没敢多说，直到出了电梯，江父站在家门口，沉声道："等会儿来书房找我。"

她低头抠手指，应了声："知道了。"

两个人一前一后进了家，坐在客厅追剧的江母瞥了眼："哟，今天怎么父女俩一起回来的？"

"楼下碰见了。"江父换了鞋，把包放在鞋架的柜子里，抬脚朝客厅走了过去。江沅没敢跟过去，换了鞋给元宝松了绳子后，慢吞吞地挪回了房间。

大金毛摇着尾巴钻回自己的狗窝。

江母察觉到她的异常，拿脚踢了踢江父："沅沅怎么了？"

江父沉默了一秒，神色自然地道："不知道。"

说完，他拍拍衣服上的毛绒，起身去了书房，进去前还刻意说了声："我去书房待会儿。"

江母："知道了。"

坐在房间里的江沅听到江父说话的声音，朝门口翻了个大白眼，等到听见他开门的声音，她趿拉上拖鞋出门走了过去。

书房的门没关严，她推门探了个脑袋进去："爸。"

"嗯。"江父坐在书桌边上，取下眼镜，伸手搓着鼻梁骨，"进来吧。"

江沅抿着唇，挤进来把门关好，搬了把椅子坐在江父对面，笑嘻嘻地说道："爸，我怎么觉得您最近又年轻了不少呢？"

江父哼笑一声："别给我灌糖水，不管用。"

她鼓着腮帮，低头抠着桌角的笔筒："可是我现在成年了，谈恋爱也不过分吧。"

"我什么时候说不让你谈恋爱了。"江父从抽屉里拿了份报纸出来，言简意赅，"我觉得他不行。"

江沅不是很理解："为什么啊？"

"他不孝。"江父睨了她一眼，"近朱者赤，近墨者黑。我看你迟早跟他一样。"

江父继续道："上次他父亲病危之后，我可就没见他再去过医院，他父亲目前的状态可是说走就能走的。"

"爸，他们家的情况没你想得那么简单。"江沅斟酌着语句，把事情挑了重点跟他说了一遍后，沉声道："反正，沈漾他不是不孝，相反地，他已经做得足够好了。"

江父大抵也是没有想到事情的内情这么复杂，沉默了一会儿后，他轻咳一声："你先出去吧。"

"那沈漾……"

"爸爸像那么不通情理的人吗？"

江沅撇撇嘴，硬生生把到嘴边的"像"字咽了回去："那我先出去了。"

没等她走到门口，江父在她身后浅声道："你毕竟是女孩子，要注意保护自己，别让自己吃亏。"

江沅心头一暖，跑过去抱了抱江父，软声道："谢谢爸爸。"

"快点出去吧。"江父拍拍她脑袋，"爸爸得看会儿资料了。"

"好。"

从江父书房出来后，江沅高提着的心倏地放了下去，"噔噔噔"跑回房间给沈漾发消息："漾漾。"

消息刚发出去，沈漾就回了："怎么了？"

江沅手指搭在键盘上，故意跟他开玩笑："我刚刚跟我爸聊过了。"

沈漾："？"

江沅："他不同意。"

沈漾："嗯？"

江沅："因为你长得比他好看，他不开心。"

看到这里，沈漾大概猜出来她是在开玩笑，长舒了一口气，直接给她打了语音通话："骗我好玩吗？"

江沅笑了一声，抱着手机趴在床尾，两条腿悬在空中晃来晃去："我没骗你啊。"

"我爸真的说你不行。"

他哼笑一声，伸手开了房间的窗户，风吹过来，带着他的声音都有点模糊："我行不行，难道你还不清楚？"

"……"

医大的运动会在十一月中上旬。

比赛前一天，江沅洗完澡出来，躺在床上给沈漾发消息："漾漾，我明天上午跑八百米，我有一点紧张。"

　　沈漾大概是在打训练赛，过了九点才给她回的消息："睡了吗？"

　　"还没。"

　　消息发出去没一会儿，沈漾就给她打了电话，她苦哈哈地接通："漾漾。"

　　"嗯。"沈漾刚洗过澡，手机开了免提放在桌子上，穿衣服的声音窸窸窣窣的，"你明天几点钟比赛？"

　　"十点。"江沅腿翘起来贴着墙，仔细听了几秒后，问道，"漾漾，你那边什么声音啊？"

　　沈漾顿了一秒，淡声道："穿衣服的声音。"

　　江沅："……"

　　他轻笑一声，拿毛巾擦着头发，手机靠在床头："我明天过去找你。"

　　"啊？你明天不是也有比赛吗？"

　　他很自然地接道："女朋友比较重要。"

　　"啧。"

　　两个人抱着电话聊了四十多分钟，基本上都是江沅在说话，沈漾在那边看着比赛视频，听到好笑的事情，偶尔应一声。

　　快十点钟的时候，他手指搭在桌子上敲了敲："你早点休息，我明天过去找你吃早餐。"

　　"好。"

　　挂了电话，江沅躺在床上放空了几分钟。片刻后，她掀开帘子坐起来："桨桨，我明天不跟你去吃早餐了，我男朋友要过来。"

　　这话一落，闻桨作为宿舍唯一一只单身狗，一脸生无可恋地摇了摇头："我坐在这里听你们三个跟男朋友腻歪了一晚上。"

　　宿舍长从床铺里发出笑声："桨桨，别哭。"

　　另一个也应和了一声："桨桨，你也找一个啊。"

　　江沅趴在床上："对啊，桨桨，上次公共课你不是跟那个外语学院的小哥交换了微信吗？没发展一下？"

提到这，闻桨咬了咬牙根："那人加我，就是为了找我看病的，天天问我感冒发烧头疼胃疼该怎么办，还说他以后要是生病了去医院找我能不能打折，我看我应该把他腿打折。"

宿舍另外三人听完都没忍住笑了出来。

第二天早上，江沅出门的时候，沈漾已经到楼下了。暮秋的早晨气温低，他穿了件黑色的机车夹克外套，拉链敞着，露出一截脖颈和时而滚动的喉结。

他又剃短了头发，显得整个人俊朗不少，光是站在那里，就引得不少人回头。

她小跑过去，扑进他怀里："你穿这么帅来我们学校干吗，是不是想勾搭姑娘？"她补充道，"我告诉你，你想都不要想，你没有这个机会了。"

沈漾笑了声，俯身隔着口罩在她唇上亲了亲："嗯，我只想勾搭你。"

她眨眨眼，手抵着他，人往后退了一步："漾漾，你把口罩的灰都弄我嘴上了，你居心何在？"

他无奈地叹口气，捉住她冰凉的手指，掰开指缝，十指相扣着往食堂的方向走。

等到了食堂，江沅看着他熟门熟路的模样，在他买完东西回来后，她托着腮疑惑地看着他："漾漾，你是不是真的背着我来我们学校勾搭姑娘了？"

沈漾掰开筷子递给她："我之前没跟你说过吗？"

"什么？"

"我之前也是医大的学生。"他停下来，看着她逐渐龟裂的表情，淡笑一声，"论辈分，我应该算是你的直系师兄。"

江沅反应了好几秒，然后惊讶地"啊"了一声："你不是在骗我吧？"

他挑挑眉，低头喝了一口粥后，不紧不慢地说了七八个医学院老师的名字和任课内容，见她还是一脸很惊讶的神情，好笑地看着她："我在医大读过书就这么让你难以接受？"

"那我要是说，我还是被保送进来的，你会不会惊讶到连饭都不吃了？"

江沅顿了顿，立马应道："这倒不会，目前还没有事情能影响到我吃东西的欲望。"

"而且，我也是被保送进医大的。"她微歪了下头，毫不谦虚地说道，"所以，you me you me（彼此彼此）啦。"

"你英语体育老师教的？"

江沅毫不在意，片刻后，笑着道："漾漾，你说我们这样是不是也算是夫唱妇随了？"

他点点头，煞有介事地应道："算吧。"

"我觉得也是。"

过了会儿，江沅突然放下筷子，叹了声气。沈漾抬头疑惑地看着她："怎么了？"

只见她托着腮，神情有些苦恼，语气认真。

"漾漾，你说我们俩都这么聪明，要是以后有了孩子，她会不会感到自卑啊？"

闻言，沈漾愣了一下，脑海里不由自主地想象出一个粉雕玉琢的小姑娘抱着作业本哭泣的模样，唇角不自觉地弯了弯："不会的，我们这么聪明，她肯定会跟我们一样聪明。"

"我觉得也是。"她点点头，重新拿起筷子，随口问了句，"漾漾，你喜欢女孩还是男孩？"

他没怎么思考，几乎是脱口而出："女孩。"

顿了顿，沈漾又添了句："但我想要男孩。"

江沅捏着筷子的手僵了一下，唇边的笑容有些收敛："请问你家是有皇位要继承，还是有矿山要传承啊？"

"我不是这个意思。"他别开眼，淡淡道，"男孩子随便养养就行，不会打扰我们的生活质量。"

"什么生活质量？"

沈漾放下勺子，拿餐巾纸擦了擦嘴角，轻描淡写地说道："性生活。"

　　江沅不想理他。

　　考虑到等会儿要跑八百米，江沅喝完一小碗粥之后就没敢再多吃，托着腮看着沈漾："漾漾，要不然等会儿我跑步的时候，把你绑起来放在终点吧，这样我肯定跑得贼快。"

　　他轻喷一声，也没反驳她的话，伸手从桌子上拿了颗鸡蛋在桌角磕了几下，修长的手指三两下就把蛋壳剥了下来，嫩白的鸡蛋暴露在日光之下，隐约能看见藏在里面的蛋黄。

　　"吃了。"

　　沈漾把鸡蛋放到她碗里，拿纸巾擦了擦指腹："等会儿是不是还要去体检？"

　　"嗯，你也知道啊？"江沅拿筷子把鸡蛋戳开，拣着蛋白吃，"也不知道学校这么麻烦干吗？"

　　医大有个不成文的规定，每年运动会，不论是参加长跑还是短跑的学生，都要在赛前接受一次详细的体检，体检不合格是不允许参加比赛的。

　　"那是因为医大十年前举办运动会的时候出过一次意外。"

　　江沅好奇地眨眨眼："什么意外？"

　　"想知道啊？"他敛着眸，淡淡道，"你先把蛋黄吃了。"

　　她嘴角一下就垂了下去，内心在听八卦和吃蛋黄之间纠结了会儿，皱着眉把碗里剩余的蛋黄就着豆浆一起吃了下去。

　　临了，江沅还不满地皱着眉吐槽了一声："真难吃。"

　　沈漾弯着唇，伸手将她嘴角的蛋黄屑擦掉："你们女生怎么都不喜欢吃蛋黄。"

　　江沅吸着豆浆，敏感地捕捉到他话里"你们女生"四个字，贱兮兮地凑过去："除了我，你还见过哪个女生不爱吃蛋黄啊？"

　　他面不改色，神情自然："我妹妹。"

　　提起他妹妹，江沅脑海里不自觉地记起几个月前在小区门口的惊鸿一瞥，还有那场莫须有的乌龙，不自然地别开眼："哦。"

沈漾轻笑着，手指垂在桌沿敲了几下，随口问道："你想不想见见她？"

江沅也不知道哪根筋没搭好，下意识地回了句："听秘密还要见了你妹妹才能说吗？"

沈漾竟无法反驳。

沈漾说的事故，算是医大极少的负面新闻里埋得最深的一件。

十年前，医大举办运动会，一名男生在长跑途中突发心脏病，送医后不治身亡，他的父母一纸诉状将医大告上了法院，事情一度闹上新闻头条。

后来，也不知道医大用了什么办法把这件事压了下去，男生的父母也没再来学校闹过，事情就这样随着时间的流逝逐渐消失在人们的视野里。

自那以后，医大就有了这么个不成文的规定，年复一年，就延续下来了。

江沅咂咂嘴，叹了声气，没作声。

过了会儿，她"欸"了一声，侧目看着沈漾："这么隐私的事，你怎么知道的啊？"

"我奶奶以前是医大的老师。"沈漾抬头看着不远处虚无缥缈的云端，声音与之前无异，"偶然间听她提过一次。"

江沅愣了一下，没再继续问下去，随便扯了别的话题："对了，前阵子我们上公开课，有个计算机学院的小哥哥加了我室友的微信，你猜后来怎么着？"

他没怎么思考："男生表白，你室友和他在一起了？"

江沅"哇"了一声："你好聪明啊，可惜你还是猜错了。"

她笑嘻嘻地接着说道："原来他加我室友，是因为从微博上看到一个段子，说我们医学院的学生生病用不着请病假，同学之间就可以互相看个病，严重了找老师就行。"

江沅说到这也笑了："所以他为了以后看病着想，就想找一个医学院的女朋友，还问我室友看病能不能打折，我室友都快气死了。"

听到这话，沈漾蓦地笑了出来，像是想到什么好玩的事情，声音染着一层笑意："我之前有个室友也加过一个外语学院的女生。"

他顿了顿，一本正经地说道："为了考雅思。"

江沅扑哧一声笑了出来，手指搭在他手腕上晃了晃："那你有没有加过什么小女生的微信啊？"

"没有。"

说完，他伸手搓了搓眼睛，轻描淡写地说道："都是别人找我要的。"

江沅此刻的内心：我不该，我有错。我干吗要这么自取其辱。

考虑到现在沈漾在大众面前也算四分之一的名人，体检完了后，江沅没敢拉着他去班里同学面前转，让沈漾去学校里面的奶茶店等她。

"我们班有好几个女生都是你的颜粉呢，我可不能送羊入狼口。"江沅说完，趁着没人注意，踮脚隔着口罩在他唇上亲了亲，伸手拍了拍他的肩膀，"乖，姐姐走了。"

沈漾笑着目送她离开。

参加比赛的人数多，分成了六组，江沅找老师把自己换到了第一组。

比赛十点钟开始，她站在跑道上，学着旁边女生像模像样地踢腿扭腰转手腕。

虽然她也不知道跑步为什么还要转手腕，又不是用手跑。

过了会儿，比赛预备，一声枪响。

一群人呼啦一阵如潮水一般涌了出去，江沅跟在后面慢悠悠地晃着，八百米硬是给她跑出了马拉松的感觉。

到最后，体委实在看不下去，跟在她旁边："沅姐，你稍微也有点比赛的感觉可以吗？"

江沅跑得慢，呼吸均匀，还能应着话："不是啊，你看周围不都跟我一样吗？"

"啊！"李爽大吼了一声，"人家已经是第二圈了啊！你还在第一圈！能一样吗？"

八百米平安结束，江沅庆幸自己没有像体育测试那时一样，滚着到终点。

结束后，她在班级临时搭的帐篷里喝了点水，和班长打了声招呼后就跑出去找沈漾。

他坐在奶茶店里面，靠着窗户，侧着头和站在桌边的女生说话。

江沅抿着唇，站在那里没动，掏出手机从网上找了一堆关于绿帽子的表情包发给他。

发完消息，她直接握着手机蹲在路边，托着腮看着里面。

沈漾收到消息的时候，明显愣了几秒，看见她的昵称和发来的图片，似乎意识到什么，目光往窗外扫了一眼，见她蹲在外面，抬手朝自己比了一个抹脖子的动作。

他倏地笑了出来，没什么动作地收回视线，侧头对着站在桌边的人不知道说了什么，两个人皆是一愣，然后对方一脸娇羞地笑着走开了。

没等她耐心告罄举着五十米的大刀冲进去，沈漾先一步从奶茶店走了出来，手里拎着印有奶茶店 Logo 的袋子。

沈漾在她面前停下，江沅撇了撇嘴角："让开，你碰到我隐形的帽子了。"

沈漾借着身高优势，伸手在她脑袋上揉了揉，淡淡道："怎么这么快就结束了？"

她轻哼一声，从地上站起来，拍拍手上的灰尘："不快一点，怎么能看见某人背着我在外面偷偷勾搭小姐姐。"

"你搞错了。"

江沅压着嘴角，没吭声。

他噙着笑，继续道："我没勾搭小姐姐，是小姐姐要勾搭我。"

江沅想：现在要是拍死这个人，没人会反对吧？

　　沈漾笑声更清晰了些，俯身亲了亲她气鼓鼓的脸颊，趁她反应过来之前直起身，另一只空着的手伸进口袋里摸了摸，淡声道："你把手伸出来，我给你样东西。"

　　"不要。"她别开眼，手背在身后。

　　沈漾啧了声，语气认真："不要你会后悔的。"

　　她鼓着腮帮沉默了片刻，随后不怎么情愿地把手伸了出来，嘟哝了声："什么啊？"

　　沈漾弯着唇，把手从口袋里拿出来，握成拳放在她手心，抬眸看着她的眼睛，停了一秒后张开手指，掌心贴着掌心，十指相扣。

　　在她还没回过神之前，沈漾把人往怀里一拉，低头封住她微张的唇，温热的唇瓣贴在一起，说话时有轻微的酥痒："我，你要不要？"

　　江沅下意识舔了下嘴角，舌尖碰到他唇瓣上，淡淡的奶茶味在舌尖漫开，她伸手揪住他的衣袖，张口咬着他下唇，吐出一个单音节。

　　"要。"

　　沈漾低笑着，抬手扣着她后脑，反客为主，牙齿咬住她唇角吮吸着。

　　他刚刚喝过奶茶，嘴唇甜腻的奶香味，逐渐在两人唇间漫开。

　　耳旁隐约还能听见从操场传来的音乐声，江沅意识到两人身处何处，支吾了两声，伸手推他的肩膀，没推动，直接趁他不注意，用牙齿咬了一下他的舌尖。

　　"嘶。"

　　一点血腥味在口腔里迅速漫开，沈漾更用力地扣着她的后脑，动作不甚温柔地扫过她的唇间。

　　等她软着腿喘不过气才松开她，过了会儿，舌尖抿了抿，往一旁的空气里吐了点沾着血的唾液出来，哑声道："你属狗的啊？"

　　江沅委屈巴巴地擦了擦残留在自己唇角的血珠，嘀咕了声："会有人看见的。"

沈漾轻笑一声，舌尖舔了下唇角，抬手晃了晃手里的奶茶，说道："我给你买了奶茶。"

她一愣，没反应过来："什么？"

"所以——"他停了下来，手指按在她唇上，一字一句道，"接个吻，当酬劳而已。"

江沅轻哼了声，从他手里把奶茶接了过去。

拆开吸管插进去吸了一口，比先前还要浓郁的奶香味在嘴里漫开，她嚼着珍珠，随口问道："刚刚那两个小姐姐跟你说什么了？"

"是不是问你有没有女朋友？能不能加个微信？"

沈漾挑了挑眉，淡声道："你都知道？"

"那当然了，我以前就是这么对……"话到嘴边，她倏地反应过来，话锋骤转，"我以前不就是这么对你的啊。"

"我记得第一次加你微信的时候，你竟然还拒绝我了！"

"还好我是个能经受得住打击的人，要不然，"她停下来，侧目看着沈漾，"你就失去这么一个可爱的女朋友了。"

闻言，他勾起唇角笑着，用了点力紧紧握住她的手："那我抓紧点。"

"什么？"她咬着吸管，没怎么听懂。

沈漾重新启唇："女朋友来之不易，我怕弄丢了就再也找不到这么可爱的了，所以我得抓紧点。"

说着话，他手中的力道又加重了一些，但是力道又把握得很好，既将她抓得牢牢的，也不会弄疼她。

江沅一滞，只觉得手心里的温度沿着手上的经脉一齐涌到了她的心口，一汪春水被这炙热滚烫的温度烘得沸腾，汩汩地冒着泡。

"漾漾。"

"嗯？"

"我超喜欢你。"

他轻笑，捏了捏她柔软的指腹，学着她的语气说话："我也超喜欢你。"

江沅侧目看着他的眼睛，弯唇笑着："你别学我说话。"

"我没学你说话。"

我是真的很喜欢你。

喜欢到，想把自己拥有的一切都给你。

沈漾本来以为，在经历过黑暗之后，他的生命不会再有光的出现，直到遇见她。

她就像一束永远都不会熄灭的光芒，带着炙热的温度一点一点驱散他心底的阴霾，带给他无数的感动和欣喜。

教会他什么是爱情。

他爱她。

从一而终，甘之如饴。

WATK战队下午有一场比赛，江沅想着留在学校也没什么事，索性直接跟他一起去了比赛现场。

"漾漾，你们今天是最后一场预选赛了吧？"

休息室里，江沅从网上找到秋季赛预选赛的赛程安排表，翻了两下后，说道："接下来就是季后赛了啊。"

她说完，戳了戳沈漾的胳膊："你紧不紧张？"

闻言，沈漾从电脑前抽出空瞥了她一眼，淡淡道："还好。"

江沅"喊"了声，故意跟他对着玩："这么有自信啊？别到时候输了找我哭鼻子。"

"输了也没关系。"沈漾手搭在鼠标上点了几下后，把电脑屏幕转到她眼前。

江沅凑过去看了眼。

上面是秋季赛预选赛的积分排行榜。

"我们已经是第一了。"他搓了搓鼻梁骨，人贴着她后背靠在她耳边，轻声道，"再说了，哭鼻子的明明是你。"

江沅侧着头对上他的眼睛："我什么时候跟你哭过鼻子了？你别

冤枉我。"

他勾着唇没作声，手指贴着她后背凸起的脊骨线条慢吞吞往下滑，指腹贴着她腰间的肌肤轻敲了几下，暗示性极强。

江沅背脊一僵，倏地反应过来他话里的意思，脸颊涨红，咬着牙支吾了一句："流氓。"

沈漾哼笑一声，食指和拇指捏着她后腰的软肉，漫不经心地揉捏着。

江沅：这男人现在路子都这么野了吗？

队友都坐在一旁的长条沙发上，江沅动也不敢动，脸颊的热度伴随着他的动作更上了一层。

"朋友们——"教练褚为突然从外面推门进来，人站在门口，"时间差不多了，该上场了。"

顿时，一屋子的人都朝门口看了过去。

坐在靠门边的江沅整个人都僵住了，紧张得咽了下口水，可偏偏某人还不自知，大半个身体都贴着她。

队友三三两两地站起来，推搡着往外走，沈漾在队友走过来之前，把手从她身上拿开了。

他面不改色地站起身，从一旁的沙发上捞起外套，抻着胳膊把外套套上，手捏着衣服下摆，直接把拉链拉到了头，衣领竖起来，遮住他一半的下颌线。

江沅坐在沙发上，嘀咕了一声："人模狗样。"

他突然俯下身，清俊的面容凑在她眼前，勾着唇道："你嘀嘀咕咕说我什么坏话呢。"

江沅脱口而出："王八蛋。"

刚一说出来，已经走到门口的队员都哧哧地笑了出来。梁钦更是厚着脸皮，掐着嗓子学了声："王八蛋。"

沈漾似乎也没想到她这么顺溜地就骂了出来，愣了几秒后，挑了挑眉梢，眼角微眯着。

褚为站在门口轻咳一声，临走前交代了一句："漾漾，你快点啊。"

他轻"嗯"一声，算作回答。

两个人靠得近，清浅的呼吸缠在一起，江沅咽了下口水，人往后缩了一点："你怎么还不走……"

话音刚落，男人突然往前倾身，手撑在沙发扶手上，另一只手抬起她的下巴，低头咬住她的唇角。

在她反应过来之前松开她，伸手按在她破了点皮的唇角上，沈漾笑得春风得意："我可不能白挨骂。"

江沅伸手推了他一把："滚吧。"

秋季赛预选赛结束后，WATK 战队以小组积分排名第一的成绩，成功进入季后赛八强。

战队加大了训练赛的强度，沈漾每天除了吃饭睡觉，就是和队友练习训练赛。

每天都忙得焦头烂额。

另一边，医大临近期末，医学院作为年年期末胜高考的代表院系，江沅也是忙得头都要炸了。

光是理论知识就打印了百来张纸，堆起来足足有十厘米高，更别提还有一堆乱七八糟的专业实践课。

导致她天天跟室友抱着资料书坐在自习室啃，也没什么时间给沈漾发消息。

"困死了。"

江沅打了几个哈欠，枕着胳膊趴在桌子上，眼皮耷拉着，手指在纸上面划来划去："我觉得期末考试这玩意儿就是用来动摇我转专业的心。"

听到她这样说，坐在旁边的闻桨低笑了声，好心地提醒她："据说医学院要转专业还要先通过院里的考试，那难度可比期末考试要高多了。"

江沅鼓着腮帮吐了口气，重新爬起来刷知识点，手刚拿起笔，搁在一旁的手机屏幕亮了起来。

沈漾发来的微信："有空吗？"

她眸光一动，手指在屏幕上敲着："没有，但如果你要找我的话，我勉强可以挤出一点时间。"

沈漾："我在上次的奶茶店等你。"

江沅"欸"了声，和闻桨打了招呼后，从后门溜了出去，手按着语音键，边走边说话："你在我们学校？你不训练了啊？"

沈漾也回的语音："嗯，休息。"

几秒后，沈漾又发了一条，声音含着笑："快点，这里好多小姐姐。"

江沅："……"

下一秒，她直接从一旁的车棚里扫了辆自行车，脚一踩直接飞了出去。

沈漾还坐在上次的位置，江沅停好车之后，直接走了进去，店里除了吧台的小哥，空无一人。

她走过去，在沈漾对面坐下，没好气地看着他："你的好多小姐姐呢？"

沈漾轻笑着，把手边的奶茶递给她："没有很多，只有你一个小姐姐。"

江沅挑了挑眉，手挨上奶茶的杯壁，下一秒又突然缩了回来，掏出手机点了几下后才重新伸手把奶茶接了过来。

几秒后，沈漾放在桌上的手机振动了下，他点开看了眼，江沅给他转了一笔小钱。

"这是什么？"他举着手机问她。

江沅咬着吸管往后靠着椅背，大眼看着他，学着他之前的语气一字一句道："转个账，当报酬而已。"

"啧。"

沈漾没反驳，点了接收。

"漾漾，你不爱我了。"

江沅放下手里的奶茶，把珍珠咽下去后，故作痛心疾首道："你竟然真的收了我的钱，你已经开始用金钱维护我们之间的关系了。"

沈漾纳闷：这钱难道不是你先给我转的？

过足了戏瘾，江沅嘿嘿笑了声，才认真地问了句："你今天不训练来找我干吗啊？"

沈漾沉沉地睨了她一眼，冷冰冰吐出两个字："约会。"

没等她说话，又继续道："现在后悔了。"

"后悔你回去呀。"江沅嘴里塞满了珍珠，说话含糊不清，"反正我等会儿还要回去看书。"

沈漾敛着眸，手指没什么规律地敲着桌面，下一秒，突然起身："那我走了。"

"好的，请慢走。"

江沅看着他修长的身影，嘴里默默念着："一、二、三、四……"数到八的时候，原先已经走到门口的人又重新折返回来。

沈漾站在桌旁，看她笑眯眯的模样，淡声道："非要皮一下才开心？"

"没有呀。"

他哼笑一声，伸手抓住她衣服后面的帽子，把人拎起来，胳膊勾住她的脖子拖着她往外走。

"喂喂喂，"江沅弓着身不舒服，抱怨着，"你这样我怎么走路啊？"

直到出了奶茶店，沈漾才松开她。江沅嘟囔了一声，伸手揉着发酸的脖子："你要找我约会，可是我晚上还有课啊。"

沈漾挑了挑眉："你是要气死我？"

江沅扑哧笑了一声，上前一步，踮着脚在他脸侧亲了亲："我可以陪你的，因为我觉得——"

她停了下来，趴在他耳边吐气。

"你比上课有趣多了。"

听到这话，沈漾明显愣了一秒，随即便坦然接受，还很大方地给出了选择："医大门口的两家连锁酒店你选哪一家？"

见他煞有介事的模样，江沅忍不住缩了缩脖子："我都不选。"

"啧。"他俯下身和她平视，"不选你怎么对我负责？"

他刻意咬了咬"负责"这两个字，生怕她听不明白。

"还是说，你比较喜欢特别一点的负责方式？"

他话最后一个字落下，江沅脑袋里就跟放电影一样，一串串的画面走马观花一般蹦了出来。

"啊，沈漾你好烦啊！"她涨红了脸推开他，自顾自地往前走。

"喂。"

沈漾跟在她身后，定定地看了她一会儿，确定没看错后，提醒她："前面的，你顺拐了，你知道吗？"

他的声音不大不小，刚刚好让江沅和路过的学生都能听见，周围人打量的视线若有若无地放到江沅的走势上。

她停在原地缓了会儿，重新迈出右脚，右手不自觉地跟着抬了起来，连续几次下来，沈漾已经从后面跟了上来，伸手拍了拍她的脑袋："你干吗呢？"

江沅睄了他一眼后，哭丧着脸："都怪你，我现在都不会走路了。"

"你怎么这么讨厌啊。

"怎么我说什么你都要怼回来。"

沈漾嗤笑了一声，站在原地等她吐槽完，问道："还有吗？"

"有。"江沅一下说了太多话，噎住了气，哽了半天才说出下半句话，"太多了，你等我回去列个表给你。"

沈漾垂眸看着她，从这个角度他甚至能看见她睫毛卷翘的弧度，以及她眼角泛着的一点红意。

他轻笑了一声："你怎么这么可爱？"

江沅轻哼："糖衣炮弹对我没用。"

沈漾没再多说，拉着她去了学校外面。

两个人沿着小吃街逛了一圈后，停在街口，看着周围林立的参差不齐的建筑，沈漾敛眸问道："想去哪儿？"

江沅手里端了一份关东煮，热气在眼前氤氲，咬着肉丸，顺着周围看了一圈，最后把目光落在街尾的一家店铺，抬手指了过去："去那儿。"

沈漾顺着她指的方向看过去，目光落在门口"四合网苑"四个大字上，神情一顿："你确定？"

"这有什么不确定的。"江沅解决完手里的肉丸，边走边问，"你带身份证了吗？"

沈漾轻叹了声气，任由她拉着走："带了。"

等到了店门口，沈漾拉住她，重新问了一遍："你确定要把我唯一的半天假，也可能是接下来一个月里我们最后一次约会的时间放在这里面？"

"确定。"江沅扯着他胳膊，"我长这么大还没跟男朋友一起来过网吧呢。"

"你不觉得男朋友带着女朋友在网吧里大杀特杀的感觉很酷吗？"

耐不住她的软磨硬泡，沈漾最后还是妥协了，被她拖着进了网吧里面。

因为不是节假日，网吧里人不多，一楼的大厅零零散散只坐了六七个人。

江沅拿着两人身份证去门口吧台开小包，沈漾戴着口罩站在后面的桌子旁，手肘搭在桌沿，手指按在大理石的桌面上轻敲着。

网吧的网管是个小哥，染了一头奶奶灰，肤白，一双眼眸水润圆亮，医大有不少女生都是他的小迷妹。

"今天没有课吗？"小哥坐在吧台后面，修长的手指搭在鼠标上面点着，目光似有似无地从沈漾脸上划过，"怎么这个时间来上网？"

"啊，没什么事就过来了。"江沅把身份证递给他，随便问了句，"今天好像没什么人啊？"

"快期末了。"小哥对着身份证把信息输入进去，"男朋友？"

"嗯。"

"长得挺帅的。"

小哥一边说话一边把身份证递给她，江沅手还没伸出去，后面靠过来一道人影，在她之前伸手把身份证接了过去，清冷的声音从她头顶落下："开好了？"

"好了。"

"好了干吗还不走？"

江沅不明所以："刚刚弄好啊。"

"快点走了。"

江沅"哦"了声，刚想回头和小哥打声招呼，沈漾眼疾手快地按住她脑袋，淡淡道："还看什么？"

"跟人家说声谢谢啊。"

他轻哼一声："有什么好说的，你们很熟吗？"

饶是江沅反应再迟钝，这会儿也意识出来他是在吃醋，忍不住嗤笑一声："漾漾，你吃醋的样子真的很可爱。"

顿了顿，她说道："可小哥喜欢的是男孩子。"

沈漾不自在地别开眼："那你怎么不吃醋？"

"嗯？"

"他刚刚夸我帅了。"

江沅无语。

包厢在二楼楼梯口的位置，双人包，里面放了两台电脑和一个长条沙发，后面的背景墙还挂了一个液晶电视，中央空调的风从天花板上吹下来。

江沅进去后直接脱了外套，兴冲冲地开了电脑，很熟练地打开桌面的播放器，找到自己最近在追的韩剧，点击播放。

刚刚打开电脑的沈漾："……"

你骗人，说好要来大杀特杀的，可你却追起了连续剧。

江沅看得津津有味，沈漾无奈叹声气，等电脑开机后，手指按着鼠标随便点了几下，最后打开桌面的 QQ 邮箱，登录了自己的账号，打开放在里面的比赛录屏，点击播放。

两个人一人抱着一台电脑各自看着各自的视频。

过了会儿，江沅抬头看了下头顶的空调风，侧过头摘下沈漾的耳机，沉声道："我觉得小哥可能想热死我们。"

闻言，沈漾瞥了眼她红热的脸颊，淡淡道："你把外套穿上。"

江沅："？？？"

"漾漾，你什么意思？你是不是想热死我，好去跟小哥双宿双飞？"

沈漾懒得跟她争辩，侧过身，直接将包厢里的门打开。楼梯口的凉风扑面而来，江沅忍不住打了一个哆嗦，脸上的热意稍微降下了些，她看着已经重新戴上耳机的沈漾，伸手扯了扯他的衣袖。

"谢谢你哟。"

他哼笑一声，没说话。

日渐西沉，大片的暮光从房间侧上方的小窗口倾泻进来。

江沅伸了伸懒腰，扭头跟他说话："漾漾……"

话还没说完，她忽然噤声。

坐在她身侧的沈漾不知道什么时候已经睡着了，歪着头靠着沙发背，耳机还扣在耳朵上面，呼吸既清浅又绵长。

电脑显示屏惨淡的光映在他脸上，衬得他眼底的一圈青色更加明显了点。

江沅鼓着下唇，慢慢吐了口气出来，伸手将他的耳机摘下来，怕吵醒他，动作慢到她整个手腕都有些发酸。

包厢的门还敞开着，江沅起身去关了门，脱下自己的外套准备给他盖一下，衣服刚碰上他的肩膀，他的眼睛就睁开了，她愣了一下，才收回手："我吵醒你了。"

"没，睡好了。"沈漾搓着鼻梁坐直身体，后背又僵又酸，他靠着沙发缓了一会儿，"几点了？"

江沅扫了眼电脑屏幕："六点半。"

"嗯。"他揉着眼睛，把垂在腿间的外套递给她，"穿上，我们去吃饭。"

"好。"

　　临近七点，医大外面的街道上灯火渐浓，各式各样的小吃摊都摆了出来，香味从街头飘到街尾。

　　夜晚的温度比白天要低很多，江沅从暖气充足的网吧出来，忍不住哆嗦了几下，站在门口跺了跺脚，等沈漾出来，直接把手塞到他口袋里："漾漾，我们晚上吃什么啊？"

　　"你想吃什么？"

　　"嗯……要不我们去吃烤鱼吧？"江沅缩了缩脖子，"学校门口有一家烤鱼店，味道还不错。"

　　沈漾没什么意见："我都可以。"

　　吃完饭之后，沈漾送江沅到宿舍楼底下，月光被枝叶分割成细碎的影子落在地面。

　　"进去吧，我回去了。"

　　沈漾站在树下，摸了摸脖子："这段时间，我应该没有时间过来找你了。"

　　"我知道，你要好好训练呀。"江沅将手心覆在他的手背上，"等你拿了冠军，我请你吃好吃的。"

　　沈漾伸出拇指按在她虎口处摩挲着，眼皮稍抬，露出一点笑意："好。"

　　"你快回去吧，晚上早点休息。"江沅伸手压在他眼底的一圈青色上，笑了笑，"你这里都快赶上熊猫了。"

　　眼底的皮肤敏感薄弱，她的指尖有一点冰凉，贴在上面，似乎还能感受到一点跳动。

　　"漾漾。"她收回手，低低地喊了一声。

　　"嗯？"

　　"没事，我就是想喊你一声。"

　　她笑嘻嘻地往后退了一步："我进去了啊。"

　　沈漾扣着她的手，把人往怀里带着，轻声道："你还没跟我说晚安。"

　　她弯着唇角，手贴着他后背拍了一下，乖乖地说了一句："晚安。"

顿了顿，江沅又继续说道："你快点回去啦，时间都不早了。"

沈漾轻轻"嗯"了一声，人却依然保持着拥抱的姿势没动。

江沅将下巴埋在他的颈窝，声音含着笑意："漾漾，我有时候真觉得你像个小孩子。"

闻言，沈漾沉声笑，手从她腰间收了回来，淡淡道："晚安。"

片刻后，他伸手搭在她肩膀上，低头亲了下去。

吻落下之前，江沅听见他低沉的声音在耳畔响起。

"送你一个晚安吻。"

沈漾十点多到的基地，队友都坐在桌前，电脑放着视频，几个人挤在一台电脑前看电影。

他一进门，几道目光都齐刷刷地朝他看了过去，随即又若无其事地都撤了回去。

小眠靠着椅背，轻啧了一声，低声哼着歌："我们不一样，整个基地都只有他出去约会，我们在这里，在这里等着他。"

沈漾也没在意，径直回了二楼的房间，拿上走之前丢在床尾的衣服进了浴室，不一会儿，里面就有淅淅沥沥的水声传出来。

几分钟后，浴室的门被拉开，蒸蒸热气在里面氤氲开。

沈漾揉着头发从里面出来，站在空调出风口前吹了会儿后，把毛巾随手丢在一旁，侧过身从抽屉里的药盒里拿了一片膏药贴在手腕上。

刺鼻的中药味在房间蔓延开，他垂着头，把边边角角都按平了之后，套了件外套，下了楼。

楼下。

四个人依旧围在电脑前，沈漾走过去，开了自己的电脑，离他最近的小眠头靠了过来："漾漾，你今天跟沅妹去哪儿约会了？"

沈漾没隐瞒，低头弄鼠标的时候应了句："网吧。"

"还真是你啊。"

他动作一顿，敛眸看了他一眼："什么？"

"有粉丝在战队的微博超话里发了帖子。"梁钦接了话，手指点了几下键盘，"截图和粉丝拍的照片都发你微信了。"

沈漾没作声，直接点开截图。

图片内容很简单，只有三张模糊不清的照片，上面配文——

泡泡不爱吃香菜：好像发现了什么不得了的事情 / 思考 // 思考 /@WATK.Young @WATK 电子竞技俱乐部官方微博 @漾神家的小仙女 @WATK 粉丝后援会。

三张照片都是在网吧里面，第一张是在门口，他站在江沅后面接身份证，后面两张都是在包厢里面，角度原因，三张照片里面只有最后一张拍到了江沅的一点侧脸。

微博是几分钟前才发的，转发、评论和点赞量都不是很多。

梁钦还在一旁说着话："不得不说，我们漾漾的约会地点，可以算得上是非常清新脱俗了。"

沈漾也没反驳，垂着头默默打开微博，看评论的时候收到了江沅的微信："漾漾，你要不要买保险？就是那种人身意外保险。"

沈漾："什么？"

消息刚发出去，她又发过来几张图片。

沈漾点开看了下，图片内容都是几家有名的保险公司的官网，她还在上面做了批注，类比了几家公司的赔偿金额。

江沅："我对比了一下，综合看下来，还是这家的意外保险的性价比高一点。"

江沅："买了保险，以后再出门的时候，就不用担心被粉丝围堵了。"

沈漾哼笑一声，拿着手机边走边打字："我看你别学医了，转行去卖保险吧。"

另一边，医大宿舍。

江沅给沈漾发了消息之后，又偷偷打开微博，继续在评论区默默窥屏和爬楼。

这款游戏的圈子不算多大众，粉丝数量也比不上别的圈子。

但沈漾作为 WATK 战队的新人，这一路走来也算是备受关注，加上他出众的样貌，粉丝数量也不算少。

这会儿，这条微博的评论区已经一片硝烟弥漫，各方有各方的说法，掐得是不相上下。

她还没爬完楼，沈漾打来了语音电话，她趴在床上看了眼各忙各的室友，下床拿着耳机去了阳台外面接电话："喂。"

电话那端隐约还能听见沈漾敲键盘的声音，她随口问了句："你在干吗？"

"买保险。"

江沅笑了一声，随即又叹了声气，伸手扒了下室友放在阳台的仙人球，闷声道："漾漾，我会不会给你掉粉？"

"不会。"沈漾扫了眼电脑屏幕，认真地算了一下，"我刚刚涨了六百多的粉丝。"

他顿了顿，似乎是猜到她的顾虑，淡声道："职业选手也是人，不可能跟游戏过一辈子，都有谈恋爱结婚的一天，只不过是时间早晚的问题。"

江沅抿了抿唇角，还没说话，又听见他的声音。

"我比较担心的是你。"

电话那端，沈漾叹气的声音微不可察："怕你不要我了。"

听到这话，江沅扑哧笑了出来："怎么会不要你？"

"既然这样，那就没什么好担心的。"

沈漾点着鼠标关掉几个没用的网页，重新点回那条评论底下看了一圈，毫无预兆地问了句："你会不会很累？"

"什么？"江沅一时没反应过来。

"我平时很忙，没时间陪你，你想做的事情，我都不能陪你做。你有什么问题，我也不能及时在你身边，你给我发消息，我可能也要过很久才能回你。"

他沉默了片刻，继续道："我脾气又不好，有很多坏习惯。

"跟我在一起，你会不会很累？"

话音落下，听筒里有一瞬间的安静，江沅听着彼此的呼吸声，抿了下唇角，认真地说了句："不会。"

照片的事情只在首页飘了两三天，因为当事人的不作声，很快就没了什么热度，底下的评论撕来撕去，说着要当面打一架，最后全都不了了之。

有好事的粉丝想扒一扒事件的女主角是谁，点进沈漾的七个关注人、两条微博动态，差不多等同于是僵尸号的微博首页，全都尴尬地退了出去。

——扒个鬼。

事情就这么过去了。

江沅偶尔闲得无聊还会点进去看一眼，用小号点赞那些理智粉的评论，看到什么好玩的评论还会截图发给沈漾。

谁知道就在所有人都快遗忘这件事的时候，又有人在那条评论底下发了一张图。

是上次沈漾和江沅在奶茶店门口接吻的照片。

一时间，那条几乎快要销声匿迹的微博，又被人顶了出来。

有人认出接吻照的背景是在医大，直接把原微博搬到了医大的学生论坛上，标题起得也是十分有噱头。

——《震惊！某知名电竞选手与一女大学生竟当众做出这样的事情……》

刚刚打开帖子的江沅："……"

江沅默默爬完全楼，点了下右上角，复制链接，然后退出论坛，打开微信点开和沈漾的对话框，粘贴发送。

"这个人上辈子大概是在 UC 工作的。"

消息刚刚发送成功，江沅愣了一秒后又把链接和消息都撤了回来。

临近季后赛，沈漾他们最近基本上是没日没夜地在打训练赛，练习新阵容，基本上也没什么休息时间，有时候甚至连她的消息都要隔好久才能回。

江沅想了想，还是不打算把这件事告诉他，说不定等他知道的时候，事情都已经淡下去了。

她重新点开帖子看了眼照片，庆幸的是，这张照片除了画质高点，其他的跟之前的三张一样，都没拍到她的正脸。

没等她庆幸多久，江母给她发了条微信，点开看了一眼，整个人如遭雷劈。

江母："我没认错的话，这里面的女大学生是你吧？"

消息的下面是一张截图，江沅没点开都能看见博主加粗加黑的标题。

江沅："妈，你认错了，那不是我。"

不过一秒，江沅承认："好吧，我承认，那个女大学生就是您可爱又贴心的小棉袄。"

江母直接发了语音过来，语气故作惊讶："还真是你啊，我就是看着像，问问你。"

江沅："……"

跟江母结束聊天后，江沅拿着衣服准备去洗澡，刚把手机放下，屏幕又亮了起来。

沈漾发来的消息："撤回了什么？"

江沅想好了瞒着他，就随便扯了个理由："我发错了啊，你结束训练了？"

等了一会儿，没见沈漾回复，江沅跟他说了声先去洗澡后，就把手机丢在一旁充电，拿着睡衣进了浴室。

再出来，已经是半个小时后，她拿毛巾擦着头发，伸手打开手机，里面有沈漾的回复。

沈漾："嗯，在吃饭，顺便看你发来的帖子。"

中间隔了两分钟，他又发了一条："你是不是把删除当撤回用了？"

江沅愣了一秒，往上看了眼聊天页面。

只有一个撤回消息的提醒，所以她刚刚好像真的把删除当成撤回用了……

她无奈地叹声气，低头敲字："你最近在忙着比赛，我不想让你分心。"

沈漾没回消息，直接给她打了语音通话，听筒里他的声音带着些许倦意："你是不是弄错了什么？"

"什么？"

"我的心都放在你那里了，你还让我怎么分？"

电话那头的背景音有些嘈杂，大概是刚吃过饭，隐约还能听见队友说话的声音，还有基地里一成不变的背景音乐。

他的声音夹在其中，通过电流传过来，倦怠的声音里含着一点磁性，轻悄悄地钻进她耳蜗深处。

江沅哽了哽，感动的情绪还没涌上来，很煞风景地说了句话："漾漾，我要是被你的粉丝扒出来怎么办？"

她越想越觉得害怕，开始胡扯："嘤嘤嘤，到时候我肯定会被围堵的。"

"可能走在路上都会被人丢鸡蛋，洗个澡被人偷沐浴露，下雨天被人顺走了伞，吃泡面还有可能被人拿走了调味包啊！"

"不行，这太可怕了，我得去多买几份保险。"她顿了顿又继续说道，"你放心，受益人这项我是不会写你名字的。"

沈漾："……"

说好的坚定不移、矢志不渝的爱情呢？

他轻啧了一声，打断她的猜想："你觉得，会有保险公司愿意给你的调味包上保险吗？"

江沅安静了一秒，沉声道："漾漾，你为什么担心的是会不会有保险公司给我的调味包上保险，而不是担心我走在路上被鸡蛋砸呢？"

她叹口气，痛心疾首道："你不是真的爱我，你只是想要我的调味包。"

沈漾低低地笑了声："你是不是傻？"

江沅没接话，他也没吭声，听筒里只有基地那边传来的音乐声。

"他并不是那个真正爱你的人，怎么能够答应做你的爱人，别为他流泪，何必再受罪……"

隐约还能听见梁钦跟唱的声音。

江沅："……"

沈漾："……"

江沅没忍住，扑哧一声笑了出来，语气带着点质问："漾漾，你什么意思啊？"

"你是不是在暗示我什么？"

电话那端，沈漾没吭声，只轻叹了声气，单手在键盘上点着，机械键盘摩擦的"咔咔"声从听筒里传出来。

过了会儿，敲键盘的声音被一阵熟悉的音乐声代替。

"今天你要嫁给我，听我说，手牵手，我们一起走，把你一生交给我，昨天不要回头，明天要到白首。"

音乐声很低，可能是怕她听不见，手机应该离音响很近，从手机里传出来的时候还有些嘈杂的"呲呲"声夹在其中，伴随着歌手低吟的声音，直直地传入她耳蜗深处。

江沅怔了几秒，还没回过神，听筒里又传来沈漾低沉的声音。

"这才是我想暗示你的话。"

嫁给我。

和你白头到老。

这才是我要唱给你听的情歌。

他还在说着话："遇见你之前，我一无所求。遇见你之后，娶你，就是我所有的梦想。"

"所以等你毕业了，嫁给我好不好？"

江沅鼻尖一酸，喉间有些哽咽，唇瓣翕动着："可嫁给你，不是我所有的梦想啊。"

"而且，你好可怕啊，我才十八岁，毕业也才二十二，我那么年轻，就要被你拉着进入婚姻的坟墓。

"一想到，我的人生竟然有三分之二甚至更多的时间，都是以一个已婚妇女的身份度过，我好难过。

"漾漾，你能不能成全我，我还想做一个仙女，未婚的那种。"

沈漾："……"

挂了电话后的当天晚上，江沅做了一晚上的噩梦，梦里的场景都是沈漾拿着刀剑抵在她脖子上，冷冰冰地问她，要不要嫁给他。

脖子上的刀刃明晃晃的，江沅觉得自己只要说一个不字，脑袋就不是自己的了。

还没等她回答，学校的起床铃响了起来。

江沅叹口气，刚从床上坐起来，就听见室友林锦喊了声："哇，昨天那个帖子里面的电竞男主角半夜发微博公开恋情了啊。"

闻言，还有些困意的江沅倏地清醒过来，伸手拿过一旁的手机，打开微博，在搜索栏输入沈漾的 ID，点开他的首页。

只有两条微博动态的僵尸号首页，多了一条置顶微博，发布时间是凌晨三点。

> WATK.Young：目前在恋爱，以后会结婚，别扒，以上。

江沅点进底下评论看了眼，热评第一是梁钦发的。

> WATK.梁钦大帅哥：结婚？嗨嗨，兄弟醒醒，你家长都还没见呢。

在他的评论底下，小眠他们几个都很有默契地排了队形。

江沅戳进他评论里看了眼，一溜都是整齐的"哈哈哈哈哈哈哈"。

她退出来，往下翻了翻评论，各种各样的都有，但大部分还都是比较和谐的，除了少部分以黑沈漾为主的网友会发一点碍眼的评论，关于 WATK 漾神的恋情，粉丝和圈内人差不多都是心照不宣的事情了。

江沅稍稍松了一口气，然后把微博截了图发给沈漾。

"你撒谎！我没有答应结婚的事情！我要去举报你！"

估摸着他们还在睡觉，江沅发完消息就准备去洗脸，还没把手机放下，就看见左上角的状态变成了"正在输入中"，她又静静等了一会儿。

一分钟过去，手机毫无动静。

她"欸"了声，发了个问号过去。

这下，沈漾才发来消息："不是说要去举报我吗？"

她轻哼一声，手指敲着键盘："我觉得梁钦说得很对，家长都还没见，你就想结婚，简直白日做梦。"

沈漾："所以呢？"

没等她编辑完消息，他又发过来一条："你什么时候跟我见家长？"

江沅："？？？"

第十章

给你碰一辈子

他何其有幸，
与她不经意间的惊鸿一瞥，
就是一生了。

江沅参加的轮滑社周六有活动，原本打算早点回家跟江母负荆请罪的她，留在学校帮忙，到傍晚五六点才回家。

　　一进门，她先探了个脑袋进去，目光瞥见趴在墙角的元宝，伸出食指抵在唇间："嘘——"

　　下一秒，原先有些怏怏的大金毛倏地站了起来，气正腔圆地叫了一声："汪！"

　　然后，它甩开腿，朝江沅撒欢地跑了过去，那动静想不让人注意都难。

　　在厨房准备晚餐的江母听到声音，拿着锅铲走了出来，瞥了眼缩在墙根的某人，淡淡道："我还以为你家都不回了呢。"

　　江沅"嘿嘿"笑了一声，把包丢在鞋柜上，朝江母走了过去："妈，你烧的什么，好香啊。"

　　江母冷不丁轻哼一声："别给我灌糖水，你跟你那小男朋友是怎么回事？"

　　"就是在谈恋爱啊。"江沅抓了下头发，"他的工作是职业电竞选手，就是很厉害的那种人，粉丝比较多，就……被人拍了。"

　　"说得倒是好听，讲白了不就是打游戏的吗？"

　　江母重新回了厨房，江沅愣了一秒后，才跟了过去："妈妈，是，他们是打游戏的，可是他们跟别人不一样啊，他们是职业的，这是他们的工作。"

　　江母关了油烟机，厨房里安静了不少："他能当多久的职业选手？能当一辈子吗？万一哪天他当不了了，你有想过吗？"

　　"妈妈也不是说需要他多么优秀，只是最起码，将来能给你一个稳定的生活，我只要这一点。"

江沅咬着唇角，还没说话，江父闻声从书房出来，瞥了眼母女俩，背着手轻咳了一声："那个沅沅啊，家里的抽纸没了，你去超市买点回来吧。"

"哦。"

江沅看了眼已经重新开火炒菜的江母，默默地从厨房走了出去，在门口换了鞋后，拿着手机下了楼。

等她的关门声传来，江母才重新又关了火，捏着柄铲问了句："我话是不是说得太重了？"

江父乐呵呵一声："不重。"

停了片刻，江父又继续道："大概就能在你宝贝女儿的心上开个这么大的口子而已。"

江父说着还给她比画了一下："哪哪哪，就有这么大。"

江母叹声气："我也不是反对他们，就是沅沅还这么小。而且，前些天院里的张老师跟我说，那小男生以前也是我们院的学生，还是保送进来的。后来大二的时候不知道什么原因就退学了。"

"看现在这样子，就是跑去打比赛了，你说说，这样把学业说放就放的人，我怎么放心把女儿交给他。"

江父"哎呀"一声："你想想能保送进医大的人，还能差到哪儿去，至于退学的事……"

他顿了下继续道："家家都有本难念的经，兴许是人家遇到什么难处了呢，像什么父亲生了病，急需一大笔钱，他一个孩子能有什么办法？"

闻言，江母瞥了他一眼："你怎么说得跟真的一样？你见过人家？再说了，有你这么咒人家父母的吗？"

江父一挑眉："我这不是给你假设一下。"

傍晚时刻，WATK 的基地里刚刚结束一天的训练赛，梁钦在基地闷了一天，浑身酸疼。

结束训练赛后，他去厨房拿了罐可乐，拿了篮球去外面："去打球，有没有人要一起？"

"带我一个！"陈冬从卫生间出来，满脸的水珠，"天天坐着打游戏，筋骨都要散了。"

说完，他回头看了眼还坐在电脑桌前的三人："哎！你们三个，一起啊。"

"得嘞，一起。"小眠直接关了电脑，起身灌了一大杯水，"走了你们俩。"

"嗯。"沈漾搓了下太阳穴，起身拿上搭在椅背上的外套，跟着一起去了小区里面的篮球场。

战队基地所在的小区前不久参加了平城最美小区的评选，为此，小区里新投建了一所超市和一家医务室，以及一大堆健身设施。

篮球场就建在超市边上。

他们过去的时候，里面已经有不少人了，老老少少皆有。梁钦抱着球看了一圈，才在角落里找到一个篮筐，几个人当即脱了外套，穿着短袖，在球场里挥洒汗水。

几场打下来，都是大汗淋漓，沈漾喘着气坐在一旁的长凳上，目光扫过一旁的超市，沉声道："我去买水。"

梁钦一点不客气："我要脉动。"

"惯得你。"沈漾拿了手机，出了球场左转走几步就是超市。

手机里有消息，他边走路边低头回消息，目光看到日期，才注意到今天是周六。

他点开置顶的聊天框，发了一条消息过去："回来了吗？"

消息发送成功后，他单手捏着手机在手里转来转去，没走两步，迎面走过来一个包裹严实的人。

他停在原地，微微眯了下眼睛辨认着，唇角慢慢勾了起来，晃着脚步走了过去。

平城的冬天一向来得早，江沅从超市出来的时候，把围脖往上提了提，半张脸都埋在里面，手里提着袋子，慢吞吞地往家走。

面前有人影靠近，她下意识往边上躲了躲，人影跟着她动，几次三番，她有些恼火地抬起头："你干——"

那个"吗"字在看见眼前人时，倏地哽在了嗓子里。

她有些呆滞地看着眼前穿着短袖大裤衩的人，愣了几秒后，又看了看自己的穿着，讷讷道："你跟我是一个季节吗？"

沈漾蓦地笑了出来，抬手揉了揉她的脑袋："你是不是傻？"

江沅嘴里含了颗糖，她拿舌头抵了一下，浅声问了句："你怎么在这儿？"

"过来打球。"他伸手戳了戳她鼓起来的腮帮，"嘴里吃的什么？"

"糖啊。"

她张了张嘴，奶白色的糖果卷在舌头上，沈漾瞥了眼，喉结不自觉地轻滚了一下，淡声道："我也要吃。"

"嘿嘿，正好还有一颗。"她低头翻着袋子，腮帮咬着糖动了动，声音有些含糊，"我找一下。"

"不用找。"

耳边的话音刚落下，眼前一道人影靠近，她下意识地抬起头，唇上兀地落下一片温热。

两个人都没来得及闭眼睛，男人漆黑的眼眸里藏着狡黠的笑意，柔软的舌尖撬开她的牙关，长驱直入，卷走她抵在腮帮上的奶糖，舌尖撤出去之前，还故意舔了下她腮帮上的软肉。

心一颤，江沅立马往后退了一步，脸颊羞红："你胆子都这么肥了吗？"

沈漾也没在意，勾着唇，舌尖卷着糖嚼了几下，片刻后，皱着眉说道："这糖怎么这么甜？"

江沅鼓着脸颊："我怎么知道？"

他轻嗤一声，语气漫不经心："可能是因为你比较甜。"

听到这话，江沅忍不住咂舌："派出所给你填户口本名字的时候，是不是多打了几个字母？"

沈漾没懂她的意思，蹙着眉问了句："什么？"

她咬着舌尖，义愤填膺地道："明明是'se'他们怎么能打成

'shen'呢，哪家派出所登记的啊，这么不负责任。"

沈漾在嘴里过了一遍"se"和"shen"的读音，蓦地反应过来，挑了挑眉梢："你这是……拐着弯骂我呢？"

"我什么时候骂你了？我说的都是实话啊。"江沅舔了舔唇角，上面还有一点奶味，咂咂舌，"你就是色漾。"

闻言，沈漾耸了耸肩膀，俯下身和她的视线平行，他身上的柠檬清香混合着男性的荷尔蒙，朝她铺天盖地地掩过来，刻意压低的声音，带着些许磁性充斥在她耳畔。

"我还有更色的，你要不要试试？"

脑袋里嗡一下卡顿了一秒，等回过神，江沅涨红着脸颊往后退了一步："漾漾，你现在对我的态度，跟之前真的是判若两人。"

"第一次见到你的时候，我只是碰了你的胳膊，你就一副像被夺了清白的样子。"

沈漾直起身，笑道："我那时候也不知道，那个在男厕所门口鬼鬼祟祟的女生，将来有一天会成了我女朋友。"

听到这话，江沅冷不丁轻哼了一声："我那时候，可是一见到你，就已经想好了我未来的孩子要跟你姓了。"

沈漾迟疑了一秒，淡声道："跟我姓色？"

"……"

他轻笑一声，拍拍她的脑袋："等会儿有事吗？要不要去看我打球？"

"今天不行，我爸妈都在家。"江沅举起手里的购物袋，"哪，我爸让我下来买的。"

"好吧。"沈漾有些失望地叹口气，捏了捏她的脸颊，"快回去吧，我去买水。"

"好。"

没走两步，她又突然转过身，看着还站在原地的沈漾，抿了下唇角："漾漾，如果……"

她迟迟没有说完下半句话，沈漾等了一会儿后，迈着长腿，几步走到她跟前："怎么了？"

"没事。"她在唇角抿出笑容，弧度浅浅的，"如果你们要是拿不到冠军，为哥会不会把你们赶出战队？"

他皱着眉想了几秒，跟她开着玩笑："应该会吧。"

"那你们好可怜喔。"

江沅松开微抿的唇角："到时候你要是被赶出战队了，我可以考虑一下收留你。"

"让你跟元宝睡一个窝。"

沈漾轻啧一声："我还要谢谢你？"

"难道不要吗？"

"行。"他点点头，"要报答的话，以身相许可以吗？"

江沅拿脚踢了踢他的脚尖："我回去了。"

"好。"

江沅捏紧了购物袋，转身的时候微不可察地叹了声气。

我妈妈不喜欢你。

这样的话她怎么说得出来。

沈漾啊——她见过的除了她父母，世界上最好的人。

他这样好的一个人，怎么会有人不喜欢他呢？

江沅拎着东西到家的时候，江母和江父两个人还待在厨房里，听到她开门的动静，江父歪头看了过来："沅沅，把桌子收拾一下，等会儿该吃饭了。"

听到这话，江母睇了他一眼："你自己没长手？"

江父："……"

家家都有本难念的经。

江沅扑哧笑了一声，把卷纸拿进浴室，洗了把脸后才出来帮江父一起收拾桌子："爸，被强权镇压的感受怎么样？"

闻言，江父无奈地叹口气，摆摆手，一副难以言说的样子，用余光瞥见江母端着汤碗从厨房出来，又立马回过身伸手接了过来：

"小心烫。"

江沅："……"

可怕的求生欲。

江家的家规不是很古板，饭桌上也没什么食不言寝不语的要求，江父作为活跃气氛的一号选手，时不时说几件在医院里的趣闻。

作为二号选手的江沅应和着笑几声，气氛倒不至于有多沉闷。

母女俩都刻意地回避着之前的话题，江沅低头挑着鱼刺，江父和江母的话题从医院的趣闻上升到了最近的医患纠纷，她也没怎么注意听。

饭吃得差不多了，江父起身去厨房拿东西，江母放下筷子，目光看向江沅："他最近有时间吗？"

"啊？"江沅有些莫名其妙。

"抽个时间带他来家里吃顿饭，有些事我得问清楚。"江母顿了下，"要不然，我不放心让你们在一起。"

·江沅愣了几秒，愣愣地夹了块鱼肉塞进嘴里，没怎么嚼就咽了下去。

"沅沅，你在听妈妈说话吗？"

"在——咳咳咳。"话还没说完，她突然轻咳几声，捏着嗓子，"妈妈，我卡住了……"

见状，江母连忙朝厨房喊了声："老江，快拿医药箱出来！沅沅被鱼刺卡住了。"

"哦，来了来了。"

一番折腾后，江沅皱着眉站在浴室里，口腔里都是消毒酒精的味道，忍不住咂咂舌，舔了下牙根，伸手接了一杯温水，弯下腰一点点抿着漱口。

过了会儿，她放下杯子，掏出手机给沈漾发消息："想见面。"

他回得很快："篮球场。"

江沅回了个"好"字。

她伸手将杯子里的水倒进池子里，拿毛巾擦了擦脸，走了几步后，又折回来把乱糟糟的头发梳理了一下，对着镜子露齿笑了笑，这才拿着手机从浴室出去。

江父在收拾桌子，江母坐在客厅看电视，她边走边说话："啊，今晚吃得太饱了，我下去消消食。"

没人回应，她换好鞋，继续自顾自地说着："爸、妈，我下去了啊。"

江母这才应了声："早点回来。"

"知道啦。"

江沅出门下了楼，径直去了之前的篮球场。

晚上七点多，原先热闹的篮球场只剩下几个打篮球的男生，穿着蓝白相间的校服，衣袖撸起来，露出一截白皙有力的手臂，欢笑声不断。

在球场外面看了一圈，没找到沈漾，低头给他发消息，脸颊突然一凉，她一惊，下意识地抬起头。

沈漾神色慵懒地站在她身侧，宽大的外套松松垮垮地垂在肩上，拉链敞开着，露出里面印有 WATK 字母标样的队服。

他勾着唇，收回手，问："找我呢？嗯？"

"对啊，找你呢。"江沅弯着唇角，"这么晚了，你怎么还在篮球场？"

"大概是知道你要来。"沈漾拧开手里的水喝了一口，"不是说爸妈在家，不能出来吗？"

"就想见面啊。"江沅瞥了眼他的穿着，"你真的不冷吗？"

"不冷。"

沈漾伸手捏着她的指腹："见到你，心就沸腾了，一点也不冷。"

听到这话，江沅挣了两下，把手拽了回来，抿着唇角往后退了一步，盯着他看了几遍，语气有些迟疑："你是不是干了什么对不起我的事了？"

沈漾掩着唇轻咳一声："对不起的事没做。

"大逆不道的事情做了一件。"

"啊？"

沈漾笑起来："四哥和我妹妹在小区外面的咖啡馆。"

"？？？"

江沅沉默了片刻："哦，那你过去吧，我回家了。"

说完，她也不管沈漾的反应，转身就往回走，没走几步，又被人拉住了胳膊。

沈漾的声音含着笑意："你跑什么啊？"

"谁跑了……"江沅硬着头皮抬头看着他，"四哥他们不是在等你吗，你怎么还不走？"

"沈小六要是见到我一个人过去，大概连咖啡馆的门都不会让我进去。"沈漾伸手将她凌乱的围脖捋好，"你舍得让我一个人在门口吹冷风？"

"舍得啊，这有什么舍不得的。"

到最后，江沅想到江母交代的事情，犹豫了会儿还是妥协道："那我跟你一起去，你答应我一件事。"

"好。"他答应得干脆，"什么事？"

"回来再跟你说。"

咖啡馆在小区对面，隔着一条马路，沈漾和江沅从小区门口出来的时候，坐在窗边的沈清盏就看到两人的身影了，脑袋抵在玻璃上，一双杏眼眨了眨："四哥四哥，我看到五哥和五嫂了！"

"哇，小嫂子看起来好小呀。"她扭头看了眼低头看杂志的沈清珩，疑惑地问了句，"小嫂子成年了吗？"

"五哥不会诱拐未成年吧？"

闻言，沈清珩轻咳一声，淡淡道："你五哥看起来像那种人吗？"

沈清盏不假思索："像。"

"……"

两人说话间，沈漾和江沅已经走到马路这边，到咖啡馆门口的时候，江沅感觉自己的小腿都在发软："漾漾，要不还是等下次吧。"

"嗯？"

她苦着脸："我一点心理准备都没有，我又没有见家长的经验，很紧张的啊。"

沈漾淡笑一声："四哥你之前见过的，至于沈小六……"

唇角的弧度加深了一点，他道："她算不上家长，论辈分，她还要喊你一声五嫂。"

江沅还在震惊于"五嫂"这个称呼，就听他轻描淡写地继续道："好了，就是随便见见而已，别紧张。"

沈漾说完，不等她说话，直接捏着她的手把人拉了进去。

沈清珩他们在三楼，正对着楼梯口的位置。沈清盏眼尖，看到两人的身影，抬手招了招："五哥、五嫂，这里！"

沈漾闻声看了过去，抬手招了下，侧目看了眼已经在神游的江沅，笑声朗朗："别紧张，他们不会吃人。"

沈漾带着江沅在两人面前坐下，沈清盏朝他挤了挤眼睛："五哥，小嫂子很漂亮啊。"

坐在一边的沈清珩敲了敲她的脑袋，淡声道："你家说悄悄话都这么大声的吗？"

沈清盏捂着脑袋，不满地抱怨了声："可我说的是实话呀，小嫂子就是长得很好看啊。"

闻言，江沅愣了一下，目光对上女生笑眯眯的眼睛，不自觉地弯了下唇："你也很好看。"

沈清盏长得确实是很好看。

鹅蛋脸，波光潋滟的杏眼，唇红齿白，笑起来的时候天上的星星都失了光。

原本有些沉闷的气氛因为两人的互相"吹捧"缓和了不少。

"小嫂子，听说楼下的甜点很好吃，要不要一起去尝一尝？"

江沅没什么意见："好啊。"

沈漾捏了捏她的手指，把外套递给她，叮嘱沈清盏："你别带着她乱跑。"

"知道啦，护妻狂魔。"沈清盏朝他拱了拱鼻子，歪着头和江沅说话，"我五哥是不是像小老头一样？"

江沅很认同："我也觉得有一点像。"

"哈哈哈，是的吧。"

两个人的说话声渐行渐远，沈漾揉了下太阳穴，突然有点后悔带江沅过来了。

沈清珩瞥了眼沈漾蹙着的眉头，哼笑一声："盏盏又不是别人，还能把你媳妇拐跑了？"

"……"

两个人静默片刻，沈漾摩挲着杯沿，浅声问了句："爷爷最近身体怎么样？"

"还行。"

沈清珩顿了一秒："大伯一家带着爷爷前不久移民去了加拿大，平城应该不会再回来了。"

"我爸把公司也迁到南方那边了，我下半年也要去非洲，盏盏拿到了哈佛的录取通知书，等过完年就开学了。

"家里的兄弟姐妹，基本上都不会待在平城了。"

"挺好的。"沈漾敛着眸沉思了片刻，才问了句，"那周驰呢？"

"被爷爷丢到了部队，交在林伯伯手下。"沈清珩笑了声，"林伯伯的手段你是知道的，再刺头的兵到他手里都只能是颗软柿子。"

"你别说，虽然他之前那么混，但还真是块当兵的料，前几天几个连的综合演练，他拿了第一。"

"是吗？"沈漾也跟着笑了声，心底郁结了许久的阴霾在笑声里不知不觉地散开，"挺好的。"

沈清珩跟着重复了一遍："嗯，是挺好的。"

过了会儿，他从包里拿了一张卡递到沈漾面前，修剪整齐的指尖压在上面："漾漾，你该开始新的生活了。"

沈清盏拉着江沅在楼下买了一堆小蛋糕，临走的时候还意犹未尽地买了一份泡芙。

"哇，这家店的泡芙真的太好吃了。"

她吃完一个后，用舌尖将嘴角的奶油舔干净，眼巴巴地看着江沅："小嫂子，等我去了国外读书，你有空能不能帮我寄一点这家店的蛋糕过去？"

江沅笑眯眯的："可以啊，没问题。"

"你真好。"她甜甜地笑着，"五哥有你真好。"

"我小时候家里管得严，很少能吃这些小零食，只有五哥，他每次从学校回来，都会给我带一堆的零食。

"我五哥真的是很好的人。"

江沅点点头："我知道。"

他有多好，她都知道。

"所以你会一直陪着他吗？"

闻言，江沅抬起头，目光落在正朝这边走来的沈漾，弯了弯唇角，语气无比认真。

"我会陪着他。永远，一辈子。"

沈漾手里捏着打包好的咖啡，朝两人走过来，目光扫了眼沈清盏手里的袋子，伸手在里面翻了翻，把藏在手心里的东西丢了进去后，神色自然地直起身，轻啧一声："沈小六，你怎么又吃这么多甜点？吃这么多，胖死你得了。"

沈清盏把袋子往后拽了拽，不满地抱怨着："怎么了怎么了，我胖吃你家米啦？！再说了，五嫂吃的也不比我少啊。"

闻言，江沅不好意思地摸了摸鼻子，朝沈漾比了比手指："我就比她多吃了一块。"

他眼底含着笑，把咖啡塞到她手里，将人揽在怀里："你五嫂吃再多也有我，你呢？"

"哇！"沈清盏瞪大了眼睛，朝他身后看了眼，"四哥！这里有人虐'狗'啊，你管不管？"

沈清珩自三人身后走过来，屈指在沈清盏的脑袋上崩了下："吃这么多，胖死你得了。"

沈清盏："……"

一行人从咖啡馆出来，沈清珩取了车过来。临走前，沈清盏降下车窗，露出小脑袋："五嫂，你答应我的啊，甜品。"

她看了眼沈漾，默默在心底念了句——还有五哥。

江沅跟她心照不宣，点点头，笑着道："都答应你，我不会反悔的。"

"我们先走了。"

沈清珩伸手把她脑袋扒了回来，屈着身朝站在车外的两人挥挥手："走了啊。"

沈清盏不乐意地又把头探了出去，眼底都是不舍："五哥、五嫂，再见啦！"

"拜拜。"

沈清盏坐在车里从后视镜看着两人的身影愈来愈小，直到化成两个小黑点才把视线收了回来，手指无意识地抠着怀里的袋子，指尖碰到一点尖锐，愣了下，开了车里的小灯，低头在袋子里翻了翻，摸出一张银行卡。

她舔了下有些干燥的唇角，低声问道："四哥……这不是爷爷让你给五哥的卡吗？"

正好是红灯间隙，沈清珩抿着唇角，回头看了眼已经看不见的咖啡馆，蓦地轻笑一声："你五哥啊……"

话还没说完，眼眶就隐约有些红了。

车厢内的气氛有些沉闷，静默片刻后，沈清盏攥着卡，讷讷道："四哥，五哥会幸福的，对吗？"

红灯跳转，沈清珩重新发动了车子，声音一如既然地淡然。

"会的。"

他会幸福的。

会一辈子幸福的。

沈漾和江沅一直站在路边，直到看不见车影后，才转身朝另一边走去。

广袤无垠的天空，黑黢黢的乌云不知不觉被风吹散，露出皎洁的月亮，挂在夜空中，熠熠生辉。

回去的路上，沈漾随口问了句："盏盏让你答应什么了？"

"我答应等她去了国外，给她寄甜点啊。"江沅侧目看了眼他露在外面的一截颈脖，忍不住哆嗦了一下。

沈漾察觉到她的动作，捏了捏她冰凉的指尖："冷吗？"

"不冷。"

江沅屈指在他手心里挠了几下，随即收回手，将脖子上的围脖解下来，两手捏着，踮着脚挂在他光秃秃的脖颈上。

绵羊绒材质的围脖软乎乎的，上面还沾着她身体的温度，蹭在他脖颈间，贴着那块皮肤，一直熨烫到他的心口。

他个子高，江沅把围脖挂上去后，努力了一下，还是没能把围脖再绕一圈，白皙细长的手指揪着他的外套，吐了吐舌头："你怎么长这么高？"

沈漾挑了挑眉，手垂在腿侧没动，笑了声："为了调和一下家庭基因。"

"漾漾，你这是在拐着弯说我矮。"

他眯着眼笑了笑，捏着围脖的另一端绕了一圈后，把小姑娘的脑袋也圈了进来，屈身扶着她后腰，垂着头和她耳鬓厮磨："想亲你。"

"大庭广众。"

江沅下意识地想往后缩，却被圈在脖子上的围脖困住了动作，她拿手戳着他的胸口："你故意的。"

沈漾勾着唇，手指捏了捏她柔软的脸颊："嗯，故意的，怕你跑。"

说完，他低下头，温热的唇瓣贴着她的唇瓣。

过了会儿，沈漾喘着气松开她的下唇，手指按在上面摩挲着，声音低哑："大庭广众，夜黑风高。欲行不轨，天赐良机。"

江沅："……"

她红着脸，慢吞吞地说了句话："流氓不可怕，就怕流氓有文化。"

沈漾哼笑一声，屈指崩了她脑门一下，抬手取下围脖重新戴回她脖子上。

江沅攥住他的手腕："我不冷。"

沈漾没吭声，自顾自地重新给她戴回去，还自作主张地系了一个超丑的结。

她嫌弃地拨弄了一下："好丑啊，这又不是围巾，你竟然还给它打结。"

沈漾觉得她表情好笑，忍不住抬手捏了捏她的脸："去见四哥他们之前，你不是说要我答应你一件事吗，是什么事？"

要不是听他提起来，江沅差点忘记了江母交代的事情，她"唔"了一声，笑眯眯地看着他，放软了声音："我妈妈让你抽个时间去我家吃饭。"

沈漾："……"

紧张感就像是迎头拍下来的浪潮，铺天盖地地朝他涌了过来。

沈漾生平第一次这么紧张。

哪怕之前坐在万人观看的赛场时，他都没有这么紧张。

江沅看着他惨白的一张脸，依旧是笑眯眯的："别紧张呀，就只是吃个饭。"

她把他之前跟她说的话都重复了一遍："我爸你也见过的，在医院和我家楼底下，至于我妈……

"你之前很早的时候不就见过一次。

"别紧张，他们又不会吃人。"

沈漾硬着头皮，伸手搓了下后脖颈，僵硬地说着话："没紧张。"

她乐不可支："对啊，我还给了你见家长的经验，你更不应该紧张了呀。"

沈漾："……"

季后赛结束的第一个周末，WATK战队给队员放了两天假，沈漾放假前一天晚上跟江沅约好了第二天去她家。

第二天一大早，江沅就爬了起来，把房间简单地收拾了一遍，坐在床上给他发消息："漾漾，你起来了吗？"

沈漾像是专门在等她的消息，没几秒就回复了："你们家楼顶风好大。"

江沅："？？？"

她愣了几秒，手指按下语音键，说话有些哆嗦："你在我家楼顶干吗？"

沈漾一直没回复，窗外隐约有动静传出来，江沅心一颤，连忙跑到床边开了窗户往外看了眼，楼底下空无一人。

她松了口气，重新关了窗户，刚想给他发消息，家里的门铃响了起来。她眨了眨眼睛，抢在江母之前跑了过去："妈！我来开！"

站在门外的沈漾听到江沅的说话声，忍不住勾了勾唇角，但还是难掩心底的紧张，垂在腿侧的手指默默地蜷缩随后放下。

等了几秒后，屋里面的脚步声逐渐接近，他轻咳一声，抬手抓了下眉角。

下一秒，眼前的红木门被人从里面拉开，江沅探了个头出来："我家楼顶的风景是不是很好？"

"还可以。"

"那你滚回去接着看吧。"

说完，眼前的门"嘭"一声又关了起来。

他在门外静静等了几秒，正准备掏出手机给她发消息，眼前的门又重新被人从里面拉开。江沅鼓着腮帮，弯腰从鞋柜里拿了一双拖鞋递给他："我前几天才买的。"

沈漾目光落在她拿在手里的拖鞋上，款式跟她脚上的一模一样。

他轻啧一声，压低了声音说话："当着岳父岳母的面，我们这么明目张胆地穿情侣鞋是不是不太好？"

江沅把拖鞋塞到他怀里，眨了眨眼睛："谁跟你说这是情侣款，我明明买的是亲子款。"

两人说着话，江父听到声音从书房出来，虽说之前也见过，但这次怎么说人家也是以未来女婿的身份上门，作为家长之一的江父还是拿出了点未来岳父的态度："沈漾来了啊，怎么还站在门口，快进来坐啊。"

"叔叔您好。"沈漾朝他礼貌地弯了弯腰，语气尊重谦卑，"这是给您和阿姨带的一点小礼物，也不知道你们会不会喜欢。"

"喜欢喜欢，怎么不喜欢。"

江沅："……"

江父从他手里接过东西放在桌子上："过来坐吧。"

"好。"沈漾略微颔首。

三个人刚在客厅坐下，江母端着水果和茶从厨房出来，沈漾重新站了起来，主动从她手里接过果盘："阿姨您好。"

江母笑了笑，语气淡然："你好。"

沈漾把盘子放在江沅面前，四个人坐在沙发上，一时无言。

场面静默了一瞬。

江母捏着手指，率先挑开话题："小沈，你来书房，阿姨有些话想跟你说。"

听到这话，江沅脑海里不自觉地闪过无数个棒打鸳鸯的经典片段，小心脏一颤，下意识地抓住沈漾的胳膊："我也要听你和漾漾说的悄悄话。"

江母眉梢一扬，还没说话，压迫性的气场就已经让她忍不住哆嗦了一下，抱着沈漾的胳膊松了一点力度，却依旧小声地挣扎着："有什么话不能等吃了饭再说吗……"

"沅沅。"江父冲她挤挤眼，碍着江母在场，还是放沉了声音，"听你妈妈的话。"

江沅还没说话，坐在她边上的沈漾拍了拍她的手背，用了点力把胳膊抽了出来，手指轻悄悄地刮了刮她的手心，漆黑如墨的眼底坦坦荡荡，他的唇瓣动了动，无声地说了几个字："别担心。"

她的心一下就放了下去，松开手，抿了下唇角，垂着头抠着底下的坐垫："妈妈，对不起。"

"你要跟漾漾说什么悄悄话我不听了，反正我已经不是你的小棉袄了。

"我知道，现在你的眼里只有你未来的女婿了。"

江母懒得搭理她的胡话，径直去了书房。

沈漾起身跟了过去，客厅里没了说话的声音，江父觉得有些过分安静，抬手开了电视，随便找了一个相声节目，用余光瞥了眼坐在一旁沉默不语的江沅，叹了声气道："你妈又不会吃了他。"

"再说了，人都已经来我们家了，难不成你妈还能把他赶出去？"江父顿了顿，"不过也说不准啊。"

"……"

"也不知道你妈是打算吃了饭再把人赶走，还是等会儿聊完天就直接把人赶走了。"

"……"

江父乐此不疲地说着话，原先一直垂着头不说话的江沅抬头看了他一眼。

江沅的长睫毛轻颤着，乌黑圆亮的眼睛水光湿润，仔细一看眼圈都在发着红，似乎他再说一句，眼泪就要吧嗒吧嗒掉下来了。

江父微张的唇一僵，心里有些慌张，抿了抿唇角，认真地说了句："要是你妈吃饭前把人赶出去，爸爸带你们出去吃，吃好吃的。"

他颠着电视遥控器，比了比手指，气势很足的样子。

"给你点十个全家桶。"

沈漾和江母在书房聊了很久，江沅在书房门口转悠了几圈，几次试图想冲进去。

她一想到江母很有可能把她大卸八块的后果，手刚碰上门把就缩了回来。

几次三番，时间一点一点溜走。

在她最后一次尝试冲进去的时候，书房的门被人从里面拉开了，她保持着伸手的姿势，目光呆滞地看着站在眼前的人。

沈漾侧身关了门，抬手揉了揉她的脑袋："你在这儿干吗？"

"听墙脚。"她舔了下嘴角，有些遗憾，"可是我家的隔音做得太好了，什么也没听见。"

沈漾勾着唇笑了声，抬头看了眼客厅的位置，确定江父看不到这里后，俯身在她唇上亲了一下，视线和她持平，语气淡淡的："我得先回去了。"

闻言，江沅愣了下，眼圈倏地就红了，以为是江父一语成谶，转过身跑回房间，拿起书桌上的小黄人储钱罐，又跑了出来，塞到沈漾手里。

她舔了下嘴角："这些钱都给你去买全家桶。"

沈漾抬手晃了下手里的储钱罐，明显感觉到来自金钱的压力。

他勾着唇，抬手按在她眼角的位置，有些莫名："为什么要给我买全家桶？"

"我爸说如果我妈不吃饭就把你赶出去，他要给你点十个全家桶，可我知道他是骗我的，因为他的钱都在我妈手里。"

江沅低头看着两人脚上的拖鞋，沉默了片刻后，小声说了句："其实这个储钱罐里的钱拿不出来。"

他轻笑了一声，话音里带着些许戏谑的意味："阿姨让我晚上再过来吃饭。"

"什么？"

"为哥刚刚给我打电话，比赛方临时通知今天要去拍赛前宣传片。"他顿了顿，"估计要到六点才能结束。"

江沅白皙的脸颊倏地红成一片，咬了咬牙根，踮着脚去夺他手里的钱罐："那你还给我。"

沈漾借着身高优势，往后退了一步，背抵着墙壁，把手臂微微抬高了一点："这个给我了。"

他说着话，伸手从上衣的口袋里拿出一样东西："给你这个。"

一根细链子在江沅眼前抖开，绳链垂下来的末端挂着一枚款式简单的银戒，在阳光底下熠熠发光。

沈漾把储钱罐放在一旁，手指捏着绳链的两端，弯眸看着她："过来。"

江沅咬着唇角，乖乖往前走了一步。他凑过去，垂着头，说话声在她耳畔响起："这是我妈妈留给我的，现在我把它送给你，算作聘礼。"

"作为回礼。"他往后退了一步，把储钱罐拿在手里，眼眸含笑，"这个我拿走了，就当是你的嫁妆。"

"你拿了我的聘礼，我拿了你的嫁妆。"

"这样，你以后就只能嫁给我了。"

每年的 KPL 决赛都会为进入决赛的两支队伍拍摄宣传片和官方海报。

江沅想着待在家也没什么事，就跟沈漾一起去了拍摄场地。

今年进入决赛的另外一支队伍是 LOP 战队，是 WATK 战队的老对手，之前的预选赛两支队伍也是不相上下，总积分排名仅仅差了三分。

沈漾和江沅到场地的时候，LOP 战队正在拍海报，五个大男生穿着游戏角色的衣服，听着摄影师的话摆出各种各样的姿势，有几张还配合着说了台词。

江沅从后面路过时瞥了一眼，听到各种各样的台词，忍不住笑了声，扯了扯沈漾的衣袖："你们等会儿不是也要穿这个衣服吧？"

沈漾回消息的间隙抽空扫了眼，轻轻"嗯"了一声："应该吧。"

"那你等会儿要穿谁的衣服啊？"江沅说着话，又回头看了眼，发现 LOP 五个人 COS（装扮）的人物都是他们平时常用的英雄人物。

"漾漾，你平时打比赛常用的英雄是孙尚香，你等会儿该不会是要穿她的衣服吧？"

说完，她在脑海里想了下沈漾穿着孙尚香衣服的样子，画面感太强，忍不住扑哧一声笑了出来。

沈漾回完消息，收起手机，抬手在她脑门上崩了一下，淡声道：

"想什么乱七八糟的呢。"

她揉着脑袋嘟囔了一声："很疼的呀。"

"啧。"

说话间，两人已经走到WATK战队的化装间，里面小眠他们已经定了妆，只剩下沈漾的位子还空着。

他进去后，脱了外套递给江沅，带着人坐在自己边上。

梁钦听到动静，抬头看了过来，似笑非笑地看着他："哟，我们漾神见家长回来了啊。"

"有没有感受到来自未来岳父岳母的压力啊？"

沈漾把手机放在桌子上，淡淡地道："压力不压力，跟你说，你现在也体会不到。"

梁钦："……"

一旁等了许久的化妆师连忙走了过来，他侧目看了眼走过来的人，捏了捏江沅的手指："女生。"

"什么？"江沅有些莫名其妙。

沈漾舔了下唇角，凑到她耳边低语："化妆师是女生，你会不会介意？"

她蓦地笑了声："那你还跟孙尚香玩呢，你说我介不介意？"

"这没有办法。"

他靠回椅背，单手搭在扶手上，另一只手撑在桌沿上，手指搭在桌面上敲了敲："要不我让为哥给游戏公司投点钱，让他在游戏里面弄个你？"

说完，他又自我反驳："那不行，你只能陪我一个人玩。"

沈漾的妆只花了几分钟就定好了，这让定妆就花了半个小时的梁钦感到非常不理解："为什么他这么快就弄好了？"

化妆师收拾好东西，礼貌地道了句："人家底子好。"

"……"

WATK战队的所有成员也要COS（装扮）游戏里的英雄人物拍一组照片，一方面是宣传游戏和比赛，另一方面也是在给粉丝谋福利。

沈漾定的是百里守约的造型，等他看到造型师送过来的衣服，眉头不自觉地蹙在一起："这耳朵和尾巴也要一起？"

造型师："当然。"

坐在一旁的江沅将脑袋趴在桌子上，一脸兴致勃勃："你穿呀穿呀！耳朵和尾巴搭在一起肯定超萌的。"

沈漾勉为其难地应了声："……好吧。"

他进去换衣服的间隙，坐在一旁的梁钦和小眠偷偷摸摸地拉着造型师小姐姐嘀嘀咕咕说着话，小姐姐先是愣了下，随即便反应过来，从一旁的衣架上拿了一套衣服朝江沅走了过来。

"漾神家的小女朋友。"她笑眯眯地看着江沅，"漾神临走前跟我们造型组说了声，让我们也给你找一套衣服。"

江沅愣了几秒，才反应过来她是在跟自己说话，迟疑了几秒，才问了句："换……什么衣服？"

"这个。"小姐姐把衣服递给江沅。

"可是他们拍照片关我什么事情啊？"江沅看了眼手里的衣服，舔了下嘴角，"而且，你确定这是沈漾交代你们让我换的衣服？"

小姐姐依旧笑眯眯的，语气无比坚定："是的。"

江沅还在犹豫，小姐姐已经欢欢喜喜地推着她去里面的更衣室，临走前还说了声："要是穿不好可以喊我。"

"……好的。"

江沅抱着一堆衣服尾巴坐在更衣室里，犹犹豫豫片刻后，开始动手脱衣服。

屋外，沈漾换好衣服出来，瞥见江沅之前坐的位置，踢了踢梁钦的椅子腿："她呢？"

"啊？不知道啊，我看她抱着尾巴进了更衣室，是不是给你送尾巴去了？"

沈漾皱着眉，抬手把身后的尾巴扯过来："你说这个？"

他对着镜子整理了一下帽子："我就看她进了更衣室，你进去看看就是了。"

说完，他拍了拍沈漾的肩膀，意味深长地说了句："我们先走了啊，这屋里等会儿虽然没人，但是隔音效果很差的。"

沈漾睨了他一眼："有病啊。"

随即，便转身重新回了更衣室。

在他不知道的身后，梁钦他们几个人凑在一起说着话。

"我赌今天的宣传片拍不成。"

"我也押拍不成。"

更衣室在化妆间里侧，是一间间小隔间。

沈漾推门进去的时候，江沅正好换完衣服，从隔间里出来，正垂着头整理身后的尾巴，注意到门口的人影，下意识地抬头。

两个人视线对上的一瞬间，沈漾觉得脑袋里有根筋"嘣"的一声断开了。

他将目光落在江沅身上，喉结轻滚着，捏在门把上的指尖用力得有些发白，心底忍不住低骂了声。

江沅换了身衣服。

原先的棉服外套牛仔裤换成了小旗袍，胸前开出一个倒 v，内衬的黑色的布料包裹着胸前的两团柔软，圆润肩头暴露在空气里，领口处用纽扣合在一起，精致的锁骨线条似隐似现。左侧的裙摆一直开到腿根的位置，露出腿侧的肌肤，雪白通透。

兴许是考虑到真人和模型的差距，裙缝间的黑色布料比模型要往下一点，可就是这样半遮半掩的，更是夺人眼球。

兴许是他的眼神太过直接和炽热，江沅下意识地缩了缩身体，身后的狐狸尾巴随着她的动作一摇一摆，生生给她添了几丝妖娆媚意。

她无意识的动作在沈漾看来简直就是要人命的折磨，他紧咬着牙根，下颌紧绷的线条清晰无比，声音有些僵硬："谁让你换的？"

江沅涨红了脸，咬着下唇低声道："不是……你让我换的吗？"

沈漾抿着唇，想起进来之前梁钦若有若无的暗示，压住想出去把他捶死的冲动，往前走了一步，"咔嗒"一声把门反锁了。

他一步一步朝里逼近，江沅无意识地咽了下口水："你等会儿不是……还要拍宣传片……"

话音刚落，男人已经沉着脸，一言不发地走到她跟前，居高临下地看着她，唇角紧紧抿在一起，像一道笔直的线条。

江沅缩着肩膀，脑袋上的狐狸耳朵垂下一只，往后退了一点，尾巴抵着墙壁，颤巍巍地说着话："要不，我还是先去把衣服换了吧。"

"不用。"

沈漾哑着声，往前迈了一步，抬手将她垂下去的耳朵竖起来，指尖按在上面揉捏了一下："很好看。"

她红着脸抬起头，还没说话，他突然勾住她的脖颈，带着人往前一点，用了点狠劲低头咬了上去。

江沅吃痛，呜咽一声，伸手去推他，沈漾熟练地捉住她手腕往她身后一别，牙齿咬着她的下唇。

他几乎是咬几口就停下来，过一会儿，又继续。

几次三番，江沅已经喘不过气，支支吾吾的声音听起来已经带着点哭腔了。

沈漾也不管不顾，等亲够了，松开她的唇，低头往下，直接用牙齿咬开贴着她颈脖的纽扣，被遮掩的锁骨完全暴露出来，他歪着头，唇瓣吮着锁骨的线条。

江沅身体紧绷着，手指捏着他肩颈上的衣服，浑身火热。

半晌，沈漾松开她，两人皆是喘着粗气。

他将目光落在她胸前那一片被自己吸出来的红红点点上，眸光暗了暗，伸手从一旁捞过她的外套牢牢地将人裹在里面。

江沅红着眼，眼底波光潋滟，微微鼓起的腮帮毫无遗漏地展现出她的郁闷。

沈漾轻笑了一声，觉得她表情可爱，伸手捏着她的脸颊，低声道："下次，你可以在家里穿给我看，效果比现在更好。"

"……"

宣传片一直拍到傍晚五点多，结束后，沈漾和江沅先一步离开了影棚。

走之前，沈漾去了趟更衣室，不知道去做什么，也不让江沅跟着。

等到上了车之后，江沅才问道："你刚刚去干吗了啊？"

他发完消息，侧目看着她，笑着道："报仇。"

"？"

沈漾没再多解释，江沅有些困乏，也没什么兴致追问下去，歪着头靠在他肩上，伴随着行驶平缓的车速，迷迷糊糊就睡着了。

另一边，梁钦从洗手间回来，刚推开更衣室的门，"哗啦"一声，刺骨冰凉的水从头顶浇了下来，用来装水的塑料桶不偏不倚地扣在他脑袋上。

他牙齿打着战，忍不住吼了声："沈漾！你等着！"

沈漾答应了江母晚上过去吃饭，下了车之后，直接跟着江沅回了江家。

江母和江父正围在厨房准备晚餐，听到开门的动静，江父拿着汤勺走了出来："回来了啊，去洗洗手，准备吃饭了。"

"知道啦。"

江沅和沈漾站在玄关处，换上早上穿的拖鞋，她歪着头和他说话："你有口福了，我爸爸的手艺天下第一棒。"

"是吗？"

他踩着拖鞋，跟在江沅后面去了浴室，听着耳畔锅碗铲碟的碰撞声，看着眼前晃晃悠悠的人，蓦地勾了勾唇角，心底逐渐有层叠的暖意涌起。

也许这就是四哥说的新生活吧。

温馨简单，家长里短，烟火气。

还有她。

吃了晚饭后，江沅帮着江母收拾桌子，沈漾和江父端着茶杯坐在客厅看新闻。

两个人看起来相处得也是非常愉悦。

"妈妈，他是不是很好？"厨房里，江沅从江母手里接过洗干净的碗碟，略有些自豪，"你有没有很满意？"

江母忙完手里的活，抬头看了她一眼，淡淡道："满意，眼光不错，随我。"

江沅："……"

沈漾没在江家久留，临走前，江父才对他说了这一天来最想跟他说的话："我就这么一个女儿，你可不能让她受委屈。你犯了错，她会原谅你，可我不会，这是作为一个父亲的自私。"

江父伸手捏着他的肩膀，手下用了力，说话依旧是那副云淡风轻的模样："希望你永远都不会让我失望。"

沈漾敛着眸，挺直腰板接受对方作为一个父亲给予他的压力，语气认真："一定。"

KPL秋季总决赛的当天晚上，江沅有一场专业课的考试，等到赶去现场的时候，比赛已经到了后半场，比分三比三。

最后一场比赛，是双方的赛点局。

考虑到比赛的时间过长，六场比赛结束后，中间插了十五分钟的休息时间。

江沅赶到休息室的时候，沈漾他们刚刚从台前回来，几个人坐在沙发上，神色都不算轻松。

见到她进来，沈漾扯了个笑容："不是说有考试吗？"

"我提前交卷啦。"江沅笑眯眯地在他边上坐下，"本来想看直播，但想了下，还是来现场亲眼看你们拿冠军比较有感觉。"

听到这话，坐在一旁整理数据的褚为应和了一声："这话说得对。"

"就怕是口毒奶啊。"梁钦慢悠悠的话音刚落，就感受到屋内如刀刃一般的目光，咽了下口水，"神奶！我沅妹是电竞神奶！"

众人嗤笑一声，小眠拿靠枕丢他。

江沅坐在一旁，动作熟稔地揉着沈漾的手腕，献宝似的看着他："我跟我爸刚学的，很有用。"

沈漾由着她的动作，脑袋搭在她肩膀上，低声道："可我觉得，只要看到你，比什么都管用。"

"漾漾，你真的是每天都不一样（漾）。"

十五分钟的休息时间很快就过去了，沈漾他们重新回到比赛台上，江沅坐在休息室里看比赛。

临走前，她扒在门栏旁，笑嘻嘻地看着他："我等你，拿一个冠军给我呀。"

沈漾低头在她唇上亲了一下，抬手将她额前的头发弄乱，浅声道："好。"

在一旁目睹全过程的队友依然麻木。

八点五十分。

BO7 的最后一场比赛正式开始。

江沅在休息室听着场外粉丝声嘶力竭的欢呼声，褚为也从台前回到幕后，拿着笔记本，给了江沅一个安抚性的笑容后，坐在一旁托着腮，一言不发地看比赛。

S8 赛季开始，新版本上线之后，射手的出场率就远远低于双边路英雄的出场。

但是 WATK 今天依旧是坚持用传统的野辅联动的打法，拿了李元芳做输出位，也算半个打野。

而相反地，LOP 战队则很快适应了新版本，在之前的预选赛和季后赛的时候，就已经采用了双边路的打法，他们的双边路可谓是 KPL 最强。

比赛两分钟，第一条暴君刷新，WATK 率先在河道下方占据了视野。

两方都在河道处互相试探，小眠在队内语音说话："我闪现抓，你们打。"

"没问题。"

下一秒，大屏幕上的鬼谷子直接闪现加二技能抓住 LOP 的三个英雄，队友扁鹊和李元芳的输出迅速跟上。

稍后赶来的陈冬，往人群里放了大招，直接双杀带走对面中单和射手。

一波团战结束，WATK 一换五，将前期的优势建立起来。

LOP 是典型的后期阵容，比赛到二十分钟的时候，WATK 拿了一波黑暗暴君，想借机攻破 LOP 的高地。

解说 a："WATK 在拿了优势之后，屡屡想要上 LOP 的高地，都被对面守了下来。"

解说 b："对面的嬴政加上东皇太一，真的是很难上高地。"

二十五分钟。

LOP 借着双边路的后期优势想要强开主宰，这时候 WATK 这边因为之前的一波小团战，只有三个人在场上。

双方目前只有一千块的经济差。

WATK 这边稍优势一点的是三座高地皆在，但如果让 LOP 拿了这条主宰，这一点点优势可能就没什么用了。

沈漾舔了下唇角："龙要不要？"

陈冬："三个人，拿命换龙？"

小眠："不抢有命也没用。"

时间紧迫，来不及多做战术，三个人直接从野区穿过去，鬼谷子开大探视野，沈漾朝大龙里丢了个大招，陈冬跟上输出，在心底暗自计算着大龙的血量，趁机丢了个惩戒。

成功抢到大龙！

观众席和解说席纷纷炸开了锅。

解说 a："抢到了！上一届 KPL 赛场的 MVP 打野果然是名不虚传！"

解说 b："Winter 这个惩戒给得真的是非常到位！也不得不提一句，WATK 战队的野辅联动真的强！"

比赛到了这个节骨眼，一点小失误就能翻盘，LOP 丢了大龙，

WATK 后续队员支援及时，二换二，换掉了对面的嬴政和橘右京。

LOP 没了中单，少了一个输出位。

小眠："不能等了，直接一波，要不然这大龙白抢了。"

陈冬轻咳一声："兄'dei'，一波了啊，都给我精神点。"

沈漾："你就在龙窝待着，我们带你躺赢。"

队内语音的气氛轻松了不少，三个人直接借着大龙兵线，凭借李元芳的点塔优势，成功点掉对面水晶！

水晶炸裂的一瞬间，梁钦和陈冬直接摔了耳机抱在了一起。

解说齐声喊道："让我们恭喜 WATK 战队成功拿下 2017 年秋季赛总决赛的冠军！"

现场掌声雷动，舞台的灯光从四面八方亮起来，他们穿着相同的黑色队服，难掩激动之意地朝对手一一鞠躬握手。

身后巨大的红蓝两面旗帜逐渐转变成映有 WATK 字样的队旗，舞台的中央，属于他们五个人的奖杯在灯光下熠熠发光。

沈漾将目光转向镜头，动了动唇瓣。

没有人注意到他说了什么，只有坐在休息室的江沅认真看了看他的唇形。

他在说——"我拿到了。"

颁奖典礼过后，已经被采访席拉入黑名单的漾神重新和队友坐在了采访位，默默地拿着话筒，等着面前的主持人提问。

主持人采访前面几个队友都是比较常规的问题，轮到沈漾的时候，还特意翻了一下小本子。

"我觉得比赛的事情问得都差不多了，我们来问些别的问题啊。"

主持人端着话筒，扫了眼小本子问了句。

"漾神，关于前阵子在微博疯传的你和一女子在马路边接吻的照片，你有什么想说的吗？"

沈漾挑了挑眉梢，依旧不按常理出牌："麻烦下次换支口红，我不太喜欢上次的味道。"

主持人怔愣一秒，内心咆哮：……说好的深情人设呢？

坐在休息室的江沅看到这段采访时，差点笑岔了气，侧头问褚为："为哥，我很好奇，他这样怎么到现在还没被采访席拉黑？"

褚为扫了眼屏幕，淡淡道："大概是长得好看。"

"？？？"

江沅看比赛的时候喝了太多的水，这会儿放松下来，只觉得憋得难受，从桌上抽了几张纸，急匆匆跑去了厕所。

休息室的洗手间比较偏，江沅绕了一圈才找到。

从女厕出来，江沅站在镜子前整理了一下头发后，伸手拧开水龙头，干涸的水龙头在滴了三滴水之后，彻底报废了。

"……"

江沅扭头看了眼身后空无一人的男厕，大大方方地走了过去，身后传来熟悉的声音。

"那是男厕。"

江沅没有回头，安安静静洗完手之后，转过身甩了甩手上的水珠，往前走了几步，站在他眼前，耳旁是熟悉的背景音，一瞬间像是回到初见那次。

他亦是如此，沉默不语，站在那里，清清冷冷的模样，什么都没有做，就已经让她念念不忘了这么久。

江沅弯眸看着沈漾，记忆里的对话像放电影一般从她脑海里蹦了出来："我知道这是男厕。"

"女厕门口的水龙头坏了，我过来洗手。"

沈漾挑挑眉，等着她的下文。

"这次我洗手了，可以碰你的手了吗？"

他轻笑一声，往前走了一步，消除了两人之间最后一尺的距离："给你碰一辈子。"

江沅略有些遗憾地抱怨了声："可是一辈子好短啊。"

"那还有下辈子，下下辈子，以后的每一辈子。"他顿了顿，继续道，"只要你在，我就能找到你。"

沈漾曾经以为，他艰涩黑暗的人生里不会再有光的出现，直到遇见江沅。

　　她像是永远都不会熄灭的火焰，带着炙热滚烫的温度在他心底燃起燎原之火。

　　人的一生何其长，亦何其短。

　　他何其有幸，与她不经意间的惊鸿一瞥。

　　就是一生了。

番外一

我的漾，生日快乐

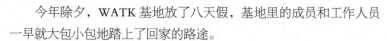

（一）

今年除夕，WATK 基地放了八天假，基地里的成员和工作人员一早就大包小包地踏上了回家的路途。

沈漾在平城没有家。

几个队友都忙着收拾行李的时候，只有他一个人无所事事地坐在堆满了行李箱的客厅里，大王百无聊赖地甩着尾巴趴在他脚边。

那一瞬间，突如其来的孤单与落寞朝他铺天盖地地笼罩下来。

梁钦的家在本市，是最后一天离开基地的。

临走前，他想起来一件事，拎着行李箱站在门口："对了漾漾，明天情人节，是你生日吧？"

他贱兮兮地笑着："要不要我过来陪你过生日啊？"

闻言，沈漾愣了一秒，抬手摸了摸大王的脑袋："不用了，你赶快回家吧。"

"啧，也是，你还有江小妹呢，我就不过来跟你凑热闹了啊。"他重新握住行李箱的拉杆，拉开门，"我走了啊。"

"嗯，注意安全。"

关门的声音轻悄悄的，偌大的基地瞬间变得安静下来，静到他似乎都能听见自己的心跳声。

沈漾坐在沙发上，似乎是觉得安静得有些过分，伸手按开电视，随便找了一个综艺节目，把音量按到最大。

电视机里的欢声笑语从音响里传出来。

窗外夜色渐沉，沈漾听着笑声起身去了厨房，从速冻抽屉里拿了两块冻牛排出来解冻。

人靠着操作台，手指无意识地按在桌沿无节奏地敲着。

搁在一旁的手机振动了一下。

他拿过来看了一眼，是江沅发过来的微信："我到了！晚上要去吃好吃的！"

江沅家里有个习俗，每年除夕的前几天都要去山里祭祖，今年也不例外。

沈漾："知道了。"

山里的信号不好，江沅吃了饭回到酒店之后才收到他的消息。

今天也是不一样的仙女沅："山里面的信号好差！"

今天也是不一样的仙女沅："漾漾，明天情人节喔。"

沈漾刚洗了澡出来，拿着手机躺在床上："我知道，你能回来吗？"

他手指碰在发送键上，却迟迟没有按下去，犹豫半天，还是删除了后半句话，只将"我知道"三个字发送过去。

她的消息是半个小时后发过来的。

这个人已被网速逼疯："网速真的好慢啊！"

这个人已被网速逼疯："情人节我没办法陪你过了，但是我可以陪你一起过除夕呀！我妈妈让你除夕来我家吃饭。"

这个人已被网速逼疯："渣网速太慢了！我先睡觉啦！明天委屈你跟大王一起过了！"

沈漾勾着唇，想象着她被网速逼疯的样子，发了两个字过去——晚安。

至于他的生日，不提也罢。

第二天一大早，山里还是雾蒙蒙的时候，江沅就已经从被窝里爬了起来。

简单的洗漱后，她和江父去楼下餐厅吃了早餐，等家里的大长辈收拾好，一行人一齐去了山上。

他们再回到酒店的时候，已经是十一点多。

中午有家宴，她随便吃了点东西，和江母打了招呼之后，就先回了房间。

早上她走得急，手机落在酒店也没带，这会儿打开一看，堆积的微信消息已经 99+ 了。

都是 WATK 战队群里的消息。

她点开一看，都是刷屏的生日快乐。

随手敲了几个字："今天谁过生日啊？"

信号依旧时断时续。

过了会儿，底下有了一条回复。

WATK. Young："我。"

江小沅："……"

（二）

　　七大洲吐槽君 V：情人节家里有事没和男朋友一起过，结果我发现男朋友今天过生日，我该怎么哄他……

情人节当天，微博某知名搞笑幽默大 V 博主收到粉丝投稿，微博刚发出去，底下就冒出来一堆评论。

　　鸡蛋小仙儿：这样的男朋友不分手——难不成还要再留给你吗？

　　老子每天都无所畏惧：小姐姐你跟我说实话，你是不是外面有别的人了？

　　暴走土匪：也没什么好的建议了，小姐姐放小哥哥一条生路吧。

这些都是网友闹着玩的评论，热评前几还是都给出了比较诚恳的建议。

　　热评第三：怎么哄？男人还要哄？上去打他一顿就安分了。

　　热评第二：现在去给他补过生日，然后你懂的。

　　热评第一：千言万语，不如一套，千方百计，不如一泡。

　　江沅："……"

　　能在几万评论里脱颖而出成第一，也不是没有一定道理的。

　　江沅在群里发了消息之后，群里面刷屏的动静停了几秒，等沈漾回了消息之后，先前刷屏的生日快乐全换成了一长串一长串的问号。

　　梁钦更是毫不给面子："哈哈哈哈哈哈哈，今天是情人节吧，我怎么觉着今天有点像清明节呢？"

　　沈漾："……"

　　你不说话没人把你当哑巴。

　　群里一直安静不下来，一大堆一大堆的消息冒出来，沈漾嫌吵，直接关了提醒，把手机丢在一旁。

　　等了会儿，又怕错过江沅的消息，重新把手机拿了过来，把群消息屏蔽了之后才重新开了声音。

　　结果，他一直等到晚上，等到他一觉睡醒，手机里除了梁钦肆无忌惮的嘲笑，没有任何消息。

　　他随手扒拉一下乱糟糟的头发，轻啐一声，手指戳了戳江沅新换的微信头像，有些泄气地把手机丢在一旁，整个人重新躺了回去。

　　过了会儿，他摸了摸有些干瘪的肚子。

　　翻身下床，趿拉着拖鞋出了门。

　　走到楼梯口的时候，听见楼下有乒乒乓乓的动静传来，他愣了几秒，回过神后大步朝楼下跑去。

　　厨房的门敞开着，里面看得清清楚楚。

　　张姨回头看见沈漾，轻笑一声："哎呀，你过生日怎么不跟张姨说哟，一个人在这里什么吃的都没有啊。"

沈漾眼底的惊喜一层层褪去，微扬的唇角垂了下来，片刻，又重新强撑着弯了起来，往前走着："张姨……"

话还未说完，基地的大门被人从外面推开，他闻声看了过去，一道熟悉的身影蹿了进来。

"张姨，做蛋糕的材料我买回来了。"

江沅站在门口，看到沈漾，愣在原地没了动作。

她穿着米白色的棉服，牛仔裤包裹着她修长的腿形，脚上踩着他之前买来放在基地的粉兔子棉鞋。

江沅没有系围巾，一截白皙细长的脖颈露在外面，白净的面孔透着粉色，唇瓣微张着，似是没想到他会突然出现在这里，眼底都是惊讶，细细看来，还有些许欣喜。

沈漾率先反应过来，抿着唇朝她走过去，一言不发地站在她眼前。

"你醒了啊。"

江沅回过神，往里走了一步侧身把门关上，刚回过头，男人突然伸手将她压在门板上，手掌垫在她背脊后，还没来得及喊痛，唇舌就被人封住。

他的吻带着些急切，如同他此刻的心情，难以自持。

温热的舌尖没有任何前戏，在她吃痛之前，趁机探了进去，贴着她牙膛扫着，毫不留情。

江沅手上拎着东西，空不出手，只得任凭他在自己唇舌上攻城略地。

"咦？"

厨房里，张姨迟迟不见人来，边切东西边念道："沅沅啊，你快点把东西拿过来啊。"

沈漾这才松开她，额头相抵，轻喘着气，漆黑如墨的眼底里凝着一簇光，哑着声："怎么突然回来了？"

江沅舔了下干燥的唇瓣，声线抓耳，尾音有一点细软。

"回来给你过生日啊。"

<h2 style="text-align:center">（三）</h2>

江沅问完问题，看到群里问号刷屏，意识到自己可能问了一个愚蠢的问题。

再三思量，她给一个微博大 V 投了稿。

大概是没想到这个时候还有人投稿，大 V 很快就看到了她的私信，并且发到了自己微博首页，随即便引来一堆情人节不出门过节极有可能是单身狗的热心网友的评论。

江沅特意等了十分钟才去刷的评论。

真的是有才的人在哪儿都不会被埋没，她在评论区看了一圈，受益匪浅。

为了尽快弥补自己的错误，她中午吃了家宴后，就匆匆赶了回来，下车的时候在小区门口碰见了来给沈漾送食材的张姨。

两人边走边聊，等到了基地，张姨才知道江沅准备做蛋糕，临时翻了翻冰箱，还缺几样东西。

她拿着张姨列好的清单，换了双鞋，去了门口的大超市，再回来的时候，刚好碰见沈漾从楼上下来。

"我以为你要睡到晚上呢。"

江沅抬手将他掉在眼睑下方的睫毛拿掉，然后戳了戳他的肩膀："你让开啦，我要去厨房。"

沈漾依言往后退了一步，等她从身侧走过之后，突然像一只大型犬一样从后面抱着她，下巴搭在她颈脖间，声音带着不易察觉的委屈："我还以为我今天要一个人。"

闻言，江沅停在原地，低低地说了一句："漾漾，对不起啊。"

"嗯？"他没听清，歪着头对着她耳朵吹气，"你说什么？"

"说你好黏人呀。"江沅揉了下耳朵，笑眯眯地推开他，"比元宝还黏人。"

他蓦地笑了声，拉住她的手腕，手指贴着掌心滑下去，十指相扣，黑沉的双眸泛着柔光。

"因为是你，才想一直黏着。"

到了晚上，本打算送了食材就回家的张姨，在基地留到给沈漾过了生日才回去。

时间渐晚，江沅不放心她一个人，和沈漾一起送她到小区门口，叫了出租车送她回去。

"好了，外面冷，你们快回去吧。"张姨坐在车里，临走前给他们俩一人塞了一个红包，"都拿着，张姨给你们压口袋的，来年啊，你们要财源滚滚。"

"谢谢张姨啊。"

等车走远后，沈漾牵着江沅往小区里面走。

平城已经立了春，夜晚的冷风没了凛冬的寒意，路旁原先干枯的枝叶已经隐约有逢春的迹象。

小区门口有卖烟花的小贩，摊前摆了一整排的仙女棒，沈漾停下脚步，走过去拿了一根仙女棒，回头问她："要不要放这个？"

她点点头，笑着道："要。"

小区里不让随意燃放烟花爆竹。

沈漾拿了两把仙女棒，牵着江沅去了马路对面的河畔公园，那里有专门用来给游客放烟花的广场。

他们俩到的时候，广场上已经有不少人了，基本上是情侣。

"还好我不是一个人来这里。"江沅扣着他手心，"这算不算是大型'虐狗'现场？"

"算吧。"他勾着唇，带着她找了块没人的地方，拆开包装，递了两根仙女棒给她，轻描淡写地说道，"我们也来'虐狗'。"

点燃的仙女棒迅速燃烧着，璀璨的光芒犹如昙花一现，不消片刻又重新归于黑暗。

江沅玩了几次就觉得没什么意思，把燃烧干净的棍棒放在一旁的袋子里："想看大烟花。"

"我给你放。"

她挑挑眉："你怎么放？"

"等着。"

他说完，拿着手机去了一旁，目光时有时无地落在她身影上。

江沅百无聊赖地坐在一旁的石凳上，时不时点两根仙女棒。

等了会儿后，他打完电话走了回来，定定地站在她眼前，笑意明显："要是等会儿真的有烟花，你要怎么感谢我？"

江沅咬着腮帮的软肉，思考片刻，应道："跟你说我晚上许了什么愿望吧？"

他挑眉："好啊。"

江沅无所谓地耸耸肩，对他话里的烟花没有抱多大的希望。

又过了几分钟，沈漾抬手看了眼时间，薄唇微动："十、九、八……"

数到六的时候，他抬着眼帘，眸光定定地看着她，念数不停。

"五、四、三、二、一。"

"一"字的尾音还没落下，就被夜空中突然蹿开的烟花声淹没了。

江沅微扬着头，呆滞地看着在他身后一朵接着一朵蹿开的璀璨烟火。

一闪而过的光芒凝成一个光点映在她的眸子里。

沈漾突然俯下身，覆在她唇瓣上，说话声断断续续地传入她耳里。

"在烟花下接吻，是会得到祝福的。"

这是个不沾欲念的吻。

耳旁是不停炸开的烟火，五彩斑斓的光芒笼罩在两人身上。

半晌，沈漾放开她，往后退了一步。

江沅喘了口气："这是你找人放的？"

"不是。"他伸手按在她唇角，"四哥说市府今晚会在边江河岸放烟火。"

"我只是，借个人情。"

"四舍五入一下，也等于是我给你放的烟花。"

他依旧弓着身，视线和她持平，笑声清朗。

"我做到了，你要兑现承诺。"

江沅抬着眸，眼睫轻颤了几下，圆亮澄澈的眸子里倒映着他的笑容。

"我许愿，以后的每一个生日都要陪你过。"

——我的漾，生日快乐。

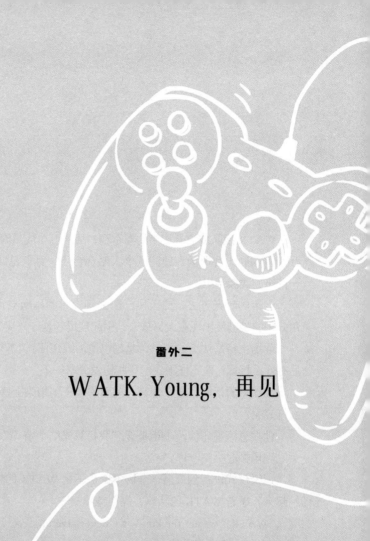

番外二

WATK. Young，再见

WATK 战队成立五周年的春季赛，战队五个成员同时宣布退役，万人雷鸣的比赛现场，他们五个人站在台上，话筒从队长小眠手里一直传到沈漾手里。

　　五年的时光过去，沈漾早已褪去年少时的稚嫩与青涩，更加棱角分明的脸赫然出现在大屏幕上，引起现场粉丝一阵尖叫。

　　现场主持是沈漾的粉丝，此刻也是泪眼汪汪："不知道漾神退役后有什么打算？能不能跟我们这些粉丝分享一下。"

　　沈漾举着话筒，眉眼含笑，清冽的声音稍稍染上些笑意："有什么打算啊？"

　　他故意停了几秒，才继续道："我打算先结个婚。"

　　现场顿时哄笑一片。

　　退役仪式进行到最后，全场不论是不是 WATK 的粉丝，都一齐站起来，举着 WATK 的队旗，高声喊着——

　　"WATK，we are the king，we never give up。"

　　"我们永不说再见。"

　　台上红蓝交错的旗帜变成 WATK 的队旗。

　　五个大男孩手连手勾着彼此的肩膀，弯腰的动作诚挚且充满了感谢。

　　再抬首时，清澈的双目里早已通红。

　　再见了。

　　这段辉煌肆意的年月。

　　WATK。

　　我们永远不说再见。

从会场回基地的大巴车上，一向热闹喧嚣的车厢内难得安静下来，几个人头一回单独坐个位置。

开车司机兴许是觉得气氛过于沉闷，伸手开了音乐，歌声接着之前放了一半的位置开始，正好是高潮。

"很高兴一路上，我们的默契那么长，穿过风又绕了弯，心还连着，像往常一样。最初的梦想，紧握在手上，最想要去的地方，怎么能在半路就返航，最初的梦想，绝对会到达，实现了真的渴望，才能够算到过了天堂。"

坐在最前排的梁钦低头看着戴在手上的冠军戒指，笑声淡淡的："你说我们这是不是也算实现了最初的梦想？"

从黑马队伍，到春季赛冠军，三连冠，预选赛满贯，KPL 大满贯。

他们从一无所有到一无所缺。

最初的梦想，从这里开始，也从这里结束。

一行人到了基地，比赛的胜利被浓稠的离别情绪吹散，五个人情绪快快，临上楼前，褚为看着他们五个人欲言又止，最后拍了拍手里的小本子："时间不早了，都回去休息吧，明天下午有庆功宴。"

"嗯。"

"知道了。"

"好嘞。"

沈漾回房间换了身衣服，下楼去了江沅家里。她父母前些时候出去旅游，这几天他打完训练赛都会过去陪她。

江沅这学期一直在实习和继续深造之间纠结，江父临走前怕她耽误学习，直接在二院给她找了份实习工作。

她整日在医院忙到昏天暗地，加班到凌晨，有时候沈漾过来，她甚至还没下班。

今天 WATK 全体队员退役，她也没时间去现场。

说遗憾，他也不是没有。

但总归，理解万岁吧。

沈漾到楼底的时候，意外发现平日里暗黑的窗口，有一丝亮光，他边往里走边给她发消息。

　　沈漾："下班了？"

　　江沅不知道在忙些什么，等他出了电梯，才回的消息："对啊，你回基地了吗？什么时候过来？"

　　沈漾："到了，在你家门口，正在开门。"

　　他刚把钥匙插进孔里，隔着一层门板，听见屋里慌乱的脚步声，唇角微勾，慢悠悠地拧动钥匙。

　　门开的瞬间，瞥见一道身影钻进房间里，白生生的腿在他眼前一闪而过。

　　沈漾将眉头一蹙，关上门后朝里走了进去，客厅的地板上放着一个纸质包装盒，边角都给拆开了。

　　他走过去，拿起来看了眼，侧面的封条上写个几个字——妲己cosplay 服装。

　　沈漾一个字一个字看下来，只觉得喉间发涩，一股难掩的欲望从心底蹿然而生。

　　没等他有什么动作，身后有脚步声靠近。

　　"漾漾。"

　　这么些年过去，她的声音还是一如既往的软糯，腻到他心底，让他难以自持。

　　沈漾攥紧了手里的纸盒复又松开，转过身，目光触及她脸上。

　　站在眼前的人，穿着妲己小狐狸的 V 口小旗袍，脑袋上两只毛茸茸的耳朵软趴趴地垂下来。

　　她胸前两团柔软被内衬的衣料紧紧包裹着，露出饱满的弧度，白皙圆润的肩头暴露在空气里，精致的锁骨线条似隐似现。

　　腰侧的线贴着纤细的腰线往下，到裙摆的位置被劈开，露出腿侧的肌肤，雪白通透，裙缝间的黑色布料只堪堪遮到腿根。

　　身后一只大尾巴悬在空中，伴随着江沅不经意的动作摇来晃去，那眉目含羞的模样像极了山野里偶然遇见俏书生的狐狸精。

他喉结轻滚，暗哑的声音透着危险："怎么突然穿这个？"

江沅是第二次穿这身衣服，后腰的暗扣没怎么扣严实，这会儿总有种不踏实的感觉，踩在地板上的莹白脚趾动了动，声线颤抖："就……想穿给你看。"

"你不喜欢吗？"

她鼓足勇气和他对视，目光触及他漆黑眼眸里化不开的情欲，心一颤，头又垂了下去。

脑袋上的耳朵随着她的动作一摆一晃，像是铁扇公主拿着芭蕉扇在火焰山扇了一下。

沈漾的心里有股炎热滚烫的温度从心底深处升起，他舔了下唇角，上前一步，攥着她手腕把人压在雪白墙壁上，牙齿靠近她耳侧："你父母不会突然回来吧？"

江沅吸了吸气，小声道："……不会。"

"很好。"他轻笑，将人抱起。江沅伸手勾住他的脖颈，整个人挂在他身上，软声软气地念叨着："漾漾。"

呼吸沉了沉，沈漾伸手且单手托着她，往床边走去。

情欲沸反盈天。

到最后，等到真正结束躺在床上时，江沅哭唧唧地咬被角，暗自发誓——她以后再也不玩妲己了。

凌晨三点。

沈漾神清气爽地做好善后工作，伸手搂着江沅。

已经快睡着的人，被他身上的热意惊醒，转过身脸埋在他胸前，嘴里说着话。

"WATK.Young，再见。"

"沈漾，你好。"

番外三

一心不离

年末是沈漾最忙的时候，经常十天半个月不着家，江沅胆子小，只要他不在家，她就回爸妈那边住。

　　江沅打小是被宠着长大的，婚后沈漾又纵着她，加上从读书到工作都一直在学校里，性子没怎么被社会打磨，仍旧保留着几分天真，行事作风也都还跟小孩子一样。

　　江母总是感慨，也幸亏是嫁给沈漾，要是嫁给了别人，依她这个性格，指不定还要出什么问题。

　　江沅早前听着还挺当回事，后来听多了，总笑嘻嘻开玩笑道："那如果对方不好，你们也不会同意我嫁给他呀。"

　　"你呀。"江母拿她没办法，把削好的苹果递过去，"你们俩打算什么时候要个孩子？"

　　"我们这才刚结婚呢。"江沅啃了两口苹果，"而且，我还没有做好当一个妈妈的准备。"

　　江母："那你不想，难道沈漾也不想？"

　　江沅回答不上来这个问题。

　　结婚两年，在某些事情上，沈漾总是会做好措施，但她其实也不确定沈漾到底是不想要，还是因为她才不想要。

　　腊月二十八，沈漾从外地出差回到平城，在基地开完会发完这一年的红包奖金，便直奔丈母娘家。

　　家里去年新换的密码锁，门开的时候江父正准备去楼下丢垃圾，翁婿俩猝不及防碰上面，彼此都吓了一跳。

　　"爸。"沈漾要去接江父手里的垃圾袋，"您进去吧，我去扔。"

"不用不用，你刚回来，去歇着吧，我正好去学校接你妈回来。"江父出了门，沈漾等他进了电梯才进屋。

客厅没人。

大王和元宝听到动静"噔噔噔"跑了过来，凑在沈漾裤脚边直嗅。他换了鞋，摸了摸它俩的脑袋，起身进了江沅的房间。

屋里开着暖气，江沅穿着夏天的睡衣睡得正香。沈漾走到床边，拿开她放在枕头旁的电脑。

他在屋里转悠了会儿，拿上睡衣去冲澡，回来就着床边仅有的空处躺过去，伸手将睡熟的某人捞进怀里。

江沅一到冬天就嗜睡，这一觉直接睡到天黑，眼睛还没睁开，手却下意识地往旁边摸手机，却不想摸到个人。

她吓一跳，短促地叫了一声。

沈漾被惊醒，迷迷瞪瞪在她脑袋上揉了一下："怎么了？"

江沅顺势趴到他怀里："你什么时候回来的呀？"

沈漾闭着眼睛缓神，手有一下没一下地在她后背顺着："下午刚到，看你在睡觉，就跟着躺了一会儿。"

江沅脑袋枕在他胸口处，听着他的心跳声，忽地想起几天前和母亲的对话，又支着胳膊扬起脑袋："漾漾。"

"嗯？"

"你想不想要个孩子？"

沈漾答得干脆："不想。"

"为什么啊？"

"懒得养。"

江沅扑哧笑起来："那我们老了怎么办，只有我们两个。"

"那也挺好的。"沈漾抬眼望着她，"只有我们两个，我一辈子照顾你，老了，我送你走，再来找你。"

江沅被他说得泪汪汪："那我还是想多些人来爱你。"

"你一个就够了。"沈漾摸了摸她的眼睛，又顺势往下，指腹压在她的唇瓣上摩挲，"亲一下。"

江沅仰头亲过去。

唇贴着唇，交换着气息。

沈漾蹭着她的鼻尖，问："想我没？"

"想。"江沅捧着他的脸，又重重亲了一下，"特别想你，超级想你，无时无刻不在想你。"

沈漾笑起来，在面对生人时的那股子冰冷气息全都消融在这个吻里。

婚后的第三个夏天，江沅怀孕了，还是双胞胎。

她性格毛躁，江母怕沈漾一个人照顾不来，拉着江父住进了夫妻俩的小别墅里。

沈漾好像真的对有孩子这事不怎么热衷，再加上江沅总是孕吐，人看着一日比一日憔悴，他对这俩孩子更是没什么好脾气。

江沅取笑道："你干吗总是臭着脸，小心宝宝生下来以后不理你。"

沈漾依旧不怎么在意："随便他们。"

江沅说不过他，拉着他的手覆在肚皮上："医生说宝宝现在已经可以对外界的声音做出反应了，你摸摸看。"

江沅很瘦，怀着两个孩子肚子也没显得很大，沈漾皱着眉，像做任务似的把手放在那儿就不管了。

好几秒过去，就在沈漾准备把手收回来时，掌心忽地传来一阵奇妙的触感，一下又一下，动作很轻。

那是一种很奇妙的感觉。

沈漾保持着那个动作僵在原地，隔着一层薄薄的肚皮，好像第一次感知到血缘的神奇。

他抬头看着妻子，用一种很复杂的情绪说道："他们……好像踢我了。"

江沅笑："对呀，因为他们知道你是爸爸，在和你打招呼呢。"

沈漾不再说话，手仍旧覆在肚皮上，胎动只有那一会儿，他慢慢将手蜷缩起来，好像那触感还存在。

那天之后，江沅明显察觉到沈漾对这两个孩子的态度改变了许多，虽然仍旧不算很亲近，但也不像以前什么也不问。

快到预产期的时候，沈漾回家的时间越来越早，后来甚至直接不去基地，整天留在家里陪着江沅。

江母偶尔念叨起来，他也不怎么在意："没事，有梁钦他们几个看着，我去不去都一样。"

晚上江沅忍不住拿这事取笑他："你之前不是这样的啊，还说不喜欢小孩，你最近比妈妈还紧张。"

"我是担心你。"沈漾早前查过资料，双胞胎生产出现危险的可能性远高于普通孕妇。

江沅没想到是这个原因，放下手里的书："沈漾，你过来。"

沈漾起身走到床边："怎么了，是不是有哪里不舒服？"

"你凑近点。"

他听话地弯着腰凑过去，江沅突然伸手抱住他："别担心，不管是我还是宝宝，我们都会好好的。"

沈漾没说话，只是更用力地抱紧她。

等真到了生产的那天，沈漾觉得在产房外等待的那几个小时，漫长到好像一生都不过如此。

但幸运的是，江沅的生产很顺利，而且生的还是难得一见的龙凤胎。

姐弟俩的名字都是沈漾定的。

女孩叫江一心，男孩叫沈不离。

两小孩的长相都随父亲，但性格却都随了母亲的活泼好动，每每闹腾起来，家里两个阿姨都招架不住。

江沅又是个长不大的性子，每次阿姨告状的时候，沈漾都觉得家里像是养了三个孩子。

沈漾宠着江沅，却不宠两个孩子。

江一心总是和外婆抱怨："爸爸好偏心，我说要吃冰激凌，他就说吃多了会拉肚子，可妈妈要吃，爸爸就不说了！"

江母被外孙女逗得乐呵呵："你爸爸哪是偏心你妈妈，他啊，是恨不得能把你妈妈捧上天。"

一旁玩积木的沈不离好奇道："外婆外婆！那我也要爸爸把我捧上天可以吗？我想去天上找奥特曼！"

小孩子童言无忌，惹得一伙大人都笑起来。

盛夏的傍晚，江沅下班早，顺路去幼儿园接两个孩子。

她今天参加院里的研讨会，难得穿上高跟鞋，走了一天的路，脚都在发软，碰上沈漾过来迎他们三个，忍不住撒娇："漾漾，我走不动了。"

沈漾一如既往地宠着她，蹲过去把人背起来，两小孩提着书包屁颠屁颠地跟在一旁。

一旁的路人忍不住把目光落了过来。

江沅趴在沈漾背上，扭头看着沈不离自己背着书包，手上还替姐姐拿着书包，也觉得好笑："漾漾，我们俩作为父母是不是太不合格了？"

"父母合格的标准在于孩子过得是否快乐。"沈漾停住脚步，回头看着两小孩，"江一心。"

"啊？"

"你今天开心吗？"

江一心不知道爸爸是什么意思，但她想了会儿，还是诚实地说道："开心啊。"

沈漾又问："沈不离，你呢？"

沈不离拿着两书包心里好苦，但又不敢说，撇撇嘴道："开心。"

江沅："……"

沈漾轻声道："过来。"

沈不离拖着沉重的步伐挪了过去。

"书包给爸爸。"

沈不离一时没反应过来："啊？"

他比江一心还像沈漾，活脱脱就是一个缩小版，但和沈漾的性格又截然不同，有些反应就很可爱。

江沅被逗笑，从沈漾背上下来："爸爸要帮你拿书包。"

沈不离有些不敢相信，半天没动作，又不敢看沈漾。江沅笑得肚子疼："宝贝，你怎么这么可爱啊。"

沈不离挠挠脑袋，看看姐姐，又看看爸爸，才把书包递过去。

沈漾接过书包，准备去牵江沅，江一心在一旁撒娇要抱抱，他又只好空出手去抱。

江沅一手牵着沈不离，另一只手挽上沈漾的胳膊。

一家四口迎着夕阳的余晖，一直往前走。

暮色之下，那是家的方向。

婚后的第十个夏天，这一年，沈漾当年所在的 WATK 战队宣布正式退出电竞舞台，成为史上最辉煌的一面旗帜。

这几年各类型游戏百花齐放，手游比赛逐渐退出主流市场，基地关门的那天，江沅陪着沈漾在楼上的房间住了一夜。

这栋别墅曾经承载了无数人的青春和梦想，二十岁的沈漾从这里出发，而如今年近四十的沈漾在这里着陆。

一生里最重要的二十年，他全都奉献在这里。

沈漾站在阳台，望着楼下还没降下的队旗，心中感慨万分。

江沅洗完澡出来，走过去从身后环抱住他，额头轻抵着他的后背，感慨道："时间过得好快。"

沈漾轻叹："是啊。"

属于大魔王沈漾的时代都已经结束了。

江沅被沈漾搂进怀里，侧头看着他笑道："这个年纪失业，你现在算不算提前进入中年危机了？"

沈漾笑："那就只能靠江教授来养我了。"

"你吃软饭啊？"

"年纪大了牙口不好，吃吃软饭也没什么不好的。"

江沅笑了会儿，突然道："沈漾。"

"嗯？"

她又唤："漾神。"

沈漾跟着应："嗯。"

"沈总。"

"嗯。"

"漾漾。"

"嗯。"

每一个称呼都代表沈漾过去四十年里每一个重要时刻。

而最后一个，也是最重要的一个。

江沅转头看着沈漾，岁月待她极好，十多年过去眉眼依旧如过去那般璀璨动人。

她笑脸盈盈，喊得格外郑重："老公。"

"嗯。"

沈漾和她对视，依旧心潮涌动，低下头碰了碰她的唇角，轻轻应下的这一声，也是他余下的一生。

江沅温温柔柔地笑着，头靠着他的肩窝，和他一同望向前方，远处星河璀璨，犹如沈漾这辉煌的二十年。

星河落幕，但光辉犹在。

……

婚后第五十年，这一年也是沈漾和江沅的金婚。

各自成家的两个孩子赶在父母结婚纪念日这天回了趟家，请了摄影师来给父母重拍婚纱照。

后来，沈漾挑了三张照片发了朋友圈。

一张是他和江沅当年的结婚照，还有一张是当天重拍的结婚照，最后一张是江一心和沈不离出生时的脚印照。

　　两个脚印下写着两个人的名字——江一心，沈不离。

　　而沈漾那条朋友圈的配文是——"愿得一人心，白首不相离。"

番外四

生活碎片

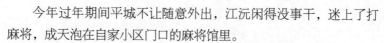

（一）

今年过年期间平城不让随意外出，江沅闲得没事干，迷上了打麻将，成天泡在自家小区门口的麻将馆里。

她玩起来就和当初打游戏一样，没个时间概念，一打就是好几个小时，有时沈漾在基地加班，半夜回来还要去麻将馆捉人。

但江沅对麻将的兴趣只增不减，不能去麻将馆的日子里，就抱着手机和别人联网玩。

"六万。"

"碰。"

"红中。"

"一万。"

"胡！"

"啊！"江沅眼见着金币被清零，不开心地叫嚷了一声，气得把手机往沙发上一扔。

坐在一旁的沈漾见怪不怪，没搭茬。

江沅自己消化了会儿，又把手机捡回来，点了几下屏幕后，沈漾看见自己的手机屏幕亮了起来。

他不用点开都知道是她为了获得金币分享的游戏链接。

"漾漾！快帮我点一下。"江沅一边说着，一边凑过来在他脸颊上亲了一下，"谢谢老公。"

沈漾认命般地叹了口气，拿起手机点开那个链接："好了。"

"嘻嘻，爱您。"江沅重新获得金币，又乐滋滋地抱着手机开始新一轮的征途。

沈漾越想越不得劲，合上电脑走到她面前："江沅。"

"嗯？"江沅应得心不在焉，心思全在麻将桌上，也没听清沈漾说了什么，一直玩到手机没电，才发现沈漾不在客厅了。

"漾漾？"江沅给手机充上电，起身往卧室走，看见沈漾侧躺在床上，像是睡着了。

沈漾这一年很忙，手游类的电子竞技进入寒冬，早些年的老牌选手陆陆续续退役，熟悉的那些对手朋友大多都已经离开这个行业。

他和当初战队的那四名队友从上一任教练手中接下衣钵，将WATK经营至今，有过巅峰有过失意，如今难免也在走下坡路。

江沅想到自己最近沉迷麻将的事情，心中倏地涌起几分愧疚，轻手轻脚地躺下来，从后面抱住他："漾漾。"

"嗯？"他睡眠浅，闻声立马清醒，只是没睁眼，"怎么了？"

"没事。"江沅用脑袋蹭了蹭沈漾的后背，"我决定以后不去小区门口那家麻将馆打麻将了。"

"为什么？"

"我要把时间都用来照顾你。"

"睡着真好，还能做梦。"

江沅掰着他的肩膀，语气和神情都很严肃："我说真的，没有跟你开玩笑，我发誓。"

"哦。"

"所以你能不能就是……暂时……先帮我再点一下领取金币的链接？"

"……"

沈漾："呵呵。"

鉴于江沅早有说过的话当放屁的先例，沈漾对于她说要改邪归正这件事并没有抱太大希望。

但接下来连着三天，江沅都跟着他去基地，照顾他的三餐，晚上回来还主动替他做理疗。

他慢慢也破防了。

情人节那天是沈漾二十九岁的生日，他一早出门去基地处理工作，打算把晚上的时间空出来和江沅去庆祝。

江沅最近为了体现出自己身为人妻的使命感，把照顾他这件事发挥到了极致，每天睡眠不足，人也显得憔悴了。

沈漾特地订了平城周边一家温泉馆，想着带她去放松一下。

但那天突发情况太多，他一直在忙，到了晚上事情也没处理完，于是给江沅打了一个电话。

"你晚上不回来了吗？"江沅的声音听着有些怪，但沈漾也没多想，以为她是对自己的爽约有点生气。

"我会争取早点回来。"

江沅格外的善解人意："没事，你忙你的，我又没什么事，工作要紧！没事！我就早点睡觉好了！"

沈漾回想往昔，愈发觉得江沅今天有点奇怪，只想着抓紧时间忙完手头的工作赶回家。

温泉是泡不成了。

但蛋糕总要一起吃的。

夜里十一点。

沈漾离开基地，一后车厢都是工作人员送的礼物，也顾不上拆，全堆在后排。

路上等了一个九十多秒的红灯。

他拿起手机，想着给江沅打个电话，但又怕吵醒她，便退了出来，随手点进朋友圈。

第一条便是江沅在一分钟前刚发的状态。

江沅："嘻嘻，麻将真好玩。"

底下有一条评论，是江沅的好友，沈漾也有她的微信。

许年年："请问你屏蔽你老公了吗？"

江沅回复许年年："我忘了！我马上删！"

沈漾：？

过生日真好。

我真快乐。

（二）

最近网上很流行一个给女友闺蜜打电话，看看对方会不会帮着女友打掩护的测试。

沈漾把电话打给了许年年："喂，许年年，我是沈漾，江沅在你那里吗？"

许年年反侦察一流："在啊，但她下楼拿外卖去了，怎么了？"

沈漾扭头看了眼江沅，某人心虚地别开了视线，他不动声色："没事，我就是问问她什么时候回来。"

许年年："估计要晚一点吧，我们等下还要去逛街，我让她等会儿回来给你回个电话。"

沈漾："行，谢了。"

两人电话刚挂断，另一边江沅的手机就响了起来，江沅要去拿，沈漾抢在她之前将手机开了免提，许年年在那头大声道："你是不是又去打麻将了？麻烦你下次干坏事之前能不能跟我先通个气？要不是我反应快，你今天就完蛋了。"

挑战还没结束。

江沅忍着笑："怎么了？"

许年年："沈漾找你，你等下给他回个电话，还有我说我们晚点还要去逛街，你别说漏嘴了。"

"哦，我知道了。"江沅继续胡诌，"年年，我其实今天不在外面打麻将。我之前认识一个打游戏很厉害的野王，他也是平城的，我今天是出来找他玩了。"

"……你真虎啊。"许年年一不留神说漏了嘴，"是你之前跟我说的那个声音很好听操作也很厉害的男生吗？”

“哪个野王？”沈漾在一旁冷不丁出声。

许年年："……"

沈漾跟许年年说了句“不好意思打扰了”就把电话挂了，回头抓住要跑的某人："所以，你还真背着我找了个野王？"

江沅："TvT ！"

（三）

江沅最近牙有点疼，去医院看了也不是什么大问题，只说要少吃生冷酸甜的东西。

她偏爱甜食，夏天又爱吃冰激凌，家里冰箱总是塞得满满当当。

两个小孩又都随她。

这下好了，她牙疼，沈漾有理由管着她，从医院回来之后就把冰箱里的东西给清掉了。

江沅不满："我不能吃，一心和不离为什么也不能吃？"

沈漾叮嘱阿姨最近饮食清淡些，捏着她的脸："给他们俩吃，不等于也给你机会了？"

江沅噎住："你烦死了。"

沈漾难得不纵着她，还煞有介事地叮嘱两个小孩："你们最近要看着妈妈，不准妈妈吃冰激凌和小蛋糕，谁表现好，爸爸就奖励给谁一大桶冰激凌。"

江一心率先表率："好的爸爸！我一定看好妈妈！"

沈不离跟着应声："我也是，我也是！"

沈漾揉了揉俩小不点的脑袋："真乖。"

江沅："……"

江沅带江一心和沈不离去爸妈那边，路过一家甜品店，三个人站在店门口。

　　江一心谨记着沈漾的话，拽着江沅的手就要走："妈妈，妈妈，爸爸不让我们吃！"

　　江沅不为所动："宝贝，你看爸爸现在也不在这里，你们俩不是一直都很想吃这家的草莓蛋糕吗？妈妈给你们买，你们不告诉爸爸好不好？"

　　小孩子面对诱惑太容易被打倒。

　　沈不离皱着张脸，很是纠结："爸爸会知道的。"

　　江沅哄着："你不说，姐姐和妈妈也不说，那爸爸不就不知道了吗？"

　　沈不离想了想，好像也对，笑着道："那我……那我还要再吃一个冰激凌！"

　　"当然可以。"江沅伸出手，"那我们拉钩。"

　　江一心和沈不离乖乖把手勾过去，糯声糯气道："拉钩上吊一百年不许变，谁要变谁是小狗。"

　　江沅吃得心满意足，临走时还拿了一只甜筒，江一心和沈不离一蹦一跳走在前头，她边吃边跟在后面。

　　刚走到小区门口，沈漾从另一个方向过来，江沅还没反应过来，姐弟俩倒先朝着沈漾跑了过去，抓着沈漾的胳膊就开始告状。

　　因为太着急，姐弟俩话都说得不太清楚："爸爸爸爸！！妈妈偷'七'、偷'七'冰激凌了！"

　　江沅："……"

（四）

　　沈漾退役后，圈内有杂志邀请他做了一次直播专访。

　　江沅想到他以前上赛后采访台的场景，在他去录制的当天，还不放心地叮嘱道："我求求你，千万别乱说话。"

　　沈漾捏着她的脸："我什么时候乱说过话？"

"你还没？你是不是想让我把你那个赛后采访的集锦多放几遍？"江沅拍开他的手，"人家问什么你就说什么，别出幺蛾子。"

他轻啧："知道了。"

江沅还是不放心，跟着他去了录制现场，就站在台下沈漾刚好能看到的位置。

录制开始之前，她朝着沈漾指了指自己的唇瓣，又做了一个抹脖子的动作。

沈漾低头笑了下，被主持人捕捉到，八卦了句："漾神这是想到什么好玩的事情了？"

"没什么。"他调整了下姿势，问，"可以开始了吗？"

"最后三十秒。"

直播很快开始，演播厅后的大屏放了一段短片，是沈漾这几年来的各种比赛剪辑。

从无到有，从籍籍无名到声名鹊起。

江沅看着沈漾注视屏幕的神情，心里蓦地一酸，电竞这一行太吃青春饭，纵使沈漾不愿意也不想退，可年龄始终摆在那里。

有些时候，人不得不屈服于命运。

那天的录制很顺利，沈漾依旧是粉丝眼中桀骜不驯的大魔王，只是如今魔王归巢，少了几分当初的疏离冷淡，多了些显而易见的柔软。

主持人显然也意识到这一点，在直播快要结束时，提及了这个问题。

她原以为依照沈漾的性格不会好好回答，可没想到男人听完后，将视线落到台下某处，导播的镜头跟着挪过去。

江沅躲闪不及，一张漂亮白净的脸露在人前。

沈漾很温柔地笑了下，收回视线，对着镜头温声道："这一切，都要归功于我的太太。是她让我觉得这世上还有很多美好的事情。"

命运让我屈服。

而我甘愿为你臣服。

"江沅，我爱你。"

（全文完）

后 记

记得写这个故事的时候，我还在读书，机缘巧合之下追了几场游戏的比赛，有了喜欢的战队。

　　那个战队很有实力，我关注的时候他们已经赢了好几场比赛，之后一路势如破竹，直至拿下那一年的总冠军。

　　这一趟看似很顺利的征途，也给他们带来了很多负面的评论——有黑幕，对手打假赛，甚至总决赛那天晚上，好多人都依旧在带节奏。

　　赞美也好，诽谤也罢，他们依然用实力来证明自己。

　　在追比赛的过程中，我对这个游戏有了更多的了解，沈漾这个形象也愈发清晰。

　　他出生在一个优渥的家庭，本不该走上这么难的一条路。可在命运的安排下，他弃了学业丢掉过去家庭给予的一切。

　　沈漾一个人挣扎在黑暗里。

　　直到江沅的出现，她带着光，猝不及防地闯入他的世界。

　　像是一盏明灯，指引着沈漾一步步从过去的阴暗里走出来。

　　他们相爱得顺其自然。

　　沈漾所在的战队也并不是一帆风顺，他们有过失意有过辉煌，甚至沈漾还因为输掉一场比赛被粉丝失手砸伤。

　　就像现实里，我关注的那支战队，他们也是踩着一片骂声走到胜利的巅峰。

　　当初写下这个故事的初衷，是觉得在陪着他们踏上征途的那几个月很值得怀念，总想留下点什么。

后 记

这几年我很少关注比赛，只偶尔在首页刷到过一些战队的信息，知道他们五个人分别去了不同的战队，从队友变成对手，重新踏上了人生的另一段征途。

沈漾不是他们其中的任何一个，但他也和现实里众多选手没有区别，都是从籍籍无名一步一步走到声名鹊起。

这其中的努力和艰辛，只有他们自己知道。

人生里的每一条路都很难走，但我希望你们永远走在最敞亮的那条路上。

岁 见

2021/7/12